中华译学佳音传宇寰

以中华为根　译与学并重
弘扬优秀文化　促进中外交流
拓展精神疆域　驱动思想创新

丁酉年冬月许钧撰　罗卫东书

"十四五"时期国家重点出版物出版专项规划项目

中華譯學館·中华翻译研究文库

许　钧 ◎ 总主编

翻译文学经典的影响与接受

傅译《约翰·克利斯朵夫》研究

（修订本）

宋学智 ◎ 著

ZHEJIANG UNIVERSITY PRESS
浙江大学出版社
·杭州·

图书在版编目(CIP)数据

翻译文学经典的影响与接受：傅译《约翰·克利斯朵夫》研究 / 宋学智著. —修订本. —杭州：浙江大学出版社，2022.7

（中华翻译研究文库/许钧主编）

ISBN 978-7-308-22790-2

Ⅰ.①翻… Ⅱ.①宋… Ⅲ.①《约翰·克利斯朵夫》-文学翻译-研究-中国 Ⅳ.①I565.064②H159

中国版本图书馆 CIP 数据核字(2022)第 112477 号

中華譯學館 莫言題

翻译文学经典的影响与接受
——傅译《约翰·克利斯朵夫》研究（修订本）

宋学智 著

出 品 人	褚超孚
丛书策划	陈 洁　包灵灵
责任编辑	徐 瑾　张颖琪
责任校对	陆雅娟
封面设计	程 晨
出版发行	浙江大学出版社
	（杭州市天目山路 148 号　邮政编码 310007）
	（网址：http://www.zjupress.com）
排 版	浙江时代出版服务有限公司
印 刷	杭州高腾印务有限公司
开 本	710mm×1000mm　1/16
印 张	15.75
字 数	257 千
版 印 次	2022 年 7 月第 1 版　2022 年 7 月第 1 次印刷
书 号	ISBN 978-7-308-22790-2
定 价	58.00 元

总　序

改革开放前后的一个时期,中国译界学人对翻译的思考大多基于对中国历史上出现的数次翻译高潮的考量与探讨。简言之,主要是对佛学译介、西学东渐与文学译介的主体、活动及结果的探索。

20 世纪 80 年代兴起的文化转向,让我们不断拓宽视野,对影响译介活动的诸要素及翻译之为有了更加深入的认识。考察一国以往翻译之活动,必与该国的文化语境、民族兴亡和社会发展等诸维度相联系。三十多年来,国内译学界对清末民初的西学东渐与"五四"前后的文学译介的研究已取得相当丰硕的成果。但进入 21 世纪以来,随着中国国力的增强,中国的影响力不断扩大,中西古今关系发生了变化,其态势从总体上看,可以说与"五四"前后的情形完全相反:中西古今关系之变化在一定意义上,可以说是根本性的变化。在民族复兴的语境中,新世纪的中西关系,出现了以"中国文化走向世界"诉求中的文化自觉与文化输出为特征的新态势;而古今之变,则在民族复兴的语境中对中华民族的五千年文化传统与精华有了新的认识,完全不同于"五四"前后与"旧世界"和文化传统的彻底决裂与革命。于是,就我们译学界而言,对翻译的思考语境发生了根本性的变化,我们对翻译思考的路径和维度也不可能不发生变化。

变化之一,涉及中西,便是由西学东渐转向中国文化"走出去",呈东学西传之趋势。变化之二,涉及古今,便是从与"旧世界"的根本决裂转向对中国传统文化、中华民族价值观的重新认识与发扬。这两个根本性的转变给译学界提出了新的大问题:翻译在此转变中应承担怎样的责任? 翻译在此转变中如何定位? 翻译研究者应持有怎样的翻译观念? 以研究"外译中"翻译历史与活动为基础的中国译学研究是否要与时俱进,把目光投向"中译外"的活动? 中国文化"走出去",中国要向世界展示的是什么样的"中国文化"? 当中国一改"五四"前后的"革命"与"决裂"态势,将中国传统文化推向世界,在世界各地创建孔子学院、推广中国文化之时,"翻译什么"与"如何翻译"这双重之问也是我们译学界必须思考与回答的。

综观中华文化发展史,翻译发挥了不可忽视的作用,一如季羡林先生所言,"中华文化之所以能永葆青春","翻译之为用大矣哉"。翻译的社会价值、文化价值、语言价值、创造价值和历史价值在中国文化的形成与发展中表现尤为突出。从文化角度来考察翻译,我们可以看到,翻译活动在人类历史上一直存在,其形式与内涵在不断丰富,且与社会、经济、文化发展相联系,这种联系不是被动的联系,而是一种互动的关系、一种建构性的力量。因此,从这个意义上来说,翻译是推动世界文化发展的一种重大力量,我们应站在跨文化交流的高度对翻译活动进行思考,以维护文化多样性为目标来考察翻译活动的丰富性、复杂性与创造性。

　　基于这样的认识，也基于对翻译的重新定位和思考，浙江大学于 2018 年正式设立了"浙江大学中华译学馆"，旨在"传承文化之脉，发挥翻译之用，促进中外交流，拓展思想疆域，驱动思想创新"。中华译学馆的任务主要体现在三个层面：在译的层面，推出包括文学、历史、哲学、社会科学的系列译丛，"译入"与"译出"互动，积极参与国家战略性的出版工程；在学的层面，就翻译活动所涉及的重大问题展开思考与探索，出版系列翻译研究丛书，举办翻译学术会议；在中外文化交流层面，举办具有社会影响力的翻译家论坛，思想家、作家与翻译家对话等，以翻译与文学为核心开展系列活动。正是在这样的发展思路下，我们与浙江大学出版社合作，集合全国译学界的力量，推出具有学术性与开拓性的"中华翻译研究文库"。

　　积累与创新是学问之道，也将是本文库坚持的发展路径。本文库为开放性文库，不拘形式，以思想性与学术性为其衡量标准。我们对专著和论文(集)的遴选原则主要有四：一是研究的独创性，要有新意和价值，对整体翻译研究或翻译研究的某个领域有深入的思考，有自己的学术洞见；二是研究的系统性，围绕某一研究话题或领域，有强烈的问题意识、合理的研究方法、有说服力的研究结论以及较大的后续研究空间；三是研究的社会性，鼓励密切关注社会现实的选题与研究，如中国文学与文化"走出去"研究、语言服务行业与译者的职业发展研究、中国典籍对外译介与影响研究、翻译教育改革研究等；四是研究的(跨)学科性，鼓励深入系统地探索翻译学领域的任一分支领域,如元翻译理论研究、翻译史研究、翻译批评研究、翻译教学研究、翻译技术研究等,同时鼓励从跨学科视角探索翻译的规律与奥秘。

青年学者是学科发展的希望,我们特别欢迎青年翻译学者向本文库积极投稿,我们将及时遴选有价值的著作予以出版,集中展现青年学者的学术面貌。在青年学者和资深学者的共同支持下,我们有信心把"中华翻译研究文库"打造成翻译研究领域的精品丛书。

许 钧

2018 年春

目　录

绪　论

　　"才有庸俊,气有刚柔,学有浅深,习有雅郑,并情性所铄,陶染所凝","各师成心,其异如面"。① 作文如此,译文亦如此。看今日译坛,已经面世的《约翰·克利斯朵夫》汉译,少说已有七八种,加之缩译和编译的种种版本,数量又可翻番。在众多译本中,翻译的质量自然参差不齐,属于上品的全译本,当是傅雷、许渊冲和韩沪麟三人的译本。简单地说,傅译饱含激情,许译生动洒脱,韩译平实有度。然上品之中,亦有上上品,那就是傅雷的译本。这样说既不是主观臆断,也不是个人偏好。柳鸣九明确说过:"在中国,凡是有文化教养的人,对《约翰·克利斯朵夫》这部作品,几乎无人不晓,其中相当大一部分人还是这部作品热烈的赞美者、崇拜者。"②确实,傅译《约翰·克利斯朵夫》在我国广大读者尤其是知识分子中所产生的影响,从其普遍性、深刻性和持久性来说,远远超过同类其他的外国文学译作。凡对外国文学与翻译略有一二了解的人都知道,罗曼·罗兰与傅雷,一位是因"文学创作中高度的理想主义以及在描写各种不同人物典型时所表现出来的同情心与真实性"而获得 1915 年诺贝尔文学奖的文学大师,一位是"以卷帙浩繁、技艺精湛的译品而在中国堪称一两个世纪也

---

①　刘勰. 文心雕龙. 北京:中国社会科学出版社,2004:182.
②　柳鸣九. 罗曼·罗兰与《约翰·克利斯多夫》的评价问题. 社会科学战线,1993
　　(1):273. 柳鸣九文中将"克利斯朵夫"写成了"克利斯多夫"。本书在行文中为与
　　傅傅的译名保持一致,均写为"克利斯朵夫",只在脚注文献中保持"克利斯多夫"
　　的写法。

难得出现一两位的翻译巨匠"。① 一位是热情地向"中国的弟兄们"伸出手来寻求友爱和沟通的西方睿智的"世界公民",一位是立志要从法兰西擎来"灵魂的火焰"以驱散阴霾挽救一个萎靡民族的东方赤诚的知识分子。东、西文化交流源远流长,却在 20 世纪三四十年代,为傅雷与罗曼·罗兰两位有着太多的相似之处的大师,提供了一次彪炳翻译文学史的灿烂的奇遇。在两人互通信函后不久,傅雷——这位可以说与罗曼·罗兰具有旗鼓相当的艺术造诣的翻译家,便把后者的 *Jean-Christophe* 创造性地翻译转化成了一部能广泛地、强烈地和深远地震撼中国读者的翻译文学经典。傅译《约翰·克利斯朵夫》具有的巨大影响和不朽的艺术生命,构成了我们选择它作为研究对象的价值所在。

在从傅译《约翰·克利斯朵夫》第一册 1937 年出版至今 80 多年的历程中,罗兰的"作品是这样广泛持久地吸引着中国读者,特别是一批又一批广大青年读者"②。20 世纪 40 年代,在令人窒息的低气压下,它曾引起万人空巷的争购传阅;新中国成立后,它很快征服了新一代知识青年的心灵,不久,在一个接着一个的"左"倾的政治运动中,仍然成为不灭的地下火种;改革开放伊始,它又随着文化开禁的春风,再度燎原,风靡于广大新老读者中间,进入"八十年代十大畅销书之列"③。这些情况既构成了罗曼·罗兰的《约翰·克利斯朵夫》在我国传播、产生影响的主要脉络,也成为我国翻译文学史上一道罕见的景观,对此有必要进行梳理、总结和分析,以便更好地掌握、了解翻译文学特有的现象、品质,认识其独立价值,把握其研究方向。"在二十世纪的西方作家中,恐怕找不出第二位能像罗曼·罗兰这样,在长达几十年的时期内不断受到中国读书界从各种意义上的关注。……回顾近四十年来我国对外国文学作品的评论,人们为这

---

① 柳鸣九. 罗曼·罗兰与《约翰·克利斯多夫》的评价问题. 社会科学战线,1993 (1):270,273.
② 钱林森. 法国作家与中国. 福州:福建教育出版社,1995:536.
③ 罗新璋. 傅译罗曼·罗兰之我见//傅敏. 傅雷译罗曼·罗兰名作集. 郑州:河南人民出版社,1998:代总序 3.

本书所花费的笔墨,比起任何其他现代西方文学作品,堪称首屈一指。"①三十多年前的论者如是说,让如今的我们愈加认为,这项梳理、总结和分析、研究的工作不仅是必要的,也是迫切的,这种必要性和迫切性并不仅仅因为至今尚无人在做这方面的工作,而主要是因为这部皇皇巨著在中国产生的巨大影响和我们已取得的现有的相关研究成果之间还很不成比例,很不"和谐"。目前这种研究现状,正说明了这一选题的意义。

在传统观念里,翻译文学的概念与外国文学的概念是完全画等号的,因而,对一部翻译文学作品的研究,一直被当作对于一部外国文学作品的研究。所以,考察一部翻译文学作品在我国的传播、研究和接受,过去通常被中文专业的学者视为对一部外国文学作品所进行的研究,因而会被他们自以为然地视为属于他们的学术研究范围,比如属于比较文学研究的范围。那么,外语专业翻译研究方向的学者选择这样的论题,是否有不安分守己、越俎代庖的嫌疑?这是在开始研究之前必须回答的问题。过去,多数人对这一问题似乎并没有清晰的认识,恐怕只是以翻译的跨学科性来做解释的,而这种解释其实是模糊的,因为这仅仅是用翻译的实践层面的无所不包代替了其理论层面的无所不包,并没有真正从翻译的理论层面去认识和思考。现在,正当此类研究越来越引起外语专业翻译方向学者的热情的时候,很有必要对这项研究进行学术合法性的论证。

自 20 世纪六七十年代接受美学和读者反应等理论兴起,西方翻译研究在文化转向的大背景中,放开了视野。从翻译活动的跨文化特性出发,西方学者深刻地意识到,"翻译已经成为推动世界文化发展的主要力量"②。他们"不再局限于对翻译文本本身的研究","而注意到了译作在新的文化语境里的传播与接受,注意到了翻译作为一种跨文化传递行为的最终目的和效果","把翻译研究的重点放在翻译的结果、功能和体系上,对制约和决定翻译成果和翻译接受的因素",对翻译在译入语文学和文化

---

① 李清安. 重读《约翰-克利斯朵夫》. 读书,1989(2):66.

② Susan Bassnett and André Lefevere. *Translation*, *History and Culture*. London: Pinter Publishers,1990:12.

中的地位与作用,以及在译入语民族和社会中的影响与接受生发兴趣,进行了深入的考察和剖析。① 西蒙(Sherry Simon)在 1996 年所做的如下论述,正反映了西方学者在这一方面对传统翻译研究畛域的突破:"八十年代以来,翻译研究中最激动人心的一些进展,属于被称为'文化转向'的一部分。转向文化意味着翻译研究增添了一个重要的维度。不是去问那个一直困扰翻译理论家的传统问题——'我们应该怎样翻译? 什么才是正确的翻译?'而是把重点放在了一种描述性的方法上——'译本在做什么?它们怎样在世上流通并引起反响'?"②而更为激进的是,巴斯奈特(Susan Bassnett)在探讨了翻译研究与比较文学之间的关系后指出,"现在已经很难再把翻译研究视为比较文学的一个分支了",因为比较文学"正江河日下",而翻译研究正"朝气蓬勃",正显出"强大的生命力",所以,"从现在起,我们应该把翻译研究视作一门主要学科,而把比较文学当作它的一个有价值的,但是处于从属地位的研究领域"。③ 翻译研究与比较文学究竟应该谁隶属谁,不是我们在这里要探讨的命题。我们只想从巴斯奈特大胆的宣称中,得到这样一个确认:从 20 世纪八九十年代起,西方的翻译研究已经明确地开始扩展自己的活动领域了,把译本的传播与影响纳入了自己的探索范围。也就是说,在当代西方翻译研究的影响下,我们已经从对翻译的狭义过程即强调理解与表达两个方面的研究,扩大到了对翻译的广义过程,即从文本的选择、翻译的准备,到话语的阐释、文本的生成,直到文本的接受与新的生命历程的关注。④ 如果用朴素的语言来说,那就是:考察一部翻译文学作品在译入语国度的传播、影响与接受,其实是对文学翻译活动的静态结果进行动态传播的研究,因而仍然属于翻译研究的范围之内。

---

① 参见:谢天振. 论译学观念现代化. 中国翻译,2004(1):8.

② Sherry Simon. *Gender in Translation*:*Cultural Identity and the Politics of Transmission*. London:Routledge,1996:7.

③ Susan Bassnett. *Comparative Literature*:*A Critical Introduction*. Oxford:Blackwell,1993:161.

④ 许钧. 翻译论. 武汉:湖北教育出版社,2003:113.

正是在探索译本在译入语社会文化中的地位和作用的活动中,一种新的翻译研究范式——描述翻译研究,在文化转向的大背景下应运而生。1972年,霍尔姆斯(James Holmes)发表了纲领性论文《翻译学的名与实》,在"纯翻译学"概念下并列了"描述翻译学"(或"翻译描述")和"理论翻译学"(或"翻译理论")两个分支,其中,把描述翻译学研究分为"面向译本""面向功能"和"面向过程"三个类别。霍氏"面向过程"的内涵似乎包含了"面向功能"里存在的内容,也就是说,不仅要从文本转变成文本的角度,还要从译本在译语环境中发生作用的角度,来描述译者为什么这样译,即描述译者的抉择和追求。但霍氏当初提出描述翻译研究,主要是从翻译学的宏观构架出发,考虑到它在翻译学科的整体规模中的一个适当的和应有的位置,似乎并无意要凸显它。所以,霍氏在文章最后这样强调指出:描述翻译学、理论翻译学和应用翻译学三者是"一种辩证互动的关系","任何一个分支都为其他两个分支提供材料,并利用它们的研究成果","要求翻译学的发展与繁荣,我们就必须关注所有这三个分支"。① 然而,后来的学者如图里(Gideon Toury)、朗贝尔(José Lambert)、赫曼斯(Theo Hermans)和卢文-兹瓦特(M. van Leuven-Zwart)等却敏锐地注意到,在译本开始其新生命旅程的译语环境中,传统的规范性翻译理论无能为力,于是,对"面向功能"的描述翻译研究大力张目。图里在几年之后发表的《文学翻译规范的本质和功用》一文中就强调指出:如果理论不能解释翻译范畴内实际发生的每一种现象,有缺陷而必须纠正的,是理论而不是现象;到目前为止,大多数翻译理论均流于规范性,因而不能用作研究的根据,为此,必须修改理论,必须增强其描述和解释的能力。② 此前,他就指出:"研究人员在没有对现象进行充分的研究之前,就(闭门造车式

① James Holmes. The name and nature of translation studies. In *Translated! Papers on Literary Translation and Translation Studies*. Amsterdam: Rodopi, 1988: 79-80.

② 参见:陈德鸿,等. 西方翻译理论精选. 香港:香港城市大学出版社,2000:138.

地)绞尽脑汁为它们下定义,这种做法是错误的。"①不久,赫曼斯也努力推广霍尔姆斯的"面向译语社会的、功能的、系统的研究方法"②,似乎对译本的"接受"之兴趣更大于对译本本身的"制作"问题。20世纪90年代,图里在《描述翻译学及其他》一书中,还以比喻翻译为例,从面向译语系统的研究途径,指出了传统的面向源语系统的规范性理论的两个研究空白点:"非比喻译为比喻"和"零译为比喻"③。朗贝尔则认为:"文学作品的译本所具有的或多或少的特有品格,不应预先确定或加以解决,而应从其自身出发,使其重新变为同样的研究对象。"考察优译与劣译不同的有效途径,似在于运用一种新型的理论,即那种旨在为分析历史对象提供有利条件的描述性的研究范式。④ 不久,他又明确指出:"研究翻译也好,研究翻译学也好,断不能'只根据文本'。要观察实际情况,必须在文本以外。"⑤而文化学派的"操纵"旗手巴斯奈特和勒菲弗尔(André Lefevere)更是主张将更多的精力用于研究目的语的文化、政治背景与翻译的互动作用⑥(这种偏激的热情也使得国内的一些学者以为,描述翻译研究大概只是重译语文化轻翻译自身的一种研究,因而指出了它的一些"不足")。这就是翻译研究的原初形态和后来的发展的大体描述。

描述翻译研究和本书的关系在于,它既涉及文学翻译方面的研究,如"面向译本""面向过程",也涉及翻译文学方面的研究,如"面向功能"。所以,也有必要在此陈述几点我们对描述翻译研究的认识:(1)描述翻译研

---

① Marc Angenot, Jean Bessière, Douwe Fokkema, et Eva Kushner. *Théorie littéraire：Problèmes et perspectives*. Paris：Presses Universitaires de France, 1989：152.

② Theo Hermans. *The Manipulation of Literature：Studies in Literary Translation*. London：Groom Helm, 1985：10.

③ Gideon Toury. *Descriptive Translation Studies and Beyond*. Amsterdam & Philadelphia：John Benjamins, 1995：82-83.

④ Marc Angenot, Jean Bessière, Douwe Fokkema, et Eva Kushner. *Théorie littéraire：Problèmes et perspectives*. Paris：Presses Universitaires de France, 1989：152.

⑤ 参见:陈德鸿,等. 西方翻译理论精选. 香港:香港城市大学出版社,2000:143.

⑥ 参见:韩子满,刘芳. 描述翻译研究的成就与不足. 外语学刊,2005(3):98.

究在"功能"方向的大力探索,把翻译研究引入译入语民族的社会文化背景下展开,扩大了翻译研究的学术视野,使我们走出了传统的"从文本到文本的封闭过程"①,进一步确信"翻译研究的领域是宽广的,只要它能冲破文本转换过于狭窄的框子,并且能在总体上将语言和文化结合起来"②。"翻译蕴藏文化成分这个突然而又强大的发现"③,也提高了翻译研究的学术地位。(2) 对于一个未曾开发过的领域,不是以先验的方式加以评论,而是先以客观描述的方式介入,这种研究的步骤是有序的,方法是合理的,因为它可以用自己对一系列新问题新现象所采取的客观描述,引来严格意义上的理论关注、思考和阐释;在这样的具有科学性质的认知过程中,客观描述实际上便构成了理论建设的一个最初步骤,起到了理论之先声的效果。所以,1999 年,奥瑟基-迪普雷(Inês Oseki-Dépré)在《文学翻译理论与实践》中,就把描述研究进一步演化成了描述性的理论:"描述性翻译理论只是到了最后才提供价值判断,它的目的主要在于解释'翻译'行为。与规范性理论不同,它从译本和译者的序、论出发,旨在参透文本从一种语言到另一种语言过渡中经受的种种处理和转化以及译者的意图。有时,它也描绘某些翻译方法,希望给译者的实践带来启示或指导,提供一种典范。"④我们注意到,既然描述研究在奥瑟基-迪普雷这里发展成了描述性理论,其内涵就不再仅仅局限于客观描述了。(3) 描述翻译研究可以倡导一种以理解为基础的健康的学术批评和学术对话,比如在"面向译本"的探讨中,对于直译与意译、归化与异化的问题,乃至对于某一个"不忠"的译例,不是以扣帽子式的正误判断来做简单处理,而是要"面向过程",追溯翻译过程中"译者的大脑这个'小小的黑匣子'到底是怎样运

---

① 许钧. 翻译论. 武汉:湖北教育出版社,2003:16.
② Antoine Berman. *L'épreuve de l'étranger*,*culture et traduction dans l'Allemagne romantique*. Paris:Gallimard,1984:24.
③ 朗贝尔. 翻译学中的转移、对立和目标——概念谱系探索//陈德鸿,等. 西方翻译理论精选. 香港:香港城市大学出版社,2000:150.
④ Inês Oseki-Dépré. *Théories et pratiques de la traduction littéraire*. Paris:Armand Colin,1999:45.

作的"①,寻觅译者的心迹,考察译者是从语言层面还是从文化层面、是从微观的局部还是从宏观的整体出发,来做翻译选择的。通过客观的、理性的描述,一方面,我们可以更清晰地发现,问题是从哪一个环节出现并渐渐滋生的;另一方面,或许透过问题表层的不合理,我们却发现了其深层的更大的合理性。所以,"先弄清真相再做出价值判断,这是最根本的原则"②,这也是描述翻译研究的一大可取之处。(4)描述翻译研究可用于规范性理论活动的领域(如"面向译本"和"面向过程"),与规范性理论并存,相得益彰,或"描述"作为"规范"的依据,或"规范"作为"描述"的对象,说明在描述研究作为先驱进入的译入语社会文化的新领域,也可以出现其他理论,与描述研究并存。因为描述翻译研究就其本质来说,还是针对新领域新问题出现的一种"新的方法"③,它既是对翻译准备阶段的"回叙"、对翻译静态结果——译本的"还原",以及对译者从事翻译活动时心灵的"探秘",也是(或从后来的发展说,更是)对译本在译语社会发生作用的"跟踪"。所以,描述翻译研究也是对真正完整的翻译理论的一种期待,它可以为后者提供阐释和论证的基础,"提供可靠、具体的数据",使其朝着"一个完备的、涵盖面广的"④方向发展。

　　而正是描述翻译研究的这种"期待性",促使我们在对罗曼·罗兰作品在中国的传播与影响做了客观描述和梳理后,又把我们的研究向前推进了一步:注意到应该从描述研究那里接过接力棒,继续向前,进行我们的阐释和论证,而我们将要继续研究探索的,便是翻译文学。

---

① James Holmes. The name and nature of translation studies. In *Translated! Papers on Literary Translation and Translation Studies*. Amsterdam：Rodopi，1988：72.
② 王山. 王蒙学术文化随笔. 北京:中国青年出版社,1996:315.
③ James Holmes. The name and nature of translation studies. In *Translated! Papers on Literary Translation and Translation Studies*. Amsterdam：Rodopi，1988：67.
④ James Holmes. The name and nature of translation studies. In *Translated! Papers on Literary Translation and Translation Studies*. Amsterdam：Rodopi，1988：78，73.

"翻译文学应该如何界定？翻译文学与源语国文学是什么关系，也即翻译文学等不等于外国文学？翻译文学与译语国文学又是什么关系，也即它在国别文学史上究竟应该占有什么样的地位？等等。这里面实在是大有文章可做。"①国内最早关注翻译文学的谢天振深有感触地说。首先，何谓翻译？图里认为："在目的语文化中，一切表现为翻译或被视为翻译的话语，都可被称为翻译，不管以什么作为立论。"②这种对现有的翻译结果采取的十分开放和宽容的接受姿态，从描述翻译研究的发端人物麦克法兰(John Macfarlane)经霍尔姆斯一脉传承到多元系统学派。若按这种解释，只要成为目的语文本的内容原先是文学作品，都可以成为翻译文学。然而人类自古以来，审美活动都具有理想性，这也是推动人类的文学、艺术、文化乃至整个文明向前发展的一个内驱力。当我们谈到中国文学、法国文学或其他国别文学的时候，我们必定会想到、提到那些名家名著，这就是一个很好的证明。所以，当我们谈到翻译文学的时候，心中自然也在指涉那些优秀的堪称"典范"的翻译文学作品。

埃斯卡皮(Robert Escarpit)是较早关注文本以外的社会学内容的西方学者。他在《文学社会学》中提出的"创造性叛逆"，成为译界颇感兴趣的一个话题，也似乎成为翻译文学不同于外国文学的主要论据。然而，埃斯卡皮却明确表达了自己的观点："B. 托马舍夫斯基 1928 年写道：'翻译文学应作为每个民族文学的组成要素来研究。在法国的贝朗瑞和德国的海涅旁边，还有一个符合俄国文学需要的贝朗瑞和海涅，他们与西方的同名想必相去甚远。'这种极端的立场并不代表我们的立场，因为我们认为，法国的贝朗瑞和俄国的贝朗瑞构成了一个历史的、文学的贝朗瑞，就暗藏在(或许尚未意识到)贝朗瑞的作品里。"③埃斯卡皮虽然承认译作是原作的"第二次生命"，但并不强调两次生命之间的差异，看来还是注重译作与

---

① 谢天振. 译介学. 上海：上海外语教育出版社，1999：15.

② Gideon Toury. *Descriptive Translation Studies and Beyond*. Shanghai：Shanghai Foreign Language Education Press，2001：32.

③ Robert Escarpit. *Sociologie de la littérature*. Paris：Presses Universitaires de France，1978：112.

原作的同源性的。如果我们把译者也视为读者的话,就会联想到接受美学理论的代表人物之一伊塞尔(Wolfgang Iser)的观点:"读者的作用根据历史和个人的不同情况可以以不同方式来完成,这一事实本身就说明本文的结构允许有不同的完成方式。"①就是说,读者(或译者)在审美过程中(或阐释过程中)的创造性活动,始终没有超出本文结构展示的空间,因为译者也是本文结构"暗含的读者"。当然,埃斯卡皮所说的叛逆是指发生在语言层面上的叛逆,这是让我们能够接受的地方。

多元系统理论的主要创始人埃文-佐哈尔(Even-Zohar)认为,翻译文学是任何文学多元系统内自成一体的系统。② 他在《多元系统研究》中,把文学分成"原创文学"和"翻译文学"③。这就说明,翻译文学与译语文学是两个并存的概念,尽管它们会有部分"相交"和"重叠"的可能,如翻译文学与译入语文学之间的互动、影响和制约关系。译入语文学(即民族文学或国别文学)的原创性(即"直接进行创作的")和翻译文学的再创作性,在谢天振看来,也是二者之间"最根本"的区别,但他坚持认为,翻译文学是"民族文学或国别文学中相对独立的一个组成部分"④。也许,在翻译文学的归属问题上,我们更应该举出下列两位外国学者:提倡抵抗式翻译策略的韦努蒂(Lawrence Venuti)在2001年出版的《翻译研究文选》中指出:"符号学、语境分析和后结构主义文本理论等表现出了重要的概念差异和方法论差异,但是它们在关于'翻译是一种独立的写作形式,它迥异于外语文本和原创的译语文体'这一点上还是一致的。"⑤韦努蒂已经非常明确地表示了翻译文学与外国文学和国别文学的关系。而力图把翻译理论"建

① 参见:张隆溪. 二十世纪西方文论述评. 北京:生活·读书·新知三联书店,1986:200.

② 佐哈尔. 翻译文学在文学多元系统中的位置//陈德鸿,等. 西方翻译理论精选. 香港:香港城市大学出版社,2000:118.

③ Itamar Even-Zohar. *Polysystem Studies*. Tel Aviv:The Porter Institute for Poetics and Semiotics. *Poetics Today*,1990,11(1):13.

④ 谢天振. 译介学. 上海:上海外语教育出版社,1999:245.

⑤ Lawrence Venuti (ed.). *The Translation Studies Reader*. London:Routledge,2001:215.

立在差异性上"的图里,应当说,对三者的关系做了较为透彻的阐释。他认为,"每个语言系统和文本传统,无论是在结构还是在用法准则上,都与其他种类相异",如果说被目标文化完全接受是一极,与原文本完全一致是另一极,那么图里则认为翻译应该始终居于两极之间。没有哪篇译文能完全被目标文化所接受,因为译文总会给系统带来新的信息以及陌生的形式;也没有哪篇译文能跟原文完全一致,因为文化准则总会使原文文本结构发生迁移。任何一篇具体的译文永远也不可能兼顾两极,达到两个抽象极端的理想准则。① 这两位学者的观点恐怕还是具有代表性的,值得我们参考。

翻译文学的热点应当关注,翻译文学的经典更应当关注,它是本书的题中应有之义。所以,在此有必要提到汉译经典《约翰·克利斯朵夫》的译者傅雷的神似观。因为"神似"不仅是傅雷对文学翻译动态过程提出的实践主张,也是他给予文学翻译静态结果——翻译文学的一项审美标准。"神似"不同于中国传统译论中的"案本"和"求信"的翻译观,它已经"把翻译从字句的推敲提高到艺术的锤炼","把翻译提高到美学范畴和艺术领域"。② 傅雷曾这样说过:"要把原作神味与中文的流利漂亮结合,决不是一蹴即成的事。"③这是傅雷长期从事文学翻译实践的亲身体会,也是他对翻译文学实质问题的清醒认识。梅肖尼克(Henri Meschonnic)也说过类似的话:"首先要抓住文学作品的文学蕴意;而且,不仅要抓住它,还要再创造出它来。"④这说明,梅肖尼克与傅雷有着完全一致的认识:领悟与表达是两回事,即使已经领悟到的,也不一定就能轻而易举地表达出来,所以,二者同等重要。不过,傅译《约翰·克利斯朵夫》作为翻译文学经典,已经在把"原作的神味"与"中文的流利漂亮"二者的整合上面做了很好的示范,值得我们来研究、探讨和学习。

---

① 译文及议论参见:廖七一. 当代西方翻译理论探索. 南京:译林出版社,2000:69.
② 罗新璋. 我国自成体系的翻译理论//罗新璋. 翻译论集. 北京:商务印书馆,1984:10, 13.
③ 参见:傅敏. 傅雷文集·书信卷. 合肥:安徽文艺出版社,1998:152.
④ Henri Meschonnic. *Poétique du traduire*. Paris:Editions Verdier, 1999:55-56.

　　要对傅译《约翰·克利斯朵夫》在我国的译介、研究与接受做一次全面、系统的梳理和总结，必须先对前人的相关研究有清楚的了解，并辨别出其成就与不足，以便为我们的进一步研究工作提供有力的借鉴。鉴者，鉴戒也，就是要避免自己有可能出现的偏差，有可能走上的弯路；借者，借助、借光也，就是要在前人做出的成就基础上，在前人已经获得的重要发现的启示下，再向前做一点推进的工作。人文学科的科学研究，本来就具有传承的性质，哪怕是对前人研究中的某些疏漏、薄弱甚至失误之处所做的某种弥补、某种扭转、某种深化和再探的工作，也不可否认受益于前人的事实。说明了这一层道理，我们可以具体地回顾一下前人的研究工作了。

　　在"《约翰·克利斯朵夫》在中国"这样的命题下，我们必须注意到邹振环的《使民国青年倾倒的〈约翰·克利斯朵夫〉》。文章如题所示，主要是对罗曼·罗兰作品在民国时期引起的青年读者关注的热潮进行了重点突出的梳理，牵涉到了郭沫若、徐志摩、梁宗岱、萧军、路翎、王元化等文坛学界的重要人物，是研究罗曼·罗兰作品在民国时期传播和影响不可不读的重要文献。但在资料介绍上可能存在几处失误。[1] 罗大冈在《论罗曼·罗兰》1979 年版中，也谈到了《〈约翰·克利斯朵夫〉在中国》，主要是批判性地描述了 1957 年"反右派斗争"至改革开放前这一段时期内"这部书在我国读者中的不良影响"，因充斥着明显的"左"倾思想而后来被他自己"修订"。[2] 成柏泉的文章主要是质疑罗大冈文中远远落后于时代的不当观点，"从读者的角度"谈了他"所了解的《约翰·克利斯朵夫》在中国的流传和影响"。[3]《克利斯朵夫在中国的命运》一文试图在描述中保持一种

---

[1]　即：《小说月报》第 17 卷第 1 号不是"罗曼·罗兰专号"；梁宗岱 1921 年阅读的罗曼·罗兰的作品是英译本而不是汉译本；傅雷的译文不可能刊载于 1936 年的《小说月报》上，因为后者在 1932 年 1 月出至 22 卷即停刊。参见：邹振环. 影响中国近代社会的一百种译作. 北京：中国对外翻译出版公司，1996：384-391.

[2]　罗大冈. 论罗曼·罗兰. 上海：上海文艺出版社，1979：177-182.

[3]　成柏泉.《约翰·克利斯朵夫》在中国. 读书，1980(8)：45.

"公允恰当"的"分寸",因而有点显得步履谨慎。①

如果我们再扩大一点范围,查阅一下"罗曼·罗兰及其作品在中国"这样的命题,我们就会看到钱林森的《三和弦:良伴、向导、勇士——罗曼·罗兰与中国》一文②。这是迄今为止探讨罗曼·罗兰及其作品(尤其是《约翰·克利斯朵夫》)在中国的传播、影响和接受,资料很全思考很深的重要的学术论文。在该文中,作者既运用了"平行研究"的方法(如第一部分探讨罗兰与中国的"对话"),也运用了"影响研究"的方法(如第二、三部分探讨罗兰的作品在中国和罗兰的精神与中国作家),所以说,它是从纯比较文学的角度来进行研究的。第二篇是《关于罗曼·罗兰和〈约翰·克利斯朵夫〉的评价问题》,文章主要对罗兰及其代表作在我国新时期以来的研究和评论做了相当清晰的梳理和较为深刻的评析,重要的问题都有涉及,但文献资料上错误较多。③

如果从影响力的角度看,新中国成立后,有两位学者的观点在学界较有影响:一位是罗大冈,在 20 世纪 50 年代至 80 年代初,他围绕《约翰·克利斯朵夫》撰写了十几万字的文章。但那些文章多半是在"左"倾思想干扰下写出来的,因而损害了其学术价值,而他后期的文章又始终强调,《约翰·克利斯朵夫》是罗曼·罗兰"用他第一阶段的思想,即他在 19 世纪末叶形成的唯心主义世界观写成的"④作品,所以,《母与子》的"重要性超过《约翰·克利斯朵夫》","比《约翰·克利斯朵夫》真正前进了一步"。⑤ 另一位是柳鸣九,他为学界拨开了多年来"弥漫在《约翰·克利斯朵夫》上一

---

① 于非之. 克利斯朵夫在中国的命运. 外国文学季刊,1981(2).

② 钱林森. 三和弦:良伴、向导、勇士——罗曼·罗兰与中国. 南京大学学报,1990 (3):64-72.

③ 如把《约翰·克利斯朵夫》误作罗大冈译,把小说中的话误作《罗曼·罗兰文钞》中的话,几处期刊的年份或期刊号也有误。参见:潘皓. 关于罗曼·罗兰和《约翰·克利斯朵夫》的评价问题//曾繁仁. 20 世纪欧美文学热点问题. 北京:高等教育出版社,2002:273-288.

④ 罗大冈.《约翰·克利斯朵夫》译本序//罗曼·罗兰. 约翰·克利斯朵夫. 傅雷, 译. 北京:人民文学出版社,1980:18.

⑤ 罗大冈. 论罗曼·罗兰. 修订本. 上海:上海文艺出版社,1984:252-253.

层层'左'的意识形态迷雾",从文化内涵、艺术气息、人格力量和人道主义等方面正本清源,重新肯定了这部优秀的外国文学名著,①把文学研究努力引向不唯政治的真正学术性的健康轨道。

上述对《约翰·克利斯朵夫》的研究、评论和梳理,都是把它当作外国文学来对待的;下面,我们将更关注那些从文学翻译角度对傅译本所进行的研究与探讨工作。罗新璋在《傅译管窥》一文中,给我们指出了傅雷选译《约翰·克利斯朵夫》的重要功绩,"像普罗米修斯把火种盗给人类一样,为中华民族的苦难年代出了一分力",并且做到了"名著名译","是罗曼·罗兰的功臣"。② 罗新璋在1994年发表的《傅译罗曼·罗兰之我见》一文中,充分肯定了"译者的主体意识""傅译效应"和"傅译的辉光",认为"正是出色的傅译,使罗曼·罗兰得以广泛传布我国",《约翰·克利斯朵夫》哺育了几代学人,在中国产生了巨大影响,其中,"译者的主体意识"起到了"举足轻重,甚至决定性的作用"。③ 许渊冲为了"和傅雷展开竞赛","重译"了《约翰·克利斯朵夫》,他希望自己"再创造的'美'能够胜过傅译"。他在1995年发表的《为什么重译〈约翰·克利斯朵夫〉》一文和1998年发表在《译林书评》上的续文中,给我们分析比较了他和傅雷各自翻译的《约翰·克利斯朵夫》中的两段译文。他充分肯定了傅译"以精炼胜","可以和原作比美而不逊色";另一方面他认为,傅雷译本"大约有10%不容易超过"。④ 如果说,罗新璋的两篇文章主要是肯定了傅译《约翰·克利斯朵夫》在中国产生的进步影响和积极作用,称颂了傅雷"臻于高度契合"的"人品与译品",许渊冲的两篇文章通过两个实例比较,指出了"傅译成功之处在'神似',失败之处在'迁就原文字面'"⑤,同时似乎也暗示了90%的傅译不是不可以超过的。那么,许钧的《作者、译者和读者的共鸣

---

① 柳鸣九. 罗曼·罗兰与《约翰·克利斯多夫》的评价问题. 社会科学战线,1993(1):273-275.
② 罗新璋. 傅译管窥. 图书馆学通讯,1985(3):79,83.
③ 罗新璋. 傅译罗曼·罗兰之我见. 文汇读书周报,1994-03-05.
④ 参见:许渊冲. 文学与翻译. 北京:北京大学出版社,2003:571-580,211.
⑤ 许渊冲. 文学与翻译. 北京:北京大学出版社,2003:580.

与视界融合》一文,却让我们看到了许渊冲在对《约翰·克利斯朵夫》"全书中明显具有特别意义"和价值的一句原文的翻译上,坦荡地承认"译得不如傅雷",因为确实,傅雷对那一句翻译出来的"江声浩荡"四个字,"并没有仅仅限于原文的字面意义,也没有限于与该句紧密相连的第一段,而是基于他对原作整体的理解与把握",基于他"对贯穿了约翰·克利斯朵夫整个生命的莱茵河""有着自己深刻的理解"。① 许钧的这篇"文本再创造的个案批评",读后令人服膺,为翻译的文本批评提供了某种方法论的参照。此外,还有对傅译之作的零星评论和褒颂之词,散见于一些名家学者或华语读者的随笔散文中,金圣华编著的《傅雷与他的世界》中就有大量收入②,这里不一一提及。

在从翻译的角度探讨傅译《约翰·克利斯朵夫》的文章中,让我们尤为关注的是刘靖之的长文《〈约翰·克利斯朵夫〉里有关音乐和音乐的翻译》。该文从翻译的角度和音乐的角度双管齐下,对傅雷译文的音乐艺术效果,做了鉴赏性的分析、评论。精通音乐的刘靖之在国内学者望而却步的地方,做出了可贵的探索。③ 早在 1981 年,当改革开放后首次重印的傅译《约翰·克利斯朵夫》到港,他就提请读者去关注和感受傅译本中的音乐律动。④ 郑克鲁在《谈谈罗曼·罗兰的〈约翰·克利斯朵夫〉》一文中,也论及了作品那"交响乐一般的宏伟气魄、结构和色彩"⑤,但作者不是从翻译活动的角度,而是从原作品自身出发的。由于本研究以傅译《约翰·克利斯朵夫》为主要对象,在此略去下列几部传记性质的研究专著,如秋云的《罗曼·罗兰》(1950)、陈周芳的《罗曼·罗兰》(1985)、杨晓明的《欣悦的灵魂:罗曼·罗兰》(1997)和刘蜀贝的《罗曼·罗兰传》(2003);同样,在此也略去不符合本论题的罗大冈的前后两本《论罗曼·罗兰》。但这并不

① 许钧. 作者、译者和读者的共鸣与视界融合. 中国翻译,2002(3):26.
② 参见:金圣华. 傅雷与他的世界. 北京:生活·读书·新知三联书店,1996.
③ 刘靖之.《约翰·克利斯朵夫》里有关音乐和音乐的翻译//刘靖之. 神似与形似——刘靖之论翻译. 台北:书林出版有限公司,1996:311-344.
④ 刘靖之. 罗曼·罗兰和他的音乐著作中译. 新晚报,1981-05-03/10/17.
⑤ 郑克鲁. 谈谈罗曼·罗兰的《约翰·克利斯朵夫》. 春风译丛,1980(2):255.

妨碍我们在后面的章节中在具体的问题上对它们的引用和点评。

上述学人的各项研究成果都是本书重要的参考资料。站在这些成果之上,本书试将研究活动指向下列目标:(1) 在尽可能全面和系统地梳理和总结罗曼·罗兰及其作品在中国的译介、研究与接受的基础上,努力凸显傅译《约翰·克利斯朵夫》在中国的长期、广泛的传播和巨大、深远的影响;(2) 通过梳理、回溯和考察,在以学术的方式而非以感性的方式确认傅译《约翰·克利斯朵夫》为翻译文学经典后,运用个案研究与分析方法,试从傅雷的翻译思想观和文艺美学观,探讨翻译文学经典的艺术魅力;(3) 从傅译《约翰·克利斯朵夫》这部公认的翻译文学经典出发,对翻译文学的本体研究加以思考,对翻译文学的特有品格做出界定;(4) 以傅译《约翰·克利斯朵夫》作为我国翻译文学史上的一座不朽的丰碑,试对当前翻译实践中的突出问题、翻译理论中的重要问题和翻译文学研究中的热点问题做出回应,使本项研究迈向译界学术的前沿。

在此有必要说明,本书描述的发生在我国 20 世纪对《约翰·克利斯朵夫》的评论,无论褒贬,基本都是对傅雷翻译的《约翰·克利斯朵夫》进行的评论,不是对罗曼·罗兰原作进行的评论。只是由于长期以来,我们把对《约翰·克利斯朵夫》进行的评论,一直当作了对一部外国文学作品的评论,无意之中,忽略了它是经过傅雷手中的译笔转化而来的,忽视了它作为一部翻译文学作品的存在。其实完全可以说,在中国对《约翰·克利斯朵夫》进行的评论,基本是对一部翻译文学作品在进行评论。它的第一作者是罗曼·罗兰,第二作者是傅雷。从这样的认识出发,我们没有把副标题定为"《约翰·克利斯朵夫》汉译研究",而定为"傅译《约翰·克利斯朵夫》研究",正是因为,前者主要是限于语言转换范围的翻译研究,而后者是可以超出语言转换范围的翻译研究,它可以包含更为宽泛的研究领域,如把傅雷翻译出来的《约翰·克利斯朵夫》作为一个成品,来研究它在译入语的社会和文化中,起到了哪些作用,产生了哪些影响,带来了哪些人文精神,以及它又受到哪些抵抗、哪些排斥和哪些批判等。

本书的研究工作将遵循下列思路和方法:(1) 我们在回顾、梳理罗曼·罗兰及其作品在中国的译介、研究与接受的过程中,尽量做到周全、系统,呈献一个全貌,主要是为了有助于形成一个尽可能公允的观察平台,并在此基础上获得一个较为准确的认知,避免失之偏颇的判断;同时,也是希望能为他人的研究工作提供尽可能翔实可信的资料和线索。(2) 在梳理过程中,力戒简单化和机械化的回顾,做到有述有评,述之客观,评之合理,尤其注重注入思想性和学术性之见地;在每章末,试做一个概括性小结。(3) 由于翻译具有跨学科的特性,本书在研究探索过程中,注意借助相关学科如文艺学、社会学、语言文化研究和比较文学研究等方面的理论和知识,不拘囿于纯翻译学术的视野;但另一方面又要注意,本书是从翻译学的角度,运用或借用其他学科如比较文学的理论和知识,而不是从其他学科如比较文学的角度,来探讨翻译里的问题。我们的研究出发点和落脚点都是文学翻译和翻译文学。我们不会放过探讨翻译问题的契机,当然,也不会漠视相关的其他方面的突出问题。(4) 本书在研究、探索过程中,坚持傅雷所认同的丹纳(Hippolyte Adolphe Taine)的治学方法——"从事实出发,不从主义出发",研究事物的目的是解释事物;①坚持法国《比较文学史》的作者洛里哀(F. Loliee)所提倡的"一般历史的标准",即"不以观察的事实迁就某种现成的前提的原则,而从观察的事实里面临时去发现原则"。② (5)"约翰·克利斯朵夫"在我国当前译界的"巡礼",并非一次无关宏旨的"出行"。对于当前文学翻译实践中的"浮躁"问题和理论中的"忠实"问题,以及翻译文学的"归属"问题,我们不能不发表意见,这也是克利斯朵夫的秉性使然。我们似乎兜转的圈子大了一点,但最终会发现,其实,我们并没有游离主题,而是多角度地丰富了论题,更加充实了论题。

---

① 参见:傅敏. 傅雷文集·文学卷. 合肥:安徽文艺出版社,1998:294.
② 洛里哀. 比较文学史. 傅东华,译. 上海:商务印书馆,1931:译序 3.

第一章　翻译文学经典的诞生与传诵

第一节　第一次译介高潮与敬隐渔的《若望克利司朵夫》

早在 20 世纪 20 年代前,罗曼·罗兰就被介绍到了中国。1919 年 12 月,《新青年》第 7 卷第 1 号发表了张崧年翻译的罗曼·罗兰的《精神独立宣言》。罗兰号召经历了第一次世界大战的各国"精神的劳动者诸君",不要再把自己的思想"弄成情热之器","成了一个政治的或社会的党派的,或一个国,一个帮,一个阶级的营私利的用具",要摒弃狭隘的民族热情,重新建立友爱的联盟,共同追求自由的"无边界,无限际,无种级族类之偏执"的真理,传播精神之光明,"但认唯一民众……合一切人类之民众"。① 《宣言》并不长,仅占了 2 页的篇幅,但它在法国以外影响很大,到 1919 年年末时,已有 140 多位世界文化名人为它签名。② 因而,译者在译文之后附注了长达 17 页的相关介绍。译者认为,"要而言之,这个宣言的主意不外:无论求学术术……都是为的……自己和自己以外真实存在的各个体,——便是全人类,——绝不是为的哪一部分,绝不是为的私人徒党的营私射利"③。译者为便于读者诸君研稽,介绍了包括巴比塞(Henri Barbusse)、杜哈美尔(Georges Duhamel)、罗素(Bertrand Russell)和克罗

---

① 罗曼·罗兰. 精神独立宣言. 张崧年,译. 新青年,1919,7(1):30-31.
② 参见:罗曼·罗兰. 罗曼·罗兰文钞. 孙梁,译. 上海:上海译文出版社,1985:128.
③ 张崧年.《精神独立宣言》译文附言. 新青年,1919,7(1):32.

齐(Benedetto Croce)等 20 多位签字者的作品和略历,而对我们重要的是,译者首先介绍了"二十世纪开头第一部大小说之著者"罗曼·罗兰。在此,有必要引录译者对"罗兰最得名誉的杰著 *Jean-Christophe*"的评介,因为这段文字说明了 20 世纪 20 年代前《约翰·克利斯朵夫》在我国就有了重要的介绍。评介说:"此书叙述的就是罗兰理想的一个音乐家(即书名人)之一生史。法文原版凡分十卷。(英版四册,美版三册。外更有德、意、俄、波兰、瑞典译本。)一八九七年写起,一九零四年出第一卷,一九一二年乃完成。他这部书真是他心血的结晶。论质论量,并属一时无两。所以英国有名的老批评家文学史家 Edmund Gosse(今年七十)尝称它为'二十世纪最名贵高尚的说部著作'。但这部书性质虽高,却是对一切人而发,为一切人而作,无阶级之分别,无生身之歧视:人人可读,人人可喻。他的主宰标识就是至诚无伪。一部小说把著者精神表得这样完备,实前所未有。解说现代生活的著作,也没有比他更翔实更启发人的。"①译者随后介绍道:"罗兰是崇拜英雄者。但此不要误会,他的英雄是与常义不同的,如他自言,'吾是不与或以无穷的思想(心力)奏凯或以独绝的体力获胜的,英雄之名的。吾所予英雄这个名的只是那以心之善成伟大的'②,'那作其所能的'(我们给他解释可说,就是永向至善勇进的)。'开开窗!放新鲜自由空气进来! 让我们呼吸英雄们之呼吸!'这便是他的英雄主义。他崇拜英雄,他自己实就是一个英雄。'英雄常食苦难与试炼之面包',也正说了他自己。"③此外,译者还重点介绍了罗兰的"民众戏院"及另一部小说《哥拉·布勒尼翁》(*Colas Breugnon*)。从这些介绍的文字可以看出,早在 20 世纪 20 年代前,罗曼·罗兰就已经以一个"为精神,为真理,为人类全体很出过力"的具有英雄主义气息和博爱襟怀的世界公民的形象,和享誉世界的伟大作家的身份,走进了中国。

①　张崧年.《精神独立宣言》译文附言. 新青年,1919,7(1):34.

②　傅雷的译文是:"我称为英雄的,并非以思想或强力称雄的人;而只是靠心灵而伟大的人。"参见:傅雷. 傅译传记五种. 北京:生活·读书·新知三联书店,1996:122.

③　张崧年.《精神独立宣言》译文附言. 新青年,1919,7(1):34-35.

从译介活动的角度看,这次译介有下列特点:其一,译者的译介是非常迅速的,尽管由于法国通信方面的不便,该文是从英文转译而来。罗兰的《精神独立宣言》刊登在半年前法国的《人道报》上①。在那样的年代,同一年在遥远的东方中国就有了翻译和充实的介绍,足以说明译者敏锐的意识和敏捷的举动。其二,译者不是仅仅译了本文就完事,而是附著长文加以介绍注释,他能从读者的角度出发,尽量让读者了解得多,了解得透,说明译者对自己的译介工作是很负责的,并且已有完善的要求。其三,译者的评介抓住了要点,无论是他自己的评说还是引用他人的言语,都较为恰当地反映了罗兰的形象和其作品的意义。这也说明那时的译者已对罗兰有了相当充分的了解。其四,译者介绍的内容是多方面的,一个突出的例子,就是译者同时也介绍了罗兰作品尤其是《约翰·克利斯朵夫》在多种语言里的翻译情况,介绍了罗兰研究在法国本土以及其他国家所取得的成果。这一次译介是罗兰及其代表作早期在中国得到重要介绍的一个显著标识。

那么,为什么《新青年》第7卷第1号会发表《精神独立宣言》呢?这个答案,我们可以从该刊的《本志宣言》中找到。《新青年》具体的主张,在此之前,从不曾完全发表。所以这一次推出《本志宣言》,也是该刊首次"将全体社员的共同意见明白宣布":"世界上的军国主义和金力主义,已经造了无穷罪恶,现在是应该抛弃的了;我们……决计……创造政治上道德上经济上的新观念,树立新时代的精神;我们理想的新时代新社会,……是自由的,平等的,……美的,善的,和平的,相爱互助的;我们相信人类道德的进步,应当扩张到本能(即侵略性及占有心)以上的生活,所以对于世界上各种民族,都应该表示友爱互助的情谊。但是对于侵略主义占有主义的军阀财阀,不得不以敌意相待。我们主张的是民众运动社会改造,和过去及现在各派政党,绝对断绝关系……"②显而易见,译者选

---

① 张崧年译文附言第32页说,原文载于1919年6月29日的《人道报》上;孙梁译的《罗曼·罗兰文钞》第128页说载于3月26日的《人道报》上。

② 参见《新青年》1919年第7卷第1号第1—3页的《本志宣言》(陈独秀执笔)。

择罗兰这篇文章来翻译，完全符合《新青年》期刊的精神，甚至可以说，这个《本志宣言》简直就是罗曼·罗兰思想的翻版，读这些文字，仿佛在读罗兰的《精神独立宣言》的注解。《新青年》借用罗兰的文章，想必也是在向国人暗示，不要为当时签订了丧权辱国条约的政府服务，不要跟随这样的政府，要跟这样的政府断绝关系。

稍后不久，张崧年修改过的《精神独立宣言》的译文及介绍长文又刊登在《新潮》第 2 卷第 2 期上[①]，从而进一步扩大了对罗兰及其作品的宣传与介绍，尤其是在青年学生中的影响。《新潮》是北大学生集合同好撰辑之月刊，时同好等自觉学业浅陋，深惭不能自致于真学者之列，特发愿为人作前驱，故刊名曰《新潮》。

这就是 20 世纪 20 年代前在中国出现的罗曼·罗兰，一个始终只认一个人类，愿为全人类说话的世界公民，一个绝不让精神陷入污泥的敢于抨击强权恶势力的英雄，一个坚信凡把人分离的东西都是丑的恶的，凡把人联合的东西都是美的善的，传播着弟兄之谊的人道主义者，一个写出了《约翰·克利斯朵夫》这部"二十世纪最名贵高尚的说部著作"的伟大作家。

进入 20 年代后，介绍法国文学近况的文章渐渐多了起来，罗曼·罗兰的名字也常常出现在这些文章中。如《创造周报》就连续刊登了黄仲苏的《法国最近五十年来文学之趋势》[②]，在这篇文章中，作者从他个人研究法国近代文学的经验出发，提倡大勇主义的罗曼·罗兰，"值得我们再三再四的展诵"，或翻译他的作品。[③] 那个时代，翻译过来的外国学者的评论文章也不会把罗兰忽视。日本学者厨川白村是当时有名的文艺评论家，对 19 世纪末 20 世纪初的欧美文学及文艺思潮颇有研究。他的《苦闷的象征》曾对包括鲁迅和胡风等在内的我国文坛大家产生过影响。他的另

---

① 《新青年》第 7 卷第 1 号与《新潮》第 2 卷第 2 期的出版日期均标明 1919 年 12 月 1 日，但《新潮》上该文的译前小注（第 374 页）曰：此篇"译文"及"注语"较之《新青年》所载"稍有更改"，可见，《新潮》第 2 卷第 2 期实晚于《新青年》第 7 卷第 1 号发行。

② 参见《创造周报》1924 年第 2 集第 37、38、39 号。

③ 参见《创造周报》1924 年第 2 集第 38 号第 6 页。

一部论著《文艺思潮论》,在此期间正被翻译连载于《文学》第 102—120 期,其中在第 120 期上提到罗兰的时候评论说,罗兰是当时欧洲最大的作家,《约翰·克利斯朵夫》是 20 世纪最伟大的小说,为着"生"而奋斗是这部小说的中心思想。①

20 年代,《小说月报》成为介绍罗曼·罗兰的一个主要阵地。而最早向读者推出罗曼·罗兰的,正是该刊的主编茅盾。茅盾是从第 12 卷第 1 号②起与郑振铎一道接任主编的,也正是从这一期开始,茅盾在"海外文坛消息"栏中,以真名沈雁冰发表了《罗兰的近作》,随后还发表了《罗兰的最近著作》和《两本研究罗曼·罗兰的书》。③ 1924 年,茅盾在《小说月报》第 15 卷第 2 号的《现代世界文学者略传》栏目中,撰写了《罗曼·罗兰》。文章其实并不是在写传,笔墨更多的是用在介绍那部"除了托尔斯泰《战争与和平》,现代小说中难以比拟的大部小说 Jean-Christophe"上面。当时成为文学研究会的主要刊物的《小说月报》积极地介绍外国文学,曾出过两个国别的文学研究专辑,其中就有 1924 年的第 15 卷号外《法国文学研究》专辑。在这一期上,沈泽民根据茨威格的《罗曼·罗兰,其人及其作品》发表了长达两万余言的《罗曼·罗兰传》。

到了 1925 年,《小说月报》第 16 卷第 1 号刊登了《罗曼·罗兰给敬隐渔书手迹》和敬隐渔的译文。这封信对于我们很有意义,它已经超越了一般书信的价值,超越了私人之间沟通和联络的范畴。我们至少可以从下面几点来看待这封书信的重要性:(1) 在此之前,我国对罗兰的介绍,虽都可以说是较为准确地描绘了罗兰的伟大形象,但给我国读者的感觉,仿佛始终介绍的是一个与东方远隔千山万水的法兰西的大文豪,是一个遥远的西方文化背景中的大作家。然而,罗兰的这封书信与中国读者见面,朝夕之间就拉近了罗兰与中国人之间的心理距离,因为信里实实在在地表达了罗兰对中国的久已有之的向往、对中国现状的深刻认识和悉心关注、

---

① 参见《文学》1924 年第 120 期。
② 参见《小说月报》1921 年第 12 卷第 1 号。
③ 分别参见《小说月报》1921 年第 12 卷第 4 号、第 7 号。

对中国未来的信心和祝愿,表达了罗兰对中国人的兄弟般的友谊。中国人素来有见信如面的说法,这封信恰好让中国人看到了罗曼·罗兰正要热情地走来与中国人握手建立友情的姿态,这无疑在中国读者的心里,给这位具有"世界公民"称号的伟大作家平添了不少的亲和力。(2)在此之前,我国对罗曼·罗兰的介绍文章,都是单篇片牍地出现在各种刊物上。而此之后,开始出现同一个刊物上连篇乃至多篇介绍罗兰文章的情况。另外,在此之前,翻译、研究、评介罗兰的学者为数甚少,在此之后,则有更多的学人加入翻译、研究、译介罗兰的行列中。(3)罗兰书信透露给中国读者:在中国,6 年前就谈论的《约翰·克利斯朵夫》很快就要有中译本,给罗兰写信决定翻译《约翰·克利斯朵夫》的敬隐渔得到了罗兰愉快的允许。他的翻译活动目下想必已经着手,并且有了一定的进展,否则他是不会公开这封信的。罗兰非常希望约翰·克利斯朵夫在中国成为新人的模范,成为中国青年的朋友。

敬隐渔 1901 年生于四川遂宁。他是个孤儿,在天主教学堂学了法文和拉丁文。他是个聪明的学生,很有文采,少年时期在上海,与郭沫若和创造社的作家们有来往。1925 年去法国留学,1929 年前后回国。他是罗兰结识的第一个中国人,罗兰曾对他寄予厚望。他对罗兰在中国的译介,也做出了不可忽视的前期努力。为此,郭沫若曾在 1945 年发表的悼念罗曼·罗兰的《伟大的战士,安息吧!》一文中,对敬隐渔做了"附带着"的"追致悼念"。① 不过,敬隐渔在法国后来变得意志消沉,精神颓废,回国后去拜见鲁迅被鲁迅"不见"②。但罗曼·罗兰始终关心他,向包括傅雷在内的不少中国人打听他回国后的情况。站在那段历史外,笔者认为,谈罗曼·罗兰,还是可以多说两句敬隐渔的。

早在与罗兰建立联系之前,敬隐渔就被罗兰的思想吸引,发现罗兰可以拯救他"破裂的精神"。在 1923 年,他就写下了评介文章《罗曼罗朗》。

---

① 参见:王锦厚,等. 郭沫若佚文集(1906—1949)(下册). 成都:四川大学出版社,1988:82-83. 另:敬隐渔卒于 1931 年。

② 鲁迅在 1930 年 2 月 24 日的日记中写道:"敬隐渔来,不见。"

此文连载于当时上海《中华新报》的副刊《创造日》上。文章主要评介了《约翰·克利斯朵夫》的第一卷《黎明》,通过它来阐述罗兰的创作艺术和小说的艺术魅力。他说,"我评罗曼罗朗,只是凭我自己的经验,不偏、不党、不盲从别人,不拾人牙慧","读这本小说真足以使懦夫立,懒者勤……*Jean-Christophe* 好比是采世人卫生必需的各种补品、药剂和着各种美味。一齐烹调,融成了一块儿;人们只寻它的滋味,不知不觉尽得了它的益处","若望克利司朵夫虽有十大本,但是不惹人生厌,不但不惹人生厌,并且使读者不必牺牲多少时间和金钱,每部可以分成一本一本的看,每本可以分成一篇一篇的短篇小说看,每篇可以分成一段一段的散文诗看"。敬文里还有一句话引起我们的注意:"如今译《黎明》这本小说,不觉音乐底爱如瀑布一般,不知从哪一个源洞,忽然涌出来了!"①原来,敬隐渔在1923年就开始翻译《约翰·克利斯朵夫》了,并且已经有了翻译《约翰·克利斯朵夫》的体会,说明他在1924年6月3日给罗兰写信时,已经动笔翻译,并不是等罗兰答复(1924年7月17日)后才开译的。

1926年1月,《小说月报》第17卷第1号正赶上罗曼·罗兰六十寿辰,由敬隐渔翻译的《若望克利司朵夫》(一)在这一期上与中国读者见面。译述西洋名家小说是《小说月报》第12卷第1号上发表的《改革宣言》的宗旨之一。为配合译文,罗兰的又一手迹再次出现在该刊上,罗兰以若望克利司朵夫的名义向中国的弟兄们宣言:

> 我不认识欧洲和亚洲。我只知世间有两民族——一个上升,一个下降。一方面是忍耐、热烈、恒久、勇敢地趋向光明的人们,——一切光明:学问、美、人类底爱、公共的进化。另一方面是压迫的势力:黑暗、愚蒙、懒惰、迷信和野蛮。我是顺附第一派的。无论他们生长在什么地方,都是我的朋友、同盟、弟兄。我的家乡是自由的人类。伟大的民族是他的部属。众人的宝库乃是"太阳之神"。(敬隐渔译)

这充分说明了罗兰对于汉译《约翰·克利斯朵夫》的重视,充分表达了罗

---

① 敬隐渔. 罗曼罗朗//贾植芳,陈思和. 中外文学关系史资料汇编(1898—1937). 桂林:广西师范大学出版社,2004:951-956.

兰对中国人民的友好和其超越民族、超越国界的博大胸怀。译者敬隐渔还发表了《蕾芒湖畔》，记录了他对罗曼·罗兰的一次拜访。但他不为访问单写访与问，而是随心中感发，从古到今，从国外到国内，从罗兰其人到其作品，驰骋其感端，飘逸其思絮，眼见为实处，却虚落笔墨，心中神思处，却意象分明，写就了一篇十分精美的散文。在接下来的《小说月报》第17卷第2号和第3号上，继续刊登了《若望克利司朵夫》的译文。

到了1926年6月，《小说月报》第17卷第6号再次组稿，图文并茂地纪念罗曼·罗兰的六十寿辰。特地配发的"卷头语"，乃是读者喜爱的《悲多汶传》①序中的名言警句："我们不称那些依思想或体力来占胜利的人为英雄。我们所称为英雄的，只是心灵伟大的人……"马宗融发表了《罗曼·罗兰传略》，认为这样一个人的生平，与他那"举世皆知"的杰作定有很大的关系，所以应当让中国读者知道些其生平之大概。② 张若谷从音乐方面介绍了罗曼·罗兰。她指出，罗兰"毕生的伟大怀抱，是不在成功一个音乐专家，而是要利用他感动人的文学方面的能力，来做人类和人类团结的中间人"③。同一期上，罗兰的另一部小说《彼得与露西》(*Pierre et Luce*)也由留法归来的作家李劼人译出，分上下两部发表在第17卷第6号和第7号上，这是《小说月报》刊登的第二部罗兰的作品。

同是这一部小说，两年后也由一位既爱读书也爱藏书的艺术家叶灵凤根据英文译出。卷首有译者写的序文《罗曼·罗兰》，在这篇序文中，译者这样描述："他的长篇小说《蒋克里斯多夫》的第一卷《黎明》出世后，他的盛名才达到汹涌的高潮。这部小说一共有十卷，以一个德国音乐家蒋克里斯多夫做中心，写他四周的一切。篇幅的巨大，材料的复杂，魄力的精强，实在是近代文坛上的一部伟大的杰作。"④最后，译者还介绍了罗曼·罗兰获得诺贝尔文学奖及为慈善事业捐出奖金的情况。总之，这篇着字不多的序文抓住了要点，把罗曼·罗兰介绍得轮廓分明，刻画得惟妙

---

① "悲多汶"现通译为"贝多芬"。
② 马宗融. 罗曼·罗兰传略. 小说月报,1926,17(6):11-18.
③ 张若谷. 音乐方面的罗曼·罗兰. 小说月报,1926,17(6):26.
④ 罗曼·罗兰. 白利与露西. 叶灵凤,译. 上海:现代书局,1928:序2.

惟肖,显示了一位画家特有的"工笔"。

说起 20 世纪 20 年代的罗兰与中国,如果不提《莽原》,那欠缺就太多了。没有《莽原》,罗兰在 20 年代中国的传播是很不完整的。《莽原》是鲁迅主编的文艺期刊,1925 年 4 月创刊于北京,初为周刊,后改为半月刊。1926 年 4 月 25 日,《莽原》第 1 卷第 7、8 两期合刊而出,期刊的封面写着《罗曼·罗兰专号》。这也是为庆贺罗兰六十寿辰而推出的,同时,它也是 20 年代我国期刊中唯一推出的罗兰研究专号。

专号的第一篇是《读〈超战篇〉同〈先驱〉》;第二篇是鲁迅翻译的日本学者中泽临川和生田长江合写的《罗曼·罗兰的真勇主义》。在《约翰·克里斯托夫》一节里,鲁迅译道,"克里斯托夫"在一次一次的挫折和困境中站立起来,"更用了新的勇气,进向为生命的无穷尽的战斗的路"。"《培多芬传》和《约翰·克里斯托夫》,大概是要算最明白地讲出他的英雄主义的。""真的英雄主义,——这是罗兰的理想。唯有这英雄主义的具现的几多伟人,是伏藏在时代精神的深处,常使社会生动,向众人吹进真生活的意义去。"罗曼·罗兰"将人生看作一个战场,和残酷的恶意的运命战斗,战胜了它,一路用自己的手,创造自己的,是人类进行的唯一的路",罗曼·罗兰的神,"是和虚无战的生命",是"永久地战斗的自由的意志",要而言之,生命就是神。作者最后结论道,罗曼·罗兰的英雄主义,就尽在"神——生命——爱——为了爱的战斗"里。①

专号的第三篇是赵少侯写的《罗曼·罗兰评传》。其中,作者介绍了《约翰·克里斯朵甫》的创作经过、出版发行、翻译动态以及它的社会反响和当时批评的缺席等情况。通过这种批评的缺席,我们看到了这部小说对传统小说的重大突破和全新的超越。"此书一出,批评界骇得不敢下批评:一则篇幅太长,二则……这一本书可以说是出了一切文学公式之外,哪一种公式也包不住它。"在作者看来,"这部书我们可以将它分作两部分,一部分是克里斯朵甫个人的历史……;一部分是西方思想在大战前二

---

① 中泽临川,生田长江. 罗曼·罗兰的真勇主义. 鲁迅,译. 莽原,1926,1(7/8):254-288.

三十年的写真。……克里斯朵甫的言论及嗜好与罗兰很有相同的地方，但这部书决不是罗兰的自传"。文章的最后，面对罗兰究竟属于什么主义、属于什么文学流派的问题，作者如是作答："罗兰是不能以一二名词概括了的，……罗兰只是罗兰，不必替他寻别的衔头。"罗兰信奉他的老师托尔斯泰传给他的宗旨，这宗旨就是人生的艺术。"只要有利于人生，什么主义都好，什么文学派的方法都好。所以结果罗兰好像是属于千万派别的，其实任何派别他都不属。"①

专号中还有罗兰三篇作品的译文，均系《超越混战》文集中的篇什。《莽原》为什么会出《罗曼·罗兰专号》呢？其中还有一段前奏值得在此稍作介绍。1926 年 1 月 24 日，敬隐渔在法国里昂给鲁迅写信，告之鲁迅说他用法文翻译了《阿 Q 正传》，得到了罗曼·罗兰的好评，译文将发表在罗兰和朋友合办的《欧罗巴》杂志上。信中还请鲁迅在罗兰六十诞辰之际(1926)，"精印一本论罗曼·罗兰的专书……为人类为艺术底爱，为友谊，为罗曼·罗兰对于中国的热忱，为我们祖国底体面，很有这一点表示"。鲁迅应敬隐渔的请求，为了对罗曼·罗兰表示敬意，在 4 月 25 日出版了《罗曼·罗兰专号》。②

20 世纪 20 年代，集中介绍罗曼·罗兰的期刊除《小说月报》和《莽原》外，还有《晨报副刊》和《少年中国》等。如 1926 年 4 月，《晨报副刊》就翻译发表了美国学者席尔士在中国的演讲《罗曼·罗兰》。席尔士关于 *Jean-Christophe* 是这样说的："我读此书很受感动。凡青年男女，关心世界问题，要在生活里头求出人生哲学，没有比这书再好的了。书内讲苦乐问题，受苦的哲学。"③很可能鉴于这样的评说，译者把 Christophe 译成了"奎斯道佛"。同年，我们还读到了陈西滢发表在《现代评论》上的《闲话》，话罗兰的英雄气概和坚定的信仰，话罗兰对人类的爱和对音乐的迷恋，话罗兰的淡泊宁静和理智与道义，话罗兰"在冤潮怒浪的狠毒的海中，巍然

①　赵少侯. 罗曼·罗兰评传. 莽原,1926,1(7-8):305，306-307，320.

②　参见：戈宝权.《阿 Q 正传》在国外. 北京:人民文学出版社,1981:32-34.

③　席尔士. 罗曼·罗兰. 晨报副刊,1926-04-17:38.

成一个指示迷途的灯塔"①。文章虽以轻松活泼的笔调写出,却简洁生动地描绘出罗曼·罗兰崇高的形象。

在 20 年代对罗曼·罗兰的介绍中,我们还应提到《民铎》上的一篇文章《罗曼·罗兰》,作者杨人楩也是茨威格的传记 *Romain Rolland*, *the Man and His Work* 的中文译者。茨威格的这部传记在我国至今已有多种译本,但杨译是我国最早的译本。② 此书曾给予当时想了解罗曼·罗兰的生活、作品及其思想的中国读者不少的帮助。《民铎》上的这篇超过万言的文章,据作者自己说,是根据茨威格的这本传记写成,也可说是这部传记的一个 summary③。此时,作者的传记翻译已全部完成,他是在校阅过两次之后才写出此文的,因而也可以说,他对这部传记所做的 summary 浸透着他自己的体会、理解和认识。为什么作者要写下此文呢? 其实这一点,比介绍此文的内容还要重要。原来作者已敏锐地注意到,当时的知识青年"常觉得徘徊在许多道路的交叉口","时常觉得有无谓的烦闷",他们"常在努力"而"常觉得……努力没有结果",甚至觉得是无用。"热狂的青年,便气馁了,灰心了,高尚受了玷辱,弄成卑恭易驯的样子,勇气全然消灭,甚至因此颓废了。"所以,作者要找一位"困苦中的英雄",来做他们的安慰者。"托尔斯泰,曾做过我们的指导者,许多热情的人,尽力地把他介绍;现在,似乎成了过去的呼声。这位老英雄,不能在我们青年脑中发生很大的印象,他虽在指导我们,而我们不能拿强有力的意志,随着他去走……现在最时髦的,要算最歌颂自然界的泰戈尔了。这位老英雄,在我们青年队里,表面上似乎生了不少的影响。然而,我们静气地想想:他给我们的生活之粮,到底是什么呢? ……要胆大荒唐一点说,便是没有。我们要感到艺术家的伟大,而求生活之粮,不得不找副兴奋剂。于是,我便请了这位困苦中的英雄罗曼·罗兰,来安慰我们在困苦中努力的青年,来鼓励我们在沙漠中挣扎的青年。"④原来,作者撰文的目的,是要告诉年轻

---

① 陈西滢. 闲话. 现代评论,1926,3(60):11.
② 茨威格. 罗曼·罗兰. 杨人楩,译. 上海:商务印书馆,1928.
③ 杨人楩. 罗曼·罗兰. 民铎,1925,6(3):14.
④ 杨人楩. 罗曼·罗兰. 民铎,1925,6(3):2-3.

的读者,与这位在"孤苦的操作中过了几十年生活"而"饱尝苦闷"的罗曼·罗兰相比,他们即便"十年窗下无人问",也不足挂齿了。真的伟大是不容易隐晦的,不要以为自己的努力无用。

综观20世纪20年代,我国对罗曼·罗兰及其作品的译介,是有收获、有成绩的。尤其是从译介罗曼·罗兰的起步阶段,很快进入了1926年的译介的第一个高潮,既说明了罗曼·罗兰本人的艺术魅力和人格魅力为中国读者所折服,也说明了中国译介者在选择外国作家及其作品方面所表现出的准确眼光和敏捷举动。这一时期,罗曼·罗兰最有影响的小说 *Jean-Christophe*、最有影响的传记《悲多汶传》①和最有影响的政论之一《精神独立宣言》,都有了译介。虽然敬隐渔所译的《若望克利司朵夫》只是原作开头的一部分,但它却意味着这部气势恢宏的交响曲已在中国拉开了序幕。可喜的是,敬隐渔的《罗曼罗朗》还是一篇对《若望克利司朵夫》的相当出色的评论。换一个角度看,敬隐渔的辍笔,也正说明这部百万余言的长河小说的汉译绝不是一件轻而易举、一蹴而就的工作,正说明后来的译者傅雷是用自己燃烧的青春、卓越的才华、火热的激情和坚定的毅力,才最终换来这部激励了中国千万读者的汉译经典名著。

第二节　第二次译介高潮与傅雷的
《约翰·克利斯朵夫》第一册面世

20世纪30年代对罗曼·罗兰及其作品的译介,比起20年代更显得活跃。刚刚进入30年代,就有罗兰的至少三部作品的四种译本在我国出版发行,如《白利与露西》《孟德斯榜夫人》《甘地》和《甘地奋斗史》②。这些译作均在1930年出版或再版,也就是说,对它们的翻译活动在20年代末

---

① 罗曼·罗兰. 悲多汶传. 杨晦,译. 上海:北新书局,1927.
② 罗曼·罗兰. 白利与露西. 叶灵风,译. 上海:现代书局,1930;罗曼·罗兰. 孟德斯榜夫人. 李珠,辛质,译. 上海:商务印书馆,1930;罗曼·罗兰. 甘地. 陈作梁,译. 上海:商务印书馆,1930;罗曼·罗兰. 甘地奋斗史. 谢济泽,译. 上海:卿云图书公司,1930.

就已展开,20 年代和 30 年代的译介活动是连续不断的。此后,除 1938 年外,每一年都至少有罗曼·罗兰的一部译作出版或再版。1938 年是抗日战争全面爆发的第二个年头,这种情况是可以想象的。整个翻译文学作品在这一年都是收缩的。根据贾植芳、俞元桂主编的《中国现代文学总书目》的统计:1937 年我国的翻译文学作品达 159 部,而 1938 年仅有 65 部,1939 年有所回升,达 90 部。据不完全的搜索,在 30 年代的十年间,至少有罗曼·罗兰的 9 部作品 14 个译本出现,除上述所举外,还有《安戴耐蒂》①《七月十四日》《托尔斯泰传》《弥盖朗琪罗传》和《约翰·克利斯朵夫》(第一册)等。复译、异地发行、再版等现象,在这十年间,都出现在罗曼·罗兰作品的译介和传播过程中②。

　　1934 年 3 月,大型期刊《文学》第 2 卷第 3 期的封面就赫然写着《翻译专号》四字,内容主要分三大块:关于翻译的"文学论坛"、包括法国在内的 11 个国家和地区的文学作品的翻译,以及以评析译著为主的"书报评述"。茅盾和傅东华以多种笔名发表散文,阐述他们的翻译观点。③ 黎烈文翻译的《反抗》就刊登在这一期上,这是《约翰·克利斯朵夫》第四卷《反抗》的片断。1936 年,黎烈文选译的《法国短篇小说集》,由上海商务印书馆出版,内收法国短篇小说 15 篇。其中罗兰的,就是已发表在《文学》第 2 卷第 3 期上的《反抗》。作者在小说集的《序》中说,因罗兰的"短文非常难找,便取巧在他的长著里面拣着一个自成段落的插话译了"④。不过,译者在每个短篇后都做了简短的介绍,在《反抗》的《附记》中说,罗曼·罗兰

---

① 《安戴耐蒂》即《约翰·克利斯朵夫》(第六卷),静子、辛质译,有保定群玉山房 1932 年版和北平中华书局 1932 年版。

② 复译如《托尔斯泰传》(有傅雷的译本和余扬灵的译本)、《甘地奋斗史》、《爱与死的搏斗》(李健吾译)(另有辛予译的《爱与死底角逐》和夏莱蒂等译的《爱与死之角逐》);异地发行如《七月十四日》(贺之才译),商务印书馆的上海和长沙等分社都有发行;再版如《甘地》、《七月十四日》、《托尔斯泰传》(傅雷译)、《孟德斯榜夫人》和《爱与死之角逐》。

③ 茅盾发表了《又一篇帐单》(化名:铭)、《"媒婆"与"处女"》(丙生)、《直译顺译歪译》(明)和《一个译人的梦》(蒲);傅东华发表了《翻译的理想与实际》(化名:华)及《译什么和叫谁译》(水)。

④ 黎烈文. 法国短篇小说集. 上海:商务印书馆,1936:序 2.

"在国际文坛获得第一流作家的位置者,则以长篇小说《詹恩·克里士多夫》之力为多。此书凡十卷,系一青年德国音乐家詹恩·克里士多夫的传记,书中描写其天才的发展,经历的斗争,恋爱的故事等等,藻思横流,使人叹服。此处所译……虽无特别精彩,亦可见罗氏作风之一斑耳"①。1937 年,施落英编著的《法国小说名著》②再次收入黎烈文译的《反抗》。

1934 年,《国际译报》第 7 卷第 1 期发表了傅雷翻译的《贝多芬评传》。傅雷在"译者附言"中说:"前尝移译罗曼·罗兰氏著《贝多芬传》一书,为本报编者荫渭兄所见,嘱为节录精要,成一短篇,以刊本报。志此以明出处也。"③因而《贝多芬评传》实即罗曼·罗兰撰写的《贝多芬传》的梗概。《国际译报》为 16 开本,傅译之"精要"占去 19 页。同年 11 月,《文化》第 1 卷第 10 期又撮其精要,以 6 页篇幅转载了《贝多芬评传》。这是傅雷最早翻译的罗曼·罗兰的作品。受罗曼·罗兰的影响,傅雷留法期间(1927 年 12 月—1931 年 9 月)就爱上了音乐,回国后写下了《音乐之史的发展》,发表在 1933 年 4 月《新中华》第 1 卷第 8 期上,素材大半根据罗兰的《古代音乐家》导言,因而也可以说,这是一篇译介性的文章。1937 年,傅雷翻译的《约翰·克利斯朵夫》第一册率先由上海商务印书馆推出,被列入"世界文学名著"丛书。

1936 年,罗兰 70 岁,这一年便又成为译介罗兰作品的一个高潮:《时事类编》《光明》《中苏文化》《天地人》《七月》和《音乐教育》等期刊上,都有罗兰作品的译介④。在此,我们应当介绍一下《译文》。它创刊于 1934 年 9 月的上海,以译介外国进步文学作品、传播进步文学思想为宗旨,其复刊

---

① 黎烈文. 法国短篇小说集. 上海:商务印书馆,1936:141-142.
② 施落英. 法国小说名著. 上海:启明书局,1937.
③ 罗曼·罗兰. 贝多芬评传. 傅雷,节录. 国际译报,1934,7(1):129.
④ 如《时事类编》从第 4 卷第 12 期至第 15 期,连续 4 期刊登了梁宗岱翻译的《歌德与音乐》;《光明》第 1 卷第 5 期上发表了罗兰的《悲多汶的政见》;《中苏文化》第 1 卷第 3 期上刊登了罗兰的《悼高尔基》;在《天地人》第 3 期上有《罗曼·罗兰论欧罗巴精神》;在胡风主编的《七月》第 3 集第 2 期上,张元松翻译了他的《艺术与行动:论列宁》;在《音乐教育》第 4 卷第 1 期上,有他为纪念法兰西作曲家圣·桑丝(1835—1921)诞生百年所写的《圣·桑丝》。

后的新 1 卷第 2 期特别开办了"罗曼·罗兰七十寿辰纪念"专栏。这是 30 年代译介罗兰的一个亮点。专栏收入 5 篇译文,有 J．R．布洛克为纪念罗兰七十寿辰而写的《法兰西与罗曼·罗兰的新遇合》,以及罗曼·罗兰的三篇作品,即《贝多芬的笔谈》《向高尔基致敬》和《论个人主义和人道主义》。在最后这篇文章中,为了消除苏联朋友对他的个人主义观和人道主义观的不安,罗兰强调指出,不要把"奋励的个人主义和那种只想喂饲它的肚腹、它的虚荣心、它的利益的卑下的自利主义混到一起";在世界上禽兽混战的时候讲人道主义并不是什么笑话,而正有其价值。① 现在,我们就指出罗兰的这一观点是很有必要的,因为以后,我们会看到在我国出现的对罗曼·罗兰的人道主义和个人主义的过火的批判。

还有一篇是陈占元翻译的亚兰的《论詹恩·克里士多夫》。亚兰认为,这是一部有前途的书,并且至今还是,一本"有着真实的青春"的书,"少年人会一直要念《詹恩·克里士多夫》的"。"在《詹恩·克里士多夫》里,我们得到了什么呢? 一种新的东西,一种并不撒谎的饱满的乐天主义,一种毫不许给什么的乐天主义,……詹恩·克里士多夫也是大地的儿子,也是自然的力量。旋风抵抗着旋风。"作者更主要的是从音乐的角度谈了他对此书的认知:"在我们的《詹恩·克里士多夫》里面,音乐是不止一回地被描写着,……全书都是音乐。""我已看到一些瑰丽的结晶……仿佛是一些自然的产物。""音乐不仅代表那依据力的人生,也代表那依据精神的人生,即是意志。罗曼·罗兰未能使我们听到克里士多夫的歌;至少他采集那些做成一首意志的颂歌的言语。"②

除《译文》开辟了"罗曼·罗兰七十寿辰纪念"专栏之外,《时事类编》也开辟了纪念专栏。③ 在其他期刊上,我们还能读到黄源的《罗曼·罗兰七十诞辰》④和仲持的《七十老人罗曼·罗兰》。后者是一篇形式特别的纪念文章,主要由三部分组成:第一部分是罗兰创作生活中的大事记,糅合

---

① 罗曼·罗兰. 论个人主义和人道主义. 译文,1936,新 1(2):326-327.

② 亚兰. 论詹恩·克里士多夫. 陈占元,译. 译文,1936,新 1(2):301-307.

③ 参见《时事类编》1936 年第 4 卷第 9 期、第 11 期.

④ 黄源. 罗曼·罗兰七十诞辰. 作家,1936,1(1):332-336.

了作者对其艺术作品的解读,勾勒出其艺术思想的形成与指归。关于
Jean-Christophe,作者这样说:"在这部有着非常精细的心理分析的伟大
的小说里,我们从克利斯多夫看得出作者自己对于流俗的,非创作的和刻
板的生活锁链的反抗精神来。若望·克利斯多夫仿佛是一座在内部不住
地烧着却并不完全喷发的火山。作者呢,也同他一样,不住地反抗着,不
住地向创作的生活努力着。"由于罗兰此时"正受着全世界文学界艺术界
无数的人们至高的敬仰",①作者便在第二部分介绍了罗兰的生日所唤起
的世界性的庆贺,其中又翻译了高尔基寄给罗兰的贺辞。第三部分也是
译文,主要描述了罗曼·罗兰的思想的旅程。

　　罗兰的 70 岁生日,"世界各地的祝贺信像雪片似的飞到他的怀里"②,
在中国,纪念他的文章也雪片似的落在许多期刊上面,除上面已述文章
外,《大公报》发表了马宗融的《罗曼·罗兰的七十诞辰在法国》③,同时也
发表了胡风翻译的罗兰于生日当天写的《克拉姆希——莫斯科》(《胡风全
集》没有收入此篇)④。上海《大晚报·火炬》发表了周立波的《纪念罗曼·
罗兰七十岁生辰》,"向这位有着和他白发一样洁白的灵魂的巨人,向这位
有着像是和他的老年不大相称的战士的青春情热的所有者……祝贺他的
永远的青春"⑤。刊登在《申报周刊》第 1 卷第 9 期上的戈宝权从苏联发来
的《罗曼·罗兰的七十诞辰》⑥,侧重介绍了托翁对罗兰艺术思想的决定性
的影响、苏联为其诞辰举办的庆祝会盛况和苏联人民对其作品的普遍喜
爱。发表在《清华周刊》第 44 卷第 2 期上的马尾松的《罗曼·罗兰的七十
年》,描述了罗兰如何走出知识分子的苦闷,"由怀疑主义而人道主义,最

① 仲持. 七十老人罗曼·罗兰. 文学,1936,6(4):473-474.
② 马尾松. 罗曼·罗兰的七十年. 清华周刊,1936,44(2):51.
③ 马宗融. 罗曼·罗兰的七十诞辰在法国. 大公报,1936-04-22.
④ 胡风. 胡风全集(第 8 卷). 武汉:湖北人民出版社,1999. 在"小翻译五则"内,只
　 收入法国作家马尔罗的《艺术的生命》和纪德的《艺术与生活》。另:此篇与 1936
　 年 6 月发表在《时事类编》第 4 卷第 11 期上的罗兰的《七十自述》实为同一篇。
⑤ 周立波. 纪念罗曼·罗兰七十岁生辰. 大晚报·火炬,1936-02-23.
⑥ 戈宝权. 罗曼·罗兰的七十诞辰. 申报周刊,1936,1(9):213-215.

后才把握了正确的世界观为全人类的幸福而服役了"①。而《华年》第 5 卷第 16 期刊登的曼华的《罗曼·罗兰》,也对这位"不仅在文学的领域里,建下了不朽的奇迹,而且为全人类的和平,奋斗了一生"②的伟人的生平和思想做了介绍,文后还介绍了商务印书馆出版的罗兰的多部译作。当时的《时事新报》上,也有丽尼翻译的《罗曼·罗兰七十回顾》③。《文艺月刊》还刊登了曾留学法国的李金发的《罗曼·罗兰及其生活》④。这一时期,曾经在法国拜见过罗曼·罗兰的诗人梁宗岱,也写下了《忆罗曼·罗兰》⑤。

以上对 20 世纪 30 年代罗曼·罗兰在中国的情况所做的梳理,主要突出了翻译的活动。这里的翻译,既有对罗兰作品的翻译,也有对外人的研究的翻译。由于种种客观的牵连,在梳理过程中,也涉及了介绍乃至研究与评论的工作,例如,为祝贺罗兰七十诞辰出现在我国多家刊物上的纪念文章都是介绍性的,而真正属于研究与评论的文章在上文已经提及的,则是一篇翻译过来的亚兰的《论詹恩·克里士多夫》。在此,我们再来看一篇白桦写的《克利斯笃夫与悲多汶——罗曼·罗兰的新英雄主义》。

作者在第一部分"《克利斯笃夫》的轮廓"中,通过罗兰对少年时期的主人翁听了悲多汶的音乐心潮澎湃的描写,指出"音乐正是民族性的具体的表现"的同时,转而论道:"喜欢听油腔滑调,喜欢听靡靡之音,喜欢追求那'袅袅余音,数时犹绕柱'的神秘的诉诸渺茫之境的音乐的中华民族,对于这狂风一般怒涛一般奔马一般钢铁一般的克利斯笃夫,民族英雄主义的化身的克利斯笃夫,将感到如何的感想呢?"在第二部分"《悲多汶传》的轮廓"中,作者指出,《悲多汶传》比《米开朗琪罗传》和《托尔斯泰传》"更加伟大更加感人",悲多汶"是力的化身","是具体地表现了新英雄主义的真

---

① 马尾松. 罗曼·罗兰的七十年. 清华周刊,1936,44(2):53.

② 曼华. 罗曼·罗兰. 华年,1936,5(16):9.（同文也见《出版周刊》1936 年新182 号。）

③ 罗曼·罗兰七十回顾. 丽尼,译. 时事新报(上海),1936-03-04(8).

④ 李金发. 罗曼·罗兰及其生活. 文艺月刊,1936,8(4):71-76.

⑤ 梁宗岱. 忆罗曼·罗兰//梁宗岱. 诗与真·诗与真二集. 北京:外国文学出版社,1984:207-217.

实的伟人"。最后,作者指出:"罗曼·罗兰的新英雄主义是大勇主义,是努力主义,是忍苦主义,是战之福音,是强者的说教,是新时代的新生命的创造者。罗曼·罗兰的新英雄主义对于怯弱的懒惰的敷衍苟安的中华民族是一服强烈的兴奋剂!"①

看了这篇文章,我们注意到这样几点:第一,作者指出了罗曼·罗兰的新英雄主义的时代意义,它正是当时的中华民族缺少的而需大力呼唤的生存姿态,不过作者对中华民族的批评,言辞很重,似乎也是恨铁不成钢;第二,作者本人是受到罗兰其人及其作品感染的人,所以他的语言不是那种干巴巴的论述,而是含有饱满情绪的;第三,作者既有自己的见解,也借鉴了日本学者中泽临川和生田长江的《罗曼·罗兰的真勇主义》一文②;第四,作者恐怕不是参照鲁迅的译文,而是自己从原文翻译过来的,因为他的译文与鲁迅的译文区别较为明显,但意义的表达基本一致,个别地方不及鲁译。

1935 年,《民钟季刊》发表了黄文博的《法国现代文坛概况》,作者评介了 1870 年至 1934 年法国的自然主义、写实主义、罗马派、象征主义、未来主义、天主教派和人道主义等文学派别。在论及人道主义文学时,作者对罗曼·罗兰做了这样的介绍:"他是国际主义者,也是人道主义者,为现在世界闻名的作家。他的艺术非常高超的,非常丰富的……一部享名最大的巨著《若望·吉利司道夫》……无疑的为当今世界最长的小说了。这部名作曾翻成几国的文字,特别在德国博到伟大光荣的声价……"上述介绍、研究和评论都起到了应有的作用,不但帮助中国读者了解了罗曼·罗兰及其作品,也可以说,引起了"有心研究法国现代文学的人"的兴趣。③

综合看来,20 世纪 30 年代,我国对罗曼·罗兰及其作品的介绍有着下列几个特点:(1) 译介多,评论少。十年之中有九年可以看到罗兰的作品翻译出版或再版,甚至同一年里竟推出了两到三个译本,这种现象在 30

---

① 白桦. 克利斯笃夫与悲多汶——罗曼·罗兰的新英雄主义. 黄钟,1932,1(7):1-4.
② 中泽临川,生田长江. 罗曼·罗兰的真勇主义. 鲁迅,译. 莽原,1926,1(7/8):254-288.
③ 黄文博. 法国现代文坛概况. 民钟季刊,1935,1(1):82-85.

年代的其他外国文学的翻译中,恐怕是不多见的。《译文》和《时事类编》等期刊也为译介罗兰及其作品做出了重要贡献。但研究与评论工作虽比20年代略有推进,出现了白桦写的《克利斯笃夫与悲多汶——罗曼·罗兰的新英雄主义》这样从形式上看较为像样、从内容看较有分量的文章,但总的说来,与30年代翻译工作取得的成就相比,则明显薄弱。黄源在《罗曼·罗兰七十诞辰》一文中说,当时我国对罗曼·罗兰的理解还很不深入,这可能是当时的研究与评论薄弱的主要原因。(2) 1936年是罗兰七十寿辰之年,大量的译介活动都发生在这一年里,众多的进步期刊都发表了纪念文章,使这一年成为远甚于1926年的译介罗曼·罗兰的第一个高潮。(3) 有关罗兰的政论文章虽译介不多,但都切合我国时代之需要,一方面反映了罗曼·罗兰不仅是一位世界知名作家,也是一位世界知名的和平战士,他热爱人类,关爱中国,猛烈地抨击帝国主义和军国主义的野蛮侵略;另一方面也反映了译者的政治意识,在国难当头之时做出了关心国家命运的很有责任感的选译,他们希望知识分子和一切爱国社团响应罗兰的号召,用行动来争取和平。由于这一部分与本书论题关系不大,我们只在这里做一点概说。(4) 30年代的译者中,出现了不少后来知名的人物,如文化名人梁实秋、文评家楼适夷、小说家许地山、诗人梁宗岱,翻译家还有钱歌川、萧乾和戈宝权,以及当时对法国文学介绍较多的陈占元和黎烈文等人。总的来看,他们的译介是有质量的。但同样,因为他们的译文大都与本书论题关系不大,在前面基本都做了省略,只在这里简要提及。(5) 历史地看,1937年傅雷翻译的《约翰·克利斯朵夫》第一册的出版,已经成为我国的法国文学乃至外国文学翻译史上的大事,无疑也是我国的翻译文学史上的一件大事。然而令人遗憾的是,有关译作出版后的相关报道未能查到。不过,傅译第一册1937年1月初版后,5月便再版发行,由此可以想象,傅译《约翰·克利斯朵夫》当时一定很受读者欢迎。傅雷在《译者献辞》中说:"真正的光明决不是永没有黑暗的时间,只是永不被黑暗所掩蔽罢了。真正的英雄决不是永没有卑下的情操,只是永不被卑下的情操所屈服罢了。……《约翰·克利斯朵夫》……不只是一部小说,而是人类一部伟大的史诗。它所描绘歌咏的不是人类在物质方面而是在精神方面所经历的艰险,不是征服外界而是征服内界的战迹……当你知道世界上受苦的不止你一个时,你定会减少痛楚,而你的希望也将永远在绝望中再生。"几乎每一个读者,读了这些话,都会感到刹那之间,心里产生一股"自拔与更新"的力量,都会情不自禁地"以虔诚的心情来打开这部宝典"。①

第三节 第三次译介高潮与一部完整的
翻译文学经典的诞生和传诵

20 世纪 40 年代对罗曼·罗兰作品的翻译,无论小说、戏剧还是传记,都取得了更大的成就。先看小说的翻译。傅雷在 1937 年翻译出版了《约翰·克利斯朵夫》第一册后,经过四年辛勤的劳作,终于将这 120 万字的长河小说翻译完毕,1941 年由上海和长沙商务印书馆推出了第二、三、四册。在傅译之前,我国有三个零碎的译文或译本:一是敬隐渔翻译发表在 1926 年 1—3 月号《小说月报》上的原作第一卷《黎明》的前半部分;二是静子和辛质据英文合译,1932 年由保定群玉山房和同年北平中华书局出版的《安戴耐蒂》(实即原作的第六卷);三是黎烈文翻译发表在 1934 年 3 月的《文学》杂志上的原作第四卷《反抗》的部分。敬隐渔是很有文学修养的、相当有才气的,我们可以从他的《罗曼罗朗》和《蕾芒湖畔》两篇文章中发现这一点。前者是对罗曼·罗兰及《约翰·克利斯朵夫》的评论,作者从雨果、巴尔扎克、莫泊桑和大仲马等法国名家与罗曼·罗兰的比较中,辨析出罗曼·罗兰"全脱了俗气"的描写手法,辨析出罗曼·罗兰将情节、心理和景状描写与思想和艺术批判融为一体的写作才能,以及行文简短自然却能淋漓尽致地道出"精细事情"的叙事风格;后者与其说是一篇罗曼·罗兰访问记,不如说是一篇散发出悠悠古香的、沁人心脾的精美的散文。敬隐渔也是很有艺术感悟力的。他在《罗曼罗朗》一文中,就曾这样

---

① 傅雷.《约翰·克利斯朵夫》译者献辞//傅敏. 傅雷译罗曼·罗兰名作集:约翰·克利斯朵夫(1). 郑州:河南人民出版社,1998:3.

评说《约翰·克利斯朵夫》:"兼写景、传情,创造人性,创造文体,罗曼罗朗主义,最是富于音乐底精神。音乐底精神在这一本《黎明》里边都讲完了。"除了有文学修养和艺术感悟力,敬隐渔也是具有艺术激情的。因为只有具有艺术激情的人,才会感受到罗兰的文字"句句传情",才会说书中的主人公"富于感情、生气勃勃";只有具有艺术激情的人,才能说出"书中的主人翁不是克利司多夫,乃是生命",①才能感受到那种"万般不倦的高兴","如像牵入了一团转旋得绝气的跳舞之中"的生命,又似小壁虎"昼夜在火焰里踊跃"的生命。② 敬隐渔有热血冲动,《约翰·克利斯朵夫》使他感动,他热情起来,一下子投入进去,并给罗曼·罗兰写了信,表达了自己的翻译愿望。罗曼·罗兰在回信中说:"这是一件綦重的工程,要费你许多时间。你总要决心完结,才可以着手!"③然而,有着文学修养、艺术感悟力和艺术激情的敬隐渔,有热心也有决心,却没有恒心,不能坚持不懈、持之以恒地来翻译这部120万言的长河小说。他那多血质的秉性里,早含有颓废的病态的因子,他竟把激情滥用到了生活中,最终使自己一蹶不振,很快便偃旗息鼓。④ 再来看一看黎烈文译《反抗》的情况。当时他与孩子皆病在家,《文学》杂志的编辑指定请他翻译罗曼·罗兰的作品,因罗兰的"短文非常难找,便取巧在他的长著里面拣着一个自成段落的插话译了"⑤。在此,我们不想评说译者"实在没有功夫从容选择,只是随随便便的在书柜中抽取了这一册"⑥,因为任何人都有身不由己的时候,所以世上才会有那么多的憾事。我们只想注意:(1)罗曼·罗兰在当时肯定已博得

---

① 敬隐渔. 罗曼罗朗. 创造日,1923(16):952-954.

② 此处两个比喻出自《黎明》第一部结尾,译文摘自敬隐渔《罗曼罗朗》一文,与他发表在《小说月报》上的译文有所不同。

③ 参见《小说月报》1925 年第 16 卷第 1 号第 2 页,敬隐渔译,原文如下:C'est une tâche assez lourde, et qui vous prendra beaucoup de temps. Ne l'entreprenez que si vous êtes bien décidé à la mener jusqu'au bout!

④ 据戈宝权《〈阿 Q 正传〉在国外》(人民文学出版社 1981 年版)第 36 页载,敬隐渔"在法国……得了色情狂症。1929 年前后从法国回到上海,闻后来是以狂疾蹈海而死的"。

⑤ 黎烈文. 法国短篇小说集. 上海:商务印书馆,1936:序 2.

⑥ 黎烈文. 反抗. 文学,1934,2(3):448(译后记).

了我国读者的欢迎,因为1926年在我国就有了一次罗曼·罗兰热;(2)黎烈文是能够胜任的,所以,《文学》的编辑才指定他来翻译罗兰的作品。黎烈文1926年至1933年留学法国,回国后一边从事编辑和创作工作,一边从事法国文学的翻译与研究,时任《申报》副刊《自由谈》编辑。再看傅雷,一个有着极高的艺术修养和饱满的艺术激情的人。我们可以从他的《傅雷家书》《世界美术名作二十讲》《贝多芬的作品及其精神》和《独一无二的艺术家莫扎特》等作品中发现他的艺术修养和激情气质。对于翻译《约翰·克利斯朵夫》,一个译者不仅需要具备通常的条件,如对出发语和译入语的熟练掌握,对作者和作品有准确的理解和深刻的领悟,以及诉诸理解和领悟于文字的恰当的表达,而且,还需要具备像傅雷这样的艺术修养和艺术激情。这是非常重要也十分必要的条件,因为罗曼·罗兰本人就是艺术家,他对音乐有过非常深入的研究,不少艺术辞典或音乐辞典就把罗曼·罗兰当作艺术家或音乐家收入的;更因为《约翰·克利斯朵夫》本身就具有艺术韵味,就是一部波澜壮阔、激动人心的交响曲。

《约翰·克利斯朵夫》与当时的传统小说相比,有两个显著的特点:第一就是作品宏丽的音乐性,第二则是那罕见的长河小说结构。第一个特点当然要求译者除了具有过硬的语言和文学功底外,还应具有很高的艺术修养尤其是音乐修养。同时还需要译者具有激情姿态,因为罗曼·罗兰是孕育了十年才由"情"而发:用交响乐的结构来安排这部恢宏巨著的。傅雷在留法期间,就受罗曼·罗兰影响爱上了音乐①,很快他就具有了不亚于罗曼·罗兰的艺术造诣。强调激情也是因为,激情能够提高译者对这部具有音乐性的巨著的艺术感悟能力;激情能使译者在实践过程中更积极地、主动地发挥和调动翻译主体再创造的能力。傅雷在给傅聪的信中谈到音乐家的演奏效果时说:"光有理性而没有感情,固然不能表达音乐;有了一般的感情而不是那种火热的……感情,还是要流于庸俗。"②用到翻译实践中,就等于说,光有好的水平而没有感情的投入,不可能有好

---

① 参见:傅敏. 傅雷文集·书信卷. 合肥:安徽文艺出版社,1998:5.
② 参见:傅敏. 傅雷文集·书信卷. 合肥:安徽文艺出版社,1998:421.

的翻译;但仅仅投入一般的感情也只能得到一般的译品。所以,翻译要想出成绩,还需要火热的感情深入进去才行。然而,对于《约翰·克利斯朵夫》的译者,具备了这等艺术修养和激情姿态还显得不够,二者还不能构成充分的条件。敬隐渔也是具有很高的艺术感悟力和激情的,但他却没有完成这部巨著的翻译。敬隐渔的偃旗息鼓可以说明,《约翰·克利斯朵夫》这部 120 万字的鸿篇巨制,要想翻译成功,需要多种条件的支撑,需要多种条件凝成综合的"力",才能完成。这种"力"不仅包含译者在语言与文学方面的基本功力,包含所需的艺术修养和激情姿态;而且,面对作品的第二个特点——那罕见的长河结构,还特别地需要译者具有坚忍不拔的毅力和坚持到底的恒心。殊不知,"毅力"与"恒心"也是译成一部鸿篇巨制尤其是这部长河小说必不可少的一个条件。才华和能力只有与毅力和恒心携手共进,才能叩开成功的大门。而正是由于缺乏这种毅力和恒心,有着文学修养、音乐感悟力和激情姿态的敬隐渔,最终辜负了罗曼·罗兰的厚望。然而,傅雷具有这样的毅力与恒心,它们源于傅雷的刚毅,"像革命志士一般的刻苦顽强"①,进一步说,源于傅雷的严肃。他的"赤子之心"也包含了对待艺术和人生的赤诚态度,和用严肃的态度求真、爱真和守真的生命意识。激情与严肃,构成了傅雷形象的主要表征。而艺术修养、激情姿态与持久毅力,则构成了傅雷成功翻译《约翰·克利斯朵夫》除去通常那些基本条件外三个不可或缺的硬性条件。坚忍不拔的毅力是完成《约翰·克利斯朵夫》的汉译条件变得充分起来的最后的要素。傅雷认为,攻任何学科都离不开"热情与意志","任何艺术,皆需有盖(叫天)先生所说之热爱与苦功"。② 正因为傅雷具有极高的艺术修养和饱满的艺术激情,正因为在此基础上,傅雷还具有那坚忍不拔的毅力、那坚持到底的恒心和"视文艺工作为崇高神圣事业"③的那份执着、那种锲而不舍的精神,他才能犁耨不辍,孜孜六载,"一边译一边感情冲动得很"④,恰如罗新

---

① 傅雷. 翻译经验点滴//罗新璋. 翻译论集. 北京:商务印书馆,1984:628.
② 参见:傅敏. 傅雷文集·书信卷. 合肥:安徽文艺出版社,1998:289-290.
③ 傅雷. 翻译经验点滴//罗新璋. 翻译论集. 北京:商务印书馆,1984:625.
④ 参见:傅敏. 傅雷文集·书信卷. 合肥:安徽文艺出版社,1998:360.

璋就此对他的评说,"融进了自己的朝气与生命激情,自己的顽强与精神力量"①,最终使一部翻译文学中的经典力作——《约翰·克利斯朵夫》,伴随那"浩荡"的"江声",在中国诞生。

《约翰·克利斯朵夫》在商务印书馆付梓出版后,于1945—1948年,又在上海骆驼书店连出四版,其中,1946年就出了两版。笔者在手头拥有的第二册和第四册的版权页上看到这样的记载:"1946年1月初版,1946年12月再版。"这种一版再版、一年两版、多版共存的现象,如果用"万人空巷"来形容当年广大读者争购传阅的盛况,恐不为过。茅盾在《永恒的纪念与景仰》一文中所说,就可使我们对当年这一盛况有所想象:"他的巨著《约翰·克利斯朵夫》,和托尔斯泰的《战争与和平》,同是今天的进步的青年所爱读的书;我们的贫穷的青年以拥有这两大名著的译本而自傲,亦以能转辗借得一读为荣幸。"②傅雷还在第二册卷首写下了近五千字的《译者弁言》,"希望为一般探宝山的人做一个即使不高明,至少还算忠实的向导",因为"对于一般的读者,这部头绪万端的迷宫式的作品,一时恐怕不容易把握它的真际"。③ 傅雷告诉读者,"切不可狭义的把《克利斯朵夫》单看做一个音乐家或艺术家的传记",它"不单是写实的而且是象征的,含有预言意味的","在描写一个个人而涉及人类永久的使命与性格以外,更具有反映某一特殊时期的历史性"。④《译者弁言》一方面让我们看到了傅雷作为一个译者对于读者的责任心,把读者的领会接受看作自己译介工作的一部分;另一方面,从内容说,比起1937年出版的第一册上的《译者献辞》,此弁言也让我们看到傅雷本人通过全书的翻译,对《约翰·克利斯朵夫》也有了更深刻的领会和认识。在傅译之后,1944年和1945年,重庆世

① 罗新璋. 傅译罗曼·罗兰之我见//傅敏. 傅雷译罗曼·罗兰名作集. 郑州:河南人民出版社,1998:代总序 2.
② 茅盾. 永恒的纪念与景仰//茅盾全集(第 33 卷). 北京:人民文学出版社,2001:523.
③ 傅雷. 译者弁言//傅敏. 傅雷译罗曼·罗兰名作集. 郑州:河南人民出版社,1998:10.
④ 傅雷. 译者弁言//傅敏. 傅雷译罗曼·罗兰名作集. 郑州:河南人民出版社,1998:7.

界出版社还出版了《若望·葛利斯朵夫》的第一卷《黎明》和第二卷《晨》①。第一卷卷首有《作者的话——关于〈若望·葛利斯朵夫〉》和英译者吉尔勃·卡纳写的序。

再来看戏剧翻译。20世纪40年代戏剧翻译的突出成就是上海世界书局1944年初版、1947年再版的贺之才翻译的七部剧作:《丹东》《群狼》《圣路易》《哀尔帝》《理智之胜利》《爱与死之赌》和《李柳丽》,列入《罗曼·罗兰戏剧丛刊》。由于贺译《七月十四日》1934年已由上海商务印书馆出版,故未收入丛刊。每一剧作前都有译者写的《罗曼·罗兰戏剧丛刊弁言》和其子贺德新所作《罗曼·罗兰戏剧丛刊序》。其《弁言》告诉了我们,译者在"由法文直接移译为语体文"过程中的审美取向和目标追求,"窃维剧词贵在传神,而传神之笔则俗语尚矣,故译文不惜南腔北调,以求达此目的,又,《李柳丽》一种原为散文而实叶韵译者,草草操觚但期信达"②。译者贺之才在移译的过程中追求的是"传神",从最终结果看,追求的是"信达",以"传神"和"信达"作为取舍标准,而不在乎俗语和南腔北调。这与傅雷的翻译观颇为相似。其子之《序》道:"就技术而言,罗氏在戏剧方面的成功,稍逊于在小说方面的。因为戏剧地盘逼仄,不容许心灵的详细分析,不如小说可以无限制地、极细微地,来描述每人对于外来事件底自然的反应。《约翰·克利士多夫》所以可称为罗氏不朽的杰作。"③

1946年,上海文化生活书店再版了李健吾翻译的《爱与死的搏斗》④,其附录部分,有陈西禾作的《罗曼·罗兰小传》、译者作的《跋》《再版跋》和《本事》。在《跋》中,译者对翻译之不易陈述了自己的体认:罗曼·罗兰在序言中说,外国的诠释者往往"不能够透过文字音节的人为铺张,或者透

---

① 罗曼·罗兰. 黎明. 钟宪民,齐蜀夫,译自英文. 重庆:世界出版社,1944;晨. 钟宪民,译自英文. 重庆:世界出版社,1945.

② 参见:罗曼·罗兰. 理智之胜利. 贺之才,译. 上海:世界书局,1947;首页。

③ 参见:罗曼·罗兰. 理智之胜利. 贺之才,译. 上海:世界书局,1947;序5-6.

④ 李健吾翻译的《爱与死的搏斗》由上海文化生活书店1939年出版,1940年和1946年两次再版;1943年也由桂林文化生活书店发行,均被列入巴金主编的"文化生活丛刊"。

出咬文嚼字的烟雾弥漫", "因为他们就没有承受我们感觉样式的本能的传统"。译者继而论道: "然而, 对于我们'外国的'后生小子, 问题还要杌陧一层。不像一个普通的法国人, 我们没有法国语言的本能的感受, 还不说罗曼·罗兰所说的历史上的风格的感觉。我们的了解要有三重扞格: 第一, '大革命'的历史的认识, 第二, '大革命'的灵魂和语言, 第三, 一般的法兰西的生活和语言。把这些全放下, 我们还得加上一条中国语言的距离。"①译者没有停留在"技"的层面, 探讨语言转换过程中的具体问题, 而是在综合的高度谈论翻译过程中的两个基本的问题: 理解与表达。要理解好一部作品, 除作品本身, 还要对作品之外的历史背景和社会环境有所了解, 所以谈到了"大革命"的历史知识, 其灵魂和语言以及法兰西的生活; 要表达好原作的内容, 既需要掌握好源语, 又需要精通译语, 汉语语言与法语语言之间的距离也是翻译成败的一个"扞格"。且不谈风格的问题, 因为风格的问题是更高一个层次的难题。可以看出, 译者对翻译活动有过相当深入的思考, 所以才会看到这"重重的关山"。而译者撰写的《本事》实则是《爱与死的搏斗》的剧情简要说明。我们还能看到上海剧艺社演出此剧的五幅剧照穿插在译本中。

再来看传记翻译。40 年代罗兰的传记中再版次数最多的, 无疑要属傅雷翻译的《贝多芬传》了。这部传记初译于 1932 年, 由于出版界坚持此书"早有译本", 不肯接受而使其被束之高阁十年之久。1942 年, 傅雷全部做了重译, "把少年时代幼稚的翻译习作一笔勾销"②。不想, 此书经过十年磨难和两次翻译, 上海骆驼书店 1946 年 4 月初版 3000 册后, 同年 11 月再版 2000 册, 随后 1947 年和 1948 年又两度再版, 在罗兰的传记中最受读者的欢迎。此外, 正是因为前后这十五年的间隔, 傅雷对贝多芬的精神和作品的内容才有了非常深刻的领会, 同时贝多芬也给予了傅雷多重的启示和影响。"为完成介绍的责任起见", 傅雷还在译文后附加了一篇 2.5 万字的分析文章《贝多芬的作品及其精神》。傅雷在文章的第二部分, 带领读者"从高远的世界中下来,看看这位大师在音乐艺术内的实际成就"。傅雷是这样结束第二部分的:"在时代转换之际,同时开下这许多道路,为后人树立这许多路标的,的确除贝多芬外无第二人。所以说贝多芬是古典时代和浪漫时代的过渡人物,实在是估低了他的价值,估低了他的艺术底独立性与特殊性。他的行为底光轮,照耀着整个世纪,孵育着多少不同的天才!音乐,由贝多芬从刻板严格的枷锁之下解放了出来,如今可自由地歌唱每个人的痛苦与欢乐了。由于他,音乐从死的学术一变而为活的意识。所有的来者,即使绝对不曾模仿他,即使精神与气质和他的相反,实际上也无疑是他的门徒,因为他们享受着他用痛苦换来的自由。"①在此引录这么一段是要再一次证明,傅雷绝非一个普普通通的音乐爱好者,他的音乐修养已达到炉火纯青的境界,他的艺术心灵与罗曼·罗兰的艺术心灵相通共鸣,所以他翻译的《贝多芬传》和《约翰·克利斯朵夫》才能一版再版,赢得一批又一批的读者。

20 世纪 40 年代,除了对罗兰作品的译介,还有国外学人关于罗兰的研究著作被翻译出版或再版,如美国威尔逊(R. A. Wilson)的《罗曼·罗兰传》②和刺外格的《罗曼·罗兰》③。另外,我国学者自己著编的研究著作也开始和读者见面,如芳信的《罗曼·罗兰评传》④和胡风编的《罗曼·罗兰》⑤。

这个时期译介的另一个特点是,多部作品集和文论集收入了罗曼·罗兰的作品翻译。如关于其小说,1942 年上海中流书店出版的《归来》小说集和 1946 年上海铁流书店出版的《不能克服的人》小说集,都收入了黎

---

① 傅雷. 贝多芬的作品及其精神//傅雷. 傅译传记五种. 北京:生活·读书·新知三联书店,1996:214.

② 威尔逊. 罗曼·罗兰传. 沈炼之,译. 上海:文化生活书店,1947 初版,1949 再版.

③ 刺外格. 罗曼·罗兰. 杨人楩,译. 上海:商务印书馆,1947.

④ 芳信. 罗曼·罗兰评传. 上海:永祥印书馆,1945 初版,1947 再版,1949 三版.

⑤ 胡风. 罗曼·罗兰. 上海:新新出版社,1946 初版,1948 再版.

烈文译的《反抗》①;《欧美小说名著精华》(三)介绍了《若望·克利斯多夫》②,全文约五千字,是译与编穿插而成的一篇短小的梗概。另外,也有不少文集收入了罗兰的文论。

　　1944 年 12 月 30 日,还差 1 个月就到 79 岁的罗兰,在巴黎解放后刚刚度过了 4 个月和平的日子,便因病在家乡与世长辞。全世界爱好和平的人士都十分悲痛,为他哀悼。噩耗传到中国,很快便在文化界引起普遍的怀悼和深切的哀思。1945 年在我国便成为继 1926 年和 1936 年两次译介热潮后的第三个高峰,只是这一次高峰不是单纯的译介活动推助的,而是对罗曼·罗兰浓浓的怀念使然的。1945 年 1 月 25 日,《新华日报》第 4 版全版办成了"追悼罗曼·罗兰特辑"。戈宝权撰写了《罗曼·罗兰的生活与思想的道路》,文章从罗兰答谢苏联文艺界祝贺他七十寿辰的信中,引出罗兰送给胜利后的苏联人民的"友谊忠告":"千万不要把今天的胜利看得满足! 尤其是不要依靠那些得到的成功! 成功一次是不能持久的。必须天天成功才是。每天早上,我们都得把新的工作担当起来,——把上天开始的斗争继续下去。人间的生活永不停止。谁停止了谁就落后。我们必须前进必须一直前进。对于错误,对于不公正,对于死,我们必须不住地力争着更大的更大的胜利。"这些话,对于当时艰苦奋斗追求光明的中国人,对于即将赢得抗日战争胜利的中华民族,的确是最适合的"友谊忠告"了,确乎可以算作罗兰"留给我们的最好的遗言"。严杰人在《呼吸英雄的气息》中写道:"罗曼·罗兰说:'要把阳光播散在别人的心里,先得自己心里有。'罗曼·罗兰本人的心里是有阳光的,他已经把它播散在我们众人的心里……英雄死了,但是,英雄的气息是永存的。"王亚平则用诗歌《欧罗巴,民主的巨星陨落了!》来怀念"在暗夜与黎明交界的当口",熄落的民主的巨星。在罗曼·罗兰《约翰·克利斯朵夫向中国的弟兄们宣言》一文下,还有一则报道:"罗曼·罗兰的名著《约翰·克利斯朵夫》,我

---

①　巴比塞,等. 归来. 祝秀侠,等译. 上海:中流书店,1942;巴比塞,等. 不能克服的人. 蓬子,等译. 上海:铁流书店,1946.

②　参见:郑学稼,吴苇. 欧美小说名著精华(三). 重庆:中国文化服务社,1944.

们现已有傅雷的全译本……"1月26日的《新华日报》第1版广告栏中,又报道了钟宪民、齐蜀夫译的《若望·葛利斯朵夫》第一卷《黎明》的出版,称《若望·葛利斯朵夫》"是现代大文豪罗曼·罗兰划时代的杰作,描写一个音乐家为追求理想而奋斗的一生,受尽人间的辛酸,到处流露出人性的真情,是一部人生的交响乐,也是一部人类的伟大史诗",并借英国批评家卡纳之言,说它"是二十世纪第一部巨著,在某种意义上可说是它开始了二十世纪"。3月25日,《新华日报》第4版又用了半个版面再次"悼念罗曼·罗兰"。郭沫若发表了《和平之光——罗曼·罗兰挽歌!》,还以中华全国文艺界抗敌协会的名义发表了《悼念罗曼·罗兰》一文。胡风写下了《向罗曼·罗兰致敬》。陈学昭的《愿你安息在自由的法兰西》被再次发表(该文首次发表于1945年1月29日的《解放日报》)。

在《新华日报》悼念罗曼·罗兰的同时,《解放日报》也迅速行动起来。而且,为表示他们"无限深沉的悼念",《解放日报》特意选择1月29日罗兰的生日和1月30日罗兰逝世的整月,在第4版出了两期专刊。在1月29日的专刊上,艾青发表了题为《悼罗曼·罗兰》的诗,运用了比兴的手法,用"欧罗巴最高的山"和"欧罗巴最美的湖"来兴起对"欧罗巴最好的老人"的赞美之情。萧军在《大勇者的精神》里称:"罗曼·罗兰——是属于那具有着:水晶似的灵魂,纯金的心,太阳似的光与热……用刀或用笔,为人类的进步而战,流尽最后一滴血;吐出最后一口气息……这样英雄群队中底一人。"为什么萧军从"大勇者"的角度来纪念罗曼·罗兰呢?他在文章最后说:"鲁迅先生在他的文章中,对于人民曾概括地指出过中国几千年来历史上的特征:一、想做奴隶而不得的时代;二、暂时做稳了奴隶的时代。如今,我们这已是属于'第三时代'了。不独不再'想做',而且永不会再'做'了……我们承继了先哲们的'大勇者'底精神;百战百胜的方法和武器。因此,我们这新时代底'铁城'已经坚牢地、不可拔、不可摇撼地铸下了它底伟大的初基。也正在日日夜夜用了铁和血溶解成的那鲜红的汁液浇铸着它底围墙。我们愿望着这'铸城'的英雄们多些,再多些……勇猛,再勇猛些,来一同为这'城'而奋战罢!"原来,作者是希望中华儿女多多地来继承罗曼·罗兰的大勇主义精神,为铸造新的中国而英勇地奋斗。

陈学昭的散文《愿你安息在自由的法兰西》首次发表,称颂罗曼·罗兰是为真理、正义、自由和民主而战的"一位战士、一位英雄、一个艺术家的榜样"。在1月30日的专刊上,萧三发表了《哀悼法国伟大文豪、中国人民之友罗曼·罗兰》一文,以深切悼念这位"中华民族的朋友""中国文化的朋友"和"中国的至友",并表达说,对罗曼·罗兰最好的、最神圣的纪念碑,建筑在我们的心里。李又然在《伟大的安慰者——纪念罗曼·罗兰先生》一文中说,"多少人受先生感动与影响走上革命的路来。先生是桥。先生是灯塔"。作者之所以称罗兰是"伟大的安慰者",是因为罗兰"伸出手来爱抚一切心的受难者……从来不肯不给不幸的人们以安慰……就像'时间'本身一样没有休息时间,总在为真正的永久和平工作着,总在竭力安慰着不幸的人们"。

除《新华日报》和《解放日报》两大报刊外,当时用专栏的形式隆重悼念罗曼·罗兰逝世的期刊,还有《抗战文艺》,这是中华全国文艺界抗敌协会总会编辑发行的期刊。在1945年6月发行的第10卷第2、3合期上,刊出了《怀悼罗曼·罗兰》专栏,内含6篇文章,即:郭沫若以中华全国文艺界抗敌协会名义所作的《悼念罗曼·罗兰》、茅盾撰写的《永恒的纪念与景仰》、萧军撰写的《大勇者的精神》、阿拉贡撰写的《罗曼·罗兰》、焦菊隐撰写的《从人道主义到反法西斯》和孙源撰写的《敬悼罗曼·罗兰》,最后还有冷火编写的《罗曼·罗兰年谱简编》。郭沫若和萧军的文章早先已分别刊登在了《新华日报》和《解放日报》上。茅盾的《永恒的纪念和景仰》[①]是他撰写的有关罗曼·罗兰的文章中最长的一篇。作者主要描述了罗曼·罗兰的思想旅程。此前,茅盾在得知噩耗后之翌日,于重庆文协就写下了《拿出力量来》一文,表示了悼念之情,"今天我们为了人类文化的巨大的损失而悲痛,今天也因有这悲痛而使我们的情感更热烈而圣洁"[②]。几篇悼念文章均突出了罗曼·罗兰反对法西斯侵略、反对帝国主义战争的大

---

① 此文也发表于《文翠》第3期,1945年10月23日出版。
② 茅盾. 茅盾全集(第33卷). 北京:人民文学出版社,2001:521-522.(文章最初发表于1945年1月20日出版的《文学新报》第3期上。)

勇主义,反映出作者和编辑的用意。他们借此要说明,罗曼·罗兰在维护正义与和平的斗争中,始终是站在世界人民一边的,始终也是站在中国人民一边的,他是中华民族抗日救国的有力的一个支持者。

除上述两报一刊外,我们还能在当时不少的刊物上,看到纪念罗曼·罗兰的文章。如《文学新报》刊登了郭沫若的《宏大的轮船停泊到安全的海港》①;《文艺杂志》刊登了郭沫若的《伟大的战士,安息吧!——悼念罗曼·罗兰》②;早在1923年,郭沫若在《国家的与超国家的》一文中,就提到了被法国"逐在国门之外"的"高唱人类爱的罗曼罗郎"③。在1946年出版的《文潮月刊》上,也能读到董每戡的《悼罗曼·罗兰》④。甚至到了1948年,《创世》第8期还刊登了《罗曼·罗兰的生平——为罗曼·罗兰逝世三周年纪念而作》的文章。

1945年,闻家驷发表的《罗曼·罗兰的思想、艺术和人格》可以说代表了40年代我国研究罗曼·罗兰的一个水平。作者指出,罗曼·罗兰的思想"是大众化的,通俗化的,因为构成他的全部思想的一个主题正好是他从一般人所熟习周知的事物中,或者说是从人民大众的生活中提炼出来的一个问题,并且是人民大众所急于要与以解决的。这个问题便是:我们应该改造我们的思想,改造我们的灵魂"⑤。罗曼·罗兰认为,凡是处于水深火热的环境天天和生活搏斗的人才配做英雄,这正反映出他的思想的大众性和通俗性;罗兰并不追求艺术本身的价值,并不追求艺术至上,而是从社会意义上去关注艺术作品是否拥有强大的生命和雄壮的不可抗拒的活力。在他看来,艺术是改造社会的工具,甚至是一种革命的武器。罗曼·罗兰的人格主要是通过他作为一个勇敢的行动家体现出来的,正如他所说:"思想决不能和行动分开,不行动的思想,不是思想,只是停顿和

---

① 参见《文学新报》1945年第1卷第3期。

② 参见《文艺杂志》1945年新1卷第1期。

③ 郭沫若. 郭沫若全集(第15卷). 北京:人民文学出版社,1990:183.(此文最早发表在《创造周报》1923年第24号上。)

④ 参见《文潮月刊》1946年第1卷第1期。

⑤ 闻家驷. 罗曼·罗兰的思想、艺术和人格. 世界文艺季刊,1945,1(2):5.

死亡。"闻家驷 1931 年至 1934 年留学法国,是翻译和研究法国文学的专家,对于译介法国文学做出过重要贡献。这篇文章反映出作者对罗曼·罗兰的高度评价。

胡风在罗兰逝世的消息传来后,还特地编辑了《罗曼·罗兰》纪念册,缅怀这位以《约翰·克利斯朵夫》感动着中国进步青年的伟大作家。于是,《罗曼·罗兰》纪念册便成为继《新华日报》《解放日报》和《抗战文艺》之后,纪念罗兰逝世的又一重要的出版物。纪念册内收罗曼·罗兰文录 10 则:常惠译的《给嵩普德曼的一封公开的信》、杨人楩译的《精神独立宣言》①、戈宝权译的《复敬隐渔》和《约翰·克利斯朵夫向中国的弟兄们宣言》②、吕伯勤译的《向高尔基敬礼》③和《高尔基文化论文集序》、戈宝权译的《艺术与行动:论列宁》④和《给苏联人民的信》⑤,还有黎烈文译的《和高尔基告别》以及黎译布洛克的《法兰西与罗曼·罗兰的新遇合》⑥。另外,册中还收入了冰菱(即路翎)的《认识罗曼·罗兰》、舒芜的《罗曼·罗兰的"转变"》和胡风的《罗曼·罗兰断片》三篇文章。胡风在《辑录后记》中说:"这一个小册子,主要的还是罗兰自己的文字,像一切的这种场合一样,罗兰逝世后也颇为热闹了一通,但除了偶尔见到的一两篇翻译文章,理解罗兰的工作还是须得做一点的……至于我们自己所写的三篇,不过是一斑之见,但罗兰这样的存在,有如浩瀚的大海,暂时也只能送出这样的一斑之见。"⑦在这段文字中,"热闹"一词的使用,正反映出我国的文化界对罗曼·罗兰的逝世表达的哀思之浓烈。1945 年 3 月 25 日,我国文化界就在重庆举行了隆重的悼念仪式,追悼罗曼·罗兰。洪深主持了追悼会,于右

---

① 参见:刺外格. 罗曼·罗兰. 杨人楩,译. 上海:商务印书馆,1928.
② 《小说月报》1925 年第 16 卷第 1 号和 1926 年第 17 卷第 1 号均有过敬隐渔的翻译。
③ 另:《译文》1936 年新 1 卷第 2 期刊登过陈占元的译文。
④ 参见《群众》1945 年第 10 卷第 2 期。(另:《七月》1938 年第 3 集第 2 期刊载过张元松的译文。)
⑤ 另:仲持写的《七十老人罗曼·罗兰》中也有翻译,见《文学》1936 年第 6 卷第 4 期。
⑥ 此处两篇黎译曾载于《译文》1936 年新 1 卷第 2 期和新 1 卷第 6 期,也曾载于黎烈文选译《邂逅草》(上海生活书店 1937 年版)中。
⑦ 胡风. 胡风全集(第 5 卷). 武汉:湖北人民出版社,1999:384,386.

任、郭沫若分别致了悼词,白杨女士等朗诵了《爱与死的搏斗》的片断,还有挽歌祝伟大的民主战士永生。3 月 26 日的《新华日报》做了报道:《伟大的民主战士——记罗曼·罗兰追悼会》。"中国人民和中国知识分子,在自己的悲剧里面,在自己的同胞成百万的死去的时候,而以全副心肠来追悼罗曼·罗兰①,那是因为他战斗的一生和辉煌的巨著《约翰·克利斯朵夫》鼓舞了中国人民和中国知识分子,从而使他获得了这样深的哀思和尊敬,他尤其生活在中国知识分子的心灵之中。

20 世纪 40 年代对罗曼·罗兰及其作品的译介与研究,除了在上述纪念罗曼·罗兰逝世的文章中出现的以外,我们还能在专论法国文学的文章中见到。如《文艺复兴》上发表的《〈新法兰西杂志〉与法国现代文学》一文中,作者盛澄华在谈到法国现代文学的演进时,对"江河小说"或"环形小说""这一类长套小说"的种类做了清理:"有以个人为出发点的,有以家庭为出发点的,更有以集体为出发点的"②;紧接着便主要介绍了罗曼·罗兰:"属于第一类的除普卢的《往事追迹录》③外,有罗曼·罗兰于一九〇四至一九一二年间出版的《约翰·克利斯朵夫》。这部小说在当时曾轰动一时,但今日在法国却已被人遗忘。罗曼·罗兰以国际主义者的立场选了这一位生长在德国的音乐家约翰作他小说中的主人公,而借他的目光批评了法国当代的文化。这部小说曾拥有广大的读者,而各国译本所发挥的力量又远胜于原著,因为在法国'文艺圈内',罗曼·罗兰的文体被认为太不合法文精密与典雅的尺度,而这小说的缺乏心理深度也是所以使它受法国文艺界漠视的原因。"④作者的这段评介文字是比较客观的,无论是道其成功,还是指其不足,都较有分寸,体现出作者对罗曼·罗兰乃至整个法国文学有过认真的研究。文章涉及的是 *N*.*R*.*F*.(即《新法兰西杂志》)与法国现代文学的关系,作者在文章结束前说明,"本文所提及的主

---

① 参加追悼会的墨西哥代办卡斯特罗·瓦叶语,参见《新华日报》1945 年 3 月 26 日的《伟大的民主战士——记罗曼·罗兰追悼会》一文。

② 盛澄华.《新法兰西杂志》与法国现代文学. 文艺复兴,1947,3(3):319.

③ 即普鲁斯特的《追忆似水年华》。

④ 盛澄华.《新法兰西杂志》与法国现代文学. 文艺复兴,1947,3(3):319.

要作家中仅罗曼·罗兰与 *N. R. F.* 无关",这一句话道出了两个客观事实:(1) 罗曼·罗兰在当时的法国确曾一度受到相当的冷漠,甚至在文学史上也被边缘化了;(2) 罗曼·罗兰依旧是个伟大作家,所以,即便他与 *N. R. F.* 无关,作者还是对他做了应有的评介。

　　同一时期,罗大冈发表了《两次大战间的法国文学》。他谈论罗曼·罗兰是从贝基①开始的。贝基是罗曼·罗兰在巴黎高等师范学校时的挚友,后来创办了《两周评论》(*Cahiers de la Quinzaine*),罗曼·罗兰的《贝多芬传》《米开朗琪罗传》和《约翰·克利斯朵夫》最初都在这上面发表。一战刚刚爆发,热情的贝基就为国捐躯疆场了。罗曼·罗兰在逝世前所做的事情,一是写自己的《内心旅程》,另就是写《贝基传》。罗大冈是这样开始介绍罗曼·罗兰的:"贝基在巴黎高等师范时有一个挚交的同学:罗曼·罗兰。……开初,贝基和罗兰是携手同行的好友。他们的基本精神均为仁慈与博爱……上次大战(指一战)爆发后,他与贝基益发站在相反的立场。贝基主战,为防卫神圣的,天主教的法兰西而战……罗曼·罗兰则站在超国界的立场,反对一切战争。上次大战期间,反战的罗兰被全法国目为卖国贼。在百夫所指,不病而死的空气下,他只好逃亡于瑞士,爱国诗人贝基则与巴亥司②同为当时文坛的宠儿。大战结束以后,罗兰的和平主义渐渐为人世了解。尤其是一九一六年得了诺贝尔文学奖以后,罗曼·罗兰名扬世界,甚至于中国人也凑热闹,把他的姓名挂在嘴上。而贝基则被人遗忘了。……这次大战期间,贝基的遗著成了一部分法国人噙着热泪反复诵读的'枕边书',可是这次大战以后,七十多岁的罗兰从瑞士回到巴黎,立刻又成了赞仰他的人们的欢喜雀跃的对象。就在这光荣的高潮中,老头儿溘然谢世了:这一死也死得得时。贝基和罗兰两人文运的升沉,令人深感于文人的成败荣辱,几乎完全听凭时代潮流任性簸弄,和群众爱憎的转移。"③可以看出,罗大冈对贝基是深表敬佩和同情的,就像

①　贝基(Charles Péguy):罗曼·罗兰好友,法国作家,1873—1914。
②　巴亥司(Maurice Barrès):法国作家,1862—1923。
③　罗大冈. 两次大战间的法国文学. 文学杂志,1947,2(5):28-29.

他在文中还说的:"贝基以纯洁,善良,稍带稚气的憨直的,殉道者的面目
出现于当代法国文学。……说贝基是法国史上来自民间的第一个大文学
作家,恐不至过分。"①然而,罗大冈对罗曼·罗兰却提不起热情,文笔偏
冷,并且把罗曼·罗兰置于贝基名后,这种情况据笔者考察,可能在我国
还是头一次出现。在此有必要提醒大家,罗大冈也是我国研究罗曼·罗
兰的专家,而这里的引文,恐怕是他较早论及罗曼·罗兰的文字了。

这一时期,真正算得上是研究的文章,应推戈宝权的《罗曼·罗兰的
〈约翰·克利斯朵夫〉》。这是一篇标准形式上的研究文章,它运用了传统
的典型的作品分析的模式,分"它的诞生和时代""它的内容和基调""它的
形式和造意"和"我们怎样认识它"四个部分加以论述。这种分析模式提
供的探索路径,可以解答作者预设的一些重要问题,从而有助于读者较为
全面和深刻地理解作品。

在第一部分,作者介绍了时代背景和作品的产生后叙述道,罗曼·罗
兰写作《约翰·克利斯朵夫》"前后亘十余年之久",一边是默默无闻的孤
苦劳作,一边是跟随着一期期的《两周评论》阅读《约翰·克利斯朵夫》的
越来越多的识与不识的朋友。巨著的完成,"带给他的不是失望,而是无
限的光荣,欧西几个国家都先后有了这部著作的译本"。

在第二部分,作者指出,《约翰·克利斯朵夫》是"具现了个人英雄主
义的一部最有力的作品,同时它还是一部创造的个性对腐朽的资产阶级
制度作反抗的史诗。在这部整整写了十年的巨著中,罗曼·罗兰创造出
了一个英雄人物约翰·克利斯朵夫,靠着他的清晰的目光,明睿的智慧,
批评了当时社会中的一切反动势力;指出了文学、艺术和音乐思想中的一
切虚矫与伪善;发挥了'唯有创造才是欢乐','创造就是消灭死亡'的思
想,来祛除当时社会上所弥漫着的陈腐的气息。作者更进而在这部作品
中,还又检讨了当时西欧的整个文化思想,并为它指出了一条新的路
径"②。而"唯有创造才是欢乐"和"创造就是消灭死亡"正是这阕大交响乐

---

① 罗大冈. 两次大战间的法国文学. 文学杂志,1947,2(5):27.

② 戈宝权. 罗曼·罗兰的《约翰·克利斯朵夫》. 读书与出版,1946(1):5.

中的基调。

在第三部分,关于"形式",作者认为,"这部作品所包者广,它不仅是部想象的人物的传记,它还是全时代的写照;它不仅缕述出个人的思想,它还是对于整个时代各种思想(首先是文艺思想)的总批判,甚至我们就是称它是部十九世纪后半叶和二十世纪初叶的欧洲文艺思潮批判史,也不为过言①。关于"造意",作者分析说:"罗曼·罗兰在约翰·克利斯朵夫这个人物之外,又创造了奥里维和葛拉齐亚两个人,这也是具有着深刻意味的,这正如同他拿德、法、意三个国家来做全书的背景,是同等地有意义。……罗曼·罗兰现在把他们(指约翰·克利斯朵夫和奥里维)联系在一起,想用德意志的力量来救济法兰西的萎靡,用法兰西的自由来救济德意志的顺服……但这一切还不够,因之罗曼·罗兰又创造了葛拉齐亚,作为意大利的化身,作为美丽与光辉的实体……这也正暗示了罗曼·罗兰的三位一体的文化交流的思想。不用说,在今天看起来,罗曼·罗兰的这种造意是很有商讨的余地的,但他在写作《约翰·克利斯朵夫》这部巨著时,这却不能不说是一个大胆的理想与尝试。"②从作者上述见解中,当然也能看出傅雷《译者弁言》里的观点,作者显然是把傅雷《译者弁言》里的思想作为自己撰文时的重要参照的。不过笔者要对作者的"商讨"提出自己的商讨:我们不能用对待政治家的要求来要求作家。当一个作家,对人类有着美好的理想,并为美好的理想而奋斗时,即便这种理想显得不切实际,也无可厚非,因为他是作家而不是政治家,因为,也很难说这种把人类引向至上、至善的理想,不能成为人类的一种生存追求。作家的任务是要给世人的生存打造更多的精神支柱,开耕更多的精神园地,拓创更多的精神向往。批评一个作家"没有能找到一条真能彻底消灭战争,为人类谋幸福,开辟新世界的历史行程所必由的道路"③,是把对政治家的希望寄托到了作家身上。

---

① 戈宝权. 罗曼·罗兰的《约翰·克利斯朵夫》. 读书与出版,1946(1):7.
② 戈宝权. 罗曼·罗兰的《约翰·克利斯朵夫》. 读书与出版,1946(1):8.
③ 戈宝权. 罗曼·罗兰的生活与思想之路. 文坛月报,1946,1(3):81.

　　第四部分是非常重要的,它告诉读者"怎样来理解它""怎样来接受它"。作者指出:"《约翰·克利斯朵夫》在它诞生的时代,是具有着现实的意义的。它对于当时的虚伪与暴力的社会,曾作了最有力的反抗,⋯⋯更对当时一切的思想作了最有力的批判。而克利斯朵夫那种不屈不挠和与艰苦作斗争的精神,就是直到今天,对于我们依然是一个最好的榜样,是一种最好的鼓励。但同时我们也应该理解,罗曼·罗兰在《约翰·克利斯朵夫》这部巨著中所发挥的英雄主义和对于自由的个性的渴求,是带着乌托邦和浪漫主义的性质的,而他更大的悲剧,就是当他呼吁人家起来和社会的不义及反动力量作斗争时,只能凭着良心作指导,用内心的宝藏——爱情、友谊、仁慈、道德的崇高的美来和它们对立,但这一切在现实的斗争中又是多么无力!⋯⋯当我们今天来读《约翰·克利斯朵夫》这部巨著时,我们应该记得,罗曼·罗兰本人在写完它时也是舍弃了它和超越过它的。"①文章作者在道出了《约翰·克利斯朵夫》的历史意义和现实意义后,接下来更多的笔墨,是提醒读者冷静地看待这部巨著,它不过是罗兰早期思想的反映,并引用罗兰写的《末卷序》来证明他后来思想上的"超越":"我自己也和我过去的灵魂告别了;我把它丢在后面,像一个空壳似的。生命是一组连续的死亡与复活。克利斯朵夫,我们一起死去再生吧!"②作者的分析不无道理,罗曼·罗兰的思想前后是有不同的,明显的转折是从1931 年发表《和过去告别》始,而罗曼·罗兰的《末卷序》写于 1912 年 10月,所以作者的这一说法是值得商榷的,不能令人信服。罗曼·罗兰"与过去的灵魂告别"不等于说"与作品告别",不等于说《约翰·克利斯朵夫》应当丢弃了。果此,为什么罗曼·罗兰对这部作品在苏联受到欢迎而感到格外兴奋和安慰呢?为什么罗曼·罗兰又十分关心它在中国的命运呢?但笔者的问题倒在于:为什么文章作者要提醒读者,《约翰·克利斯朵夫》表现的是罗曼·罗兰前期的思想,是罗曼·罗兰已经舍弃的思想?这背景因素中重要的一点,恐怕还是因为当时《约翰·克利斯朵夫》引起

---

① 　戈宝权. 罗曼·罗兰的《约翰·克利斯朵夫》. 读书与出版,1946(1):8-11.
② 　戈宝权. 罗曼·罗兰的《约翰·克利斯朵夫》. 读书与出版,1946(1):11.

了万人争购和传阅,倾倒了无数的读者,越来越在青年人中传播开来,大有压倒其他著作的"过热"的趋向。只有当广大的读者,尤其是青年读者,都来竞相阅读这部名著宝典,对它着了迷的时候,才能有高层的有识之士,对这种"过热"的现象提出冷静的观点。青年人阅历少,看事情不够深刻,这是有识之士关心的问题。但不管怎么说,戈文是一篇能全面评论这部巨著的文章。

翻译文学经典赢得了读者的热情,也继续推动着研究的热情,王元化的《关于〈约翰·克利斯朵夫〉》也是这一时期十分重要的一篇评论文章。作者是我国的文艺批评名家,他并不从那种固定的评论模式来谈《约翰·克利斯朵夫》。他强调指出,"读《约翰·克利斯朵夫》,谁能够抛弃那种文学 ABC 的滥调俗套,用自己的朴素的眼睛去看,谁才会领略到原作的真正的精神";他还对《约翰·克利斯朵夫》"不合艺术规律"的"独特"的写法表示赞赏,"因为罗兰像一个音乐家,不是要创造'物质世界'领域中的现实,而是要创造'精神世界'领域中的现实"。① 王元化还对茨威格的研究视角提出批评,并质疑法国批评家布洛克的观点。茨威格是罗曼·罗兰生前的好友,布洛克也是罗曼·罗兰景仰的批评家,两人的观点和认识照理来说是具有权威性的,因而在我国也被视为重要的理论参照。然而,王元化却自有主见,不盲从权威,他用自己朴素的语言表达出了同样闪烁着智慧光芒的真知灼见。

当青年一代对罗曼·罗兰的热爱持续不减的时候,另一位文艺理论家,《贝多芬传》最早的译者杨晦也发表了自己的观点。1947 年 4 月 5 日,在交大今天社主办的罗曼·罗兰文艺晚会上,杨晦做了《罗曼·罗兰的道路》的演讲。目的是通过辨认罗曼·罗兰一生所走的路,"正确地估量"罗曼·罗兰,"增加对于罗曼·罗兰的了解,更进一步的了解,不至于减低了对于罗曼·罗兰的热爱,不至于破坏了对于罗曼·罗兰崇拜的完整性"②。他提醒青年朋友,"在贝多芬当时的德国,社会的发展,正是资产阶级的上

---

① 王元化. 向着真实. 上海:上海文艺出版社,1982:129-130.
② 杨晦. 杨晦文学论集. 北京:北京大学出版社,1985:234.

升时期,我们的伟大天才贝多芬,通过他的艺术,就是他的音乐,所表现的是进步的要求,所代表的是革命的力量⋯⋯至于约翰·克利斯朵夫,虽然是贝多芬型的人物,⋯⋯一移植到罗曼·罗兰时期的法国,情形自然就不同,意义也自然就改变了。这时候,他的个人英雄主义⋯⋯已经失掉了贝多芬时代的进步意义,跟当时的社会发展和社会变革的要求已经并不一致"①。《约翰·克利斯朵夫》"是他要告别的那个过去时期的东西⋯⋯我们的青年,在这时候,要再崇拜他的英雄主义,误认为他的集体主义就是他的英雄主义的延续和发展,不加批评地投在他的《约翰·克利斯朵夫》里,崇拜起约翰·克利斯朵夫那样的英雄,⋯⋯实在是认识罗曼·罗兰的一层烟雾,非常容易使人对于罗曼·罗兰发生误解。就是约翰·克利斯朵夫的那种战斗,最后也要扑空的;而且,走到极端的约翰·克利斯朵夫的英雄主义,已经是跟尼采的所谓超人相去不远⋯⋯无产阶级的革命⋯⋯道路跟约翰·克利斯朵夫那样英雄的生活与思想已经是各奔前程,不再能同路了"②。可以看出,面对 40 年代那些热爱《约翰·克利斯朵夫》的优秀青年,负责任的年长者总是关心他们的成长,要把他们指引到更加正确的无产阶级革命的大道上去。

与杨晦文章一致的观点,在一年后邵荃麟的《从个人主义到集体主义的道路》中,再一次得到明确强调。邵文长约 1.4 万字,大部分篇幅介绍了《欣悦的灵魂》尤其是其中的《搏斗》的内容,因为《欣悦的灵魂》"是《约翰·克利斯朵夫》的一个发展。作者在这部作品中间清算了资产阶级自由主义与个人主义",而"《搏斗》恐怕是全书中最重要的一卷。因为关于个人主义与自由主义的清算是从这一卷开始,而矛盾的顶点和结局也都在这一卷"③。作者说,罗曼·罗兰在作品中"向知识分子提出这样一个基

① 杨晦. 杨晦文学论集. 北京:北京大学出版社,1985:236-237.
② 杨晦. 杨晦文学论集. 北京:北京大学出版社,1985:239-240.
③ 邵荃麟. 从个人主义到集体主义的道路(代序)//罗曼·罗兰. 搏斗. 陈实,黄秋耘,译. 广州:广东人民出版社,1980:代序 3-4.

本的命题:个人主义必须彻底摧毁,自由主义破袄应该立刻脱掉"①。作者撰写此文的主要目的,并不是要介绍作品,而是要着重阐明,"约翰·克利斯朵夫则恰恰是个人主义的战斗者,并且是这样一个战斗的最高典型,他是初期和中期罗曼·罗兰的英雄主义和人道主义思想的化身。在十九世纪末,这种思想是有它灿烂的光芒的,但是它是无法战胜二十世纪这帝国主义和法西斯主义巨大敌人……对于罗曼·罗兰,我们是应该去认识他这艰苦的思想发展历程——从旧的个人主义、英雄主义、人道主义而走向社会主义的历程,……只有认识他后期的思想,才能使我们对这伟大的思想家和战斗者,获得较为完整的理解。如果只是停顿在克利斯朵夫的思想阶段上而不前进,或是同样要在个人主义的盲巷中去作无谓摸索而自以为找到了唯一正确的道路,我以为这对于《约翰·克利斯朵夫》的作者,并不能算是一个最忠实的读者"②。

邵文和杨文都引用了罗曼·罗兰的《向高尔基致敬》中的"诚挚的坦白",说明罗曼·罗兰已经从巴黎走到了莫斯科,他已经"从一个唯心主义者成为一个社会主义者;从个人主义世界中挣扎出来,……突向集体主义的世界"③,"终于突破了英雄主义,走到无产阶级的群众里边"④。

综观 20 世纪 40 年代罗曼·罗兰在中国的译介,在小说方面,傅雷翻译的《约翰·克利斯朵夫》"终以全貌呈现在中国读者的眼前"⑤,全套发行后接连再版,给当时生活在黑暗中和苦闷中希求进步和有所作为的青年送来福音,成为知识分子精神突围的一个重要的力量源泉。约翰·克利斯朵夫为了生命理想百折不挠,跌倒了再爬起来,一如既往一往无前,这种精神鼓舞了当时我国一代优秀青年和知识分子去坚贞不渝地追求光

---

① 邵荃麟. 从个人主义到集体主义的道路(代序)//罗曼·罗兰. 搏斗. 陈实,黄秋耘,译. 广州:广东人民出版社,1980:代序 18.
② 邵荃麟. 从个人主义到集体主义的道路(代序)//罗曼·罗兰. 搏斗. 陈实,黄秋耘,译. 广州:广东人民出版社,1980:代序 1-3.
③ 邵荃麟. 从个人主义到集体主义的道路(代序)//罗曼·罗兰. 搏斗. 陈实,黄秋耘,译. 广州:广东人民出版社,1980:代序 2.
④ 杨晦. 杨晦文学论集. 北京:北京大学出版社,1985:241.
⑤ 戈宝权. 罗曼·罗兰的《约翰·克利斯朵夫》. 读书与出版,1946(1):4.

明、追求人生理想。此外,傅雷那充满激情的语言和他那不亚于罗曼·罗兰的艺术造诣,也是傅译《约翰·克利斯朵夫》成功地感染中国广大读者的重要原因,他用融合了自己的艺术才华和激情的汉译《约翰·克利斯朵夫》,在法国文学乃至外国文学翻译史上,树立了一座迄今令人敬重的丰碑。当年,在那样令人不堪的物质条件下,在那样令人窒息的精神氛围中,傅雷花心血捧出了 120 万字的汉译《约翰·克利斯朵夫》,着实让我们敬佩! 若没有傅雷的艺术才华、激情与毅力这三者的熔铸,哪有《约翰·克利斯朵夫》激励了整整一代进步青年的历史! 什么样的人才是英雄? 罗曼·罗兰说:"我称为英雄的,并非以思想或强力称雄的人;而只是靠心灵而伟大的人。"①《约翰·克利斯朵夫》一书告诉我们,"英雄就是做他能做的事"②,也就是说,一个平常的人做好平常的事,"竭尽所能"就是英雄。傅雷为了挽救一个"萎靡的"民族,为了给黑暗里的人们点燃一支精神火炬,而"隐遁于精神境域"③,默默移译罗兰名作,做一个知识分子力所能及的事来爱国救国,他就是英雄,一个罗兰心中称颂的英雄。正因为有着不亚于罗曼·罗兰的音乐修养和艺术造诣,有着同样正直的人格和高尚的情怀,傅雷才能在移译《约翰·克利斯朵夫》时,与罗曼·罗兰心有灵犀、相契相通、神交共鸣,从而完好地把握了这部巨著的重重韵味,使得傅译《约翰·克利斯朵夫》成为有口皆碑的翻译经典和荡人心魂的传世佳作。傅译《约翰·克利斯朵夫》巨大成功的历史说明,傅雷与罗曼·罗兰是 20 世纪中法文化交流史乃至 20 世纪整个东西文化交流史上难得出现的一对绝配。

在戏剧方面,贺之才用他翻译的《罗曼·罗兰戏剧丛刊》和他的再版的《七月十四日》,完成了对罗曼·罗兰的包括《信仰悲剧》和《革命戏剧》在内的大部分戏剧作品在中国的介绍。而李健吾译的《爱与死的搏斗》在 20 世纪 40 年代的版本(如 1946 年版),是策划得很成功的外国文学译本:

---

① 参见:傅雷. 傅译传记五种. 北京:生活·读书·新知三联书店,1996:122.
② 出自傅译《约翰·克利斯朵夫》第三卷《少年》末尾。
③ 参见:傅敏. 傅雷文集·书信卷. 合肥:安徽文艺出版社,1998:6.

除了正文外,它还收录了译者和他人撰写的罗曼·罗兰的生平和创作、剧本的主旨大意,图文并茂地介绍了此剧在中国的上演情况,让读者对此剧有了全方位的了解,并看到了此剧精神与当时中国情势之"密合"。

在传记方面,傅雷翻译的《贝多芬传》,从并不一帆风顺的面世到最终赢得广大读者,似乎具有某种象征意义,某种命运的巧合,似乎在用它自身的经历来验证传主贝多芬的名言——也是作者罗兰想要言说的意图:经由痛苦而欢乐。

再综合一下还可以发现:(1) 20 世纪 40 年代罗兰的作品在期刊上发表的少,由出版社推出的多;(2) 这一时期的多部作品集或文论集中出现了罗兰的作品;(3) 原二三十年代尤其 30 年代出版的罗兰的著作,在 40 年代再版的很多,而 40 年代里,无论他的小说(如傅译《约翰·克利斯朵夫》)、剧作(如贺译《七月十四日》),还是传记(如傅译《贝多芬传》),都出现了一年之内再版两次的现象。这可以充分说明,是作品原有的力量和翻译的质量共同赢得了广大的读者。

1944 年年底罗曼·罗兰的谢世,引起了我国文化界极大的震动和无限的哀思。从刊物说,《新华日报》《解放日报》和《抗战文艺》都出了纪念罗曼·罗兰的专刊,集中刊发了许多悼念文章。新新出版社出版的《罗曼·罗兰》则是当时一本难得的纪念罗曼·罗兰的单行本。从作者来说,郭沫若、茅盾、胡风、艾青、萧三、萧军、焦菊隐、陈学昭和路翎等知名作家都发表了文章,或以诗歌创作的形式,或以其他形式,寄托了自己的哀思。这一时期,郭沫若和翻译家戈宝权发表了多篇相关文章,加之傅雷翻译的《约翰·克利斯朵夫》已经出版,受到了读书界热烈欢迎,读者竞相购阅,以拥有此书和"转辗借得一读"为莫大荣幸,所以,40 年代中期出现的罗曼·罗兰热,是新中国成立前持续时间最长、发展得最高的一次热潮。

也正是这一热潮深化了罗兰及其作品在我国 20 世纪 40 年代的研究,高质量的文章渐渐出现。文章作者有研究法国文学的专家,也有当时文艺理论界的批评家。其中,闻家驷的文章反映了作者深刻而独立的思考,让我们看不到人云亦云的话语。对罗曼·罗兰的评价,盛澄华不偏不袒,罗大冈则不温不火。王元化的文章不墨守成规套路,语言看似平淡,却直逼艺术之真谛。戈宝权的文章在阐发自己观点的同时,表露出先进的无产阶级思想观。杨晦与邵荃麟的两篇文章,都通过辨认罗曼·罗兰的思想发展道路,来告诉热爱罗曼·罗兰的朋友,《约翰·克利斯朵夫》表现的是罗曼·罗兰前期的思想,那是罗兰自己已经告别了的过去的思想、过去的生活态度和过去的个人英雄主义,希望青年朋友能依据其后来的转变,完整地理解、崇拜罗曼·罗兰,正确认识他的作品的价值和他的所以伟大的地方。也正是从后三人的文章中,我们注意到了,从 40 年代中后期开始,在普遍持续着的罗曼·罗兰热里,出现了十分冷静的观点,提醒人们,在承认罗曼·罗兰伟大的同时,更要全面地认识罗曼·罗兰;在指出《约翰·克利斯朵夫》积极意义的同时,更莫忘它反映了罗兰前期"在个人主义的盲巷中"打转时的思想。

第二章　翻译文学经典的再生、
遭受抵抗与重现辉煌

第一节　经典——不灭的地下火种

一、经典的重译及其他

新中国成立后的第二年,北京生活·读书·新知三联书店在"世界文艺名著译丛"中,又推出了傅译《约翰·克利斯朵夫》,这是老译本的第7版,也是绝版发行。从1952年至1953年,上海平明出版社推出了傅雷的重译本。傅雷为重译本写下了言简意赅的介绍文字,并说明,这次"由原译者全部重译,风格较初译尤为浑成"[①],但没有谈及翻译方面的任何实践性或理论性的话题,这似乎要让关心傅雷翻译思想的人有些失望,因为重译120万字的巨著,多多少少会有一些关于翻译或重译活动的感受、经验或认识,形成一个序或一个跋。傅雷没有写,这可能是因为,傅雷在不久前重译的《高老头》里,已经写下了《重译本序》,清楚地表达了自己以"神似"为核心的成熟的翻译观了。1957年,人民文学出版社根据平明版重印了《约翰·克利斯朵夫》。傅译《约翰·克利斯朵夫》所产生的积极影响,从译本诞生之时起,就一直推动着我国对罗兰其他作品的译介。1951年,广州人间书屋出版了陈实、黄秋耘合译的《搏斗》,它是《母与子》中的一卷。1958年,许渊冲翻译的《哥拉·布勒尼翁》由人民文学出版社出版。

---

① 参见:傅敏.傅雷译罗曼·罗兰名作集.郑州:河南人民出版社,1998:1457.

1955 年,《译文》1 月号刊发了一组关于罗曼·罗兰的文章。尽管《译文》没有加任何编者按,但估计还是为了纪念罗曼·罗兰逝世十周年编发的。从译介的角度看,上海新文艺出版社 1957 年和 1958 年出版的孙梁译的《罗曼·罗兰文钞》和《罗曼·罗兰文钞(续编)》,也是大事之一,前者"辑译了罗曼·罗兰在第一次世界大战时所写的论文和日记,以及晚年所著的自传"①;后者"主要选译了罗兰与歌德的后裔梅琛葆女士的通信"②。更可贵的是,我们可以读到他对《约翰·克利斯朵夫》的最早构思,他在法国资产阶级社会中愤世嫉俗的心情,以及他在巴黎腐朽的"节场"中打开文艺界大门的艰苦奋斗的过程。③《文钞》是根据英译本转译的,完稿于1954 年年底,直接动机是"谨以此谫陋的译作献给伟大艺术家的逝世十周年纪念"。当然,译者所依据的翻译原则,也是我们不能忽视的一点。译者说,翻译《文钞》的原则是"首先力求忠实,其次曲传神韵;在论文中希望传达作者愤慨与激昂之心情,在自传中使人能感到年老的罗兰在回忆中娓娓而谈的情趣"。④ 也就是说,一求忠实,二求传神,译罗兰就要还罗兰一个活脱脱的形象予读者,这是传统翻译思想中非常可取的观念。而翻译《文钞》的深层动机也应当在此交代,译者做了这样的陈述:"罗曼·罗兰是值得彻底研究的。因为他是近代西欧知识分子的典型代表之一,他的道路反映了大多数过渡时代富于正义感的知识分子的曲折历程;他的思想象征了十九世纪后半叶至二十世纪初期的西欧进步思潮;他的矛盾,在一定程度内,跟托尔斯泰一样,影射了时代的矛盾。"⑤

---

① 参见:罗曼·罗兰. 罗曼·罗兰文钞. 孙梁,译. 上海:新文艺出版社,1957:内容提要.
② 参见:罗曼·罗兰. 罗曼·罗兰文钞(续编). 孙梁,译. 上海:新文艺出版社,1958:内容提要.
③ 参见:罗曼·罗兰. 罗曼·罗兰文钞(续编). 孙梁,译. 上海:新文艺出版社,1958:前言 I.
④ 参见:罗曼·罗兰. 罗曼·罗兰文钞. 孙梁,译. 上海:新文艺出版社,1957:代序XIII.
⑤ 参见:罗曼·罗兰. 罗曼·罗兰文钞. 孙梁,译. 上海:新文艺出版社,1957:代序XII.

　　另外,罗曼·罗兰的《现代音乐家评传》(白桦译)、《爱与死的角逐》(李健吾译)、《狼群》(沈起予译)、《韩德尔传》(严文蔚译)、《七月十四日》(齐放译)和《罗曼·罗兰革命剧选》(齐放译)等纷纷出版①,而傅雷翻译的《托尔斯泰传》到 1950 年已是商务印书馆的第 6 版②。这期间,不但罗兰的其他作品得到了翻译,外人研究罗兰的论著也被及时翻译过来,如法国知名的左翼作家阿拉贡写的《论约翰·克利斯朵夫》,该译著由上海平明出版社 1950 年初版,1951 年再版,1953 年重排第 3 次发行,可见此译作很受欢迎。作者主要是“重新估定《约翰·克利斯朵夫》,和它的作者罗曼·罗兰在文学上的地位”③。阿拉贡在论著最后说:“考察罗曼·罗兰的作品的时候,我们顺带讲到他的弱点,讲到他的作品里面过时的东西,但这些都是细节。这个作品值得我们重视的地方,是这种热肠,这片伟大的火焰。这个对于人能臻于至善的信仰,这种对于善的确定的信念……虽然约翰·克利斯朵夫和罗曼·罗兰,都不能使我们尽情赞赏,不用说因为人是日趋完善的,我们的主角自从 1912 年以来是长大了,正如我们对人类伟大的渴念,我们对善的胜利的信念也增进了一样。”④这是阿拉贡为了配合《约翰·克利斯朵夫》在法国的重新出版而写的,他认为《约翰·克利斯朵夫》是“用圣经纸印出来的”作品。⑤《论约翰·克利斯朵夫》的译者陈占元在《后记》中还写道:“篇内征引《约翰·克利斯朵夫》原作的地方,俱采用傅雷先生的译文。”⑥其实,陈占元本人也是有名的法国文学翻译家,但他并没有自己来译阿拉贡作品中出现的罗兰的作品,由此也可见傅雷的译文已让同行诚服。除阿拉贡的论著外,还有苏联的阿尼西莫夫的《罗

---

① 分别由上海群益出版社(1950)、上海文艺生活出版社(1950)、生活·读书·新知三联书店(1950)、新音乐出版社(1954)、作家出版社(1954)和人民文学出版社(1958)出版。《韩德尔传》在 1963 再版时改名《亨德尔传》。

② 参见:罗大冈. 论罗曼·罗兰. 修订本. 上海:上海译文出版社,1984:422.

③ 阿拉贡. 论约翰·克利斯朵夫. 陈占元,译. 上海:平明出版社,1950:73.

④ 参见:盛澄华. 阿拉贡文艺论文选集. 北京:人民文学出版社,1958:110-111.

⑤ 参见:盛澄华. 阿拉贡文艺论文选集. 北京:人民文学出版社,1958:71.

⑥ 阿拉贡. 论约翰·克利斯朵夫. 陈占元,译. 上海:平明出版社,1950:73.

曼·罗兰》也被翻译过来①。

20 世纪 60 年代对罗兰作品及有关史料的翻译不多。只有少数期刊偶有译介,如 1962 年,《世界文学》第 9 期发表了罗大冈翻译的罗曼·罗兰的《若望-雅克·卢梭》。译者在文末的"后记"中说明:"尽管罗曼·罗兰在二十世纪二三十年代的思想还未能完全摆脱唯心主义的拘囚,但他对于资本主义政治和文化生活的黑暗和堕落作了尽情的揭露和坚决的否定。"选择这篇介绍文章,可能因为"这决不是一篇平常的介绍"。罗曼·罗兰抓住了卢梭思想上最关键的几点,通过他感情和性格上的一些特征,以卓越的概括力,在一篇并不十分长的文章里,使卢梭的精神面貌跃然纸上。② 顺便可以说的一点是,罗大冈在"后记"中提出了几个关于译名的问题,和翻译界同人商榷,其中关于法国人名 Jean,罗大冈说:"近年来我国翻译界常常把它音译为'让'。在行文时,不免发生人名不像人名的困难。因此建议将 Jean 音译为'若望'(译为'约翰'也可以,但约翰是英国人,不像法国人)。"③这也就解释了为什么罗大冈没有把篇名译为《让-雅克·卢梭》了。我们记得敬隐渔最早翻译 Jean-Christophe 时,也是译为"若望克利司朵夫"的。把 Jean 译为"让",尤其在它单独出现的时候,的确会给阅读带来不便,读者会不由自主地先把它理解为一个动词或其他词。但是,罗大冈的建议似乎并没有得到完全的响应,比如 Jean-Paul Sartre,今天还是译作"让-保罗·萨特";"让-雅克·卢梭"至今还被人们使用。而译为"让"不妥,是否意味着"若望"就一定是法国人,"约翰"就一定是英国人呢?另外,在这个译名问题上,我们不禁联想到傅雷翻译的"约翰·克利斯朵夫",罗大冈的"商榷"是否有某种指涉,就不得而知了。

20 世纪 70 年代的初中期,中国仍然笼罩在"文革"的政治气氛中,对罗曼·罗兰作品的译介基本停止。到了 70 年代末,《世界文学》才发表了罗大冈翻译的罗曼·罗兰的《欣悦的灵魂》节选④。

---

① 阿尼西莫夫. 罗曼·罗兰. 侯华甫,译. 上海:新文艺出版社,1956.
② 罗曼·罗兰. 若望-雅克·卢梭. 罗大冈,译. 世界文学,1962(9):56.
③ 罗曼·罗兰. 若望-雅克·卢梭. 罗大冈,译. 世界文学,1962(9):57.
④ 罗曼·罗兰. 欣悦的灵魂(节选). 罗大冈,译. 世界文学,1978(2):100-127.

二、"拷问"经典

傅译《约翰·克利斯朵夫》自从 20 世纪 40 年代诞生后,在中国广大读者尤其青年读者中,掀起了一浪胜过一浪的阅读热潮,直至 20 世纪 50 年代中期,仍势头不减。然而自 50 年代中期起,我国意识形态领域的工作越抓越紧,"以阶级斗争为纲"的思想越来越得到强调,"左"倾化的政治运动一个接着一个地展开。于是,我国文化界的一些"上层人士"便把思想问题的矛头,对准了《约翰·克利斯朵夫》——这部在广大知识分子和青年读者中长期产生"不良影响"的外国名著。我们还是从新中国成立初期说起。

从研究角度看,秋云撰写的《罗曼·罗兰》是新中国成立后最早出版的介绍罗曼·罗兰一生的小册子,1950 年 7 月初版,9 月再版,从版权页上可以看出,除北京外,还在其他十几个城市的三联书店发行。作者分如下 10 个章节对罗曼·罗兰做了介绍:(1) 生命的阳春时节;(2) 学校生活;(3) 少年游;(4) "横眉冷对千夫指";(5) 孤独的战斗;(6) "超越混战";(7) 玻璃囚室中的产物;(8) 峰回路转;(9) 旅程的终点;(10) 他的坟墓在我们心里。其中对《约翰·克利斯朵夫》的评介,自然引起了我们的关注。作者说,在 1900—1914 年,"还有两个迫切的问题经常萦绕在罗曼·罗兰的心里:第一,在二十世纪的初叶,有哪一类伟人可能负担起救世(至少在精神领域中)的重任呢? 其次,假如真有这样的伟人,他有什么办法可以使德国和法国拉起手来,消弭欧洲的战祸呢? ……他赞同托尔斯泰所揭橥的'艺术应当镇压暴力,艺术的使命是实现爱的王国'的说法。抱着这种观念,他写成了《约翰·克利斯朵夫》来解答上述两个问题"。作者还论述道:"对于生命意义的阐明,也是《约翰·克利斯朵夫》的主题的另一面。克利斯朵夫一生的奋斗史说明:生命的意义在于不歇止的战斗,生命的力量是在这样的战斗中强大起来,真理也是通过这样的战斗而取得。"紧接着,作者强调指出:"但,约翰·克利斯朵夫不过是一个个人主义的战斗者,他的战斗并没有和广大人民力量相结合,并没有和社会实际斗争相结合。因此,他最终终于失败了,死了,……罗兰给予他底英雄一个这样的悲剧结局,他的心情是沉重的。然而,这是真实,这是无可抗拒的真实:个人是无力的,个人主义的战斗是不结果实的。不错,约翰·克利斯朵夫有一个伟大的心灵,然而,他不是翻天覆地、扭转乾坤的海克里斯(Hercules),还差得远呢!"①在1950年,作者强调克利斯朵夫的个人主义的致命性弱点,应当是很"先进"的思想,当然也是和当时文化界上层人士的主流观点相一致的。

1955年,在"对胡风的资产阶级唯心论,反党反人民的文艺思想进行彻底的批判"②的运动中,《罗曼·罗兰》的作者写下了《揭穿胡风反革命集团对罗曼·罗兰的歪曲》一文,指出:"胡风及其反革命集团惯于歪曲伟大的古典作家和他们的作品,借以宣传反动的文艺思想,……对罗曼·罗兰横加歪曲,把罗曼·罗兰涂抹得面目全非。胡风分子的荒谬论点之一,就是根本否定罗曼·罗兰从个人主义走向集体主义转变的过程,……硬说罗兰本来就不是个人主义者,无所谓什么'转变',……利用罗兰某些有着唯心论成分的前期作品,作为他们的反动理论的注脚,……对于胡风及其反革命集团歪曲罗曼·罗兰的谬论,进步文艺界是曾经进行过斗争的……我在解放后出版的一本罗曼·罗兰小传中,也曾试图介绍过罗曼·罗兰的思想发展历程——从个人主义、人道主义走向社会主义的历程。"作者最后指出:"在我们来说,严肃地、认真地用马克思列宁主义的立场、观点和方法,对于像罗曼·罗兰这样的古典作家进行研究,并给予正确的评价,借以彻底肃清胡风集团在读者中所散播的不良影响,也还是一项严重的政治任务。"③然而,在那个年代,思想的进步、政治觉悟的提高都是容不得你缓歇的,稍有松懈,今天提出批判的人,明天就可能成为批判的对象。1958年,《文艺报》第1期发表了《修正主义文艺思想一例》,作者荃麟在批判黄秋云的《苔花集》时,首先就从《约翰·克利斯朵夫》开始:"秋耘曾经受罗曼·罗兰前期的思想影响很深,特别是《约翰·克利斯朵

---

① 秋云. 罗曼·罗兰. 北京:生活·读书·新知三联书店,1950:30-35.
② 参见:洪子诚. 中国当代文学史. 北京:北京大学出版社,1999:45.
③ 秋云. 揭穿胡风反革命集团对罗曼·罗兰的歪曲. 译文,1955(8):7-11.

夫》一书的影响。罗兰在这部小说中所宣传的人道主义思想和大勇主义精神,在秋耘看来是一种最崇高的人生态度。这种思想,直到现在仍然成为秋耘世界观中最主要的东西……在 1951 年他所写的一本介绍罗曼·罗兰的小册子中,也叙述了罗兰的这种思想变化过程。但即从这本小册子中,也看到一种痕迹。秋耘虽然肯定罗兰思想发展的道路,可是对于罗兰那种自我批判精神却说得很不够。他似乎把罗兰从个人主义到集体主义的过程,看作一种单纯的思想发展过程,而不是一种阶级思想与感情的变化。这反映在他自己的思想上,就是对于旧包袱的依恋不舍。"不过,站在今天的角度来看,秋耘当时的思想观,如:"作为一个有着正直良心和清明理智的艺术家,是不应该在现实生活面前,在人民痛苦面前心安理得地闭上眼睛,保持缄默的","一个作家最大的痛苦是在于不能清清楚楚,毫不含糊写下自己心里的话,而在自己想要说的和别人认为应该说的话之间作一种折中和妥协",①无疑是非常值得肯定的。

在所谓的"胡风反革命集团"利用《约翰·克利斯朵夫》来宣扬他们的"主观战斗精神"和不少知识分子因为受了《约翰·克利斯朵夫》的影响而变成"右派分子"的情形下,《读书月报》1957 年第 12 期发表了《建议讨论〈约翰·克利斯朵夫〉》一文。该文作者王册注意到,"青年知识分子中,很多人有着浓厚的个人主义和自由主义的思想,他们要求'绝对的自由',因此,这种思想便和克利斯朵夫要求个性解放,追求人格独立等等思想发生了强烈的共鸣",他们"在阅读这本著作时没有分析地将一切都接受下来,……这样去读它,是危险的"。② 王册认为,罗曼·罗兰的这部巨著在中国读者中有相当大的影响,在社会主义建设的时代,怎样读这部书,已成为读书界的一个重要问题。《读书月报》采纳了这个建议,同时配发了"编者按",拟出了下列讨论提纲:(1) 个人主义有高尚的与庸俗的区别吗? 约翰·克利斯朵夫表现了怎样的个人主义呢? 他的个人主义是进步的

① 参见:荃麟. 修正主义文艺思潮一例. 文艺报,1958(1):13, 18.〔(黄)秋云与(黄)秋耘实指一人,本书尽量按原文转引。〕

② 王册. 建议讨论《约翰·克利斯朵夫》. 读书月报,1957(12):9.

呢,还是落后的呢? (2) 约翰·克利斯朵夫反抗了什么东西? 反抗的是怎样的社会? 他是用什么态度去反抗的? 反抗的目的是什么? (3) 约翰·克利斯朵夫拥护"精神自由""个性解放""充分发展艺术家的天才""自我完成"等等,他这样做对吗? (4)《约翰·克利斯朵夫》是一部有进步意义的书呢,还是一部有消极意义的书? 你是如何估价它的?

于是,从 1958 年第 1 期至第 5 期,《读书月报》在"关于《约翰·克利斯朵夫》的讨论"专栏下,共计刊发了 13 篇文章,使得 20 世纪 50 年代的《约翰·克利斯朵夫》的研究,成为一次具有特殊的历史内涵、以大批判为主的"讨论"活动。有人以其单位"平均七人中即有一个右派分子"这个"惊人的数字"说明,是"盲目地崇拜西洋文学作品中的人物",使他们"堕落成了资产阶级右派";① 有人指出,"罗兰愿意这本书'在人生的考验中成为一个良伴和向导',如果这句话在当时的西欧社会来说还是部分正确的话,那么,在今天的社会主义社会来说,则是完全错误的"②;有人"举出一个右派分子宣称要学习克利斯朵夫和向党猖狂进攻的例子"③,力图说明,"离开了社会背景和历史条件去盲目地崇拜和模仿约翰·克利斯朵夫,是很危险的"④;有人指出,克利斯朵夫反抗的目的,是为了满足个人主义的欲望⑤;有人严肃地指出,"个人主义妨碍了人们对于客观世界作规律性的认识,所以个人主义在认识上无论在任何历史条件下都是落后的,反动的"⑥;有人评说,克利斯朵夫是"一个既痛恶资本主义世界又不相信群众力量的驾空人物",一个"不站在阶级社会之中而站在阶级社会之上之外看待问题的'强者',实际上是一个不沾天不着地的'强者',是一个既可怜又可悲的英雄人物"。⑦

---

① 张勇翔. 克利斯朵夫的反抗及其他. 读书月报,1958(1):28.
② 聪孙. 克利斯朵夫不是我们的榜样. 读书月报,1958(1):30.
③ 冯至. 对于"约翰·克利斯朵夫"的一些意见. 读书,1958(5):19.(另注:《读书月报》从 1958 年第 4 期起改名为《读书》。)
④ 九伍. 被时代所抛弃了的"英雄". 读书月报,1958(2):15.
⑤ 刘静. 个人主义的反抗目的. 读书月报,1958(2):14.
⑥ 毛治中. 个人主义是整个时代的偏见. 读书月报,1958(3):19.
⑦ 钱争平,等. 一个不沾天不着地的"强者". 读书月报,1958(3):23.

　　而持反对意见者则认为,"约翰·克利斯朵夫的个人主义不是庸俗的个人主义,……用今天的眼光去要求约翰·克利斯朵夫生活着的时代是不公平的"①;《约翰·克利斯朵夫》是一部具有进步意义的书,……克利斯朵夫是青年的榜样,……难道我们不应该学习克利斯朵夫那种慷慨激昂有着无限意志力去反抗坏的社会环境的精神吗? 我们今天的社会中不是还存在某些落后的、病态的与虚伪的现象吗? 难道我们不应该用克利斯朵夫式的精神去反抗吗?"②克利斯朵夫"在布满荆棘的道路上,不畏险阻,不畏惧苦难,不丧失人格,不苟且,如果有正确的理论指导,他将会成为怎样的一个志士啊!"③还有两位读者质疑罗大冈发表在《中国青年》1957 年第 23 期上的《约翰·克利斯朵夫这个人物——给青年的一封公开信》的观点。刘智指出了罗文的几处不当后说道:"按照罗大冈同志的说法,《共产党宣言》一发表,全世界的进步知识分子都会自动地无例外地一律参加社会主义革命,思想也会是一色的共产主义思想。如果按照这样的说法推而广之,不但个人主义的克利斯朵夫降生在 1870 年左右是一种时代的错误,就是今天,我们已建国八年,还出现右派分子也是一种时代的错误了。"④郭襄认为:"克利斯朵夫确实是一个个人主义战斗者,但不能像罗大冈同志那样,把他的个人主义解释为利己主义。……克利斯朵夫的个人主义实质上就是个性主义,把它仅仅归结为利己主义和自我中心主义是荒谬的,把它和我们今天口头中常说的个人主义混淆起来,显然是偷换了概念。"他最后指出:"无庸讳言,克利斯朵夫绝不是先进的,但仍是有进步意义的。我们不能因为他不是先进的,就把他的进步意义也否定了。"⑤继之,罗大冈在《答刘智、郭襄二位同志》一文中,一方面,承认自己"的确把克利斯朵夫批判得过火了一些","说克利斯朵夫不进步,因为在他那时代有比他更进步的知识分子(指马克思主义者)。这种说法是不够

①　金德香. 高尚的个人主义者. 读书月报,1958(2):13.
②　曼曼. 克利斯朵夫是青年的榜样. 读书月报,1958(2):13.
③　李琴. 克利斯朵夫——光辉的典型. 读书月报,1958(2):14.
④　刘智. 不是时代的错误. 读书月报,1958(3):20.
⑤　郭襄. 与罗大冈同志商榷克利斯朵夫这个人物. 读书月报,1958(3):21-22.

周密的";另一方面,"仍然认为个人主义是彻头彻尾的资产阶级思想,是资产阶级思想武器库中最主要的兵器之一","为了更好地了解 1935 年以后的反对个人主义、赞扬马克思主义的罗曼·罗兰,就有必要同时了解他走过的艰辛的历程"。但罗大冈在文章开头时说,刘、郭二人"共同认为克利斯朵夫只有伟大的一面,没有值得批判的地方"①,在刘、郭二人的文章中,却没有这样的观点。而罗大冈发表在《中国青年》上的文章,的确存在不少问题,如:一方面强调要"从历史的观点"看问题,另一方面又指出罗曼·罗兰"错误地认为改造社会主要依靠少数英雄人物"。这就说明罗大冈是站在 20 世纪 50 年代来看罗兰思想的。再如,罗大冈强调要"从阶级斗争的角度来看问题",所以,"如果今天有一个青年""同克利斯朵夫一样,对于周围的非正义的和堕落腐化的现象感到不能容忍,而且决不妥协,那么在今天我们新中国,……他必然要和一切政治上和思想上的敌人作斗争,首先向资产阶级右派反党反社会主义的言行展开彻底的斗争"②。这种论调,在今天看来,也只能像罗大冈本人所说的那样,是一种"时代错误"③。

《读书》刊发的最后一篇文章是冯至写的《对于〈约翰·克利斯朵夫〉的一些意见》。作者首先简要回顾了"已经发表的和没有发表的参加讨论的文章",而后主要谈了以下几点"意见":(1) 俄国十月革命前的罗曼·罗兰"对于革命、个人和群众的关系,以及对于艺术,有许多不正确的看法。这些看法都反映在《约翰·克利斯朵夫》里";"罗曼·罗兰所写的克利斯朵夫对于工人阶级领导的革命不只是认识不清,而且有许多歪曲和诬蔑";克利斯朵夫"所反抗的对象虽然也正是当时工人阶级的敌人,但他是

---

① 罗大冈. 答刘智、郭襄二位同志. 读书,1958(4):19-20.
② 罗大冈. 约翰·克利斯朵夫这个人物——给青年的一封公开信. 中国青年,1957(23):26,29.
③ 罗大冈在《答刘智、郭襄二位同志》一文中说明:"'时代错误'不等于'时代的错误'。'时代错误'是外来语 anachronisme,主要意义是'落后于时代',或'违反时代的潮流',……'时代错误'丝毫没有'时代产生的错误',或'错误责任由时代负'这一类涵义。"言外之意,"时代的错误"才有这一类含义,但不管怎么说,"时代错误"所具有的含义和"时代的错误"所具有的含义,都适合于罗大冈文章本身。

从个人主义出发，因此也就和工人阶级奋斗的方向相违背"；克利斯朵夫的"艺术观显然是唯心主义的，与现实脱离的。他虽然反对'为艺术而艺术'，但是他奋斗的目标也不能说是为了广大人民"。(2)《约翰·克利斯朵夫》无疑有着"积极的进步意义"。作者"在小说的开端写着'献给各国的受苦、奋斗、而必战胜的自由灵魂'的献词，其用意是希望读者能从中吸取力量，同时也吸取教训，并不是要人去模仿他。这些话都显示了作者的伟大精神"。(3)"如今我们的社会无论从哪方面看，都与克利斯朵夫时代法国的社会迥然不同了，我们现在对待这部小说，只能把它当作 20 世纪初期欧洲资产阶级一些要求进步的知识分子的思想记程碑来看，……总之，他是属于过去的一个时代，我们如今已经大大地跨过了他，我们没有丝毫理由来仿效他，如果不顾时代的不同，只为受了感动就向他'学习'，那么势必会演出一出可怜而又可笑的堂吉诃德式的悲喜剧。"①尽管冯至申明他写的不是"总结性"的文章，但从《读书》杂志的安排看，是把它作为一篇总结性的文章编发的，所以，该文实际也代表了《读书》给予读者的最后的意见。至此，《读书(月报)》组织的对《约翰·克利斯朵夫》的"讨论"算告结束。

为了巩固、加深这种正确的认识，并进一步提高读者的辨别力，作家出版社在同年 7 月又迅速发行了一本约 5 万字的小册子《怎样认识〈约翰·克利斯朵夫〉》。作家出版社编辑部撰写的"出版说明"清楚地表明了发行这本小册子的动机："自从《读书》(改版前的《读书月报》)组织关于《约翰·克利斯朵夫》的讨论后，社会对这部小说的评价虽已有了比较正确和统一的论点，但为彻底认识《约翰·克利斯朵夫》的价值，还有待于进一步更全面地澄清。我们现在选了三篇论述《约翰·克利斯朵夫》的比较有系统的、全面的论文，并把荃麟同志的《修正主义文艺思想一例》一文中有关《约翰·克利斯朵夫》的有指导意义的一段节录在卷首。希望读者通

---

① 冯至. 对于《约翰·克利斯朵夫》的一些意见. 读书，1958(5)：19-20 + 9.

过这个小册子，能对《约翰·克利斯朵夫》有更深刻更正确的了解。"①

上文提到的《修正主义文艺思想一例》，只是针对秋耘的论点而言，现在，我们可以来看一看荃麟的"有指导意义"的论述：

> 罗曼·罗兰的《约翰·克利斯朵夫》在我国读者中间确实产生过相当大的影响。克利斯朵夫那种凭借个人的信仰和精神力量，用个人奋斗的方式去追求人生真理和反抗现实的精神，引起了许多个人主义知识分子的共鸣。他们把克利斯朵夫当作一种理想的人物。胡风反革命集团分子曾经竭力推崇这部作品，作为宣传他们"主观战斗精神"理论的根据。显然，这样来认识罗曼·罗兰这个人或《约翰·克利斯朵夫》这本书都是片面的，不正确的……罗兰的人道主义思想，主要是为了反对帝国主义战争、反对帝国主义者残暴的掠夺和屠杀，他的大勇主义主要是反对当时欧洲知识分子对于帝国主义战争的盲从与附和，……而我们有些读者却排除这些时代的条件，抽象地接受了克利斯朵夫的人生观念和人生态度，作为我们这新社会中的人生观念和人生态度。这显然不是对于这部作品的忠实态度。②

该小册子还收录了姚文元的《如何认识约翰·克利斯朵夫这个人物》一文，但从内容可以看出，这文章不是一个真正搞文学的人写出来的，而是一个搞政治的人写出来的，而且还不是一个一般的搞政治的人写出来的，而是一个极善于搞"阶级斗争"，极善于上纲上线和扣大帽子，极善于从意识形态上威慑别人，做令人吃惊的政治定性的人写出来的。

冯至的《对于〈约翰·克利斯朵夫〉的一些意见》也被收录进来再次发表，可见此文也是被作为一种"定论"推向读者的。

《怎样认识〈约翰·克利斯朵夫〉》收录的最后一篇文章是罗大冈写的

---

① 作家出版社编辑部. 怎样认识《约翰·克利斯朵夫》. 北京：作家出版社，1958：出版说明.

② 作家出版社编辑部. 怎样认识《约翰·克利斯朵夫》. 北京：作家出版社，1958：1-3.

《〈约翰·克利斯朵夫〉及其时代》。罗文长 3 万余言，原载于《文学研究》①。为什么作者要花费如此篇幅撰写此文呢？作者在文章开头做了交代："按照最近情况，好像这部小说在我国社会主义革命时代反而更多地被读者歪曲误解，在青年读者中发生尤其恶劣的影响。……过去对于革命态度积极的人，今天可能经不起社会主义的考验，对于我们的建设事业发生怀疑或不满的情绪，他们常常到《约翰·克利斯朵夫》中去找一些经过歪曲的论据，来发挥他们的落后的甚至反动的言论，对古典名著故意肆以恶毒的曲解。……因此我们有必要先来看一看《约翰·克利斯朵夫》的思想和感情的真面目究竟是怎样的。"②所以，这篇长文主要是通过作品反映的时代，来谈作品的思想。在文章作者看来，这个问题的重要性和迫切性还表现在：

> 如果不将《约翰·克利斯朵夫》的思想和作者晚年的肯定革命的思想结合起来看，便不可能认识《约翰·克利斯朵夫》这部小说的价值。不幸的是在事实上竟有这样的人，他们读了《约翰·克利斯朵夫》以后，只强调其中的缺点，并且利用作者思想上的矛盾，任意歪曲，甚至认为《约翰·克利斯朵夫》的思想感情就是作者思想感情的全貌，也就是说罗曼·罗兰的思想永久停留在《约翰·克利斯朵夫》的阶段。这些人的真正意图在于盗用罗曼·罗兰的名义来贩运资产阶级思想意识的毒品。过去胡风反革命集团就干过这路勾当。……胡风等人的真正意图，在于把社会主义和党的领导都当作"阻挡前进的"东西，而"一脚踏倒"，在这点上，他们居然找约翰·克利斯朵夫做帮手！1957 年发动的反对资产阶级右派的斗争中，我们听说有一些青年把《约翰·克利斯朵夫》当作个人主义的圣经……他们狂妄地用克利斯朵夫当时对付腐败堕落的资本主义社会的方式来对待我们今天的新社会。这样做，他们不知不觉中成了罗曼·罗兰的叛徒，约

---

① 罗大冈.《约翰·克利斯朵夫》及其时代. 文学研究，1958(1)：89-114.

② 罗大冈.《约翰·克利斯朵夫》及其时代//作家出版社编辑部. 怎样认识《约翰·克利斯朵夫》. 北京：作家出版社，1958：29-31.

翰·克利斯朵夫的敌人。……青年们歪曲和误解《约翰·克利斯朵夫》,主要由于他们身上的资产阶级思想在作祟,但也有一部分显然受了胡风之流的对于罗曼·罗兰的恶意曲解。①

所以,正是鉴于当时思想战线上面临的严峻危机,为了给读者正确了解《约翰·克利斯朵夫》提供一些"初步的线索",文章作者才花费如此巨大的功夫,详细地、深刻地谈了自己对于《约翰·克利斯朵夫》的认识。归纳起来,作者主要谈了五点:(1)《约翰·克利斯朵夫》的思想和情感是错综复杂,而且充满矛盾的。(2)这些复杂和矛盾的思想恰好反映了当时法国社会生活和思想意识上的各种矛盾。(3)《约翰·克利斯朵夫》的思想主要是属于资产阶级思想意识的范畴,在当时并不是最进步的;即便如此,它对于当时西欧广大知识分子说,还是起了积极的作用,使他们不满足于现状,不向黑暗势力低头,使他们对生命抱健康的乐观的态度,对人类前途怀着信心。(4)罗兰不止一次地声明《约翰·克利斯朵夫》仅仅代表他过去某一时期的思想感情,而事实上,他晚年的进步态度十分明朗,已经大大超越了《约翰·克利斯朵夫》的思想情况。(5)笼统地否定这部小说,和不加辨别地全盘接受克利斯朵夫的思想,都是不正确的,我们必须批判地接受。② 罗大冈的这篇长文与之前发表的《约翰·克利斯朵夫这个人物》基本上保持了认识的一致性,但在行文论述时,不像前文那样"过火"、偏激,采取了相对谨慎和辩证的手法。

从上面的陈述可以看出,20 世纪 50 年代对《约翰·克利斯朵夫》的研究的主要观点,被我们集中归入《读书(月报)》的"讨论"中,和对作家出版社编辑出版的《怎样认识〈约翰·克利斯朵夫〉》一书的述评中。由于那是一个"左"倾路线越来越得势的年代,"左"倾思想不停地干扰着我国的一些学术权威,加之像姚文元这样的人物写出来的令人不寒而栗的文章,我

---

① 罗大冈.《约翰·克利斯朵夫》及其时代//作家出版社编辑部. 怎样认识《约翰·克利斯朵夫》. 北京:作家出版社,1958:34-35.

② 罗大冈.《约翰·克利斯朵夫》及其时代//作家出版社编辑部. 怎样认识《约翰·克利斯朵夫》. 北京:作家出版社,1958:80-83.

们完全可以说,20 世纪 50 年代在我国开展的对《约翰·克利斯朵夫》的研究,在主流话语那里,实质上是对它的一次不折不扣的"拷问"。

三、风雨中的经典

20 世纪 60 年代对傅译罗曼·罗兰名作《约翰·克利斯朵夫》的研究,主要体现在罗大冈的三篇论文中。第一篇《〈约翰·克利斯朵夫〉与资产阶级人道主义》①认为:"天才艺术家为了完成自己的创作使命,必须坚忍不拔地和社会环境展开斗争,历尽艰辛,克服种种苦难和阻挠,方能达到目的;而且这样的事业,对于艺术家自己,对于社会,都有积极意义。"这是《约翰·克利斯朵夫》的主题思想。这样的主题思想"决定了小说中主要人物的个人主义不可避免地和资产阶级人道主义思想紧密结合着,形成这部小说的思想特征"。而对"这一事实"进行探讨,是为了对"这部体现着十九世纪末和二十世纪初、西欧资产阶级文学中比较进步的倾向的优秀作品的正确继承问题"提供"些微参考"。

作者在第一部分分析了克利斯朵夫的资产阶级人道主义的种种表现,如指出,"克利斯朵夫没有界线分明的恨,因而也没有界线比较分明的爱",他的爱"是笼统的人类爱,因为他所爱的对象没有阶级的区别,他不要求有这样的区别",而笼统的"人类爱"或"爱人类",是"资产阶级人道主义的特征之一"。克利斯朵夫"感兴趣的是人,因为人是一切事物的中心;不但是人,而且是个人。这就是资产阶级人道主义的基本精神"。而"到了暮年,克利斯朵夫的人道主义表现了另一种倾向,也可以说是显出了最后的面目。……简单地说,那种倾向就是宗教气氛,近似基督教人道精神的倾向"。他"放弃一切斗争,……和一切妥协,和过去的敌人握手言和……没有愤怒,不想战斗"了。

在第二部分,作者分析了小说中另一个主要人物奥里维的资产阶级人道主义。作者认为,奥里维的"社会存在与作者近似,他比克利斯朵夫

---

① 罗大冈.《约翰·克利斯朵夫》与资产阶级人道主义. 文艺报,1961(9):32-40,1961(10):36-43. 后面叙述中的引文不一一注明页码。

更多地代表作者自身的思想情况。尤其是在所谓理想主义这个问题上，奥里维可以说是罗曼·罗兰的代言人"。所以，"在人道主义的表现上，奥里维无疑地比克利斯朵夫更显得重要些"。作者指出，"奥里维认为……追求精神独立和思想自由的理想主义是理性的最高的表现，是最彻底的人道主义"，然而，"主观的信仰，主观的理想，主观的自由和主观的真理，构成这种主观唯心论的理想主义的基础"。"无论个人理想的追求也好，济世之心也好，基本精神都建立在资产阶级人道主义上面。"奥里维"看不见阶级的压迫，他认为'最惨的还不是贫穷与疾病，而是人与人之间的残忍'。造成这种'残忍'他认为并不是社会制度，而是人的贪欲。换言之，是世道人心的问题"。所以，奥里维后来"变成了忙于布施小恩小惠的'慈善家'"，"是对于资产阶级人道主义的一个冷隽的讽刺"。

在第三部分，作者以"对于人民大众采取什么姿态"作为"考验"克利斯朵夫和奥里维两人的人道主义的"试金石"。作者指出："克利斯朵夫和奥里维对待'平民'，也就是对待劳动人民，态度有相同处，也有不同处。相同的是两人都不理解劳动人民，和劳动人民在一起感到格格不入。……不同的是两个人的身世给他们的影响。"在克利斯朵夫身上，表现出两面性："对于个别的谦卑诚朴的劳动者，他是同情的……；对于全体劳动人民，作为一个被压迫的阶级，尤其是对他们的阶级斗争，他不能理解，也无法同情。""至于奥里维，他在某些地方阶级成见比克利斯朵夫显得更为严重。他和'平民'在一起觉得浑身不自在，甚至发生生理上的反感。"不过，作者也指出，两人对"平民"大众的态度不同于那些完全不关心"平民"的象牙塔中的文人，不同于那些"完全仇视'平民'的资产阶级知识分子"。

在第四部分，作者又以"面对进步势力，面对革命，采取什么态度"作为"考验"克利斯朵夫和奥里维两人的人道主义的"另一试金石"。作者指出，"一个是艺术家，另一个是理想主义的诗人兼思想家"，他们即使走到十字街头，接近革命，也没有忘记自己是高高在上的资产阶级精神贵族。"他们不是从阶级斗争的角度去了解社会的发展，而是从人性论的角度衡量革命斗争的。"他们不承认有阶级矛盾，都"笼统地反对政党。对于任何政党,都避之唯恐不及"。他们"面对当时的社会问题和革命潮流所采取的态度,……不但本身充满矛盾,而且和他们的博爱精神也是完全矛盾的,因为他们基本上是否定革命的。这说明他们的政治态度的矛盾,同时也就证明他们的人道主义思想表现了极大的阶级局限性。这是资产阶级的人道主义"。

最后,作者做了总结:"个人主义和资产阶级人道主义,正是《约翰·克利斯朵夫》思想内容方面的严重局限性的表现。本文初步分析了书中的人道主义思想,并指出了这种思想的资产阶级本质,并不是为了否定这部作品,正相反,是为了在批判消极因素的同时,给正确地继承这部批判现实主义名著提供有利的条件。"

1991 年出版的《罗大冈学术论著自选集》①中没有收入该文,这也是我们在此做较详细介绍的一个原因。写完这篇 2 万多字的长文,罗大冈发现,还有不少问题需要解决,如关于"这种人道主义和个人主义的关系,罗曼·罗兰在写作这部小说时的主要思想情况,以及用我们今天的思想来衡量,应当如何彻底批判这种资产阶级人道主义思想"②。于是,我们又看到了罗大冈的另一篇"与此衔接"的长达 3.5 万字的《罗曼·罗兰在创作〈约翰·克利斯朵夫〉时期的思想情况》③。

罗大冈认为,探索罗曼·罗兰在创作《约翰·克利斯朵夫》漫长的过程中的主要思想活动,是"为了比较全面地了解这部小说,和恰如其分地加以评析"。作者在第二部分是从罗兰写于 1887—1888 年的"CREDO QUIA VERUM"一文(拉丁文。意为:我相信,因为这是真实的。——罗大冈注),来分析罗兰创作之前的思想情况的。因为作者认为,"CREDO 是罗曼·罗兰二十多岁时为了决心毕生从事艺术创作而写下的思想纲领和行动指南。他对艺术的看法,必然和他对人生的看法有密切关系";而

---

① 罗大冈. 罗大冈学术论著自选集. 北京:北京师范学院出版社,1991.
② 罗大冈.《约翰·克利斯朵夫》与资产阶级人道主义. 文艺报,1961(10):43.
③ 罗大冈. 罗曼·罗兰在创作《约翰·克利斯朵夫》时期的思想情况. 文学评论, 1963(1):64-97. 后面叙述中的引文不一一注明页码。

且，CREDO 写于"霞尼古勒的启示"①前两年，"它在一定程度上影响了'启示'"，或者说，就是"'启示'的思想根源"。作者认为，CREDO 一文反映了罗兰如下认识论：思想与意志都是感觉，存在是通过内心活动而被感知的；以自我为中心，只有通过自我才能认识世界；理性在认识过程中只能起辅助作用，不能起主要作用；直觉的认识方式会代替科学的推理；信仰上帝，并表现出神秘主义倾向。作者指出，"霞尼古勒的启示"不可讳言地带有相当触目的神秘主义色彩，而且，"这种神秘主义的倾向曾经影响了《约翰·克利斯朵夫》的整个创作过程"。作者的这些论点和认识放在今天没什么大惊小怪的，但放在 20 世纪 60 年代，是反唯物主义的、反集体主义的、反无产阶级的（因无产阶级不信鬼神），所以是反动的。另外，罗文还指出："CREDO 作者出身于小资产阶级家庭，他的思想意识不止一处地显示了严重的阶级限制。对于利己主义的歌颂，正如他在《约翰·克利斯朵夫》中歌颂个人主义一样，无论他是从什么观点出发，无论他根据什么理由，不得不认为是暴露了作者的资产阶级的本性。"这一段话在《罗大冈学术论著自选集》中收入的同篇文章里，经过 1987 年的修改，已被删除（下文类似情况简称：在《自选集》里已删），同时指出："CREDO 之所以肯定利己主义，目的在宣扬抽象的人类爱，也就是无原则的，超阶级的人道主义。……CREDO 的作者不但对于弱者和强者，压迫者和被压迫者，一视同仁，不分彼此，而且表现了所谓'爱你的敌人'那种基督教精神。"而"《约翰·克利斯朵夫》中所表现的资产阶级人道主义思想，基本上和CREDO 没有多大差别"。在第三部分，文章描述了罗曼·罗兰对当时法国发生的种种政治的、社会的运动、事件或时势的看法，因为"存在决定意

---

① 1890 年 3 月的一个金色的傍晚，24 岁的罗曼·罗兰在罗马郊外的霞尼古勒（le Janicule）山上，于幻觉中仿佛看见克利斯朵夫这个形象从地平线上涌现出来，那是他第一次获得创作《约翰·克利斯朵夫》这部巨著的灵感。他后来在《回忆录》中说，正是那时，克利斯朵夫的"生命的核心，已经下了种。什么样的核心？纯洁的眼光，超乎各国'混战之上'，超乎时间的自由眼光。独立的创造者，他用贝多芬的眼睛，观察和批判当前的欧洲。在霞尼古勒山上的一瞬间，我就是那样一个创造者。后来，我用了二十年工夫，把这一切表达出来"。译文参见：罗大冈. 罗曼·罗兰在创作《约翰·克利斯朵夫》时期的思想情况. 文学评论，1963(1)：65.

识,小说作者对他所处的时代与社会的看法,和小说的思想内容不可能没有密切的关系"。作者指出,"由于阶级的限制,和唯心主义的思想方法,他(罗兰)对于发生战争的原因和战争的性质,都不可能有正确的认识,更毋庸说如何消除战争的祸根";"《约翰·克利斯朵夫》的作者亲身经历了一九〇〇年的'精神紧张'",那时,他"信念"的是"直觉"和"神秘主义",说明他已经受柏格森的"反动的哲学"的影响;《约翰·克利斯朵夫》的作者出身于小资产阶级,和一般小资产阶级出身的知识分子一样,他思想上有相当明显的两面性,进步的一面和落后的一面","在一系列问题上,《约翰·克利斯朵夫》作者的思想意识……表现了较为典型的小资产阶级立场",如:"对于特来弗斯案件,《约翰·克利斯朵夫》作者所采取的态度是不甚明朗的";"对于法国内部日趋尖锐的阶级斗争,尤其是对于劳动人民向反动统治者展开的日益剧烈的斗争,《约翰·克利斯朵夫》的作者常常缺少正确的看法和明朗的立场";对于革命,《约翰·克利斯朵夫》的作者"比较一贯的想法""是精神独立和思想自由,是不参加任何实际斗争。他从来没有表示反对革命,……但是他认为'优秀分子'的责任不在于置身'混战'中,而是站在一旁,保持冷静的头脑和清醒的理智"。"罗兰的唯心主义历史观,使他错误地认为世界的命运是由少数'优秀分子',或几个文明高度发达的国家决定的。"在第四部分,作者主要分析了《约翰·克利斯朵夫》的创作意图、主题思想和罗兰的创作观念。关于创作意图,罗曼·罗兰"希望通过他的作品,对时代和社会产生积极作用","给读者一个追求'幸福与伟大'的英雄人物的榜样"。所谓"幸福","首先是精神自由";所谓"伟大","首先是力量的表现"。"必须有伟大的心才算英雄。这儿所指'伟大的心',根据当时罗兰的认识限度,当然是指抽象的人类爱,也就是资产阶级人道主义。而他所谓力量,主要指个人奋斗的坚强意志。"罗文继而论道:"'伟大的心'加上坚强的个人意志,这是《约翰·克利斯朵夫》作者塑造他的英雄人物的主要尺寸。同时也是这部小说主题思想的重点所在。"关于创作观念,罗大冈指出,"《约翰·克利斯朵夫》的作者却片面强调内心'真实''自由真理'和'自由智慧'。仿佛说,艺术家唯一天职就在于忠实于自己的内心(主观),而客观真理却完全可以置之不顾。

这种不正确的创作态度是他在思想意识上阶级局限性的又一表现";"仅仅要求作家如实地表现自己的内心和自己的主观,常常是危险的"。在第五部分,罗大冈首先描述了《约翰·克利斯朵夫》在法国无论是巴黎还是外省乃至穷乡僻壤深受普通读者欢迎、在国外产生广泛影响的盛况,但接着指出:"使那些受压迫、剥削和侮辱的人,能有享受文化和艺术生活的机会,使他们首先在文化上,在精神生活方面,抬起头来,恢复作为一个人的自信和自尊心,使他们更厌恶周围的黑暗现状,甚至使他们的艺术才能得到培养和充分发挥,这一切,固然是好事,不是坏事。但是,这样作,并不能使劳动人民免受压迫和剥削。他们迫切需要的究竟不是文化艺术,而是面包和政治权利。这些问题,显然《约翰·克利斯朵夫》的作者并未考虑(楷体在《自选集》中改为'似乎考虑得不多'了)。也许他认为不应当对一部小说提出这么高的要求,尤其是在当时。但是,劳动人民在获得解放以前,绝不可能享受文化和艺术生活,这是客观事实。不明白这一点,只能说是作者思想上很大的局限性。"或许在文章作者看来,罗曼·罗兰假如是个面包师,他的社会作用会更大。幸而文章作者后来也意识到这种说法(指楷体部分)的不当,在《自选集》中把它们删去了。第六部分是文章的最后一部分。作者首先以上面几个部分的论述为基础,引出罗曼·罗兰的《卷十初版序》前半篇作为结论,并分析说:"克利斯朵夫的悲剧就是作者自己的悲剧。这悲剧的原因不是别的,就是小资产阶级知识分子的两面性的矛盾。……既盼望革命,……又害怕革命,害怕斗争……"(楷体部分在《自选集》里已删)作者这样解释了罗兰的《卷十初版序》:"正因为资产阶级人道主义和个人主义的奋斗,完全不能解决作者自己提出的改变现状的要求,正因为作者的'理想'在无情的现实之前碰壁、破产,所以他感到'沉重的悲哀',……'感到沮丧'……不过,由于他当时认识水平的限制,阶级意识的局限,他不能正确地分析自己的错误思想。"(楷体部分在《自选集》里已删)

接下来,文章作者用了两千多字的篇幅,对1958年《读书(月报)》上发表的不同于他的反对观点,给予了有力的反击:"前些年,我们着重批判了《约翰·克利斯朵夫》的个人主义和资产阶级人道主义,那是完全必要的。""而上述读者,却有意无意地把'克利斯朵夫式的精神',即克利斯朵夫式的顽强的个人主义,作为他们自己的落后思想的盾牌,以便和我们今天的新社会闹对立,甚至进行'反抗'。正因为这样,这些读者往往有必要把克利斯朵夫的个人主义说成什么'高尚',什么'实质上是个性主义',同时他们尽情歌颂克利斯朵夫的'悲天悯人的人道主义'。这些人的思想上所受的资产阶级的人性论的毒害,似乎到了相当严重的程度。""坚持'克利斯朵夫式的精神'的人和我们今天的新社会之间的矛盾,势必日趋尖锐。""如果不彻底批判《约翰·克利斯朵夫》的个人主义和人道主义,对于一些认识比较模糊的读者,将会引起多么大的混乱。"(不过,这一旧事重提的篇幅在《自选集》中也被删除了。)作者还借此感慨道:"然而却有若干自称为'了解'罗兰的人,硬要把在资本主义世界产生过一定程度的积极影响的克利斯朵夫的'伟大的心',在我们今天的社会主义社会中大事推销,企图以此代替无产阶级人道主义。他们这种作为绝非出于蒙昧无知,而是别有用心。"(此话在《自选集》中也已删)顺便提一句,傅雷在1956年时就提到过"伟大的心",不过是在尚未公开的《家书》中。

文章作者在把小说落后的一面"归纳为个人主义与资产阶级人道主义这两种主要倾向"后,也"把这部小说在当时的进步意义概括为下列几点",如"作品的批判现实主义的精神"、作者"对于人类的美好前途始终抱有健康的乐观态度",作品表达了对"美好生活的渴慕"及"向这方面追求的一片热忱""在当时法国文学界,《约翰·克利斯朵夫》作为一部作品也是以光辉的对立面的姿态出现的"等。

然而,文章作者最后对《约翰·克利斯朵夫》的描绘,与它给多数读者留下的印象,还是相当有出入的,似乎带有作者个人的某些见地,与实际情形很难吻合。作者说,《约翰·克利斯朵夫》"真切地反映了巴黎公社以后,十月社会主义革命之前,处在革命低潮中的西欧各国要求进步的知识分子的不满现状,彷徨歧途的苦闷,渴求正义,渴求光明的焦急心情,以及由于对于正确的前进道路认识不清,在苦闷中不得不聊以自慰而做的一些虚幻的梦"。这种刻画与克利斯朵夫曾经不畏艰险、执着追求人生理想,向上、向善、积极进取的形象大相径庭,似乎克利斯朵夫只是一个终日耽于梦幻、懒得行动的小资产阶级知识分子而已。作者后来在《自选集》中把这一描绘删除,也说明这一描绘有失偏颇。

罗大冈在这一时期撰写的第三篇文章,是《〈约翰·克利斯朵夫〉和文学遗产的批判继承问题》①。文章实际上主要还是提醒人们注意《约翰·克利斯朵夫》中的两个消极因素:个人主义和人道主义。在第一部分,作者泛论道:"读者捧着一部古典名著,不论是中国的或外国的,读得津津有味,实际上相当于用古代的酒糟在饮酒……难保不中'铜绿'之毒。"在第二部分,作者在承认《约翰·克利斯朵夫》的积极意义和进步作用的同时,指出了作品"在重大社会问题上所表现的资产阶级立场和唯心主义观点",指出作品的"思想内容存在着严重的局限性",并借罗曼·罗兰之语"我写下了快要消灭的一代悲剧"来说明,这部"当初计划写的个人主义英雄人物的颂歌,已经不由自主,不知不觉地变成了宣告个人主义幻灭的无可奈何的悼歌了"。在第三部分即最后一部分,作者指出:"在古典文学作品中,积极因素和消极因素往往是错综复杂,有机地结合在一起的。……在一部古典名著中,越是精华所在,就越有必要进行实事求是的历史唯物主义分析批判。例如对于《约翰·克利斯朵夫》,就必须先具体分析批判个人主义与人道主义的消极影响,然后才能够实事求是地肯定小说中主要人物不甘心跟黑暗腐化的社会同流合污的积极精神。"②这篇文章刊登在《人民日报》上,这就意味着它在当时代表着一种较为"正确"的观点。总之,这篇文章体现了罗大冈对《约翰·克利斯朵夫》连续的、一贯的认识。例如,就像作者曾经指出"克利斯朵夫不进步,因为在他那时代有比他更进步的知识分子(指马克思主义者)"③一样,作者在这里也指出,《约翰·克利斯朵夫》虽然曾经在我国的民主革命和抗日战争时期产生过积极的影响,"但是,即使在那时,当马克思列宁主义思想已经深入人心的时

---

① 罗大冈.《约翰·克利斯朵夫》和文学遗产的批判继承问题. 人民日报,1964-03-22.
② 罗大冈. 罗大冈学术论著自选集. 北京:北京师范学院出版社,1991:183-195.
③ 罗大冈. 答刘智、郭襄二位同志. 读书,1958(4):19.

候,克利斯朵夫式的思想感情也是比较落后的"①。

20世纪70年代初中期,对罗兰及其作品《约翰·克利斯朵夫》的研究,也很少见到,大概是因为对于这部作品早已有了统一的、"深刻的"、基本也是定论式的评价了。到了70年代末,《世界文学》在发表罗大冈翻译的罗曼·罗兰《欣悦的灵魂》选段的同时,发表了罗大冈2万多字的评论《罗曼·罗兰的长篇小说〈欣悦的灵魂〉》。作者在文章开头就说道:"《欣悦的灵魂》是罗曼·罗兰的第二部长篇小说,篇幅和《约翰·克利斯朵夫》不相上下,其重要性显然超过《约翰·克利斯朵夫》②。因为《欣悦的灵魂》表现了更鲜明、更具体的现实主义倾向。"③作者在文中强调指出,法国"资产阶级评论界一向歧视这部法国当代文学中的第一流的重要作品。他们表示这小说不值得一提,主要理由据说是艺术性太差。这种海外传来的资产阶级的阶级成见,曾经对于我国翻译界出版界产生过消极影响,造成只瞧得起《约翰·克利斯朵夫》,而瞧不起《母与子》④的不合理现象"⑤;同时,作者还认为:"《母与子》在当时的法国文学上,确实是一部奇峰突起的作品,也可以说是'里程碑'。在当代法国资产阶级进步文学中,比较有代表性的作品,常被提到的有发表于1904年的法朗士的《白石上》,发表于1916年的巴比塞的《炮火》,以及发表于1922—1934年的罗曼·罗兰的《母与子》。如果拿这三部小说相互比较,那么《母与子》不但内容丰富得多,而且思想深度,以及其中某几个主要人物形象的生动,也大大超过其他两本表现进步倾向的小说。《母与子》是当代一部分知识分子向往革命,要求进步的可歌可泣的斗争史诗。在这个意义上,它的重要

---

① 罗大冈. 罗大冈学术论著自选集. 北京:北京师范学院出版社,1991:194.
② 在罗大冈著《论罗曼·罗兰》上海文艺出版社1979版(第237页)同一篇文章中,此句调整为:"其重要性至少不下于《约翰·克利斯朵夫》,甚至超过"。
③ 罗大冈. 罗曼·罗兰的长篇小说《欣悦的灵魂》. 世界文学,1978(2):73.
④ 《欣悦的灵魂》全书由罗大冈翻译,1980年由北京人民文学出版社出版上卷时改名为《母与子》。
⑤ 罗大冈. 论罗曼·罗兰. 上海:上海文艺出版社,1979:271.

性超过《约翰·克利斯朵夫》,超过同时期一般的资产阶级小说。"①由此可以看出,作者对于《约翰·克利斯朵夫》和《母与子》两部作品,更偏爱后者。他不但对后者情有独钟,而且大有为后者鸣不平的态势。这种鸣不平的态势,早在1958年作者撰写《〈约翰·克利斯朵夫〉及其时代》时,就表露过。也许正是出于这一原因,罗大冈才着手《母与子》的翻译。但不管怎么说,作者对自己翻译的《母与子》确有某种偏爱,我们可以从作者在文章开头与结尾的评论中,看出作者的情感:《欣悦的灵魂》"反映了第一次和第二次世界大战之间,法国国内和国际上阶级斗争的紧张形势,特别是法国人民反法西斯斗争,以及知识界的进步成分在这场斗争中所采取的勇敢积极的姿态";"《欣悦的灵魂》并不是用枯燥空洞的概念或公式,而是通过有血有肉的人物形象,表现了一个西方资本主义大国的部分知识分子,在帝国主义战争和社会主义革命怒涛汹涌的历史时期,在黑暗中探索光明的可歌可泣的斗争过程"。如果我们把这样的评说与作者在《罗曼·罗兰在创作〈约翰·克利斯朵夫〉时期的思想情况》一文最后对《约翰·克利斯朵夫》的评说(如把克利斯朵夫描绘成一个终日耽于梦幻毫无进步行动的小资产阶级知识分子的形象)比较一下,就可以看出,作者对罗曼·罗兰的两部著作的介绍,采用了一扬一抑的手法,对《欣悦的灵魂》是"扬",对《约翰·克利斯朵夫》是"抑"。

综观20世纪50—70年代,从译介的角度看,傅雷完成了对《约翰·克利斯朵夫》的重译工作,1952—1953年由上海平明出版社出版,1957年由人民文学出版社根据平明版进行重印,这不仅是罗兰作品译介中的一件大事,也是法国文学乃至外国文学翻译中的一件大事,因为重译使得这部皇皇巨著的艺术风格更为浑成,并且使它继续成为中国读者最喜爱的外国作品之一。它"不仅吸引了不少的青年学生,也引起了一般干部的注意"②。《约翰·克利斯朵夫》在我国知识青年中产生越来越广泛和深刻的

---

① 罗大冈. 论罗曼·罗兰. 上海:上海文艺出版社,1979:275.
② 袁可嘉. 欧美文学在中国. 世界文学,1959(9):86.

影响,引起了我国知识界"有识之士"的高度警惕和关注。于是,对《约翰·克利斯朵夫》的"讨论"成为这一时期文化生活中的一大热点。

从研究的角度看,把新中国成立到改革开放这段时间划为一个相对完整的阶段,应当说是合理的,因为在这一阶段中,无论是经历什么样的政治运动,对《约翰·克利斯朵夫》的评论,在主流话语那里,观点具有连贯性,并带有"左"的批判性,分歧只是批判的轻重有所不同。罗大冈在这一时期,针对《约翰·克利斯朵夫》写下了十多万字的文章,从对克利斯朵夫这个人物的探讨,到对"主要属于资产阶级思想意识范畴"①的作品思想的"分析与批判",到对克利斯朵夫的个人主义和资产阶级人道主义的"彻底批判",到对罗兰创作时期的"消极""落后"的思想的挖掘,最后到"用历史唯物主义和辩证唯物主义"对这部"文学遗产"的批判继承,乃至对《约翰·克利斯朵夫》和《母与子》进行的比较,既表现了他对《约翰·克利斯朵夫》前后一致的认识,也表现了一个学者少有的连续不断的学术关怀。他的大量而又深刻的文章,使他毫无疑问地成为这一阶段评论《约翰·克利斯朵夫》的主力军。

最后,我们应当承认,正如柳鸣九所说,《约翰·克利斯朵夫》是新中国成立以后"外国文学中不仅不被善待,反而最受虐待的一部名著,对它的'严正批判''肃清流毒''清除污染',几乎从未中断"②。如果说,由于新中国成立后不久"左"的意识形态开始长期操控主流话语,在 20 世纪 50 年代,傅译《约翰·克利斯朵夫》遭受了一场不折不扣的真正的"拷问",那么,"文革"十年便是它的又一次实实在在的漫长的受难,傅译《约翰·克利斯朵夫》成了一部风雨中的经典。但是,无论经历了什么样的"拷问",无论经历了多么漫长的风雨,在读者心中,傅译《约翰·克利斯朵夫》始终是不灭的火种。

---

① 罗大冈.《约翰·克利斯朵夫》及其时代//作家出版社编辑部. 怎样认识《约翰·克利斯朵夫》. 北京:作家出版社,1958:83.

② 柳鸣九. 罗曼·罗兰与《约翰·克利斯多夫》的评价问题. 社会科学战线,1993(1):273.

第二节 经典的重现辉煌

一、经典的重印及其他

改革开放后,文化领域春归燕回。人民文学出版社于 1980 年、1981 年和 1983 年连续三次重印了傅译《约翰·克利斯朵夫》,1987 年和 1997 年又两度重印。除人民文学出版社外,漓江出版社(1992)、敦煌文艺出版社(1994)、内蒙古文化出版社(1996)、河南人民出版社(1998)和中国友谊出版公司(2000)等,也各自推出了傅雷的译本。安徽人民出版社(1981—1985、1989)和安徽文艺出版社(1990、1992、1998、1999)推出的《傅雷译文集》以及辽宁教育出版社(2002)推出的《傅雷全集》,都收入了傅译《约翰·克利斯朵夫》。台湾的远景出版事业公司也在较早的时间(1981)推出了傅雷的译本。这里还没有算及根据傅译缩写、缩编的多个译本的出现①。以上陈述虽不能说明傅译何以赢得读者的青睐,备受读者的喜爱,但却能使我们做出这样的判断:傅译《约翰·克利斯朵夫》一定是翻译文学中的经典力作。各家出版社纷纷推出傅译之作,是因为他们能够确信,曾经拥有千万读者、曾经影响了一代又一代青年的傅译《约翰·克利斯朵夫》,还会拥有未来广大的读者,还会影响未来积极进取的青年。

此外,自新时期以来,早已深入人心的傅译《约翰·克利斯朵夫》所产生的积极影响,也再一次更为广泛地推动了我国对罗兰其他多姿多彩的文字的译介:在小说方面,如罗大冈翻译的《母与子》由人民文学出版社1980 年、1985 年和 1987 年分别出版上、中、下册。这部小说中的其中一卷《搏斗》也曾由陈实、黄秋耘翻译,1980 年由广东人民出版社出版。在传记方面,罗曼·罗兰的《巨人三传》《贝多芬传》和《米开朗琪罗传》等"名人传",以及《米莱传》《亨德尔传》《卢梭的生平与著作》《贝多芬:伟大的创造

---

① 如雪岗改写的同名作品,北京中国少年儿童出版社 1993 年版;萧萍缩改的同名作品,济南明天出版社 1996 年版。

性年代》等作品,都有了重版和新版。梁宗岱于 1943 年翻译出版的《歌德与贝多芬》,也由广西师范大学出版社 2002 年重新出版。收录了罗曼·罗兰的《夏洛外传》《贝多芬传》《米开朗琪罗传》《托尔斯泰传》和《服尔德传》的《傅译传记五种》,由生活·读书·新知三联书店 1983 年出版,到 1996 年已第三次印刷。我们还可以在这一时期的《外国文学》和《世界文学》等期刊上,看到罗曼·罗兰作品的翻译。① 许渊冲编选的《罗曼·罗兰精选集》收入了许译《约翰·克里斯托夫》和《哥拉·布勒尼翁》两部小说及陈筱卿翻译的《贝多芬传》,2004 年由北京燕山出版社出版。另外,像《罗曼·罗兰回忆录》《罗曼·罗兰妙语录》《罗曼·罗兰箴言录》《罗曼·罗兰隽语录》《罗曼·罗兰读书随笔》《罗曼·罗兰音乐散文集》《罗曼·罗兰日记选页》《内心旅程》《罗曼·罗兰如是说》等凡是罗曼·罗兰写下的文字,都受到了读者的欢迎。罗曼·罗兰的《莫斯科日记》有上海人民出版社(1995)和广西师范大学出版社(2003)两个版本。孙梁辑译的《罗曼·罗兰文钞》新版把原先出版的正编和续编合为一册,由上海译文出版社 1985 年出版,2004 年又由广西师范大学出版社重新出版。罗大冈编选的《认识罗曼·罗兰——罗曼·罗兰谈自己》,1988 年由中国社会科学出版社出版,主要收入了罗曼·罗兰的文论和书信,旨在“向国内对罗曼·罗兰感兴趣、希望掌握比较详细的材料、可是不谙法语或其他外语的读者,提供有助于对这位著名作家加深认识的一些多少有关键意义的资料”②,也确实是一份很有用的外国文学研究资料。2001 年,我们还看到了钱林森编译的《罗曼·罗兰自传》的出版。钱林森在《后记》中说:“罗曼·罗兰对我们中国人毕竟是个有着深远影响,有非凡魅力的作家,自从(20 世纪)二十年代进入中国,半个多世纪来,他和我国一代又一代的读者结下了不解之缘。直到今天,他仍然是中国人最爱读的作家之一,人们从他那里仍然会感受到一种英雄的气息,会获得许多新鲜而亲切的教益。

---

① 如《外国文学》1981 年第 3 期刊登的《彼埃尔和绿丝》,《世界文学》1989 年第 2 期刊登的《弥莱评传》。

② 罗大冈. 认识罗曼·罗兰——罗曼·罗兰谈自己. 北京:中国社会科学出版社,1988:前言 1.

我在青年时代,《约翰·克利斯朵夫》就是我爱不释手的读物,到中年又曾有幸两次拜见过他的俄国夫人玛丽亚,在他巴黎的寓所的书房里,聆听过她讲述的罗兰的故事,而如今虽已过'知天命'之年,但每当我重读罗兰的作品,或给我的研究生讲授罗曼·罗兰与中国的专题时,总是会从内心里激发出想干点什么的一股青春的热情和力量。"①这一段话既说出了这本《罗曼·罗兰自传》面世的缘由,也代表了钱林森那一代人对罗曼·罗兰的普遍的认识和情感。

这一时期,随着傅译《约翰·克利斯朵夫》再度引发的热潮,除罗曼·罗兰自己的作品得到翻译外,国外学者关于罗兰及其作品的研究成果也得到了翻译。具体情况可以分为两种:一是这一时期首次出版或发表的论著或文章,二是在此之前已出版或发表过的作品的再版、再发表。前一情况如莫蒂列娃著的《罗曼·罗兰的创作》,旨在"对罗兰的文学创作做一个简要的而绝非详尽无遗的介绍"。作者在第四章用了全书中最大的比重专门探讨了《约翰·克利斯朵夫》,最后认为,关于这部巨著,"罗兰创作风格的真正特色,与其说是表现在……那种宣言式的,感伤色彩的片断中,还不如说是表现在那些以有力、生动多变的形式揭示艺术家的思想和感情的篇章中"②。再如布吕奈尔等著的《20世纪法国文学史》对《约翰·克利斯朵夫》作为"描写个人命运的小说"做了介绍,并对全书十卷一一加以简介。③ 又如张隆溪选编的《比较文学译文集》收录了法国学者雅克·鲁斯的《罗曼·罗兰和东西方问题》④。在《卢卡契文学论文集》中,也有关于"罗曼·罗兰的历史小说"的论述。⑤ 还有,在《外国文学教学参考资料》中,也收入了《法国百科全书》和《法国大百科全书》上的两条"罗曼·罗

① 钱林森. 罗曼·罗兰自传. 南京:江苏文艺出版社,2001:381-382.
② 莫蒂列娃. 罗曼·罗兰的创作. 卢龙,等译. 上海:上海译文出版社,1989:1,266.
③ 布吕奈尔,等. 20世纪法国文学史. 郑克鲁,等译. 成都:四川文艺出版社,1991:127-132.
④ 雅克·鲁斯. 罗曼·罗兰和东西方问题. 罗芃,译//张隆溪. 比较文学译文集. 北京:北京大学出版社,1982:156-166.
⑤ 卢卡契. 卢卡契文学论文集. 北京:中国社会科学出版社,1981:403-415.

兰"的词条。① 在后一种情况中,最突出的例子是茨威格著的《罗曼·罗兰传》,自新时期以来,至少可以找到湖南人民出版社(1984)、湖南文艺出版社(1993)、漓江出版社(1999)、华夏出版社(2002)和团结出版社(2003)的版本。在高尔基的文艺著作《论文学》中,也能看到他的《论罗曼·罗兰》②。而法国进步作家阿拉贡的《论约翰·克利斯朵夫》,除 20 世纪 50 年代由上海平明出版社三次出版、于 1958 年收入《阿拉贡文艺论文集》外,在新时期里,继续显示出它的学术参考价值,被全文收入《外国文学评论选》③,也被节录于《外国文学教学参考资料》中。

二、为经典正本清源

傅译《约翰·克利斯朵夫》取得的成功、产生的效应,不仅推动了对罗兰其他作品的译介工作,也推动了对这部巨著及作者本人的研究工作的展开。1979 年 2 月,上海文艺出版社出版了罗大冈的《论罗曼·罗兰》。这部 34 万字的研究专著,是罗大冈经过 20 年对罗曼·罗兰作品的阅读和思考,向关心外国文学的同人提供的"一份读书报告"。罗大冈在《向罗曼·罗兰告别》的代序中,首先介绍了推动他对罗曼·罗兰做一次"比较系统""比较全面"和"比较确凿"的探讨的"主观意愿",而后点明代序的主题:"我们必须……向局限于旧观点的罗曼·罗兰告别。罗曼·罗兰自己也鼓励我们向他告别,……我们在这里向他告别,向他作品中的旧思想、旧观点告别,可以说是按照他的精神办事。"罗大冈最后也谈到了他的写作目标:"力求自己的劳动,密切配合时代前进的步伐,配合为人类创造光明前途而在战斗中的、无产阶级革命大军的前进步伐。"④然而,正如罗大冈在过去的文章中一再强调的《约翰·克利斯朵夫》仅仅代表了罗曼·罗兰前期的思想即资产阶级个人主义和资产阶级人道主义的思想,已不适合于社会主义社会了一样,他这部完稿于 1976 年 6 月(见修订本说明)的论著,在粉碎"四人帮"两年后出版,也显得不合时宜,用他自己的话说,很快引来了"纷纷的批评与指责"。

1980 年,《文汇增刊》发表了《不要再对罗曼·罗兰和〈约翰·克利斯朵夫〉泼污水吧》。文章作者认为:"这本(指罗大冈《论罗曼·罗兰》)出版于 1979 年的新著,还重复着一些十年恐怖时期的陈腔滥调,是很不应该的。"他引用了作品中的一段:"1957 年,资产阶级右派利用打鸣大放,跳出来向党、向社会主义猖狂进攻。⋯⋯在反击右派的斗争中,人们发现有一些年轻人,他们的个人主义思想发展到和我们社会主义社会势不两立的严重地步。他们反对党的领导,反对毛主席的无产阶级革命路线。有人在提高认识之后,在检查自己的反动思想的根源时,指出《约翰·克利斯朵夫》这部小说给他们的消极影响。⋯⋯一股歪风邪气随着这部小说渐渐扩散,污染我们社会的健康气氛。"而后质疑说,"评论家所反复指出的事件,历史早已作了公正的结论。⋯⋯评论家泼在罗曼·罗兰和他的名著《约翰·克利斯朵夫》身上的污水,应该洗涤干净"了,因为他读过这部作品,它给人最大的教育与影响,是指点人"做一个正直勇敢的人,敢于向一切市侩主义、阿谀逢迎、阴谋诬陷的行为作斗争,要敢于说真话,要爱人民"。①

不久,《文艺情况》也发表了黄秋耘的《为〈约翰·克利斯朵夫〉说几句公道话》。作者在引用了《论罗曼·罗兰》中的一段文字后指出,假如这些文字"写在'十年浩劫'期间,这是不足为奇的",但时至 1979 年 2 月,"也就是在打倒'四人帮'已经两年半之后,作者仍然坚持这样的观点,就未免使人惊讶和惶惑不安了"。文章作者同时认为:"人道主义总比兽性好一些,而坚持正义、耿介不阿总比阿谀献媚、卖身投靠好一些吧!假如我们大家都能按照约翰·克利斯朵夫的准则去做人行事,那么,'十年浩劫'期

---

① 贺之. 不要再对罗曼·罗兰和《约翰·克利斯朵夫》泼污水吧. 文汇增刊,1980 (1):40.

间所发生的家破人亡的悲剧……大概也可以稍稍减少一些吧！至于把极少数人反党、反社会主义的行为归咎于《约翰·克利斯朵夫》一书的影响，这显然是不公平的，也是不符合实际情况的。"①也就在同一时间，《读书》期刊上前后出现了三篇质疑文章。《〈约翰·克利斯朵夫〉在中国》一文认为："做一个像约翰·克利斯朵夫那样正直的人，光明磊落的人，敢于同不公正的社会现象进行斗争的人，有什么不好呢？至于在'反右派斗争'中，有些青年因为讲了点真话，对现实有所批评，因而被戴上'右派分子'帽子，如果他们中的某些人确实是受了约翰·克利斯朵夫的感召，这不是更加证实《约翰·克利斯朵夫》这部小说是有积极作用的吗？"文章还认为："凡是经过时间检验证明有生命力的文艺作品，它所具有的积极意义永远超过它所含有的消极因素。""像《约翰·克利斯朵夫》这样能够提高人的精神情操的文学作品，……暂时还不能就此同这部小说和它的作者罗曼·罗兰'告别'。"②《要作具体分析》一文也表示对《论罗曼·罗兰》书中的一些观点不能苟同，针对罗氏的观点"在资本主义社会里，……文艺家的'自由灵魂'，事实上只不过是资本家的金丝笼中唱歌的小鸟而已"，"文学艺术家自以为'神圣'的作品，都是地地道道的商品"，文章作者在列举了恩格斯对巴尔扎克的热情评价和列宁对托尔斯泰的充分肯定后指出，"认真严肃的历史唯物主义的态度"是不会轻易地把资本主义社会的文学艺术遗产一概斥之为"商品"的；并且指出罗氏的观点如"资本主义世界的知识界，是严重脱离人民大众，站在人民之上，和人民对立的"等，缺乏马克思主义具体分析精神，不符合资本主义世界知识界的状况。③第三篇《重读〈约翰·克利斯朵夫〉的随想》认为，"过去对《约翰·克利斯朵夫》的讨论与思想批判中，存在着一些似是而非的说法，需要加以澄清"。我们不能批判个人主义连"奋斗"也给批掉。"可事实是过去就偏偏作出这种脏水与孩子一起泼掉的事情"，克利斯朵夫的个人奋斗实际上是一种积极

---

① 黄秋耘. 为《约翰·克利斯朵夫》说几句公道话. 文艺情况，1980(6)：16.
② 成柏泉.《约翰·克利斯朵夫》在中国. 读书，1980(8)：49-51.
③ 胡静华. 要作具体分析. 读书，1980(10)：55-57.

进取、勇猛向上的生活态度和斗争精神。"重读《约翰·克利斯朵夫》,我倒觉得它并不像过去批判的那样坏,那样一无是处",它使我们在经历了一场对人的浩劫之后,更清醒地感觉到了人的觉醒。①

面对"北京上海等地的报刊"上出现的批评文章,罗大冈在《外国文学研究》上回答该刊记者提问时做了如下解说,1957—1958 年的"国内政治形势",导致他"接受领导分配下来的批判小说《约翰·克利斯朵夫》的资产阶级人道主义和个人主义的任务"。"文革"中他被打成"三反分子"和"反动学术权威"的现实,使他"总结了'宁左勿右'的错误教训",为了旗帜鲜明,他"加强了批判语气",在《论罗曼·罗兰》这个标题下,加了一个副标题——"评资产阶级人道主义的破产"。"今天看来,旗帜越鲜明,问题反而越严重。"罗大冈认识到,"这本严重落后于形势,严重脱离时代,脱离群众的书,一生下来就成了'死婴'。这是咎由自取,罪有应得的必然结果,本来是毫不足惜的。可是重要的问题不在于一本书的成败,也不在于个人得失,而在于客观影响。既然作为一本书流传在社会上,其中的错误思想,错误观点必然影响读者,引起思想混乱。为此,我自己首先应当认识清楚,究竟错在什么地方。"罗大冈谈了两点:(1)"过分地""过火地"突出了资产阶级人道主义的消极面,"实际上等于否定了资产阶级人道主义的积极面";对人道主义采取了"偏窄的""片面的"的态度,导致对人性"采取简单化的机械观点"。(2)"对文学为政治服务,为无产阶级革命服务做了偏窄的、目光短浅的理解","错误地认为对于资本主义世界的作家和作品只能咬牙切齿地批判,这样才能免于犯政治性的错误"。罗大冈还认识到:"十七年间,我在外国文学工作上所犯的错误集中表现在《论罗曼·罗兰》一书中。"为此,他总结了几条"经验教训",作为给中青年外国文学工作者的希望和忠告,其中主要是:对经典著作的研究不能采取教条主义和实用主义的态度;要敢于坚持科学真理,坚持科学结论,像罗曼·罗兰那样,敢于"一个人反对大伙",具有崇高格调;"必须考虑文学艺术本身的规律,也就是从美学的角度研究文艺本身的特点,不能把文艺作品和一般思

---

① 柳前. 重读《约翰·克利斯朵夫》的随想. 读书,1980(12):67-69.

想论文同样对待"。罗大冈强调,"一个人提高认识总得有个过程",所以在以后的工作中,他打算,或修改《论罗曼·罗兰》,或写一本《再论罗曼·罗兰》。①

罗大冈确实是个严肃的学者,也是一个勇于面对现实的学者。通过几年的再学习、再研究,1984 年 10 月,他拿出了《论罗曼·罗兰》(修订本)。罗大冈在《修订本说明》中借用《约翰·克利斯朵夫》的《卷四初版序》中的两句话表达了自己的"心意":"倘使活着不是为了纠正我们的错误,克服我们的偏见,扩大我们的思想和心胸,那么活着有什么用呢?""我们每过一天都想和真理更接近一些";并且,对原先论著中的"缺点与过失",又进一步做了三方面的"概括":其一大意是,评论一个文学家,如果单纯地从思想意识方面着眼,势必造成把世界观和创作方法一律看待的错误,文艺有单独存在的必要,不能忽略艺术性(美学)的一面;其二和其三的大意基本是,在分析批判罗曼·罗兰的思想意识时,由于提到的其积极的一面"分量不足","与消极面不成比例",从客观效果看,"几乎把他说得一无是处",几乎"等于否定了这个作家,否定了他的作品"。罗大冈还告诉我们修订这部论著的"主要意图":"通过《论罗曼·罗兰》这本书,实事求是地批判这位作家在思想体系方面的错误观点,同时,在批判的基础上,充分肯定他在政治立场上的进步倾向,在文学事业上的巨大成就。"②

其实,在修订本出版之前,有些"经过完全改写"的章节已经刊登发表,如发表在《外国文学研究》1983 年第 2 期上的《再论罗曼·罗兰的人道主义和个人主义》。这一部分在原先论著中是《资本主义人道主义的破产》,从现在的题目就可以看出原先那种阶级批判的鲜明倾向的淡化。由于这是属于"全书总结里的一部分"③,我们不妨把前后两文中的主要观点提炼出来,看一看罗大冈认识上的发展。在 1979 年的《资产阶级人道主

① 罗大冈,安康. 罗大冈同志答本刊记者问——谈谈《论罗曼·罗兰》一书的问题. 外国文学研究,1981(1):56-61.
② 罗大冈. 论罗曼·罗兰. 修订本. 上海:上海文艺出版社,1984:2-4.
③ 参见:罗大冈. 再论罗曼·罗兰的人道主义和个人主义. 外国文学研究,1983 (2):3.

义的破产》一文中,作者从"爱与真""个人中心""四海之内皆兄弟"和"人道主义的阶级根源"等几个层面对罗曼·罗兰的人道主义进行了批判:"所谓'爱与真'是完全脱离具体社会生活的空洞、虚无的概念";"顽强的个人主义立场,反映了资产阶级人道主义的阶级性";"不分阶级地'同情受苦人',甚至无产阶级的阶级敌人,……有时也会被他误认为'受苦人'而加以'同情';作为一个小资产阶级家庭出身的知识分子,罗曼·罗兰选择了资产阶级人道主义这种观点与立场,……事实上是符合他的本阶级的利益的"。所以,"资产阶级人道主义是罗曼·罗兰全部作品的中心思想","罗曼·罗兰的抽象人道主义是他的历史唯心论之必然产物。……直到最后……他的阶级立场实际上始终没有根本性的转变"。① 而在1984 年的修订本中,罗大冈对这一部分做了如下总结:"总而言之,我们对于罗曼·罗兰人道主义的看法可以归结为下列几点:(一)从思想体系上说,罗曼·罗兰的唯心论的、主观主义的人道主义理想和信念属于资产阶级人道主义范畴;(二)根据对具体事实的分析,罗曼·罗兰的资产阶级人道主义和资产阶级统治集团口头的虚伪人道主义有本质的区别,前者的出发点是追求真理和实行泛爱,后者的目的是卫护个人利益和阶级利益;(三)罗曼·罗兰的人道主义对资产阶级统治势力的关系显然表现为离心力的作用,而不是向心力的倾向;(四)罗曼·罗兰的人道主义在他个人漫长和艰辛的进步过程中,起了一贯的促进作用,……他的人道主义的积极面对他思想进步过程所起的积极作用是主要的,决定性的,而他的人道主义所产生的消极作用是次要的,非决定性的。"②

　　两个版本中让我们最关心的,自然是作者关于《约翰·克利斯朵夫》的评论。在1979 年版的论著中,作者在《约翰·克利斯朵夫》的标题下,撰写了约2 万字的评论,分为"《约翰·克利斯朵夫》在中国""反映阶级矛盾""个人主义与人道主义""'思想顶峰'的巡礼""十字街头的碰壁"和"个人主义的悼歌"六个部分。一些读者或学人对于该书的纷纷的质疑,多半

---

① 罗大冈. 论罗曼·罗兰. 上海:上海文艺出版社,1979:426-431.
② 罗大冈. 论罗曼·罗兰. 修订本. 上海:上海文艺出版社,1984:402.

针对这一标题下的种种观点,但也都是针对某一句、段等局部而言,不能让人了解整篇的大意,故有必要对每一部分撮其要旨,以让大家明白作者想要表达什么。作者在第一部分试图说明,这部作品虽在它的历史条件下有一定限度的积极作用和进步意义,但也存在着比较突出的错误观点与阶级局限性,所以,它在 20 世纪四五十年代的中国读者中产生的"思想混乱和消极作用"等"不良影响"必须肃清。第二部分指出:"这部一百多万字的小说,始终没有用过阶级矛盾或阶段斗争这类词句。然而作者不由自主地反映了当时社会的阶级矛盾,因为现实生活对他有强大的制约作用。"第三部分主要说明克利斯朵夫的"个人主义是明显的、具体的,而他的人道主义却在小说中表现得相当含糊";"从幼年以来,搞音乐到底是为个人名利,还是为'人类的光荣',这个问题在克利斯朵夫思想中一直是混乱的";而"在阶级压迫下面,公然宣传无抵抗主义,……这样的艺术作品,也只能起'人民的鸦片'的作用"。第四部分对"思想的顶峰"提出批判,因为"它反映了小说中最陈腐落后的思想,也反映罗曼·罗兰思想体系中始终未能清除的落后因素,即主观唯心主义和神秘主义的倾向"。第五部分想要指出,罗曼·罗兰把克利斯朵夫和奥里维的十字街头之行,写成一无所获,完全失望,"只能说明小说作者的成见,他当时反对知识分子走向十字街头,参加革命活动。当时他的态度是大大落后于时代的,是逆潮流而动的"。最后一部分指出,"就罗曼·罗兰一生思想发展的全过程看,资产阶级人道主义是要害;就《约翰·克利斯朵夫》这部小说而论,要害问题是资产阶级个人主义"。罗曼·罗兰企图把小说写成一首个人主义的赞歌,结果却写成了个人主义的悼歌,这正是"这部小说的积极意义",因为"如果他真的把小说写成了个人主义的凯歌,那么除了把它彻底否定之外,恐怕也没有什么讨论的余地了"。①

而在 1984 年的修订本中,罗大冈在《约翰·克利斯朵夫》同一标题下,又写了一万出头的文字,取代了原先的内容。作者分"伟大的心""个

---

① 罗大冈. 论罗曼·罗兰. 上海:上海文艺出版社,1979:177-206.

人社会主义""反抗"和"音乐小说"四个部分加以论述①。从这几个小标题可以看出,原先那种要彻底肃清流毒的批判性大大淡化。不过,作者也做了这样的说明,"分析这部小说的精华所在,是本章的主要任务。这样做,并不意味着否定以前我们对于这部作品的资产阶级人道主义和个人主义的批判,而是相反,使以前的批判更全面、更深入";这一章"只是对于以前没有着重提到的问题,比如怎样欣赏这部'音乐小说'等,需要做一些补充说明"。在"伟大的心"这一部分,作者指出:"克利斯朵夫的伟大的心不仅表现在坚贞的爱情和诚挚的友谊方面,也不仅表现在希望各国人民友好相处,形成和睦的人类大家庭,永远不要战争的博爱幻想方面,而且也表现在对于被压迫被蔑视和践踏的善良正直的劳苦大众的深刻同情上。"在"个人社会主义"里,作者指出,"罗兰的所谓'个人社会主义'思想,归结为这样一个公式:'一切受苦的人是我的祖国;一切使人受苦的人,是我的仇敌'","'个人社会主义'的含义就是从个人良心出发,同情受苦的劳动大众之意"。把这一部分和1979年所写的对比一下是很有趣的,因为它们用了同一个例子,即一个失业工人全家七口不堪饥饿的折磨全体自杀的事情,却得出了两种不同的认识。在1979年版中这样写道:

> 克利斯朵夫听到这惨绝人寰的悲剧后,心中难受,把他自己刚刚起草的一页乐谱撕成了碎片。他激动地责备自己搞这些孩子的玩意儿,"简直是自私自利"。他说得对。艺术家埋头搞自己的"至高无上"的艺术,尤其在那个社会里,就意味着自私自利。但是片刻之后,他又后悔自己撕毁刚写成的乐谱,惋惜地从地上拾起碎纸片。他的心又回到自以为比什么都重要的艺术创作上来。他只好自己解嘲地说,世界上少产生一件艺术品,并不能因此而增加一个幸福的人。为了替自己的个人主义辩护,克利斯朵夫不惜降格以求,从以艺术为人类造福的积极立场,后退到但求艺术作品无害于人类的消极标准。这类事实说明克利斯朵夫在攀登艺术"高峰"时,好像在干一件亏心事一样,不能抑制自己的惭愧之感。这是可以理解的。因为他意识

---

① 罗大冈. 论罗曼·罗兰. 修订本. 上海:上海文艺出版社,1984:172-187.

到自己在违背自己的良心，他在放弃人道主义的理想，他在自食前言，他在向他曾经反抗过的那个阶级投降。这就是他的"但求无害论"的实质。①

而在 1984 年的修订本中，作者这样论述：

> 他把正在写作的曲谱使劲揉搓，然后撕成碎片，扔在地上。他觉得他身边发生这样骇人听闻的悲剧，他居然仍在若无其事地作曲，真太自私了。……克利斯朵夫几乎要哭出来了。可是过了一阵，他的激情冲动平静下来了。他想，他不写乐曲，能做什么更有用的事呢？难道少写一篇乐曲，能使天下减少几个挨饿的人吗？多创作一篇优美的乐谱，倒可以使听众生活得更充实些。这样一想，他又懊悔地拾起被撕碎的乐曲稿纸，用手摊平搓皱的纸片，耐心地把它们拼凑起来。克利斯朵夫就是这样的一个人，纯真、率直，相当固执，可是决不虚伪，作者把这个人物的性格刻画得很生动、深刻。这难道不是小说的艺术成就吗？②

作者对罗曼·罗兰的艺术手法的称颂，不等于对克利斯朵夫这个人物的称颂，尽管他说克利斯朵夫是"纯真、率直""决不虚伪"的人，但此时作者想要让我们面对这样的问题，即克利斯朵夫的要改善人类命运的愿望与其个人主义之间的矛盾。作者没有明确批判克利斯朵夫的"顽强的个人主义"，但指出这是对"小资产阶级知识分子"描写得"很生动、深刻"的一个场面，也暗含了作者对克利斯朵夫的"个人主义"始终不变的基本态度。个人主义当然不是先进的东西，但问题是，这能作为体现克利斯朵夫的个人主义的一个"代表"事例吗？作者接下来还是从正面来写作为艺术家的良心和作为正直的人的良心的统一的：

> 你别瞧克利斯朵夫把一怒之下撕碎的乐谱稿子又拾了起来，这并不意味他从此就安心作曲，埋头于斗室之中，不问世事了。他的作

---

① 罗大冈. 论罗曼·罗兰. 上海：上海文艺出版社，1979：190-191.
② 罗大冈. 论罗曼·罗兰. 修订本. 上海：上海文艺出版社，1984：181.

> 为艺术家的良心和作为正直人的良心一天不能统一,不能协调,他的
> 情绪就永远不能平静。诗人奥里维更是如此。于是兄弟俩常常到十
> 字街头去接近革命力量,即使还没有完全下决心参加革命队伍,或者
> 用实际行动在外国声援和支持革命事业,就像《母与子》中安乃德和
> 她儿子玛克所作那样。①

但结果还是"用不了了之的方式,结束了克利斯朵夫和奥里维两人的'个
人社会主义'的悲剧",让读者自己去琢磨悲剧的根源了。不过,作者确实
是"充分肯定"了小说的"艺术成就"的。接下来,作者关于《反抗》和《音乐
小说》的论述比较平淡。

最后,我们还可以提一下《论罗曼·罗兰》一书的"总结"。在1979年
出版的论著中,作者"总结"的标题是《历史的评价与教训》,也确实是以
"罗曼·罗兰的事例给我们的两点历史教训"作为全书的最后的结束语
的。而在1984年的修订本中,作者删掉了"历史教训"那一部分,增补了
新的更相称的评价,并把"总结"的标题改为《一位目光坚定地注视着未来
的作家》。1987年,作者再次修改了结束语的标题,修订为《先生之风山高
水长》②,从中似乎也可以看出作者对罗曼·罗兰认识的发展脉络。

不管是出于情愿还是不情愿,罗大冈对罗曼·罗兰及《约翰·克利斯
朵夫》进行了长达20多年的研究(指从"反右"到改革开放),在客观上一
直起着不可否认的学术权威的作用。他说过:"我自己研究的大范围是法
国文学,小范围是法国二十世纪文学,小圈圈是罗曼·罗兰。"③他的观点
无论是正确还是错误,都是相当深刻而且很有代表性的。鉴于《论罗曼·
罗兰》一书是对罗大冈在"十七年间所作的法国文学评价工作的"一种"总
结"④,鉴于他对罗曼·罗兰及《约翰·克利斯朵夫》的研究评论曾经产生
过很大的反响和不可忽视的影响,在此,我们费一点笔墨进行梳理评述是

---

① 罗大冈. 论罗曼·罗兰. 修订本. 上海:上海文艺出版社,1984:182.
② 罗大冈. 罗大冈学术论著自选集. 北京:北京师范学院出版社,1991:276
③ 参见:闻笛,张帆. 罗大冈谈外国文学翻译和研究. 大学生,1982(2):13.
④ 罗大冈,安康. 罗大冈同志答本刊记者问——谈谈《论罗曼·罗兰》一书的问题.
外国文学研究,1981(1):61.

非常必要的。而换一个角度来看,新时期初围绕罗大冈的两本《论罗曼·罗兰》引发的探讨表明,我国的学术界、知识界和读书界在改革开放的新形势下,正在拂去落在这部西方文学名著上面的灰尘,正在为这部翻译文学的经典正本清源。

三、经典:多维透视下的热点

不可否认,没有傅雷的翻译活动,没有傅雷参与作品的再创造,罗曼·罗兰的《约翰·克利斯朵夫》在中国不可能产生如此巨大的影响。从这个认识上讲,翻译的力量也一再推动了我国学人对傅译《约翰·克利斯朵夫》的研究,使得这部翻译文学经典自新时期以来,成为多维透视下的探讨热点。

1980年,《春风译丛》第2期发表了郑克鲁的《谈谈罗曼·罗兰的〈约翰·克利斯朵夫〉》。这是新时期初对《约翰·克利斯朵夫》评论篇幅最长、观点最为适度的一篇文章。作者从小说的思想性和艺术性两大方面进行了探讨。关于思想性,作者指出,"首先,《约翰·克利斯朵夫》深入地表现了十九世纪末、二十世纪初日益增长和激化的社会矛盾";"其次,小说描写了资产阶级的文化和精神的堕落";"第三方面,小说描写了一场即将来临的战争笼罩着欧洲上空的严重威胁";最后指出,"着重从精神道德方面去反映广阔的时代面貌是《约翰·克利斯朵夫》在思想内容上的总的特点"。关于小说的艺术性,作者主要从作品结构、人物塑造和艺术风格等方面进行了探讨。作者认为,从结构上来看,小说最显著的艺术特色在于具有交响乐一般的宏伟气魄和色彩,按"序曲、发展部、高潮和结尾"进行布局;在塑造人物上,罗曼·罗兰着重描绘了人物的心理状态和感受;小说的艺术风格是"朴素中隐含着绮丽,流畅中蕴含着精粹"。作者虽然也指出了小说思想上的局限,但主要还是把它"置于世界文学杰作之列"来评介的。① 这篇文章后来收录在作者的《法国文学论集》②中。

---

① 郑克鲁. 谈谈罗曼·罗兰的《约翰·克利斯朵夫》. 春风译丛,1980(2):250-257.
② 郑克鲁. 法国文学论集. 南宁:漓江出版社,1982.

在 20 世纪 80 年代对《约翰·克利斯朵夫》的探讨中,李清安的《重读〈约翰-克利斯朵夫〉》虽篇幅不长,却有新的发现和独到的见解。作者在文章开头对《约翰-克利斯朵夫》在中国几十年来种种遭遇的回顾,简洁却抓住了要点。而"此番'重读',就是要以新时期所应允我们的比前较为开放的目光,重新认识一下对我们无比亲切的罗曼·罗兰,和他的《约翰-克利斯朵夫》"。作者借用瓦尔策教授的话说:"今天,但愿新的一代将会对内容比对形式更为敏感,但愿他们能重新发现罗曼·罗兰那些略嫌粗糙的伟大小说。但愿他们能从中看到人类与社会的辽阔画卷,……看到用有益的价值去激励青年的千百种雄壮而又朦胧的道理。"作者在文章中还指出了两个不容忽视的地方:(1) 罗曼·罗兰之所以提出"长河小说",其本意却并不在其"长",而在其为"河",但当今通行的"长河小说",主要因为是多卷本长篇小说的"长",这是对罗曼·罗兰本意的误解。因此应当指出,这里的"河",既是小说的内容,又是小说的形式,它是主人公的物化与象征。(2)《约翰-克利斯朵夫》中译本始终将书名中的连字符"-"误植为分字符"·"。这样便造成一种误解:复名"约翰-克利斯朵夫"往往被理解成姓克利斯朵夫,名约翰。其实主人公的姓氏"克拉夫特"恰恰是小说中不应忽视的要素,因为"克拉夫特"(Kraft)有着明明白白的含义:力。作品中对生命之"力"的讴歌乃是这部作品囊括一切的"母题"。在作者的立意中远远超于"德法友谊""抨击世纪初文坛"等"子题"之上。正是作者这样的一番创作意图,才促使他突破传统小说体裁,写成了这部"长河小说"。此外,罗曼·罗兰的创作宗旨还包括"使大家能不顾一切地去生活,去爱"。所谓"生"起"生"落,是这部作品含义格外深刻的"主题再现"。① 这篇文章也给后来人的研究带来启发②。

进入 20 世纪 90 年代,柳鸣九的《罗曼·罗兰与〈约翰·克利斯多夫〉的评价问题》,以其对过去极"左"观点的有力批判和对前期一种"权威"观点的鲜明反拨而醒目于学界,他的论述不但全面、深刻,而且令人信服,既

---

① 李清安. 重读《约翰-克利斯朵夫》. 读书,1989(1):66-72.
② 如:范传新.《约翰-克利斯朵夫》的象征意蕴. 安徽师大学报,1994(4):426-432.

代表了 90 年代后研究《约翰·克利斯朵夫》的一个新的水平,也预示了此后研究《约翰·克利斯朵夫》的一个健康的方向。柳鸣九首先为我们拨开了"多年来弥漫在罗曼·罗兰研究与评论上的两层意识形态迷雾"。第一层迷雾就是把罗曼·罗兰获诺贝尔奖归功于他的一篇篇幅有限的政论《超乎混战之上》。柳鸣九认为这"不能不说是有违常理常情",《约翰·克利斯朵夫》"不论是从它沉甸的分量、它丰厚的现实内容、它高远脱俗的灵性、它高昂的人道主义精神力量,还是从它巨大的艺术规模、它广阔生动的图景、它鲜明的人物形象、它动人的艺术魅力,都堪称文学史中的巨制鸿篇"。第二层迷雾是"把罗曼·罗兰后期的《欣悦的灵魂》抬高到至尊的位置,把它评为罗曼·罗兰全部文学创作的代表作和最高成就"。对此,柳鸣九指出,如果不是着眼于罗曼·罗兰思想激进的程度,而是着眼于创作本身的分量和水平;如果不是把罗曼·罗兰当作一个思想家、社会活动家、政论家,而是把他当作一个文学家、艺术家;如果不是从社会主义政治与思想影响的角度来看罗曼·罗兰,而是从文学史的角度来看罗曼·罗兰,那么,就应该客观地承认,罗曼·罗兰前期的文学成就要比他的后期为高。① 这种"迷雾型"观点的代表人物,主要也就是《母与子》(即《欣悦的灵魂》)的译者,后者曾在过去评论罗曼·罗兰的文章中,不止一次地阐述过这种观点,而且后来也坚持认为:"从艺术形式上看,小说《母与子》也是颇有特色的。它的社会视野比《约翰·克利斯朵夫》更广,接触面更多,情节更丰富曲折,塑造人物形象更生动深刻。……从小说的思想深度说,《母与子》也远远超过罗曼·罗兰一生所写的其他四部长短不一的小说,包括《约翰·克利斯朵夫》在内。"②针对上述观点,柳鸣九指出,"从文学艺术的标准来看,《欣悦的灵魂》正是一部缺乏艺术魅力、缺乏丰满的现实生活形象,而流于概念化的作品,……其根本原因就在于罗曼·罗兰缺乏社会政治活动方面丰富的感性经验,他更多地只是根据他左倾的思想观念

---

① 柳鸣九. 罗曼·罗兰与《约翰·克利斯多夫》的评价问题. 社会科学战线,1993(1):271-272.
② 罗大冈. 真诚的人——《母与子》译后记. 世界文学,1987(1):271.

在进行创作";这样的论断"其实是一种'唯政治思想内容'主义的评论,而不是文学的、艺术的评论"。柳鸣九继而指出,把作家思想左倾的程度作为衡量作家成就高低的首要依据,用政治思想的标准作为文学评论的标准,首先把作家当作政治活动家而不是当作艺术家来要求,这是对罗曼·罗兰的"畸形评价",因而有必要拨开迷雾,重新评价《约翰·克利斯朵夫》。最后,柳鸣九谈了自己对《约翰·克利斯朵夫》的四点感受,即它是"一部发散出艺术圣殿气息的书""一部有深广文化内涵的书""一部昂扬着个人强奋精神,人格力量的书"和"一部洋溢着人道主义精神的作品"。"毫无疑问,《约翰·克利斯朵夫》中的思想文化内涵、艺术气息、人格力量、人道主义,是历史长河中至今最良性的一部分积淀,是人类精神发展中最优秀的一部分积累。……它们的价值是永恒的,不会随制度、路线、政权、帝国、联盟的嬗变而转移。"①柳鸣九这篇文章后来也被收入他的《法兰西文学大师十论》,题名改为《不朽的〈约翰·克利斯朵夫〉》②。

柳鸣九还在他主编的《法国文学史》中,对"前期罗曼·罗兰"从其创作道路和其戏剧理论与作品两方面做了充分的概括和重要的论述,同时,也对《约翰·克利斯朵夫》做了详尽的介绍和很有指导意义的评论,指出了小说的"特殊价值","一是作为社会小说对欧洲现代文明腐朽衰落的现实作出了有力的批判,二是作为观念小说以一种新的人道主义思想对一代人产生了深远的影响";并且指出,"个人与社会,个性的发展与社会的义务"是这部小说的中心内容,"小说正是围绕这一中心内容来表现'生与爱',或英雄主义与博爱的主题的"。③

在 20 世纪 90 年代对《约翰·克利斯朵夫》的研究探讨中,还有一篇思路新颖独特的文章,那就是王安忆的《〈约翰·克利斯朵夫〉的世界》。作者分四步进行了论说。第一步是为作品的心灵世界命名,即"一个天才的世界"。第二步是简述故事的内容,即从混沌走向混沌,之间充满了奋

① 柳鸣九. 罗曼·罗兰与《约翰·克利斯多夫》的评价问题. 社会科学战线,1993 (1):272-275.
② 柳鸣九. 法兰西文学大师十论. 上海:复旦大学出版社,2004:259-274.
③ 柳鸣九. 法国文学史(下). 北京:人民文学出版社,1991:383,393.

斗。第三步是详细地分析这个天才世界的形成，几乎用了文章的整个篇幅。作者认为，这个天才世界的形成经历了三个阶段：第一个阶段是生理和心理的成长阶段，它是一个物质性质的成长阶段，表现在作品的前三卷中，通过"亲情、爱情、宗教、性爱，包括音乐"的丧失的结局，却"非常坚固"地完成了"克利斯朵夫生理、心理的基本建设"，做好了"他的物质性的准备"。第二个阶段是"思想的成长阶段"，也是"理性"成长的阶段，克利斯朵夫要"寻找一个思想，把思想输入健全的身心中去"，表现在作品的四、五、六、七卷中。作者在此特别想要说明的是，罗曼·罗兰写了整整三卷关于他寻找法国的故事，但"他绝对无意要对法国的历史、政治、文化作什么评价，他只是要把法国这个地方作为克利斯朵夫思想或者精神的救援"，而法国"有资格成为克利斯朵夫的思想家园"；同时，作者也认为，"当罗曼·罗兰塑造克利斯朵夫时，他想让德国作他物质性的盛器，里面盛的是法国的艺术精神"。第三个阶段是"理性和本能的合作"，是"灵与肉的合二为一"。这种合二为一不是在他和女人之间能完成的，而是"在他孤独一人的身上，两者协调起来"。经过第三步漫长的分析，得出了第四步"结论"："《约翰·克利斯朵夫》不是为某一个具体的天才，比如通常以为的贝多芬作传，而是写一种自然力，这是所有的生命里最好的一种生命力，原力里面最好的原力，是自然力的精华，他的光辉使它超越了真实，成为一个神话。"这篇文章的独特性并不在于所选择的论题，因为《约翰·克利斯朵夫》是自传或不是自传的论题，早就有人谈过，而且恐怕多数学者都已经接受了它不是"贝多芬传"的观点。它的独特性表现在，王安忆作为一个作家，看问题的视角与一般的评论家或学者的视角是不同的。她是把自己设想为《约翰·克利斯朵夫》的作者，向我们一步一步地讲解这部作品的创作工艺，或者说，讲解这件"盛器"的制作步骤，她的解说既带有一个作家特有的敏感，也带有恐怕或多或少的某种自信。另外，值得一提的是，这篇 1.5 万多字的文章是作为"小说学课程"里的一章来讲的，作者是要通过《约翰·克利斯朵夫》，向文学爱好者传授如何构思一部小说作品，如何描述一个心灵世界。也就是说，《约翰·克利斯朵夫》完全可以作为小说创作的一个典范。①

　　上述几篇文章是在新时期以来对《约翰·克利斯朵夫》的探讨中显得非常突出的几篇。此外，在 20 世纪 80 年代，还有研究涉及《约翰·克利斯朵夫》的"主题思想"②、"自我追求"③、"女性形象"④和"个人英雄主义"⑤等命题。进入 20 世纪 90 年代，对《约翰·克利斯朵夫》的探讨文章明显增多，涉及的范围更广，较前期也更为深入。其中《〈约翰·克利斯朵夫〉英雄乐章的内化与外化》达到了一定的学术水平。文章叙述了罗曼·罗兰创作《约翰·克利斯朵夫》的全过程：童年审美内化对创作和弦的准备；潜意识的酝酿与混沌预感；灵感出现后的艰苦孕育；感受、体验对构思的催化；动笔写作的情景和甘苦，以及创作中自觉的思想和艺术追求；英雄乐章在作家心灵不断的内化，最后凭借作家非凡的艺术才能得以外化。⑥ 这时期的研究文章还对《约翰·克利斯朵夫》的"大河式艺术结构"⑦、"结构艺术"⑧、"象征意蕴"⑨、"文化内涵"⑩等命题进行了关注；或

---

① 王安忆.《约翰·克利斯朵夫》的世界. 小说家,1997(2):162-172.

② 参见：姜超. 罗曼·罗兰的思想和《约翰·克利斯朵夫》的主题. 齐鲁学刊,1986(2):108-111.

③ 张维嘉. 论约翰·克利斯朵夫的自我追求. 湘潭大学社会科学学报,1982(4):92-101.

④ 王群. 试论《约翰·克利斯朵夫》中的女性形象. 扬州师院学报,1982(3-4):230-233.

⑤ 马中红. 试论克利斯朵夫的个人英雄主义. 淮阴师专学报,1985(2).

⑥ 申家仁.《约翰·克利斯朵夫》英雄乐章的内化与外化. 佛山大学学报,1992(1):83-91.

⑦ 张世君.《约翰·克利斯朵夫》的大河式艺术结构. 西南师范大学学报,1990(1):112-116.

⑧ 秦群雁.《约翰·克利斯朵夫》的结构艺术. 外国文学研究,1990(4):79-82.

⑨ 范传新.《约翰-克利斯朵夫》的象征意蕴. 安徽师大学报,1994(4):426-432.

⑩ 杨玉珍.《约翰·克利斯朵夫》深广的文化内涵. 吉首大学学报,1996(4):44-48.

者从"悲怆与欢乐的和谐交响"①、"力与爱的生命"②等视角做了探讨。

罗曼·罗兰在晚年写的回忆录《内心旅程》中说:"我毕生没有什么优点,如果有,那无非是真诚而已。"罗大冈认为:"'真诚'二字是我们研究罗曼·罗兰,学习罗曼·罗兰时必须掌握的一把金钥匙。"③罗曼·罗兰在谈到艺术风格时,说他自己的艺术特色也就是"真诚"与"朴质"④。罗大冈在论及罗曼·罗兰的艺术观时,做过这样的评说:"罗曼·罗兰对文艺家正面提出的要求是'真诚'二字。他对自己也是这样严格要求的。'真诚'包括两个具体内容:(一)有话要说,而且非说不可,你才提起笔来写作品;(二)言必由衷,想说什么说什么,不要口是心非。"罗大冈最后总结说:"古今中外的有价值的文学家、艺术家,都是以真诚和朴实作为他们的基本风格,或者说,作为他们的风格中的最根本的要素。罗曼·罗兰的风格并不是十全十美的,然而这位作家有意识地、一贯地追求的风格上的特色,主要也不外乎真诚与朴实。"⑤想必是鉴于"真诚""朴质(或朴实)"与罗曼·罗兰的风格和人格的紧密关联,一些论者便不约而同地从这两点对《约翰·克利斯朵夫》进行观照⑥。而且,罗大冈给《母与子》的译后记也冠名为《真诚的人》⑦。

《约翰·克利斯朵夫》是一部与音乐结合得非常紧密的小说。"音乐小说"既是罗曼·罗兰创作之前就酝酿构思的艺术形式,也是作品完成后最终呈现出来的艺术特色,同时,这部音乐小说也因具有音乐节奏和旋律的艺术效果,赢得了广大读者的赞赏。柳鸣九就说过,"这本书以语言文

① 孔祥霞. 悲怆与欢乐的和谐交响——论《约翰·克利斯朵夫》. 浙江大学学报, 1996(1):95-99.
② 肖四新. 力与爱的生命——论约翰-克利斯朵夫对奴性的反抗. 法国研究,1997 (1):101-109.
③ 罗大冈. 罗曼·罗兰这样说. 读书,1990(3):128.
④ 参见:罗大冈. 论罗曼·罗兰. 修订本. 上海:上海文艺出版社,1984:408.
⑤ 罗大冈. 论罗曼·罗兰. 修订本. 上海:上海文艺出版社,1984:383-384.
⑥ 如:许金生. 克利斯朵夫——真诚地追求真善美的人. 外国文学研究,1981(2): 104-110.
⑦ 罗大冈. 真诚的人——《母与子》译后记. 世界文学,1987(1):266-273.

学的艺术,传达出音乐天地中的艺术"①;郑克鲁认为,"具有交响乐一般的宏伟气魄、结构和色彩"正是这部作品"最显著的艺术特色"②;罗大冈也认为,"毫无疑问,小说开头两卷纯朴真挚的感情,富于诗意的清新旋律,特别具有吸引人的艺术魅力,……是'音乐小说'艺术特色的比较突出的例子"③。而罗曼·罗兰早就说过,"我的精神状态始终是音乐家的而不是画家的精神状态"④。正是《约翰·克利斯朵夫》显著的"音乐性",使得这一特征成为这段时期的论者们不约而同地进行探讨的另一个焦点。⑤

当我们作为读者完全陶醉在《约翰·克利斯朵夫》为我们展现的音乐的天地里,忘我地感受着既回响在克利斯朵夫的心中又荡漾在整个作品中的音乐的浪潮、迷人的旋律和扣人心弦的节奏的时候,我们或许一时间浑然忘却是在阅读一部翻译作品,其实,这恰好说明这部经典巨著的翻译的成功。然而,当我们沉静下来,还是会想到这样两点:第一,这是一部音乐小说,或者说,是一部音乐气息浓郁的文学作品;第二,这是一部翻译文学作品。"音乐性"是这部小说感人的艺术特色之一,"翻译"则是本书探讨问题的一个主要出发点。因此,从翻译的角度来探讨作品中的音乐问题,更有意义、更值得关注,因为只有对作品中有关音乐的问题成功的翻译,才能为《约翰·克利斯朵夫》作品"音乐性"命题的探讨提供价值上和意义上的保障。所以,当我们读到刘靖之的《〈约翰·克利斯朵夫〉里有关音乐和音乐的翻译》一文时,格外惊喜,它无疑是这一时期对《约翰·克利斯朵夫》所做的翻译文学评论中的一个亮点。刘靖之在这篇非常专业的

① 柳鸣九. 罗曼·罗兰与《约翰·克利斯多夫》的评价问题. 社会科学战线,1993 (1):274.

② 郑克鲁. 谈谈罗曼·罗兰的《约翰·克利斯朵夫》. 春风译丛,1980(2):255.

③ 罗大冈. 论罗曼·罗兰. 修订本. 上海:上海文艺出版社,1984:187.

④ 参见:郑克鲁. 谈谈罗曼·罗兰的《约翰·克利斯朵夫》. 春风译丛,1980(2): 255.

⑤ 如:蔡先保. 试论《约翰·克利斯朵夫》的音乐性. 法国研究,1996(1):67-75;王化伟.《约翰·克利斯朵夫》的音乐特性浅议. 贵州文史丛刊,1998(3):82-84 + 56;王锡明,董焰. 论《约翰·克利斯朵夫》的音乐性. 荆州师范学院学报,2002 (1):116-117 + 124.

长文中,一方面,通过对傅雷在积极处理《约翰·克利斯朵夫》作品里关于欧洲音乐术语和名词所采用的方式的归纳,称颂了傅雷自修学得的音乐知识的丰富到家、工作态度的严肃认真、中文上的高超的造诣以及对待读者的"照顾"和"体贴"之心;另一方面,通过对《黎明》里的一段描述小克利斯朵夫回想贝多芬序曲时的感受的两种翻译(傅译和鲁迅的翻译)的比较,揭示了音乐知识与修养对于傅雷"优美精致"地翻译出《约翰·克利斯朵夫》的重要性,揭示了除文字功夫外,音乐文化背景在要想"深具神韵"地移译这部外国艺术作品中的极其的重要性;①再一方面,通过傅雷对原作里"没有音乐名词术语、没有乐谱的音乐部分"的四个段落的翻译(四段译文出自《燃烧的荆棘》和《复旦》,此处仅举《复旦》中的一例:"音乐,你抚慰了我痛苦的灵魂;音乐,你恢复了我的安静、坚定、欢乐,——恢复了我的爱,恢复了我的财富——音乐……我蹲在你的心头,听着永恒的生命跳动。"),得出了让我们非常认同的观点:"这四段文字虽然没有音乐术语和名词,亦不是音乐作品的描述,但傅雷的翻译令它们充满了韵味和音乐效果,旋律、节奏以及横的直的线条都有。我想译者必定感应到原文的神髓、感到原作者罗曼·罗兰的心声和律动,我想译者与作者必定达到心心相印的境界,否则是无论如何翻译不出来如此优美、清远、典雅的抒情文字,像诗更像音乐,是诗和音乐化身的文学作品。从这一点来看,我相信作者与译者之间应有缘分,罗曼·罗兰与傅雷之间便有这种缘分。"刘靖之是精通音乐的翻译评论家,金圣华在译注《傅雷家书》的过程中,也得到过他的帮助。他用十分专业的分析评论,还让我们进一步认识到《约翰·克利斯朵夫》的价值:"这部'音乐文学'著作不仅为中文读者介绍了克利斯朵夫这位德国作曲家,还更提供了相当丰富的欧洲音乐知识,在(20世纪)四五十年代还是十分罕见的,亦非常难能可贵。据我所知,这部中译是中国近代第一部把欧洲音乐文化大量地介绍给中文读者的中文译

---

① 刘靖之. 翻译——文化的多维交融//刘宓庆. 文化翻译论纲. 武汉:湖北教育出版社,1999:代序 3-4.

作。"①刘靖之对《约翰·克利斯朵夫》作品本身及其翻译的评论阐述,显示了作者在翻译、文学和音乐三个方面的深厚的功力,他对傅译《约翰·克利斯朵夫》音乐艺术价值的评价,对作者罗曼·罗兰和译者傅雷之间"缘分"的确认,以及对傅雷"在欧洲音乐文化与音乐名词术语中译上的贡献和影响"的揭示,构成了这篇文章独树一帜的学术价值。

改革开放以来,我国的比较文学在经历了"重新萌芽"②之后,随着世界文化交流的发展,也得到了长足的发展。不少论者也开始从比较文学的角度,运用比较文学的种种方法对罗曼·罗兰及其作品加以分析、研究。这方面的评论文章有对罗曼·罗兰与托尔斯泰"心理描写方法的比较③;有从"人格三要素"(即智慧、道德、意志)来探讨《约翰·克利斯朵夫》《牛虻》和《马丁·伊登》三部作品中的"真诚及对真善美的追求"④;也有探讨克利斯朵夫性格中的异质与俄国文学的关系⑤。在此,我们一定还会读到钱林森的《三和弦:良伴、向导、勇士——罗曼·罗兰与中国》。这是一篇从影响研究和平行研究双重视角考察罗兰及其作品与中国读者、作家的关系的重要文章。该文不仅资料翔实、脉络清晰,而且见解不凡、高屋建瓴;不仅可为他人的研究提供资料性的参考,也可为他人的研究提供观点性的启发。钱林森对罗曼·罗兰及其作品《约翰·克利斯朵夫》在中国经历的"肯定——否定——再肯定"轨迹的描述,有助于我们进一步去思考这部作品经久不灭的永恒价值。⑥

我们在突出对《约翰·克利斯朵夫》在我国新时期以来的研讨情况的

① 刘靖之.《约翰·克利斯朵夫》里有关音乐和音乐的翻译//刘靖之. 神似与形似——刘靖之论翻译. 台北:书林出版有限公司,1996:311-334.
② 季羡林语. 参见:乐黛云,等. 比较文学原理新编. 北京:北京大学出版社,2003:序1.
③ 蒋连杰. 托尔斯泰与罗曼·罗兰心理描写方法的比较//朱维之,等. 比较文学论文集. 天津:南开大学出版社,1984:313-322.
④ 许金生. 真诚,以及对真善美的追求——从"人格三要素"漫谈三部外国小说. 北京社会科学,1987(2):56-67.
⑤ 王少杰,王志耕. 约翰·克利斯朵夫性格的异质与俄国文学. 河北师范大学学报,2000(2):83-88.
⑥ 钱林森. 三和弦:良伴、向导、勇士——罗曼·罗兰与中国. 南京大学学报,1990(3):64-72.

梳理评述的同时,也对在罗曼·罗兰其人及其作品的研究中出现的较为重要的成果,尽量有所提及,有所兼顾,以便呈献给读者一个比较全面的面貌或比较完整的背景。于是,我们又发现,新时期以来关于罗曼·罗兰的研究,已经出版了《罗曼·罗兰》①、《欣悦的灵魂:罗曼·罗兰》②和《罗曼·罗兰传》③等专著,当然,这些研究专著中也少不了对《约翰·克利斯朵夫》的评论。此外也能看到一些研究文章,如姜其煌的《罗曼·罗兰的主要作品和思想发展过程》④、艾珉的《奔向光明的激流——读罗曼·罗兰的〈母与子〉》⑤和罗大冈的《真诚的人——〈母与子〉译后记》⑥,尤其是刘靖之的评论文章《贝多芬传》,不但精辟,也很精彩,流露出作者的真情实感。在修订稿增加的"兼评'引言'的中译"后,作者以深沉的笔调写道:"我经常以极其感激的心情来怀念这部书的作者和译者——罗曼·罗兰和傅雷。尤其是傅雷,在他六十年代的苦难的岁月里,他那贝多芬式的孤傲和不屈的性格,过早地夺去了他宝贵的生命。"⑦

从译介角度综观改革开放以来的傅译《约翰·克利斯朵夫》,笔者认为,1980 年由人民文学出版社率先重印出版的这套四册巨著,在当时读者中再度引起的激动、热情和反响,还是很值得我们回顾的。有读者就发表文章说,"林彪、'四人帮'肆虐横行之日,一切优秀文学作品无不遭到禁锢的厄运,《约翰·克利斯朵夫》自然逃不脱他们的魔掌。现在,日月重光,《约翰·克利斯朵夫》这部大书连同它的同名的主人公,又回到我国广大的读者群中间来了",令人"有故人重逢之喜"。⑧ 还有读者说:"我用了四

---

① 陈周芳. 罗曼·罗兰. 沈阳:辽宁人民出版社,1985.

② 杨晓明. 欣悦的灵魂:罗曼·罗兰. 成都:四川人民出版社,1997.

③ 刘蜀贝. 罗曼·罗兰传. 北京:中国广播电视出版社,2003.

④ 姜其煌. 罗曼·罗兰的主要作品和思想发展过程. 外国文学研究,1984(3):61-67.

⑤ 艾珉. 奔向光明的激流——读罗曼·罗兰的《母与子》. 读书,1981(4):22-27.

⑥ 罗大冈. 真诚的人——《母与子》译后记. 世界文学,1987(1):266-273.

⑦ 刘靖之. 神似与形似——刘靖之论翻译. 台北:书林出版有限公司,1996:150.（文章初稿原载于《明报月刊》1980 年 8 月第 176 期。）

⑧ 成柏泉.《约翰·克利斯朵夫》在中国. 读书,1980(8):44.

个星期日和一些夜晚的业余时间,把它们又重读了一遍。……罗曼·罗兰在他的原序中说他希望这部书能够成为读者'人生考验'中的'一个良伴和向导',我在重读中,却觉得好像又见到了一个被迫断交二十多年的挚友。"①重印的傅译《约翰·克利斯朵夫》不仅在内地重新赢得了广大读者,而且,也随着文化开禁的春风吹到了香港,同样引起港人的阅读热情。刘靖之既十分喜欢罗曼·罗兰的作品,也十分欣赏傅雷的翻译。他"对待《约翰·克利斯朵夫》,一如对待贝多芬的第九交响乐:从头到尾看了五次"。他特意撰写了《约翰·克利斯朵夫》一文,发表在《新晚报》1981 年 5 月 3、10、17 日三期上,用自己的阅读感受、阅读方法和由衷的赞赏以及对作品流露出的真情实感的认知,向广大港人"极力推荐此部巨著"。在此之前,刘靖之就已经撰写了《罗曼·罗兰和他的音乐著作的中译》和《音乐著作的中译》②两文。刘靖之说,"《约翰·克利斯朵夫》的精神境界跨越了艺术作品的体裁界限——它既是文学巨著,也是音乐巨著",所以,他"常常把这四个乐章与贝多芬的交响乐一起联想"。③ 在贝多芬的九部交响乐中,除第八部外,其余的全部被他"带入克利斯朵夫的一生历程",比如,"第三和第五交响乐是'反抗、节场'式的音乐化"。前面所说的刘靖之的《〈约翰·克利斯朵夫〉里有关音乐和音乐的翻译》正是这篇文章的发展。不过,作者最后也提出一个问题:"最令人感到不解的,重版的《约翰·克利斯朵夫》为什么请了向它泼污水的罗大冈来写序言?"④由此,我们也进入另一个话题,即对改革开放以来《约翰·克利斯朵夫》的研究评论工作的回顾总结。

　　罗大冈的《论罗曼·罗兰》1979 年版中的《约翰·克利斯朵夫》一文,

---

① 柳前. 重读《约翰·克利斯朵夫》的随想. 读书,1980(12):65.

② 前者发表在《新晚报》1980 年 3 月 12 日上;后者连载于《新晚报》1980 年 8 月 6、13、20 日上.

③ 罗曼·罗兰在《约翰·克利斯朵夫》的《原序》里,以感情为程序,以艺术因素为先后,以气氛与调性为原则,把整个作品的十卷按交响乐的四个乐章改分为四册.
　　参见:傅敏. 傅雷译罗曼·罗兰名作集. 郑州:河南人民出版社,1998:13.

④ 参见:刘靖之. 神似与形似——刘靖之论翻译. 台北:书林出版有限公司,1996:128-134.

是在"宁左勿右"的指导思想下,以批判为主的"旗帜够鲜明"的文章。① 有论者甚至指出,"《论罗曼·罗兰》的特色,除了它的详尽地介绍有关的资料外,就是它的批判性"②。文章(或这部论著)虽面世于粉碎"四人帮"后,已经开始改革开放的时候,却反映了"四人帮"横行时期我国的文学研究领域存在着的极"左"倾向,说明意识形态领域里的问题,不是一朝一夕就能彻底拨乱反正的。也正因为罗大冈当时的观点还代表了新时期以前的陈旧观点,不少论者尖锐地指出,虽然已经改革开放了,但"蒙在这部小说上面的历史的灰尘还没有全部拂去",克利斯朵夫头上"还戴着不甚妥帖的帽子",③"罗曼·罗兰仍然受到'左'派思潮的'追杀'"④。当然,我们应该承认,罗大冈当时还是怀着学术工作者的热情进行探研的,只是在写作过程中,受到了极"左"思潮的干扰,反映出的问题,用罗大冈的话说,"不光是个人得失问题"⑤。而相比之下,他为重印的《约翰·克利斯朵夫》写的《译本序》,绝不能算是"批判性的序文",尽管他在 1979 年版的《论罗曼·罗兰》一书中,针对 1957 年人民文学出版社的重印版,抱怨过,"国家出版社隆重地再版这部外国小说,没有批判性的序文,连出版说明也没有",掩盖了"这部有错误观点的外国小说在我国青年读者中间产生过不良影响"的"严重事实"。⑥ 然而,罗大冈的《译本序》偏冷的写作格调,与《约翰·克利斯朵夫》表现出的热情、热心、积极向上、向善的精神格调很不吻合。在《译本序》中,虽然几乎找不到一句正面批判作品的言论,但作者似乎也不时地给我们点出作品的某些局限、短处或不足。再有一点,作者在引用罗曼·罗兰写于 1931 年的《导言》时,翻译出这样的一句,"对于最后不免一死的一切,我呈献我这本速朽的书",而后指出:"这里所说的

① 罗大冈,安康. 罗大冈同志答本刊记者问——谈谈《论罗曼·罗兰》一书的问题. 外国文学研究,1981(1):58.
② 成柏泉.《约翰·克利斯朵夫》在中国. 读书,1980(8):50.
③ 柳前. 重读《约翰·克利斯朵夫》的随想. 读书,1980(12):65.
④ 李清安. 重读《约翰-克利斯朵夫》. 读书,1989(2):66.
⑤ 罗大冈,安康. 罗大冈同志答本刊记者问——谈谈《论罗曼·罗兰》一书的问题. 外国文学研究,1981(1):57.
⑥ 罗大冈. 论罗曼·罗兰. 上海:上海文艺出版社,1979:179.

'这本速朽的书',就是指《约翰·克利斯朵夫》。"①许渊冲把这一句译为
"我把这本不是不朽的书献给一切不是不朽的人"②。这一句的原文是"À
tout ce qui est mortel j'offre ce livre mortel"③。此处,mortel 的本意应
是:"(终究)要死的""会死的"。可以看出,对于这一句中两次出现的同一
个形容词 mortel,许渊冲翻译时做到了"一视同仁";而罗大冈的翻译,在
指涉作品时,加进了自己的感情色彩。为什么罗大冈会出这样的偏差?
我们还是从罗大冈的言论中来找答复:"我年轻时就爱读罗曼·罗兰的
书。但是应当承认,我爱读的不是罗曼·罗兰的小说,而是他的散文……
这也许是个人的偏爱,并没有什么科学依据。"④所以,即使在 1984 年出的
修订本《论罗曼·罗兰》中,罗大冈重新写的《约翰·克利斯朵夫》那一部
分,也给人一种冷淡低调的感觉。这一点,是没有什么好指责的,感情不
能勉强。所以,关于这篇《译本序》,首要的问题是,似乎不应该让一个对
《约翰·克利斯朵夫》不感兴趣的人来写,而且,还抽掉了傅雷写的火热的
《译者献辞》和深刻的《译者弁言》! 这是出版方面的问题。可笑的是,还
有论者因《译本序》误以为《约翰·克利斯朵夫》是罗大冈译的。⑤

　　罗大冈在《译本序》中说,《约翰·克利斯朵夫》"完全是用他(罗兰)第
一阶段的思想,即他在十九世纪末叶形成的唯心主义世界观写成的。所
以我们读这部小说时,不应当误认为这是罗曼·罗兰毕生的代表作"⑥。
这就引出了本节的最后一个话题:在新时期以来对《约翰·克利斯朵夫》
的评价问题上,有一个明显的特点,就是存在着两种截然不同的观点:一

① 罗大冈. 译本序//罗曼·罗兰. 约翰·克利斯朵夫. 傅雷,译. 北京:人民文学出
　　版社,1980:10.
② 许渊冲. 罗曼·罗兰精选集. 北京:北京燕山出版社,2004:1296.
③ Romain Rolland. *Jean-Christophe*(*Tome I*). Paris:Albin Michel,1931:8.
④ 罗大冈,安康. 罗大冈同志答本刊记者问——谈谈《论罗曼·罗兰》一书的问题.
　　外国文学研究,1981(1):57.
⑤ 参见:潘皓. 关于罗曼·罗兰和《约翰·克利斯朵夫》的评价问题//曾繁仁. 20 世
　　纪欧美文学热点问题. 北京:高等教育出版社,2002:285.
⑥ 罗大冈. 译本序//罗曼·罗兰. 约翰·克利斯朵夫. 傅雷,译. 北京:人民文学出
　　版社,1980:18.

种以罗大冈为代表,认为《母与子》的"重要性超过《约翰·克利斯朵夫》及同时期的其他小说"①;另一种观点以柳鸣九为代表,认为把《母与子》"尊奉为罗曼·罗兰的代表作,显然是一种缺乏实事求是之意的偏颇",应当"恢复对《约翰·克利斯朵夫》的真谛精华的评价"。② 前一种观点因为反映了一种唯政治论的倾向,与思想的解放和学术的发展越来越不协调,渐渐地便退出了学术舞台;后一种观点因为注重文学艺术自身的规律和法则以及客观事实,所以有越来越多的学者朝着这个方向去继续深入地研究、探讨。

在第一章和本章中,我们主要描述并简要评析了《约翰·克利斯朵夫》在中国的译介与研究情况。可以说,译介活动意味着对罗曼·罗兰这部作品的一种接受,因为它至少可以表明译入语民族对异域文学所采取的开放的、接纳的姿态,可以表达译入语民族想要了解异域民族的人文精神和文化观念的意图;而研究活动则可以促使译入语民族更为全面、更为深入地理解、认识外来文学、文化和文明,从而更为准确、更为适当地去接受它们,甚至上升到更高的层次上去接受它们。当然也不排除这种现象,即研究是为了拒绝接受、抵抗接受。但对于《约翰·克利斯朵夫》这部作品,不消说那种旨在更好地接受它的研究活动了,单说罗大冈的"批判式"的研究,也从反面说明了这部翻译文学经典的影响之大、接受之广。假如《约翰·克利斯朵夫》没有价值,没有产生什么影响,那么用罗大冈的话说,也是"没有什么讨论的余地"的。然而,不管怎么说,"译介"与"研究"都还不是最终的"接受"。二者只是接受这个环节中的前期行为,或者说,二者只是接受活动的前期表征,真正的接受、终端式的接受,还有待于我们做进一步的考察。所以,下面我们将以中国作家和中国广大的读者为终端,来具体地考察、探讨傅译《约翰·克利斯朵夫》在中国的接受情况。

---

① 罗大冈. 论罗曼·罗兰. 修订本. 上海:上海文艺出版社,1984:252.
② 柳鸣九. 罗曼·罗兰与《约翰·克利斯多夫》的评价问题. 社会科学战线,1993
(1):272-273.

第三章　翻译文学经典的影响

第一节　《约翰·克利斯朵夫》与茅盾和胡风

一、《约翰·克利斯朵夫》与茅盾

在我国现当代著名作家中，茅盾可以算作最早评介罗曼·罗兰及其作品的一个作家了。1920 年 9 月，茅盾在《改造》第 3 卷第 1 号上发表了《为新文学研究者进一解》，文章主要是提倡"想综合的表现人生的企图"的新浪漫主义文学。他说，现在，"能帮助新思潮的文学该是新浪漫的文学，能引我们到真确人生观的文学该是新浪漫的文学，不是自然主义的文学，所以今后的新文学运动该是新浪漫主义的文学"。而最为重要的是，他指出了新浪漫主义的两个"代表"之一，"新浪漫主义现在主要的趋势光景可以拿罗兰作个代表"，"罗兰的大著 *Jean-Christophe* 便是他的新浪漫主义的代表"。茅盾具体论道："罗兰自称他这部书中的英雄的思想和生活好比是一条河，一切的人生观都依次在他生平中经过。……书中的英雄是个极好真理的人。不问环境如何，不问自身以及一己的性命，所知的只是真理。他书中打破了德法的疆界，既然德法的疆界可以打破，自然一切疆界都可打破。书中说的真理都是普遍的真理，书中 Jean-Christophe 灵魂的冒险便是一切人类灵魂的冒险，欲摆脱过去的专制，服务于将来。……他(罗兰)这部书正和尼采的 *Zarathustra* 一样，'道着一切人却不曾道着一个人'，他这部新浪漫主义的大著作表现过去，表现现在，并开

示将来给我们看。"①紧接着,在相隔仅十天出版的《东方杂志》第 17 卷第
18 号上,茅盾于《〈欧美新文学最近之趋势〉书后》一文中,针对写实主义存
在的缺点,再次举出罗曼·罗兰的大作:"新浪漫主义为补救写实主义丰
肉弱灵之弊,为补救写实主义之全批评而不指引,为补救写实主义之不见
恶中有善,与当世哲学人格唯心论之趋向,实相呼应。最能为新浪漫主义
之代表之作品,实推法人罗兰之 *Jean-Christophe*。罗兰于此长卷小说中,
综括前世纪一世纪内之思想变迁而表现之,书中主人翁 Jean-Christophe
受思潮之冲激,环境之迫压,而卒能表现其'自我',进于新光明之'黎
明'。"②当然,茅盾当时使用的"新浪漫主义"这个术语,主要是指涉初期象
征派和罗曼·罗兰的早期作品,与他在 20 世纪 50 年代所指涉的"'现代
派'的半打多的'主义'"(如超现实主义、表现主义、颓废主义、唯美主义
等)③有所不同。但他当时之所以提倡罗曼·罗兰的创作方法,是因为在
他看来,罗曼·罗兰的创作能"服务于将来",能"告诉我们人类生活的真
价值,我们从了他可以得到灵魂安适的门",这种创作方法"实是文学的一
步前进"④。我们在本书开头说过,罗曼·罗兰早年在中国的译介,有案可
稽的,是 1919 年 12 月 1 日发表的张崧年翻译的《精神独立宣言》。从这个
时间看茅盾对罗曼·罗兰及《约翰·克利斯朵夫》的评析,也可以说是中
国文学界对罗兰及其作品的认识和接受的很早的记载了。这不是三言两
语的简单提及,而是站在文艺理论的高度上,所以,尽管受到当时文坛整
个研究水平的限制,这样的评析还是显示出了难能可贵的学术价值。而
如果真要从其三言两语的简单提及来算,茅盾在 1920 年 1 月的文章中,

---

① 茅盾. 为新文学研究者进一解//茅盾全集(第 18 卷). 北京:人民文学出版社,
1989:38-44.
② 茅盾.《欧美新文学最近之趋势》书后//茅盾全集(第 18 卷). 北京:人民文学出版
社,1989:48.
③ 茅盾. 夜读偶记//茅盾全集(第 25 卷). 北京:人民文学出版社,1996:123.
④ 茅盾. 为新文学研究者进一解//茅盾全集(第 18 卷). 北京:人民文学出版社,
1989:42-43.

就提到了罗兰这个大文豪、"大勇主义"的发起人①;同年 2 月,就提到了罗兰是"新浪漫派的首领"②。

1923 年,茅盾对"那些盛描空幻之美的文学"叫人"甘心处于污泥之中而不思奋作","那些侈夸羲皇时代的极乐世界文学""叫人不向前奋斗以求幸福",表示了深恶痛绝。在谈到文学所负的'充实人生'的使命时,他满怀热情地说,"我相信文学是批评人生的,文学是要指出现人生的缺点,并提出一个补救此缺憾的理想的。所以我于爱读一切杰作而外,我尤爱读 Jean-Christophe,因为作者教我们以处恶境而不悲观,历万苦而不馁的真勇气",这样的作品,可以"提起国内青年的精神",可以"从烦心的深渊中救他们起来,使他们不至于因悲观而颓废"。③ 第二年,茅盾在《小说月报》第 15 卷第 2 号上撰写了《罗曼·罗兰》略传,虽说是略传,主要还是谈 Jean-Christophe。茅盾一方面对罗兰的作品做了一千多字的梗概式的介绍,一方面又对作品做了这样的评析:"全书的文气,也仿佛一篇大演奏乐;书中写情写景,时有抒情诗一般的气韵充满纸上;而全书十册,所写的只是一代青年,所暗示的是一代思想没有不变,人生演进,今以为是者,后必以为非,'踏倒了我们罢! 你们上前!'"茅盾不但揭示了作品的"文气"与"暗示",也揭示了作品中的象征性和作者的创作策略:"克里斯都斐生平恋事最多,那些恋人也各有所指:在德国爱了一个不整洁而温和聪明的 Sabine,那是德国民族的写照;在巴黎时爱了一个朴素玲珑的 Antoinette,那是法兰西民族的缩写;在罗马所遇见的格兰雪阿(即葛拉齐亚),dreamy(爱幻想的),中和端丽,那是意大利的小影了;然而克里斯都斐却仍旧终生贫苦,至死是一个独身者! 这又见得作者是要故意给他一种坎坷的生涯的。""似乎是故意叫他多经挫折,历尽古来英雄所经过的坎坷,然后成

---

① 茅盾. 现在文学家的责任是什么? //茅盾全集(第 18 卷). 北京:人民文学出版社,1989:8.

② 茅盾. 对于系统的经济的介绍西洋文学底意见//茅盾全集(第 18 卷). 北京:人民文学出版社,1989:22.

③ 茅盾. 杂感//茅盾全集(第 18 卷). 北京:人民文学出版社,1989:368-369.

其所以为伟大。"①这样的评析也显示了一个未来的作者对于一部作品所特有的关注视角。茅盾还对 *Jean-Christophe* 原有的价值进行了确认："使罗兰成为世界小说家的只是 *Jean-Christophe*,他底作品中最有价值的也只是 *Jean-Christophe*。"②在此期间,茅盾还在《欧洲大战与文学》中,较为详细地介绍了罗兰的"一部描写大战时知识阶级心理的小说"《克莱郎鲍尔》(*Clérambault*)和"一篇讽刺的幻美的比喻剧"《列留列》(*Liluli*)③;但他在《论无产阶级艺术》中却指出,罗曼·罗兰的"民众艺术","不过是有产阶级知识界的一种乌托邦思想",而"高尔基一派的文艺"才是真正的"无产阶级艺术"。④ 这说明他对文学的使命重新估定了一个价值。⑤ 然而同一时期,茅盾对"真勇主义"的诠释,仍可见他对 *Jean-Christophe* 的肯定:"由怀疑厌世悲观而转为乐观爱世,终得'新光明'。"⑥

20 世纪 20 年代后期,茅盾在对以苏联为代表的无产阶级文学做了深入研究,对西洋近代文学思潮的演变做了全面的比较分析后,又用"新理想主义"代替了"新浪漫主义",对以《约翰·克利斯朵夫》为代表的罗兰早期的艺术创作,做了更为恰当的概括,从而说明:罗曼·罗兰的"新理想主义"既有别于后来以"神秘派""颓废派""表象派"和"未来派"等"腐朽"艺术为突出色彩的"新浪漫主义",也有别于无产阶级的社会主义现实主义文学。⑦

1945 年,茅盾在罗曼·罗兰逝世后不久,写下了《永恒的纪念与景仰》。文章在追溯罗曼·罗兰一生所经过的思想历程的同时,对"克利斯朵夫的个人主义"和"罗曼·罗兰早期思想的错误"进行了"含蓄"的批评,

① 茅盾. 罗曼·罗兰. 小说月报,1924,15(2):1-3.
② 茅盾. 罗曼·罗兰. 小说月报,1924,15(2):3.
③ 茅盾. 欧洲大战与文学//茅盾全集(第 29 卷). 北京:人民文学出版社,2001:53-56.
④ 茅盾. 论无产阶级艺术//茅盾全集(第 18 卷). 北京:人民文学出版社,1989:500-501.
⑤ 茅盾. 茅盾全集(第 18 卷). 北京:人民文学出版社,1989:66.
⑥ 茅盾. 茅盾全集(第 31 卷). 北京:人民文学出版社,2001:384.
⑦ 参见:李庶长. 茅盾与罗曼·罗兰. 东岳论丛,1991(5):102-104.

但对罗曼·罗兰"坚韧的求真理以及自我批判的精神"表达了"万分景仰"。茅盾承认,《约翰·克利斯朵夫》毕竟是罗曼·罗兰在探索"人民的道路——人类的历史的道路"上所迈出的"必不可少的步骤";他更承认,罗兰的"巨著《约翰·克利斯朵夫》,和托尔斯泰的《战争与和平》,同是今天的进步青年所爱读的书;我们的贫穷的青年以拥有这两大名著的译本而自傲,亦以能转辗借得一读为荣幸"。①

二、《约翰·克利斯朵夫》与胡风

在中国现当代文学史上,胡风对现实主义文学的创作规律进行过坚贞执着的探索。在影响胡风的文艺思想的外来因素中,罗曼·罗兰崇高的人格力量和伟大的精神力量以及其巨著《约翰·克利斯朵夫》中表现出来的人道主义情怀、理想主义情操和英雄主义气概是不可忽视的。1936年4月22日,为庆祝罗曼·罗兰诞辰七十周年,胡风翻译发表了罗曼·罗兰的《克拉姆希——莫斯科》,这是胡风与罗曼·罗兰的文字很早的一次接触。从胡风的译文中,我们可以看出,他对《约翰·克利斯朵夫》是这样理解的:这是一部"努力""描写人底内面的世界的作品","描写莱茵沿岸的德意志底反叛者詹恩·克里士多夫和他底巴黎底友人反叛者奥里徽耶底作品"。② 1941年,傅译《约翰·克利斯朵夫》由商务印书馆出版。胡风当时正在香港,后又转到桂林,但他通过辗转周折,也读到了这部作品。1942年10月10日,他在自桂林寄给路翎的信中,就激动地谈到了这部作品:"最近读了《约翰·克利斯朵夫》,多么想给你和门兄③读一读呵。这是理想主义,甚至带有宗教的气息,但有些地方甚至使我觉得受了洗礼似的幸福。是,这是理想主义,但现实主义如果不经过这一历程而来,那现实主义又是什么屁现实主义呢!现在托人到外地去找一套。不知能否买

---

① 茅盾. 永恒的纪念与景仰//茅盾全集(第33卷). 北京:人民文学出版社,2001: 523-530.

② 罗曼·罗兰. 克拉姆希——莫斯科. 胡风,译. 大公报·文艺专栏,1936-04-22.

③ 门兄指陈亦门,既诗人阿垅。

到。"①这应当是胡风对《约翰·克利斯朵夫》第一次明确发表的感受和观点。在同一时期,胡风还对路翎说过:"罗曼·罗兰倾向人民,有着明朗的形象,是欧洲文化夺取出路,靠近新的人民的表征。"《约翰·克利斯朵夫》是一部"呐喊着为推翻黑暗和为人类未来而奋斗的作品,使他常自记忆",②作品中的"热情的形容词与突出的热烈情节"表现了作者的"战斗热情"及其"主观精神和人格力量"。③ 罗曼·罗兰逝世后,胡风发表了《向罗曼·罗兰致敬》④,讴歌了"精神战线上的伟大英雄"——罗曼·罗兰,在"人生上的悲观主义和艺术上的庸俗主义"泛滥的时代,以"大无畏的英雄主义""和黑暗作战,和苦痛作战""征服苦难,追求光明"的一生;称颂了这位"世界战士"在"改造人类灵魂""打动僵硬的和拘挛的灵魂"的过程中,所表现出来的"忍受苦难、克服苦难"的巨大的"精神力量"。⑤ 不久,胡风又写下了《罗曼·罗兰断片》,收录在《罗曼·罗兰》⑥纪念册中,对罗曼·罗兰"做了一些具体的探索",也可说是他对罗曼·罗兰的一种"理解"⑦。胡风为我们描述了罗曼·罗兰"在痛苦的热情里面生长""试炼"的过程,从"痛苦的热情"和"痛苦的压力"的产生,到痛苦的热情"凝晶成"理想主义,"沿着人道主义、英雄主义的道路","在孤独和寂寞中""冲破怯懦,精神底贫乏,以及时代底因循","超过了暗重的现实和仇恨的国界",为法兰西和欧洲去"追求人生底新的目的",最终让克利斯朵夫"在全欧洲面前站起了他底巨像",为他赢得了"世界底良心"。胡风这样给我们解说:"为了更深更广地展开他的强烈的批判和远大的信念,他着手了一个想象的英

① 胡风. 胡风全集(第9卷). 武汉:湖北人民出版社,1999:208.
② 参见:路翎. 胡风谈他的文学之路//张业松. 路翎批评文集. 珠海:珠海出版社,1998:270.
③ 参见:路翎. 一起共患难的友人和导师//张业松. 路翎批评文集. 珠海:珠海出版社,1998:298.
④ 胡风. 向罗曼·罗兰致敬. 新华日报,1945-03-25.
⑤ 胡风. 向罗曼·罗兰致敬//胡风. 胡风评论集(下). 北京:人民文学出版社,1985:70-73.
⑥ 胡风. 罗曼·罗兰断片//胡风. 罗曼·罗兰. 上海:新新出版社,1946:8-21.
⑦ 胡风.《罗曼·罗兰》辑录后记//胡风全集(第5卷). 武汉:湖北人民出版社,1999:384.

雄约翰·克利斯朵夫底传记。这部英雄的史诗,是资产阶级社会和它底堕落文化的法庭,是为了给新人类开路的人道主义和国际主义底福音。"①这应当是胡风第二次对《约翰·克利斯朵夫》发表自己的见解。1984 年,已经有了自由言论权利的胡风,在《略谈我与外国文学》一文中谈到罗曼·罗兰时说:"伟大的人道主义者和伟大的理想主义者罗曼·罗兰同样是伟大的现实主义者。但他的现实主义是为他的人道主义和理想主义服务的,因而被提到能够达到的高度。……四十年代读到了他的大著《约翰·克利斯朵夫》,那种人道主义和理想主义的伟大的激情,使他的人物达到了精神斗争的最高度。"②这应当是胡风第三次也是最后一次评论罗曼·罗兰及其巨著了。从上述胡风对《约翰·克利斯朵夫》的评论,我们隐约可以看出罗曼·罗兰及其作品与胡风的"主观战斗精神"这一理论主张之间的某种联系。那么,什么是胡风的"主观战斗精神"呢?它应当是指"作家面对客观世界所表现出来的蓬勃高昂的人格力量和对客观世界进行改造、批判的战斗要求"③;是作家去"能动地影响现实、改造现实"④的创作姿态;如果一个作家的"主观战斗精神"萎靡不振,缺乏征服黑暗和夺取光明的意志和努力,其作品的艺术生命力将十分苍白;⑤"主观战斗精神"以人的解放为终极关怀,因而弘扬和捍卫人道主义是它的思想核心。当我们接受了上述观点的时候,我们同时也发现,这些观点在罗曼·罗兰自己战斗的一生和其辉煌的巨著里,不是已经鲜明地反映出来了吗?钱林森说,胡风"正是在这位'苦斗了一生'的西方'精神界英雄'的鼓舞下,完成了由鲁迅所开拓与罗兰相通的、写出真实人生、写出人生的血和肉的

---

① 胡风.罗曼·罗兰断片//胡风.胡风评论集(下).北京:人民文学出版社,1985:74-84.
② 胡风.略谈我与外国文学.中国比较文学,1985(1):177.
③ 参见:陈思和.胡风对现实主义理论建设的贡献//陈思和.中国当代文学关键词十讲.上海:复旦大学出版社,2002:37.
④ 参见:丁帆,朱晓进.中国现当代文学.南京:南京大学出版社,2000:247.
⑤ 参见:范伯群,朱栋霖.1898—1949 中外文学比较史(下).南京:江苏教育出版社,1993:975-981.

那种'灵魂现实主义'的探索"①。这既说明了罗兰作为一个作家对胡风的鼓舞,也说明了罗兰的作品《约翰·克利斯朵夫》得到了胡风的接受。

胡风说:"我曾企图从这个'征服苦难'得到'通过苦难的欢乐'的精神战士身上汲取力量。"②事实上已不是"企图",他确实也汲取到了力量,并且是双重汲取,一方面,是从罗曼·罗兰即使戴上"卖国贼"的罪名遗世独立,也依然坚守真理和人道主义思想的精神力量和人格力量中,汲取铸就其不屈人格的强大能源;另一方面,是从《约翰·克利斯朵夫》中洋溢着的人道主义情怀、理想主义情操和英雄主义气概中,汲取了可以支持其独特的文艺美学思想——"主观战斗精神"的鲜活的感性材料。当然,这样说,并不排除托尔斯泰、果戈理和巴尔扎克等其他外国作家对他的影响,也不排除他深受鲁迅的影响后,探索"艺术创造底源泉"③的自觉。

第二节 罗曼·罗兰与巴金

"在所有中国作家之中,我可能是最受西方文学影响的一个。"④这是巴金在 1979 年 5 月接受法国《世界报》记者访问时说的话。"在巴金所喜欢的西方作家中,对他影响最大的是法国作家。"⑤巴金在回顾自己的 50 年文学生涯时说:"我在法国学会了写小说。我忘记不了的老师是卢骚、雨果、左拉和罗曼·罗兰。"⑥而在这些法国作家中,恐怕"左拉与罗兰,是西欧作家中于巴金影响最大的两位"⑦。巴金在 1947 年 5 月寄给法国汉学家明兴礼(J. Monsterleet)博士的信中曾清楚地说明:"我喜欢罗曼·罗

① 钱林森. 法国作家与中国. 福州:福建教育出版社,1995:534.

② 胡风. 略谈我与外国文学. 中国比较文学,1985(1):177.

③ 胡风. 置身在为民主的斗争里面//胡风. 胡风评论集(下). 北京:人民文学出版社,1985:20.

④ 巴金. 巴金答法国《世界报》记者问//贾植芳,等. 巴金专集. 南京:江苏人民出版社,1981:84.

⑤ 参见:陈思和,李辉. 巴金与西欧文学. 文学评论,1983(4):5.

⑥ 巴金. 读写杂谈·文学生活五十年. 长沙:湖南人民出版社,1997:156.

⑦ 参见:陈思和,李辉. 巴金与西欧文学. 文学评论,1983(4):7.

兰的早期的作品,比方他所著的《若翰·克利斯多夫》、三部传记、大革命
戏剧。他的英雄主义给了我很大的影响,当我苦闷的时候,在他的书中我
常常可以寻到快慰和鼓舞。他使我更好地明了贝多芬的'由痛苦中得到
快乐'。靠着他,我发现一些高贵的心灵,在痛苦的当儿可以找到甜美,可
以宰制住我的痛苦。他可做我们的模范和典型。'爱真,爱美,爱生命。'
这是他教给我的。我从他的作品中吸取了勇力。"①巴金是在 1927 年去法
国后读到罗曼·罗兰的作品的②。1931 年,巴金写了《〈激流〉总序》,发表
在上海《时报》4 月 18 日第 1 版上。序言中道:"生活并不是悲剧。它是一
场'搏斗'。我们生活来做什么? 或者说我们为什么要有这生命? 罗曼·
罗兰的回答是'为的是来征服它'。我认为他说得不错。……我无论在什
么地方总看见那一股生活的激流在动荡,在创造它自己的道路,通过乱山
碎石中间。……没有什么东西可以阻止它。在它的途中,它也曾发射出
种种的水花,这里面有爱,有恨,有欢乐,也有痛苦。这一切造成了一股奔
腾的激流,具有排山之势,向着唯一的海流去。"③在这里,我们似乎也感到
了约翰·克利斯朵夫征服生命的一生,有如不可阻挡的莱茵河,载着他的
爱与恨、欢乐与痛苦,"向汪洋大海进发"④。当然,这样的引言并不是要说
明《激流三部曲》受到《约翰·克利斯朵夫》或《贝多芬传》等英雄传记的影
响,因为《约翰·克利斯朵夫》"用象征的手法来说明人生的各种抽象问
题""确实成为一种'无定式'的作品,然而巴金的小说却很单纯,总是反映
一个同样的主题",而且,巴金也不尽赞同罗兰的政治思想。⑤ "他们的见

---

① 参见:明兴礼. 巴金的生活和著作. 王继文,译. 上海:文风出版社,1950:57-58.
② 参见:明兴礼. 巴金的生活和著作. 王继文,译. 上海:文风出版社,1950:52.
③ 巴金. 巴金全集(第 1 卷). 北京:人民文学出版社,2004:Ⅲ.
④ 罗曼·罗兰. 《约翰·克利斯朵夫》卷七初版序//傅敏. 傅雷译罗曼·罗兰名作
集. 郑州:河南人民出版社,1998:855.
⑤ 陈思和,李辉. 巴金与西欧文学. 文学评论,1983(4):9.

解有时不见得是相同的"①,比如关于人道主义②。巴金自己则认为《家》
受《复活》"影响很深"③,但应该承认巴金从罗曼·罗兰那里接受了"把生
命视为斗争的观念"④,并且,在 1939 年的时候,还"督促"过李健吾翻译
《爱与死的搏斗》⑤。

那么,为什么罗曼·罗兰的英雄主义能给予巴金"很大的影响",给巴
金带来"宰制""痛苦"与"苦闷"的"勇力"和"征服生活""搏斗"人生的那般
激情? 这可以从 1927 年说起。这年 1 月 15 日,他在驶往法国途经印度洋
的海轮上,给一位朋友写的信中明确说道:"我现在的信条是:忠实地生
活,正直地奋斗。爱那需要爱的,恨那摧残爱的。上帝只有一个,就是人
类。为了他,我预备贡献出我的一切。"⑥在法国,他除了从"法国老师"那
里接受教育外,还阅读了俄国作家如托尔斯泰的作品。他回忆道:"最使
我感动的还是他写给罗曼·罗兰的长信。当时罗曼·罗兰只有二十二
岁,而托尔斯泰详尽地为他解释艺术的目的,是为了参与人类的联盟。"⑦
托尔斯泰对罗曼·罗兰说:"无论哪一事业的动机应当是为爱人类,不应
当是为爱事业本身。……只有沟通人类的感情,去除人类的隔膜的作品,
才是真正有价值的作品,只有为了坚定的信仰而牺牲一切的,才是真有价
值的艺术家。"⑧时隔半个世纪,巴金面对法国《世界报》记者访问时还抑制

① 参见:明兴礼. 巴金的生活和著作. 王继文,译. 上海:文风出版社,1950:57.
② 巴金在 1928 年就认为,"人道主义这个名词是资产阶级用来杀工人的最好的托
辞";此外,资产阶级又"常常假借着人道的名义来维持着现社会",而罗曼·罗兰
"反对一切的暴力,便是打倒极凶恶的暴政的暴动,他也反对,他的借口是'人
道'"。(参见:巴金全集(第 18 卷). 北京:人民文学出版社,2000:165-166.)显
然,巴金对罗曼·罗兰的人道主义是抱有偏见的,因为罗曼·罗兰因其人道主义,
也一点没有讨得资产阶级欢喜。
③ 参见:贾植芳,等. 巴金专集. 南京:江苏人民出版社,1981:80.
④ 参见:明兴礼. 巴金的生活和著作. 王继文,译. 上海:文风出版社,1950:58.
⑤ 参见:罗曼·罗兰. 爱与死的搏斗·跋. 李健吾,译. 上海:文化生活出版社,
1946:161.
⑥ 参见:贾植芳,等. 巴金专集. 南京:江苏人民出版社,1981:252.
⑦ 巴金. 巴金答法国《世界报》记者问//贾植芳,等. 巴金专集. 南京:江苏人民出版
社,1981:80.
⑧ 参见:唐金海. 汇百川成江河——巴金与外国文学. 萌芽,1983(2):3.

不住自己的感动说:"这番话对我的影响很大。"①1935 年 10 月 27 日,巴金在《〈爱情的三部曲〉总序》中写道:"我的对于人类的爱鼓舞着我,使我有力量和一切挣扎。所以在夜深人静时黯淡的灯光下鼓舞着我写作的也并不是那悲苦的心情,而是爱,对于人类的爱。这爱是不会死的。事实上只要人类不灭亡,则对于人类的爱也不会消灭,那么我的文学的生命也是不会断绝的罢。"②通过以上引述,我们可以说,巴金在接触到罗曼·罗兰前,就已经有了为人类"预备贡献一切"的生命追求,而通过托尔斯泰给罗曼·罗兰的信,他更坚固了自己的"对于人类的爱"的生命意识。

也正是因为以"爱人类"作为自己"生活的信仰",巴金才"有力量和一切挣扎"。他在 1934 年写的《新年试笔》中这样表达:"不要战抖,不要绝望,不要害怕孤独,把一切都放在信仰上面。我的路是不会错的。拿出更大的勇气来向着它走去。不要因为达不到那目的地而悲伤。不要把自己的命运看得太重,应该把它连系在群体的命运上面,在人类的繁荣里看出你的前途来。"③巴金在 1935 年作的《写作生活底回顾》中,更让我们清楚地看到了鼓舞他"搏斗"人生的力量源泉:"我并不曾有过一个时候失掉了我底信仰,所以我永远像一个强硬汉子似的忍受了这一切,我没有发出过一声痛苦的呼号。……我底对于人类的爱鼓舞着我,使我有力量和一切挣扎。……我个人底痛苦,那是不要紧的。当整个人类底黎明的未来,在我前面闪耀的时候,我底个人的痛苦算得什么?"④"爱人类"就是巴金的"信仰",给巴金"征服生活"提供了强大的精神力量。也正因为罗曼·罗兰以"爱人类"作为最根本的信仰,他的"英雄主义"才显得不同寻常地光彩夺目。假如他的"英雄主义"只是以成就个人功名为最终目的,不以"爱

---

① 巴金.巴金答法国《世界报》记者问//贾植芳,等.巴金专集.南京:江苏人民出版社,1981:80.
② 巴金.《爱情的三部曲》总序//贾植芳,等.巴金专集.南京:江苏人民出版社,1981:282.
③ 巴金.《爱情的三部曲》总序//贾植芳,等.巴金专集.南京:江苏人民出版社,1981:308.
④ 巴金.写作生活底回顾//贾植芳,等.巴金专集.南京:江苏人民出版社,1981:262.

人类"为终极关怀,这样的"英雄主义"是绝不会给巴金"很大的影响"和"鼓舞"的。

巴金作品的语言非常朴素,他的一个朋友说,他作品里的"每一个词都是很普通的词,没有一个古怪的词,都是简单、容易的文字"。巴金就自己的语言风格这样说过,"我写作,很简单、很朴素,把自己想说的写出来","对于如何运用技巧,如何运用文字,可能不大留意"。① 的确,巴金很不赞同那种"一心一意在文字上下功夫,离开生活去追求技巧"②的写作手法,在他的作品中,绝不会出现"浓妆艳抹"的"花言巧语"③。这使我们想到罗曼·罗兰为《约翰·克利斯朵夫》确立的写作风格:"说话要直截了当! 不要涂脂抹粉,矫揉造作! 说话要人理解,不是要那一小撮挑三拣四的人,而是要成千上万最单纯、最普通的人懂得! 不要怕太容易理解了!"④罗曼·罗兰还说过:"艺术的第一条规矩是:如果你没有什么可说的,干脆闭上嘴;如果有话要说,直截痛快地说,别扯谎。"⑤巴金说:"艺术的最高境界,是真实,是自然,是无技巧。"⑥巴金也说过:"作品的最高境界是写作同生活的一致,是作家同人的一致,主要的意思是不说谎。""我最恨那些盗名欺世、欺骗读者的谎言。"⑦罗曼·罗兰也曾这样痛批过:"从全部文学中,经常出现谎话,像一团腐臭的烟雾,冉冉升起。谎话等于死亡。这些作家,如果他们有一种强烈的生活要表达,何至于这么说谎。……一切风格上的花花草草,都是发臭的有病的躯体上掩盖着的衣服。"⑧巴金在亲身经历了一个"把死的说成活的、把黑的说成红的"并深受其害的可怕

---

① 参见:贝罗贝. 访巴金谈文学、论国事//陈思和,周立民. 解读巴金. 沈阳:春风文艺出版社,2002:478.
② 巴金. 探索集·探索之三. 北京:人民文学出版社,1981:41.
③ 巴金. 探索集·我和文学. 北京:人民文学出版社,1981:127.
④ 罗曼·罗兰.《约翰·克利斯朵夫》新版《后序》//许渊冲. 罗曼·罗兰精选集. 北京:北京燕山出版社,2004:1300.
⑤ 参见:罗大冈. 论罗曼·罗兰. 修订本. 上海:上海文艺出版社,1984:383.
⑥ 巴金. 探索集·探索之三. 北京:人民文学出版社,1981:41.
⑦ 巴金. 探索集·我和文学. 北京:人民文学出版社,1981:127.
⑧ 参见:罗大冈. 论罗曼·罗兰. 修订本. 上海:上海文艺出版社,1984:383.

的年代后,更痛恨那些"武装到牙齿"的"文章骗子或者骗子文章",①痛恨"那些无中生有、混淆黑白的花言巧语"②,更感到"讲真话"的可贵。"讲真话",可以说是巴金给我们的"一句世纪性的留言"③。"讲真话"(不说谎)与"无技巧"不但不会构成矛盾,而且可以"互为表里、互相印证、相互阐发",④因为真实的、真情的话语,打心里流出,不需要华丽的装扮。

"讲真话"三个字说起来很简单,真正要做起来非常难,"特别是在中国这样一个缺少实证意识的国度里边",所以,它也"有着挑战某种民族思维的性质"。⑤ 在巴金看来,要做到"讲真话""不说谎",那就要首先做到"写作同生活的一致""作家同人的一致"。也就是说,把风格和人格统一起来,把至上的工作态度和至上的生活态度统一起来。而在此应当指出的是,巴金正是从包括罗曼·罗兰在内的法国作家那里,"学到"了"把写作和生活融合在一起,把作家和人融合在一起"的。⑥ 再回到巴金朴素的语言风格上来。巴金说:"我写小说从来没有思考过创作方法、表现手法和技巧等问题。我想来想去,想的只是一个问题:怎样让人生活得更美好,怎样做一个更好的人,怎样对读者有帮助,对社会、对人民有贡献。"⑦ "我主张艺术是为提高境界,写文章不是为了成为作家,我是想要把自己的思想感情写出来,能够对大众起点作用。"⑧再来看罗曼·罗兰在《约翰·克利斯朵夫》里,借克利斯朵夫之口表达的他的语言观:作为一个作家,就要"向着有人类的地方去……你写得越朴素越好。……你是向大众说话,得运用大众的语言。字眼无所谓雅俗,只有把你的意思说得准确不

① 巴金. 探索集·探索之三. 北京:人民文学出版社,1981:41.
② 巴金. 探索集·我和文学. 北京:人民文学出版社,1981:127.
③ 余秋雨. 巴金和一个世纪. 新华文摘,2005(2):100.
④ 宋曰家. 巴金:永生在青春的原野. 济南:山东文艺出版社,1997:178.
⑤ 余秋雨. 巴金和一个世纪. 新华文摘,2005(2):100.
⑥ 巴金. 读写杂谈·文学生活五十年. 长沙:湖南人民出版社,1997:156.
⑦ 巴金. 读写杂谈·文学生活五十年. 长沙:湖南人民出版社,1997:164.
⑧ 参见:贝罗贝. 访巴金谈文学、论国事//陈思和,周立民. 解读巴金. 沈阳:春风文艺出版社,2002:478.

准确"①。至此,我们不但看出了罗曼·罗兰与巴金两位文学大师的美学原则的相通,也看出了构建他们的美学原则的共同的思想核心:爱民众、爱人类。

第三节　罗曼·罗兰与鲁迅和梁宗岱

一、罗曼·罗兰与鲁迅

1941 年,茅盾在纪念鲁迅逝世五周年的文章中说:"古往今来伟大的文化战士,一定也是伟大的 Humanist;换言之,即是'最理想的人性'的追求者、陶冶者、颂扬者。……罗曼·罗兰是这样的,……鲁迅也是这样的。正因为他们所追求而阐扬者,是'最理想的人性',所以他们不得不抨击一切摧残、毒害、窒塞'最理想的人性'之发展的人为的枷锁。"②这可以算是国内较早比较鲁迅与罗兰的文字记载了。不过,鲁迅的人道主义应是一种"横眉冷对千夫指、俯首甘为孺子牛"的爱憎分明的人道主义;而罗兰的人道主义则受托尔斯泰和甘地影响,主要建立在"博爱"或"泛爱"和"非暴力"基础上,这突出表现在他的前期思想中,后期则有明显转变。从茅盾的论述里,我们也可以看出罗兰与鲁迅抨击一切反人性、反人道的言论和行为的战斗精神,这种战斗精神既包含罗兰的"精神独立"式的大勇主义,也包含鲁迅的"敢于直面惨淡的人生"、敢做"单身鏖战的武人"之气概。1945 年,胡风在《向罗曼·罗兰致敬》一文中,也把"精神战线上的英雄罗兰"与"精神战线上的英雄鲁迅",联系起来做了阐发,称颂两人是保卫人类文化、反对法西斯、唤醒民众争取自由和解放的伟大的"战士"。③

1956 年,茅盾在纪念鲁迅逝世二十周年所做的报告中又说:"我个人有这样的感想:如果把鲁迅和罗曼·罗兰相比较,很有相同之处。罗曼·

---

① 参见:罗曼·罗兰. 约翰·克利斯朵夫(卷八·女朋友们)//傅敏. 傅雷译罗曼·罗兰名作集. 郑州:河南人民出版社,1998:1045.
② 茅盾. 茅盾全集(第 22 卷). 北京:人民文学出版社,1993:264.
③ 胡风. 胡风评论集(下). 北京:人民文学出版社,1985:72.

罗兰七十岁时,曾经为了答谢苏联人民对他的庆祝说过这样的话:'多谢你们纪念我的七十岁,这好像是一个旅程的终点——从巴黎走到莫斯科。我已经走到了。这个旅程并不平顺,然而完结得很好。'罗曼·罗兰在解释他的'是从什么地方,从什么时代的深处来的',曾经沉痛地说他的童年和青年时代是一直在悲观主义的重压之下度过的。同样地,鲁迅也经验过'寂寞和空虚'的重压,而鲁迅的'旅程'好像比罗曼·罗兰的更为艰苦,因为他不但背负着三千年封建古国的'因袭的重担,肩住了黑暗的闸门',而且他还得和近百年的半殖民地的社会所形成的'买办文化'作斗争。"①从这里,我们可以看出鲁迅与罗兰生命"旅程"的相似,并发现鲁迅在追求真理的道路上"更为艰苦"的思想演化。

　　钱林森在《法国作家与中国》一书中说:"罗兰和鲁迅是从地球两端、从历史深处走过来的伟人,他们之间有很多相通之处。他们的内心气质、人生旅程、创作道路、精神追求都有许多相似或相近之处。"②如在"创作道路"上,他们都经历了"为人生而艺术"的探索与实践。而在"精神追求"上,罗兰提出过,"精神优于物质,个人优于群众";鲁迅提出过,"掊物质而张灵明,任个人而排众数③。罗兰与鲁迅的话,前一句反映了他们注重人的灵魂的改造,如鲁迅就是"民族魂"的象征;后一句反映了他们对人的个性的尊重和保护,正如罗兰所说,"人道、自由和真理——这是宝中之宝",是不能"肆意抛弃"的"最崇高的道德价值"。④ 他还说过,"精神底自由是最大的幸福"⑤。而鲁迅在 20 世纪初也提出过这样的重要思想:"离开了

① 茅盾. 鲁迅——从革命民主主义到共产主义. 光明日报,1956-10-20.
② 钱林森. 法国作家与中国. 福州:福建教育出版社,1995:523.
③ 鲁迅. 文化偏至论//鲁迅. 鲁迅全集(第 1 卷). 南京:江苏凤凰文艺出版社,2020:21.
④ 参见:罗大冈. 认识罗曼·罗兰——罗曼·罗兰谈自己. 北京:中国社会科学出版社,1988:98.
⑤ 参见:梁宗岱. 忆罗曼·罗兰//梁宗岱. 诗与真·诗与真二集. 北京:外国文学出版社,1984:207.

'人的个体精神自由',任何'现代文明'都是不健全的。"①

从以上论述可以看出,鲁迅与罗兰之间的联系,应是一种建立在相互推崇基础上的精神交流的关系。其明显的表征正如前面已提到过的,1926 年 5 月和 6 月号的法国《欧罗巴》杂志刊登了罗兰推荐的法译《阿 Q 正传》;而在中国,鲁迅为纪念罗兰诞辰六十周年编辑发行的《莽原》1926年第 7、8 合刊《罗曼·罗兰专号》,并亲自翻译了日本学者中泽临川和生田长江的《罗曼·罗兰的真勇主义》。尽管鲁迅曾在《"死地"》一文中援引过罗兰的《爱与死的搏斗》中的话语,批判了那些不知道"死尸的沉重"的"论客",也劝告"有志于改革的青年"不要再"轻死",②但总体上说,鲁迅与罗兰之间的关系,应属于一种平行研究的范围,而本书主要探讨的是罗兰及其作品在中国的影响与接受,属于影响研究的范围,故在此对于鲁迅与罗兰的相通相似,只能点到为止。

二、罗曼·罗兰与梁宗岱

梁宗岱是我国著名的诗人和翻译家。他于 1924—1931 年留学法国,是有幸结识罗曼·罗兰的为数不多的中国人中的一位③。梁宗岱在 1936年为纪念罗兰诞辰六十周年,写过一篇《忆罗曼·罗兰》,文中道出了他对罗曼·罗兰真切的敬慕、感激之情和对《约翰·克利斯朵夫》的迷醉与赞美。他说:"影响我最深澈最完全,使我亲炙他们后判若两人的,却是两个无论在思想或艺术上都几乎等于两极的作家:一个是保罗梵乐希④,一个是罗曼·罗兰。""因为秉性和气质底关系,无疑地,梵乐希影响我底思想和艺术之深永是超出一切比较之外的……但在另一方面,在精神或道德方面,罗曼·罗兰也给与我同样不可磨灭的影响。而且,在一意义上,我和他接触是比较早的。"在谈及《约翰·克利斯朵夫》时,他这样指出,"除

---

① 参见:钱理群. 精神界战士的大悲剧——说《路翎——未完成的天才》. 读书, 1996(8):40.

② 鲁迅. 华盖集续编. 北京:人民文学出版社,1973:64-66.

③ 除梁宗岱、敬隐渔外,还有闾宗临、汪德耀等。

④ 即 Paul Valéry(保尔·瓦雷里),1871—1945,法国象征派诗人和理论家。

了那专供我们消遣的资料和浅薄的宣称式的作品我们必须摒除出文艺之国而外,有两类作品是永远要平分这领域的:一个目的在献给我们纯思想纯美感底悦乐,一个却要作我们精神底灵丹和补剂。《詹恩·克里士多夫》便是属于后一类的。作品本身不整齐有什么要紧。你底忧伤与创痛已在其中找着了深沉的抚慰"。这部作品是"从内心建造出来"的,"印着作者底健康的灵性,浩荡的意志,博大的同情"。① 梁宗岱的评论既与作者罗兰的创作意图相吻合,也与译者傅雷的理解认识相一致。

探讨梁宗岱与罗曼·罗兰之关系的文章很多,但信息几乎没有超出梁宗岱这篇回忆文章。不过,梁宗岱与罗兰的关系也不属于本书关注的傅译作品或翻译文学作品的"影响与接受"的范围,所以,我们主要是想从侧面为本书的思考提供一个较为周全的参考资料。

第四节 《约翰·克利斯朵夫》与路翎及其他作家

一、《约翰·克利斯朵夫》与路翎

早在 20 世纪 40 年代,英姿焕发、才华倾世的路翎,就对罗曼·罗兰及其作品《约翰·克利斯朵夫》表达了自己深深的迷醉。1945 年,22 岁的路翎在《〈何为〉与〈克罗采长曲〉》一文中,把罗曼·罗兰视为"向着未来的伟大的理想主义者",《约翰·克利斯朵夫》是罗兰"不以单纯的理论为满足",而"热情地与联系着社会矛盾的人生痛苦搏斗"后"产生的伟大的诗"。② 同一年,路翎写下了《认识罗曼·罗兰》这篇"足以代表中国年轻的精神战线对他(罗兰)的顶礼"③的文章。在这篇文章中,路翎认为,罗曼·罗兰是一个在苦闷的时期反抗"庸俗和丑恶"的"热情的斗争者",他虽然有着"强烈的痛苦",但也有着"英雄的心愿",更有着"崇高而热烈的一个

① 梁宗岱. 忆罗曼·罗兰//梁宗岱. 诗与真·诗与真二集. 北京:外国文学出版社,1984:207-210.
② 路翎. 《何为》与《克罗采长曲》. 希望,1945,1(1):104.
③ 参见:胡风. 略谈我与外国文学. 中国比较文学,1985(1):178.

观念",正是这种崇高的观念,给了他崇高的热情和"巨人的力量",使他能够"孤独地在庸俗的、投机的生活潮流里"战斗。作者还认为,《战争与和平》是向着过去的作品,而克利斯朵夫——"贝多芬在罗曼·罗兰底精神上底投影",则"是永远地向着人类底未来的"。克利斯朵夫无疑是"一个个人底抱负",但他不是我们所理解的个人英雄主义,也不是我们所理解的群众英雄,罗曼·罗兰创造了一个"不和卑俗论争","不着眼于平凡的男女",不满足于"混沌的生活",轻视当时"腐败的制度"的人物,这个人物和罗曼·罗兰一样有着"崇高的境界"。① 20 世纪 80 年代,经过了精神的炼狱大灾难之后的路翎,在回顾他和外国文学的关系时说,《约翰·克利斯朵夫》是一部"歌颂激烈的搏斗于当代真理的追求中"的作品,表现了"罗曼·罗兰的热烈的对现实的突破"。② 这里虽没有用英雄主义和理想主义两个词,但我们还是可以领会到这种认识的,因为"搏斗"就是英雄主义的表现,"追求"正是理想主义的表现,而"突破"则是兼有英雄主义和理想主义的行为的。不过,同一年的另一个场合,路翎非常明确地谈到了《约翰·克利斯朵夫》对他的著名的长篇小说《财主底儿女们》的影响:"我在当时,是很欣赏罗曼·罗兰的英雄主义的。我认为在任何时代,真的理想主义就是英雄主义。罗曼·罗兰的英雄主义的内容,是当代的人生追求和当代的人生现实之间的斗争的内容。在我写《财主底儿女们》的时候,罗曼·罗兰的《约翰·克利斯朵夫》伴我走过这段行程。"③罗曼·罗兰的英雄主义,可能还是常驻路翎心中的,因为他在逝世前完成的 191 万字的长篇小说,仍取名为《英雄时代和英雄时代的诞生》④。

1947 年 9 月,《泥土》第四辑《新书预告栏》把《财主底儿女们》比作"中国的《约翰·克利斯朵夫》"⑤介绍给广大中国读者。这种比喻不是没有道

① 参见:https://www.ruiwen.com/news/2253.htm.
② 路翎. 我与外国文学. 外国文学研究,1985(2):6-7.
③ 参见:李辉. 路翎和外国文学——与路翎对话. 外国文学,1985(8):54.
④ 参见:张业松,徐朗. 路翎晚年作品集. 上海:东方出版中心,1998:475.
⑤ 参见:杨义. 路翎——灵魂奥秘的探索者//杨义,张环. 路翎研究资料. 北京:十月文艺出版社,1993:191.

理的,二者之间确实存在不少共通之处,最主要的表现在以下两个方面:
(1)罗曼·罗兰和路翎各自塑造的主要人物克利斯朵夫和蒋纯祖两人在
禀性气质、精神面貌、人生观和价值观上有着相似或相近之处。两人都是
愤世嫉俗、桀骜不驯的知识分子,都强烈地憎恶一切腐朽、堕落、虚伪和污
秽的东西;狂热地追求自由、爱情,追求个性解放;真诚地向往光明,鄙视
混沌人生;具有反抗黑暗、叛逆社会、挑战权贵和搏击命运的英雄气概;试
图通过个人奋斗建功立业,实现个人的雄心和梦想;在泥泞坎坷的人生道
路上,历尽磨难,一再挣扎、抗争和搏斗。(2)罗曼·罗兰和路翎都描写了
各自的主人公"在精神方面所经历的艰险"。前者描写了克利斯朵夫"征
服内界的战迹"①;后者"描写了蒋纯祖艰难痛苦的心灵搏斗"②和"精神世
界的汹涌波澜"③。路翎在创作过程中,"没有把重点放在对社会现象如战
争、恐慌、灾难等方面,而是突出地、强烈地描写一个人物内心世界的变
化,精神上的发展",让读者看到了"蒋纯祖心灵与现实碰撞、精神与环境
冲突的历史"。④ 这种"重人物的心灵、轻社会场景"⑤的倾向,被评论界认
为是《财主底儿女们》被称作"中国的《约翰·克利斯朵夫》"的一个重要的
原因,而且,这种"灵魂的开掘"也使路翎获得了"灵魂奥秘的探索者"⑥的
称号,无论其得与失,都被指认为"路翎对(中国)现代文学的贡献"⑦。

　　除上述主要的两点外,从创作题材上看,克利斯朵夫从德国到法国到

①　傅雷.《约翰·克利斯朵夫》译者献辞//傅敏. 傅雷译罗曼·罗兰名作集. 郑州:
　　河南人民出版社,1998:3.
②　杨义. 路翎——灵魂奥秘的探索者//杨义,张环. 路翎研究资料. 北京:十月文
　　艺出版社,1993:191.
③　胡风.《财主底儿女们》序//杨义,张环. 路翎研究资料. 北京:十月文艺出版社,
　　1993:69.
④　李辉. 路翎和外国文学——与路翎对话. 外国文学,1985(8):53-54.
⑤　杨义. 路翎——灵魂奥秘的探索者//杨义,张环. 路翎研究资料. 北京:十月文
　　艺出版社,1993:191.
⑥　杨义. 路翎——灵魂奥秘的探索者//杨义,张环. 路翎研究资料. 北京:十月文
　　艺出版社,1993:175.
⑦　钱理群. 探索者的得与失——路翎小说创作漫谈//杨义,张环. 路翎研究资料.
　　北京:十月文艺出版社,1993:172.

瑞士到意大利的闯荡生涯，也完全符合路翎对流浪汉型人物的领悟与偏好，对于塑造蒋纯祖这个流浪汉型的角色多少有一点推助，尽管蒋纯祖活动的"舞台由苏州、上海、南京、江南原野、九江、武汉以至重庆、四川农村"①，其区域相对来说比较小，但也足以表现"流浪者有无穷的天地"的豪迈，并且通过蒋纯祖的孤独飘零、浪迹天涯，成功地展现了主人公那"激荡的境界、痛苦的境界、阴暗的境界、欢乐而庄严的境界"。② 从体裁上看，罗曼·罗兰在小说中有时针对某一具体的社会现象、文化现象或政治问题，把人物放在一边，自己抒发一通议论和感慨。他说："我从来没有意思写一部小说。……你们看到一个人，会问他是一部小说或一首诗吗？我就是创作了一个人。一个人的生命决不能受一种文学形式的限制。"③茨威格在谈到《约翰·克利斯朵夫》时说："这部著作浩如烟海，是我们这一代人的一幅世界画卷，不能用一个包罗万象的词加以概括。……这是一本包罗万象的、百科式的著作，而不仅仅是一部叙事的小说。"④而路翎在创作中，也"试图把罗兰的抒情、哲理、政论统一的小说风格引进自己的作品"，以形成多种因素"交织在一起的艺术风格"。⑤ 路翎自己也说，《财主底儿女们》"也许并不像一篇小说"⑥，路翎或许正是要通过这种种手法，来描写出蒋纯祖的"生命是一个斗争的过程"⑦。从这个角度看，《财主底儿

---

① 参见：《财主底儿女们》广告选登//杨义，张环. 路翎研究资料. 北京：十月文艺出版社，1993：74.
② 参见：《财主底儿女们》广告选登//杨义，张环. 路翎研究资料. 北京：十月文艺出版社，1993：75.
③ 罗曼·罗兰.《约翰·克利斯朵夫》卷七初版序//傅敏. 傅雷译罗曼·罗兰名作集. 郑州：河南人民出版社，1998：854.
④ 参见：曾繁仁. 20 世纪欧美文学热点问题. 北京：高等教育出版社，2002：288.
⑤ 赵园. 路翎——未完成的探索//曾小逸. 走向世界文学——中国现代作家与外国文学. 长沙：湖南人民出版社，1985：317；杨义. 路翎——灵魂奥秘的探索者//杨义，张环. 路翎研究资料. 北京：十月文艺出版社，1993：192.
⑥ 参见：晓风. 胡风、路翎来往书信选. 新文学史料，1991(3)：173.
⑦ 路翎.《财主底儿女们》题记//杨义，张环. 路翎研究资料. 北京：十月文艺出版社，1993：30.

女们》被喻为"'五四'以来中国知识分子的感情和意志的百科全书"①,也是很有道理的。

一般来说,一个作者对其作品的解释,总是具有不可忽视的重要性,乃至权威性,这对于《财主底儿女们》也一样。路翎对其作品所做的解释,可以使我们进一步确认《约翰·克利斯朵夫》在《财主底儿女们》的创作过程中所起的"伴侣"的作用。(1)关于内容,路翎在1941年致胡风的信中说,《财主底孩子》(指初稿)"是在写这一代的青年人(是布尔乔亚底知识分子);他们底悲哀,底情热,底挣扎",是写在一条"如何的艰苦,艰苦"的路上,蒋纯祖的"反叛"与"挣扎,对生活的认识,对自己底一切劣质的斗争……从浪漫的理想主义向前发展"。② 这使我们自然联想到罗曼·罗兰在《〈约翰·克利斯朵夫〉卷十初版序》中的话:"我写下了快要消灭的一代的悲剧。我毫无隐蔽的暴露了它的缺陷与德性,它的沉重的悲哀,它的浑浑沌沌的骄傲,它的英勇的努力。"③(2)关于作意,路翎在《〈财主底儿女们〉题记》中最后写道:"我们现在是处在一个亟待毁灭,也亟待新生、创造的时代。一切东西,一切生命和艺术,都是达到未来的桥梁。……年青的生命……自然要,也必得和这个世界上的那种深沉的、广漠的、明确而伟大的东西联结在一起的。但假如这些青年的生命们前进了几步就期待着一劳永逸,……那么,不管他们脸上是挂着怎样的笑容或眼泪,他们都必得被继起的人们,以那个伟大的东西底名字,重重地击倒。"④这一方面反映了作者本人的思想认识并没有停留在其笔下人物的思想意识上面,所以他给这个有着正义感的追求理想和个性解放的小资产阶级知识分子安排了一个符合现实主义理论逻辑的悲剧结局,以让"继起的人们"超越他。这一点,也正是鲁芋所理解到的,"从他(蒋纯祖)的灼热的心和悲壮的行

---

① 鲁芋.蒋纯祖的胜利——《财主底儿女们》读后//杨义,张环.路翎研究资料.北京:十月文艺出版社,1993:118.
② 参见:晓风.胡风、路翎来往书信选.新文学史料,1991(3):173.
③ 参见:傅敏.傅雷译罗曼·罗兰名作集.郑州:河南人民出版社,1998:1299.
④ 路翎.《财主底儿女们》题记//杨义,张环.路翎研究资料.北京:十月文艺出版社,1993:30.

程吸取一点勇气来向即使周围是铜墙铁壁也要碰个你死我活的我们中国的大灾难献身"，蒋纯祖的"胜利未必不就是把他的尸体当为一个后来者们冲锋的踏板"。① 另一方面，路翎对自己作品的认识和罗曼·罗兰对自己作品的认识，也是相当一致的。罗曼·罗兰说过，《约翰·克利斯朵夫》描写的是"过去的历史"，"你们这些生在今日的人，你们这些青年，现在要轮到你们了！踏在我们的身体上面向前罢"。② 路翎把罗曼·罗兰视为一个"向着未来的伟大的理想主义者"，把克利斯朵夫视为"永远地向着人类底未来"的英雄角色，可以说，也是用这样的认识来创作自己的作品的，因而《财主底儿女们》也应是"向着未来"的一部作品，它只是一个"崇高的""热情的"观念的出发点，而不是终点，所以，在如胡风所说的"悲壮地向未来突进"③的人生道路上，仍然需要"战斗"，当然，也只有"能够战斗的人们，才能够纪念罗曼·罗兰"，这正是他领会到的和想要表达的意思。《认识罗曼·罗兰》写于1945年4月11日，《〈财主底儿女们〉题记》写于同年5月16日，我们应当把二者联系起来，去理解路翎对罗兰及其作品的认识，去考察罗兰及其作品对路翎及其作品的启示。

如果我们再进一步考察《财主底儿女们》与同时代其他作品的相异，与《约翰·克利斯朵夫》的共通，我们还可以用路翎自己的话来说，他试图给我们展示那个时代"灵魂向上的努力"，试图"从（人物的）内部打开他们"。④ 而总的看来，作者对"心灵恶战"的描写也是成功的⑤，可以说，基

① 鲁芋. 蒋纯祖的胜利——《财主底儿女们》读后//杨义，张环. 路翎研究资料. 北京：十月文艺出版社，1993：120.
② 罗曼·罗兰.《约翰·克里斯朵夫》卷十初版序//傅敏. 傅雷译罗曼·罗兰名作集. 郑州：河南人民出版社，1998：1299.
③ 胡风.《财主底儿女们》序//杨义，张环. 路翎研究资料. 北京：十月文艺出版社，1993：70.
④ 路翎. 对舒芜《论主观》的几条意见//张业松. 路翎批评文集. 珠海：珠海出版社，1998：28-29.
⑤ 杨义. 路翎——灵魂奥秘的探索者//杨义，张环. 路翎研究资料. 北京：十月文艺出版社，1993：192.

本达到了"希望提高人生"的写作目的①,达到了《约翰·克利斯朵夫》所具有的艺术效果。

综合上述几条线索,再读到路翎在《〈财主底儿女们〉题记》中的坦言"我所追求的,是光明、斗争的交响和青春的世界底强烈的欢乐"②时,我们认为,在《财主底儿女们》和《约翰·克利斯朵夫》之间,应当还有更多共同的话语和联系值得我们探讨。当然,在探讨二者之间关系的过程中,我们也应当注意以下几点:(1) 不要因为关注了路翎与罗曼·罗兰或《财主底儿女们》与《约翰·克利斯朵夫》之间的关系,而忽视了苏联文学对路翎的"美学观点和感情的样式"的特别作用,尤其不能忽视托尔斯泰、莱蒙托夫、高尔基、陀思妥耶夫斯基和屠格涅夫对他的影响;(2) 路翎创作的《财主底儿女们》初稿仅 20 来万字,因胡风在战火中不幸遗失书稿,后在《约翰·克利斯朵夫》和《战争与和平》两部巨著的影响下,在其自身的经历认识增广丰富的情况下,最后写成了 89 万字的小说。但和罗曼·罗兰比,路翎是 17 岁开始写作《财主底儿女们》,21 岁完成的;罗曼·罗兰则是 24 岁开始酝酿《约翰·克利斯朵夫》,37 岁开始动笔,46 岁才完成的,所以,我们在客观指出路翎作品中的不足之处时,似乎也应该充分肯定作者充沛的艺术创造力和"超凡的感受力"③,似乎也应该像胡风那样,"把作者自己所说的'失败'和'弱点'只当做青春的热情所应有的特点来理解"④。正如 20 世纪 30 年代,亚兰对《约翰·克利斯朵夫》所做的评说一样:"这本书不是没有缺点的;各人都看出了那些缺点,并且作者自己也看出了。话虽如此,他已经许下了删改,却并没有删过也没有改过。这样是最好的。当你给青春削去了一切属于夸张,混杂,激动的东西,这便再也不是青春

---

① 参见:杨义. 路翎——灵魂奥秘的探索者//杨义,张环. 路翎研究资料. 北京:十月文艺出版社,1993:192.

② 路翎.《财主底儿女们》题记//杨义,张环. 路翎研究资料. 北京:十月文艺出版社,1993:29.

③ 绿原. 路翎文集·序//路翎. 路翎文集(第1卷). 合肥:安徽文艺出版社,1995:1.

④ 胡风.《财主底儿女们》序//杨义,张环. 路翎研究资料. 北京:十月文艺出版社,1993:74.

了。"①胡风与亚兰两人的评说,似乎也可以为我们探讨两部作品中的共同点提供一个新的视角。不可否认,蒋纯祖是一个有缺点的人,路翎说他"是高贵的",并非说他的思想觉悟的崇高,而是因为他"举起了他底整个生命在呼唤着","因忠实和勇敢而致悲惨",②也因为"蒋纯祖是幼稚而诚实地在中国的荆棘的道路上"走过了"真诚的一生"。③ 而傅雷对克利斯朵夫的认识——"真正的英雄决不是永没有卑下的情操,只是永不被卑下的情操所屈服罢了","你不必害怕沉沦堕落,只消你能不断的自拔与更新",④又让我们注意到了两个主人公几乎完全相同的英雄本色。(3) 我们还要充分考虑到读者对这两部作品的理解和认识。20 世纪 40 年代一位青年学生读者后来对这两部作品的感受回味,在当时的青年读者中想必具有普遍性和代表性:"约翰·克利斯朵夫和蒋纯祖站在我们的面前。我们从他们的身上找到了自我的影子,找到自己在向未来突进中所必须遵循的为人的道德规范和对时代的责任感。……在这两部书的直接熏染与启迪下。我们十几个同学先后分别投身到不同的解放区去,走上了革命的道路,确定了我们此后一生的新起点。"⑤这再一次说明,《财主底儿女们》和《约翰·克利斯朵夫》大有共同之处,譬如,都是在人生道路上,鼓舞读者积极向上的"良伴和向导"。

二、《约翰·克利斯朵夫》与其他作家

作家王西彦在谈到自己与外国文学的关系时,坦率地说:"其实,就影响来说,特别不能忘记一部出自现代法国作家的作品,就是被高尔基称为'法兰西的列夫·托尔斯泰'的罗曼·罗兰的十卷本长篇巨制《约翰·克

---

① 亚兰. 论詹恩·克里士多夫. 译文,1936,新 1(2):300.
② 路翎.《财主底儿女们》题记//杨义,张环. 路翎研究资料. 北京:十月文艺出版社,1993:30.
③ 鲁芋. 蒋纯祖的胜利——《财主底儿女们》读后//杨义,张环. 路翎研究资料. 北京:十月文艺出版社,1993:120-121.
④ 傅雷.《约翰·克利斯朵夫》译者献辞//傅敏. 傅雷译罗曼·罗兰名作集. 郑州:河南人民出版社,1998:3.
⑤ 野艾. 对一个熟悉的陌生人的问候——向路翎致意. 读书,1981(2):88-89.

利斯朵夫》。"王西彦虽然接触了不少令他"惊喜"的苏联文学作品,但他认为,在同样是描写知识分子命运的作品中,阿·托尔斯泰的三部曲《苦难的历程》和费定的《早年的欢乐》等三部曲,"诚然都不失为苏联文学中的经典性作品,但阅读时总觉得缺乏《约翰·克利斯朵夫》独具的那种震撼人心的道德力量"。他认为,"在克利斯朵夫身上既有贝多芬的影子,也有作者的影子。这就是它的道德力量的源泉"。①

于坚是当代诗坛小有名气的诗人。他在 19 岁左右的时候,读到了《约翰·克利斯朵夫》。青年时代,他经常自我扮演罗亭、毕巧林或者奥涅金这些角色,而扮演时间最长的,就是克利斯朵夫。他在接受采访时直言不讳:"这本书,使我确立了个人的价值,它强调的是个人奋斗,它讲的是一种创造的欢乐,主人公的原型是贝多芬嘛。我在其中,看到人应该通过怎样的奋斗去达到那个伟大的目标,它在我正好需要这种思想的时候,到达了我的生命中,所以我永远喜欢这本书。"作为一位作家,他还从审美功能和教育功能上做了评说:"虽然在今天作为小说读起来,这本书写得不是非常成功,但它有许多格言和警句,会给年轻人很多很好的启发,这比去读教你怎么做人的东西要好得多,这本书非常感性。""青年人都是比较高傲的",但"它教会你真正的高傲。这本书给我的东西主要不是文学上,而是思想上的"。于坚在谈到《约翰·克利斯朵夫》的时候,还深有感触地说:"读书其实不需要那么多,关键的时候读到关键的书是最幸运的。"而《约翰·克利斯朵夫》就是他在"关键的时候"读到的"关键的书",因而,他不但"喜欢"这本书,也"最爱"这本书。②

在受罗兰的《约翰·克利斯朵夫》影响的作家中,我们还可以再举出冯骥才来。他曾这样说过:"在外国作家中,我最喜欢罗曼·罗兰的作品,

---

① 王西彦. 打开的门窗——我和外国文学. 中国比较文学,1985(1):195-197.
② 参见:小凤. 约翰·克利斯朵夫/破浪/谢南多——诗人于坚访谈录. 当代小说,2003(10):47-48.

尤其是《约翰·克利斯朵夫》。……罗曼·罗兰对我的影响是用艺术情感去感受生活,去注视生活。艺术情感中包含着审美的精神,包含着放大了的生活激情。前几年,台湾的《联合文学》要我介绍外国的文学作品,我就介绍了《约翰·克利斯朵夫》。"①

中国作协主席铁凝曾写过一篇文章《阅读的重量》。她说:"21世纪初年,有媒体问了我一个问题,让我举出青少年时期对自己影响最深的两本书,只举两本,一本中国的,一本外国的。这提问有点儿苛刻,尤其对于写作的人。我出生在一个知识分子家庭,20世纪70年代初是我的少年时代,正值中国的'文化大革命',那是一个限制阅读的文化贫瘠的时代。……我偷偷读到一本书,是法国作家罗曼·罗兰的《约翰·克利斯朵夫》。记得扉页的题记上是这样两句话:'真正的光明决不是永没有黑暗的时间,只是永不被黑暗所淹没罢了;真正的英雄决不是永没有卑下的情操,只是永不被卑下的情操所屈服罢了。'……这两句话震撼了我,让我很想肯定自己,让我生出一种从不自知的既鬼祟又昂扬的豪情,一种冲动,想要去为这个世界做点什么。所以我说,《约翰·克利斯朵夫》在文学史上或许不是一流的经典,但在那个特殊年代,它对我的精神产生了重要影响,我初次领略到阅读的重量。……一种沉入心底的重量,这重量打击你,既甜蜜又酣畅。"②扉页上的那两句话实际是翻译家傅雷撰写的《译者献辞》中的,笔者不是想指出铁凝搞错了,而是想说明,翻译家傅雷领会了原作者罗曼·罗兰作品中的思想,译者与作者精神相通,才会"合铸"出一部翻译文学经典,给读者留下一个分不清作者还是译者的言辞来,说明傅雷配得上作为罗曼·罗兰在中国的代言人。

第五节 千万读者心中的经典

以上介绍了中国作家与罗兰的关系,主要关注了中国作家受罗兰及

---

① 参见:陈洁.中国作家喜欢的二十世纪文学作品(之一).中华读书报,1999-12-29.
② 铁凝.阅读的重量.秘书工作,2013(5):55.

其作品影响的问题。萨特说过："在写作行动里包含着阅读行动,后者与前者辩证地相互依存,这两个相关联的行为需要两个不同的施动者。精神产品这个既是具体的又是想象出来的客体只有在作者和读者的联合努力之下才能出现。"①接受美学的代表人物姚斯(Hans Robert Jauss)认为:"艺术作品的历史性不仅存在于它的再现或表现的功能中,也必然存在于它产生的影响中。""在生产美学和再现美学的封闭圈中把握文学事实,此举剥夺了文学的一个维面,而这个维面与文学的审美特性和社会功能,又有着必然的和内在的联系,这就是作品产生影响……的维面和它的'接受'维面。……文学作品首先面向的是读者。"②所以下面,我们再来看一看这部由罗曼·罗兰与傅雷共铸出来的文学巨著,自20世纪三四十年代以来,如何赢得一代又一代的中国广大读者(包括知识分子和青年学生)的恒久不变的热情和迷爱;千千万万的中国读者如何用他们的积极"参与",确立了这部"精神产品"的翻译文学经典的地位。本书是按20世纪三四十年代、新中国成立至改革开放和改革开放至今三个阶段来描述这部翻译文学经典在中国的传播与影响的。我们还是按这样的划分先来看20世纪三四十年代时期。

20世纪三四十年代,傅译《约翰·克利斯朵夫》在中国引起的读书热潮可以说超过任何其他西方名著,它在一年之内(如1946年)连出两版,既是罕见的现象,又是很好的证明。我们在前面就援引过茅盾的评论说,当时的进步青年"以能转辗借得一读为荣幸"③。其他读者也确有完全相同的感受:"那时在青年读者中,谁藏有一部《约翰·克利斯朵夫》全套,无不视若瑰宝,争相传阅。"④作家王西彦的回忆就是那个时代的一个很好的

---

① Jean-Paul Sartre. *Qu'est-ce que la littérature?*. Paris:Gallimard,1948:55. 译文引自:沈志明,艾珉. 萨特文集·文论卷. 北京:人民文学出版社,2000:124.

② Hans Robert Jauss. *Pour une esthétique de la réception*. Paris:Gallimard,1978:43,48.

③ 茅盾. 永恒的纪念与景仰//茅盾. 茅盾全集(第33卷). 北京:人民文学出版社,2001:523.

④ 成柏泉.《约翰·克利斯朵夫》在中国. 读书,1980(8):46.

写照,"这部史诗性的小说于四十年代后半期有了中译本后,曾经在我国读书界风靡一时,在青年中间简直产生了一阵子'约翰·克利斯朵夫热',我自然也被卷入狂潮"①。为什么傅译《约翰·克利斯朵夫》会产生如此巨大的影响呢?其中也有一个时代因素不可忽视,那就是当时正是一个"迷茫、烦恼而有所冀求"的年代。在这样一个时代,在一个人对应当以怎样的姿态出现在生活的激流中感到难以捉摸和心神不定的时候②,约翰·克利斯朵夫出现了。所以,正如王元化当年读后写道,《约翰·克利斯朵夫》"在我眼前展开了一个清明的温暖的世界,我跟随克利斯朵夫去经历壮阔的战斗,同他一起去翻越崎岖的、艰苦的人生的山脉,我把他当作像普洛米修士从天上窃取了善良的火来照耀这个黑暗的世间一样的神明"③。许多读者从克利斯朵夫身上看到了"自己的影子"④、"自己的命运"⑤,这也是约翰·克利斯朵夫能成为他们人生道路上"不可或离的伴侣"⑥的原因。王元化当时的阅读感受,无疑具有代表性:"我相信,克利斯朵夫不但给予了我一个人对于生活的信心,别的青年人得到他那巨人似的手臂的援助,才不致沉沦下去的一定还有很多。"⑦所以,我们还应当从傅译《约翰·克利斯朵夫》在当时产生的强大的热潮,来进一步认识傅译的重要贡献。正如罗新璋所说,傅雷译出《约翰·克利斯朵夫》,"不是无所用心于世的,表现了译者的爱国精神和民族气节……事实上,这两本书(另一本指《贝多芬传》),在沦陷区,在国统区,小焉哉,能使顽廉懦立,在黑暗的社会里洁身自好;大焉哉,对思想苦闷、寻求出路的知识青年,则在他们心上'把火

① 王西彦. 打开的门窗——我和外国文学. 中国比较文学,1985(1):195.
② 野艾. 对一个熟悉的陌生人的问候——向路翎致意. 读书,1981(2):88.
③ 王元化. 关于《约翰·克利斯朵夫》//王元化. 向着真实. 上海:上海文艺出版社,1982:127.
④ 王西彦. 打开的门窗——我和外国文学. 中国比较文学,1985(1):195.
⑤ 成柏泉. 《约翰·克利斯朵夫》在中国. 读书,1980(8):47.
⑥ 野艾. 对一个熟悉的陌生人的问候——向路翎致意. 读书,1981(2):89.
⑦ 王元化. 关于《约翰·克利斯朵夫》//王元化. 向着真实. 上海:上海文艺出版社,1982:128.

燃着',起到激励有为之士奔向进步、奔向光明、奔向革命的促进作用"①。

新中国成立后,《约翰·克利斯朵夫》迎来了又一代广大读者。罗大冈在 1958 年写的文章中,就这样描述:"《约翰·克利斯朵夫》自从有中译本以来,一直在我国拥有为数甚众的读者。即使最近,据若干高等学校图书馆反映,在学生们借阅最频繁的西洋文学作品中,《约翰·克利斯朵夫》始终保持很高的记录。"②许渊冲则宣称:"早在(20 世纪)五十年代,这本书是北京大学出借率最高的一部。"③其实,就是在 50 年代的法国,也有论者公开承认,《约翰·克利斯朵夫》"在文学命运的三个维面即持久性、广泛性和深刻性上面始终深入人心",其"销售的数字证明,人们过去一直在读罗兰的作品,现在也一如既往"。④ 回到我国,据《重读〈约翰·克利斯朵夫〉的随想》一文作者回忆,50 年代上大学时,只要有一个同学从图书馆借来《约翰·克利斯朵夫》,其他同学便"一个接着一个地'排号',而且是长长的一大串,有时一个学期也轮不到"⑤。也有读者作文回忆道,那时,"《约翰·克利斯朵夫》这部作品强烈地震撼了我的心灵。我含着热泪,伴随着书中的主人公走过他生命的旅程。他对不合理现实的反抗,对光明的追求,他的战斗精神,使我无比激动,彻夜难眠"⑥。而且,《约翰·克利斯朵夫》的影响力和感染力之大,以至于"有人在两年内读过三遍,有人在病中和困难中从书里得到鼓舞的力量"⑦。而到了"文革"期间,傅译之作仍然是不灭的火种,始终在读者心中燃烧。诗人于坚就是在"文革"后期读到这部作品的,他从一个老知青那里借来,"期限是三天"。可以想象这本书在当时是多么受欢迎,在于坚后面又有多少排号的人,人人都像于坚

---

① 罗新璋. 傅译管窥. 图书馆学通讯,1985(3):79.

② 罗大冈.《约翰·克利斯朵夫》及其时代//作家出版社编辑部. 怎样认识《约翰·克利斯朵夫》. 北京:作家出版社,1958:34.

③ 许渊冲. 编选者序//许渊冲. 罗曼·罗兰精选集. 北京:北京燕山出版社,2004:1.

④ Jean-Bertrand Barrère. *Romain Rolland*. Paris:Editions du Seuil,1955:4-5.

⑤ 柳前. 重读《约翰·克利斯朵夫》的随想. 读书,1980(12):65.

⑥ 袁树仁. 生命的川流. 外国文学季刊,1981(2):283.

⑦ 冯至. 对于"约翰·克利斯朵夫"的一些意见. 读书,1958(5):19.

那样，"在那个时代，看这些书是如饥似渴的"①。甚至也可以说，傅译《约翰·克利斯朵夫》是胡风狱中生活的精神支柱，因为他这样说过："傅雷的译本是很好的。后来，在与世隔绝中又读到了他的更好的译本。那种巨大的激情支持了我度过了艰难的日子。"②

在此，我们不能不提王元化写于 1950 年的《重读〈约翰·克利斯朵夫〉》，因为即使半个世纪过后再看此文，也不觉得它过时。作者表达的见解，对后来的那些极"左"的貌似正确、貌似先进的观点，是一个很有先见之明的雄辩有力的批判。这说明，作者本人对文学艺术的真谛、本质和规律具有深刻的认识和把握，才能写出这种具有长久价值而非应声跟风的文章。作者认为，"轻而易举的妄图一手推倒《约翰·克利斯朵夫》这个精神里程碑和一笔抹煞苦斗了一生的罗兰的伟大战绩，将是最不公平和最不负责的态度了"；"我们如果以后来居上的态度，用挑剔毛病的方法，是可以把《约翰·克利斯朵夫》'批判'得一文不值，并且也可以有数不清的证据来证明自己的社会意识远比罗兰进步而引为骄傲"，然而实际上，又有多少人能达到"罗兰所真正达到的终点"？所以，《约翰·克利斯朵夫》"重要的是它的真诚、它的深厚的感情、它的火一般的现实感……永远和我们相通"。③ 但遗憾的是，王元化的见解在后来的一个接着一个的政治运动中，不可能得到普遍的认同。这是时代出了问题。

改革开放之后，《约翰·克利斯朵夫》也重获春天，随着中国知识分子的解放而解放。人民文学出版社仅 1980 年推出的傅雷的重译本，印数就达 35 万册。李清安 1989 年写的《重读〈约翰-克利斯朵夫〉》一文透露："据某重点综合大学的学生工作部统计，《约翰-克利斯朵夫》的出借率在该校图书馆的各类图书中，近年来一直名列前茅。"④从罗新璋文中还得知，它

① 参见：小凤. 约翰·克利斯朵夫/破浪/谢南多——诗人于坚访谈录. 当代小说，2003(10)：47.

② 胡风. 略谈我与外国文学. 中国比较文学，1985(1)：177.

③ 王元化. 重读《约翰·克利斯朵夫》//王元化. 向着真实. 上海：上海文艺出版社，1982：132-144.

④ 李清安. 重读《约翰-克利斯朵夫》. 读书，1989(2)：66.

是 20 世纪 80 年代十大畅销书之一,"累计印数当在六十万部以上"①。
《读书》杂志仅 1980 年就两次发表了关于《约翰·克利斯朵夫》的"重印"
和"重读"的文章。② 老读者中,有的说,"我终于买到了一部《约翰·克利
斯朵夫》",把它"又重读了一遍";③有的说,"忍不住手又买了"这新版
本。④ 可见,《约翰·克利斯朵夫》虽经历凄风苦雨,漫长的受难,但在老读
者心中的地位依旧没有动摇。刘靖之说,读这本书,"不仅是一种享受,更
是一种净化——净化我们的心灵"⑤。这也许就是这部巨著能长留读者心
间的主要原因,如果一个人不想混混沌沌、颓废不振,不想虚度韶光、腐朽
糜烂,确是需要这种可以帮助我们净化灵魂、升华灵魂的健康向上的精神
产品的。同样,傅译《约翰·克利斯朵夫》也赢得了新一代为数更多的读
者尤其是青年学生的热爱,《欣悦的灵魂:罗曼·罗兰》一书的作者之言就
具有非常典型的代表性。他说:"《约翰·克利斯朵夫》对新时期第一批大
学生的影响力恐怕是今天的大学生们难以理解的。大学毕业时,我在和
同学们分别的纪念册上写了下面一段文字:

> 我毫不怯懦地进行了自己的努力与探索,同时,也毫无隐讳地暴
> 露了自己的弱点与缺陷:他的沉重与悲哀,他的混沌的骄傲,甚至,为
> 了一种新的信仰、新的世界观,一种新的美学、新的伦理学而感到的
> 失败的沮丧。
>
> 生命是连续不断的死亡与复活。
>
> 什么都可以失去,什么都可以献出,惟自由的灵魂不能。自由的
> 灵魂不属于自己,自己倒属于自由的灵魂。
>
> 努力,探索,找不到,但不屈服。

① 罗新璋. 傅译罗曼·罗兰之我见//傅敏. 傅雷译罗曼·罗兰名作集. 郑州:河南
  人民出版社,1998:代总序 3.
② 参见:成柏泉.《约翰·克利斯朵夫》在中国. 读书,1980(8):44-51;柳前. 重读
  《约翰·克利斯朵夫》的随想. 读书,1980(12):65-69.
③ 柳前. 重读《约翰·克利斯朵夫》的随想. 读书,1980(12):65.
④ 刘靖之. 神似与形似——刘靖之论翻译. 台北:书林出版有限公司,1996:128.
⑤ 刘靖之. 神似与形似——刘靖之论翻译. 台北:书林出版有限公司,1996:129.

明眼人一看就知道,这是一段典型的罗曼·罗兰式的文字,其中一些词句完全就是从罗曼·罗兰著作中抄录出来以表达自己当时的心境的。在这里,我无意于追溯当时的心境,而只是想借此说明我和我的同时代人在血气方刚的青年时代所受到的罗曼·罗兰的深刻影响。"①

不可否认,一种精神道德感和历史使命感,在约翰·克利斯朵夫与一代又一代的有为青年之间,建立了牢不可破的友情。而在 20 世纪 90 年代中期,"一个远在中国的年轻后生,所以漂洋过海",赴法留学,"竟然是因为在 10 年前无意中翻开了一本名叫《约翰·克利斯朵夫》的小说"。②

以上从读者角度谈了傅译《约翰·克利斯朵夫》之于他们的影响。其实,有些论者虽然可以代表读者的意见,但他们不是一般的、普普通通的读者,而后者通常也不会、当然也不易发表文字性的材料,来谈他们的阅读感受,谈他们对一部作品的青睐。但是,我们可以从下面一些具体的数据来进一步说明傅译《约翰·克利斯朵夫》在中国广大读者心中占有的重要地位:1986 年出版的《中外文学书目答问》,共推荐了 266 种参考书,但收录的法国 20 世纪文学作品仅有傅译《约翰·克利斯朵夫》③;1992 年出版的《影响历史进程的 100 本书》,收选的"主要是那些对人类追求真理有永恒贡献的巨著,是那些对历史重大事件和多数人的思想产生过深远影响的伟著",其中入选的法国 20 世纪文学作品也仅仅是这部傅译《约翰·克利斯朵夫》④;1993 年出版的《中国读书大辞典》之"汉译世界名著导读"推荐的 201 部名著中,所收选的 20 世纪法国文学作品同样只有傅译《约翰·克利斯朵夫》⑤;1994 年出版的《200 部世界名著展评》"涵盖了人类几千年的文明",在收入的法国 20 世纪文学作品中,《约翰·克利斯朵夫》排

---

① 杨晓明. 欣悦的灵魂:罗曼·罗兰. 成都:四川人民出版社,1997:295.
② 熊培云. 关于我和罗兰的幸福时光. 南风窗,2004(22):79.
③ 参见:季羡林. 中外文学书目答问(上、下). 北京:中国青年出版社,1986.
④ 参见:苏浙生. 影响历史进程的 100 本书. 上海:文汇出版社,1992.
⑤ 参见:王余光,徐雁. 中国读书大辞典. 南京:南京大学出版社,1993.

名第二①;1994 年出版的《古今中外文学经典》"为当代青少年跨进文学世界导游而作",共收录 200 余部作品,在 20 世纪法国文学的三部作品中,《约翰·克利斯朵夫》排在首位②;1996 年出版的《影响中国近代社会的一百种译作》收选的 20 世纪法国文学作品也只有傅译《约翰·克利斯朵夫》③;1998 年,北京大学为百年校庆推荐出 30 种应读书目,其中法国著作共 3 部,而真正属于文学作品的,也就是傅译《约翰·克利斯朵夫》④。

进入 21 世纪,我们依然能注意到傅译《约翰·克利斯朵夫》的经典地位:《大师经典》介绍了"领衔诺贝尔文学奖的 20 位桂冠作家",罗曼·罗兰排列第四,居法国作家之首⑤;《20 世纪世界文学名著导读》共节选了 30 部名著中的名篇,傅译《约翰·克利斯朵夫》是第一篇⑥;另外,20 世纪世界名人丛书《十大文豪》收入的法国作家,也仅仅是罗曼·罗兰⑦,这想必与傅译《约翰·克利斯朵夫》的影响有关。

综观傅译《约翰·克利斯朵夫》在中国的影响与接受,从中国作家的角度看,除路翎创作的《财主底儿女们》留下了一些明显的脉络,如在人物类型和精神面貌上、在灵魂的搏斗与探险上、在创作意图与宏观构思上等,可以考察《约翰·克利斯朵夫》在他创作过程中所起的"伴侣"的作用外,除冯骥才认为《约翰·克利斯朵夫》影响了他"用艺术情感去感受生活"外,其他作家"很少从纯文学的角度来接近罗兰"⑧。也就是说,很少从创作形式、艺术手法上接近罗兰,就像于坚所说的,《约翰·克利斯朵夫》"给我的东西主要不是文学上,而是思想上的"。我们也可以再扩大一点

① 参见:杨政. 200 部世界名著展评. 重庆:重庆大学出版社,1994.
② 参见:姜洪海. 古今中外文学经典. 大连:大连出版社,1994.
③ 参见:邹振环. 影响中国近代社会的一百种译作. 北京:中国对外翻译出版公司,1996.
④ 参见:王余光,邓咏秋. 名著的选择. 昆明:云南人民出版社,1999.
⑤ 参见:汪剑钊. 大师经典(一). 海口:南海出版公司,2001.
⑥ 参见:李明滨. 20 世纪世界文学名著导读. 北京:北京大学出版社,2004.
⑦ 参见:张伊兴. 十大文豪. 上海:上海古籍出版社,2000.
⑧ 钱林森. 法国作家与中国. 福州:福建教育出版社,1995:535.

说,是精神上、道德上的,例如对巴金和王西彦的影响;即使这部作品为胡风的文艺美学思想提供了重要的感性材料,也不可否认它给胡风带来的巨大的精神力量;同样,茅盾在从文艺流派上划分、接纳罗兰及其作品的时候,也充分肯定了它可以"提起国内青年的精神",起到"疗救灵魂的贫乏、修补人生的缺陷"的作用。① 从读者角度来看,我们一方面客观地描述了这部翻译文学作品在 20 世纪三四十年代、在新中国成立至改革开放期间以及在改革开放至今三个时期内,对我国读者的广泛、深刻和持久的影响;另一方面,又通过具体可靠的数据,进一步确认了傅译《约翰・克利斯朵夫》在中国读者心中的卓尔不群的经典地位。这些论述旨在说明,文学作品直接感染、震撼、鼓舞、影响了千千万万的读者,才是真正实现了其文学的意义和价值。这本来就是罗曼・罗兰的艺术主张。而大多中国作家,也是作为一个读者,首先受到了罗兰作品的影响,为其感动,首先接受了罗兰"为人"的思想,而后才从"为人"的角度去思考和实践"为文"的。

至此,我们已将傅译《约翰・克利斯朵夫》在中国的传播、研究与接受的 80 多年历程,做了一番几近全面的清理。那些通过客观描述所呈现出来的无数事实,使我们既不会否认罗兰原作的艺术魅力,也不会怀疑傅雷的译文"是难得之佳作"②。如果说,《约翰・克利斯朵夫》在中国产生的巨大影响,除了原作本身具有的震撼人心的艺术力量外,还在于作者罗兰本人"那怀抱人类的爱心和追求真理的精神"③增加了作品的吸引力,那么也完全可以说,其强大的艺术效果还在于傅雷那带着火一样激情的出神入化的译笔再创造出来的审美空间,在于他"不但领会其神韵,而且浸染其语言风格"后,"成功地把世界名著转换成了我们民族的精神财富";④当

---

① 参见:陈福康. 中国译学理论史稿. 上海:上海外语教育出版社,1992:239.

② 刘靖之. 傅雷论音乐//金圣华. 傅雷与他的世界. 北京:生活・读书・新知三联书店,1996:234.

③ 钱林森. 三和弦:良伴、向导、勇士——罗曼・罗兰与中国. 南京大学学报,1990(3):64.

④ 周国平. 名著在名译之后诞生. 中华读书报,2003-03-26.

然,也在于"译者与作者如影随形"的"共鸣、知音"的缘分。① 而从本书的主题出发,我们更要关注翻译本身的力量所在,更要关注翻译文学经典的建构,毕竟还是有人认为"翻译的作用是很大的"②。所以下文里,我们将要继续探讨,"以译事致身社会,用心灵拥抱事业"③的傅雷,如何像桑蚕吐丝那样,把"原文彻底弄明白了,完全消化了之后,再从新写出来"④的,我们希望看到,名著是怎样在名译之后诞生的;一代翻译大家如何将原作的"母语文字风格的优长"和译语的"客体文字表述的特点"融会贯通,使这"两类美果成功杂交",生产出属于"一部上乘的翻译作品"的美味果实。⑤

---

① 刘靖之. 神似与形似——刘靖之论翻译. 台北:书林出版有限公司,1996:332-333.
② 王安忆.《约翰·克利斯朵夫》的世界. 小说家,1997(2):162.
③ 罗新璋.《傅雷译文集》再版感言//怒安. 傅雷谈翻译. 沈阳:辽宁教育出版社,2005:99.
④ 傅雷语。参见:萧芳芳. 对我一生影响深远的傅雷伯伯//金圣华. 傅雷与他的世界. 北京:生活·读书·新知三联书店,1996:55.
⑤ 梁晓声. 译之美//作家谈译文. 上海:上海译文出版社,1997:275-276.

第四章　从文学翻译到翻译文学

第一节　文学翻译个案研究

一、敬译与傅译的对比分析

《罗曼·罗兰传》的作者茨威格说过,"《约翰·克利斯朵夫》是一部音乐灵魂谱写的交响曲","是依交响曲的结构写成的"。① 罗曼·罗兰自己也说过,他在创作时,心境常常是一个音乐家的心境。② 凡是读过《约翰·克利斯朵夫》的人,恐无不承认这部作品就是一部交响乐。罗曼·罗兰在叙述克利斯朵夫出生时的情状时,多次写到那奔流向前的莱茵河,并以它那"长江大河"③般的声音和气势为全书开卷,明显具有象征意义。它象征着一个天才的诞生,一个英雄的出世,象征着一个天才式的英雄的命运将和莱茵河一样,虽历经曲折,也百折不回,浩浩荡荡,向前进发。在小说第一卷《黎明》的开始部分,莱茵河之声三次出现,开篇第一句便是。傅雷在1937 年出版的《约翰·克利斯朵夫》中,就把第一句译为:"江声浩荡,在屋后奔腾。"

邰耕曾在《一句话的经典》里说:"罗曼·罗兰的四大本《约翰·克利

---

① 茨威格. 罗曼·罗兰传. 云海,译. 北京:团结出版社,2003:163-164.
② 参见:曼华. 罗曼·罗兰. 出版周刊,1936-05-23(10).
③ 参见:傅敏. 傅雷译罗曼·罗兰名作集. 郑州:河南人民出版社,1998:1457.

斯朵夫》是一部令人难忘的著作,二十多年前我曾阅读过,许多情节都淡忘了。但书中开头的'江声浩荡'四个字仍镌刻在心中。这四个字有一种气势,有一种排山倒海的力量,正好和书中的气势相吻合……这一句话两句话似乎算不了什么,但它会像铀矿一样释放出巨大的能量,对阅读者的心灵产生巨大的冲击。"①对此,许钧做了这样的评说:"邰耕的这种感受……是许多中国读者都能感受到的。……这四个字,不仅仅只是四个字,在许多中国读者的脑中,它已经成为一种经典,没有这四个字形成的英雄出世的先声,便没有了那百万余言、滔滔不绝的长河小说的继续和余音。"②上述两人的感受和评说说明,这个问题很有探讨的价值。笔者曾经读过傅译《约翰·克利斯朵夫》,也有邰耕那样的感受。不过,在探讨傅译"江声浩荡"的艺术魅力、之于读者的感染力和穿透力之前,还是先把敬隐渔的翻译与傅雷的翻译做个比较。因为敬隐渔虽然只翻译了第一卷《黎明》近一半的内容,但这毕竟是《约翰·克利斯朵夫》在中国的最早的翻译,而且也是当年《小说月报》经过多次对罗曼·罗兰的宣传和介绍之后隆重推出的译文,想来也有一定的文学价值。且看敬隐渔和傅雷是怎样翻译开卷三次出现的莱茵河之声的:

【例 1】原文:Le grondement du fleuve monte derrière la maison.

　　敬译:江声自屋后奔腾上来。

　　傅译:江声浩荡,在屋后奔腾。

【例 2】原文:Le grondement du fleuve montait plus fort dans le silence, comme un mugissement de bête.

　　敬译:江涛之声,破岑寂,涌将上来,浩浩荡荡,犹如猛兽底啸声一般。

　　傅译:浩荡的江声在静寂中益发宏大,有如野兽的叫吼。

---

① 邰耕. 一句话的经典. 东方文化周刊,2001(37):53.

② 许钧. 作者、译者和读者的共鸣与视界融合. 中国翻译,2002(3):23.

【例 3】原文：Le fleuve gronde. Dans le silence，sa voix monte toute-puissante；elle règne sur les êtres.①

敬译：江声如号，破岑寂而上，侵侵乎，有驾驭万物之势。②

傅译：江水汹汹作响。万籁俱寂，它的声音愈益宏大了；它威临着万物。③

第一例原文正是小说开篇的第一句话。而此处三例原文均出现在作者描写主人公——一个未来的英雄和天才刚刚诞生的时候。可以说，这三例原文不只是普通的情景描写，而是一种有力的烘托和渲染，象征着一个英雄或一个天才的生命从此开启了在逆境中英勇奋斗、追求人类新的理想和文明的战斗生涯。总的来看，这里的敬译三句较好地传达了原文的意义，而且相当有文采。如果再一一点评，那么，敬译第一句对 grondement 的翻译不够充分，只译出了"声"而没有译出那种滔滔之声响、震撼之气势，整个句子似嫌平淡。傅译则完好地译出了这种气势和效果，用"浩荡"翻译 grondement 并适当停顿，使得语言更有力量，读者仿佛感受到一场气势宏大的交响乐拉开了序幕。敬译第二句把 le grondement du fleuve 译成了"江涛之声……浩浩荡荡"，也充分地传达了原作的气势。"江涛之声"是名词组成的偏正结构，作为全句的主语，仅仅四个字，本可以不做停顿，但敬氏用了一个逗号，使全句带有了汉语古诗词的一点节奏和韵律，试图通过这样的句式，传递"音乐底精神"。只是 plus fort（更响）没有译出。相形之下，傅译准确地表达了原作的蕴意，而且句式十分精练。第三句原文是两个句子，敬译合二为一，译文虽基本按原文词序一一译出，却也文从字顺，清清楚楚。只是用"侵侵乎"译 toute-puissante，使得全句文白相混，但于当年，仍不失为佳译。傅译则按原文句读起落来处理。le fleuve gronde 是名词与动词组成的主谓结构，而上

---

① Romain Rolland. *Jean-Christophe*. Paris：Albin Michel，1931：19，26，27.

② 罗曼·罗兰. 若望克利司朵夫. 敬隐渔译. 小说月报，1926，17(1)：3，9，11.

③ 罗曼·罗兰. 约翰·克利斯朵夫（第 1 册）. 傅雷，译. 上海：骆驼书店，1945：1，13，16.

两句原文中,le grondement du fleuve 则是名词与名词结合的偏正结构。可能鉴于原文的变化,傅译也以变应变,译为"江水汹汹作响"。而"它的声音愈益宏大了",看似与原文不吻合,但傅雷不是针对这一句本身来翻译的,而是从第二例句里他译的"益发宏大"出发来考虑的。第二例句与第三例句相隔七个段落,因而可以说,傅雷翻译时,并不是机械地有一句译一句,而是兼顾了上下段落,注意到前后衔接的。从原文看,toute-puissante(绝对强大)是针对 plus fort(更强)而言的,既然上面已说江声更响了,"益发宏大"了,现在,澎湃而上压倒一切的江声,当然是"愈益宏大"了。但平心而论,傅译"江水汹汹作响"仅仅传达了原文的意义,却没有传达出原文的精神蕴意。所以,傅雷在1952年出的重译本中,把它改成了与上两个译句相呼应的"江声浩荡",从而进一步突显了这部作品的音乐主题。

从上面三例的分析来看,我们不能说敬氏已经意识到了莱茵河的象征意义,但我们可以说,他已经清醒地感受到了莱茵河这条大河发出的音乐般的声响。虽然他的第一句翻译对原文的信息传递不够充分,略显平淡,后两句译文的文言味较明显,但他对于三处"江声"的处理,具有连贯性,由开初的"奔腾"到继之的"浩浩荡荡",再到后来变成了仿佛交响乐中的一支长号,说明他对作品音乐性的感受确是很深的。我们不能说敬隐渔具有音乐修养,但可以说他是有很高的音乐感悟的,所以他才会在《罗曼罗朗》一文中说,《约翰·克利斯朵夫》"差不多每段都有音乐底精神"。没有这种阅读上的感受,他是不会说这部作品"最是富于音乐底精神,音乐底精神在这一本《黎明》里边都讲完了"[①]这句话的。

举这一组例子是要说明,敬隐渔也是具有相当高的文学修养和艺术感悟的。然而,他没有完成这部"二十世纪第一部巨著"的翻译。因为他缺少那种坚忍不拔的毅力和坚持到底的恒心。正如20世纪40年代的重

---

① 敬隐渔. 罗曼罗朗//贾植芳,陈思和. 中外文学关系史资料汇编(1898—1937). 桂林:广西师范大学出版社,2004:953,952

庆世界出版社,尽管宣告"全书十卷,将陆续出版"①,结果却仅仅出版了前两卷《黎明》和《晨》,便没有了后继的汉译。

我们再选一段译文来做对比,这是小说开篇的第二段。

【例 4】原文: Le nouveau-né s'agite dans son berceau. Bien que le vieux ait laissé,pour entrer,ses sabots à la porte,son pas a fait craquer le plancher:l'enfant commence à geindre. La mère se penche hors de son lit,afin de le rassurer;et le grand-père allume la lampe en tâtonnant,pour que le petit n'ait pas peur de la nuit. La flamme éclaire la figure rouge du vieux Jean-Michel,sa barbe blanche et rude,son air bourru et ses yeux vifs. Il vient près du berceau. Son manteau sent le mouillé;il traîne en marchant ses gros chaussons bleus. Louisa lui fait signe de ne pas s'approcher. Elle est d'un blond presque blanc;ses traits sont tirés;sa douce figure mouton est marquée de taches de rousseur;elle a des lèvres pâles et grosses,qui ne parviennent pas à se rejoindre et qui sourient avec timidité;elle couve l'enfant des yeux—des yeux très bleus,très vagues,où la prunelle est un point tout petit,mais infiniment tendre.②

敬译:婴儿在摇篮里兀自扰动。老人入房时,虽已把木屐脱在门外,他的脚步却仍踏得楼板振动:婴儿呻吟起来。母亲弯身越出床来安慰他;祖父慢慢地摸着灯盏点燃,免得婴儿醒来,看见黑魆魆的夜色,发生恐怖。光焰照着若望·弥涉尔(Jean-Michel)老人底通红的脸庞,粗白的胡子,郁怒的气色和锐利的眼睛。他走近摇篮边。他披着湿气湛湛的大衣;他行近时,拖动他那蓝色的大靸鞋。鲁意莎(Louisa)递点儿,叫他不要太走近了。她是向白的绛色,她的骨格凸

---

① 参见《新华日报》1945 年 1 月 26 日第 1 版刊登的重庆世界出版社的广告"《若望·葛利斯朵夫》出版了"。

② Romain Rolland. *Jean-Christophe*. Paris:Albin Michel,1931:19.

出;她那羊羔般纯慈的庞儿上点着些红斑;她那淡白的、厚大的嘴唇似乎很难合闭,露出懦怯的微笑;她的眼光凝聚在婴儿身上——深蓝色的、极泛滥的眼睛,中间嵌着两颗小小的瞳人,却含着无限慈祥。①

傅译: 初生的婴儿在摇篮里欠动。老人进来时虽把木屐卸在门外,他的步子仍使地板格格作响;孩子啼哭了。母亲从床上弯出身来安慰他;祖父摸索着点起灯来,使他不要害怕黑夜。火光中显出老约翰·米希尔红红的脸,粗硬的白须,忧郁的神气与锐利的眼睛。他走近摇篮;外套发出潮湿的气味,脚下拖着一双大蓝布鞋。鲁意莎对他做手势叫他不要走近。她淡黄色的头发几乎像白的一样;面目很瘦削;绵羊般和善的脸上有斑斑的赤痣;苍白的大口唇不大容易合拢,微笑时有些怯生生的样子;眼睛是深蓝的,没有神采的,眼珠只有极小的一点,但含有无限的温情;——她凝视着孩子。②

通过比较我们发现,(1) 在语言层面。敬译中一些词语的选择不甚妥帖,如用"恐怖"翻译这里的 peur 就显得过重。因为"恐怖"是一种心理感觉的结果,一般多指有了一定的思维能力和一定的心理感受的人,不宜指涉一个初生的婴儿。而"发生恐怖"的译法也不是文学描写的语言。傅译为"害怕"则显得恰当、得体。又,敬译用"慈祥"来译 tendre 也不适宜,因为 tendre 是"温柔""温情"的意思,而"温情"(傅译)与"慈祥"不是同义词。"慈祥"表示和蔼安详,具有亲和力;"温情"则是具有温暖与柔情。年轻的母亲望着初生的亲骨肉,应该是充满"温情",给予自己的婴儿以"温情",而不是让一个刚刚坠地的婴儿感到母亲的"慈祥",况且,一个还没有心理意识的婴儿也不可能感受到母亲的"慈祥"。(2) 在文学层面。敬译中的"他行近时,拖动他那蓝色的大靸鞋""她是向白的绛色"和"极泛滥的眼睛"三句,是文字翻译而不是文学翻译。其中,第一句远不如傅译"脚下拖着一双大蓝布鞋"精练;第二句则不如傅译"她淡黄色的头发几乎像白的一样"说得明白;第三句更是译犹未译,远不及傅译"没有神采"指明了意

---

① 罗曼·罗兰. 若望克利司朵夫. 敬隐渔,译. 小说月报,1926,17(1):3.
② 罗曼·罗兰. 约翰·克利斯朵夫(第 1 册). 傅雷,译. 上海:骆驼书店,1945:1.

思。若用"达意"的标准来衡量,敬译第一句仅仅"达意";第二句的意思十分含混;第三句的意义根本就没有传达出来。而敬译里的"她的骨格凸出"未免有误,傅译"面目很瘦削"才是正译。敬译发表于 1926 年,比傅译早 11 年,也就是说,敬译作于我国现代白话文形成的早期阶段,所以,译文里还有一些不稳定的、地方味很浓的表达方法,如"湿气湛湛""递点儿"等。

然而,敬译在词句选择和意义的表达上不如傅译,不等于说敬氏没有文采。从他写的《罗曼罗朗》和《蕾芒湖畔》①两篇文章可以肯定,他是很有文艺修养和才气的。所以,敬译与傅译相比显出的薄弱,应出在翻译的技术层面上。傅雷在《约翰·克利斯朵夫》第一册出版前,已经译了《夏洛外传》(1933)、《弥盖朗琪罗传》(1935)、《托尔斯泰传》(1935)、《人生五大问题》(1936)、《恋爱与牺牲》(1936)和《服尔德传》(1936)等超过 50 万字的作品。② 而敬隐渔的翻译实践就少多了,在此之前,恐怕也只有一些篇幅不长的文学作品的翻译,如法朗士的《李俐特的女儿》③等。

关于小说开篇那句具有象征意义的经典名句,当代译家也有不同的翻译,如 2000 年同时出版的许渊冲的译本和韩沪麟的译本,二者的翻译也可以作为有趣的译例。鉴于许钧已对傅、许、韩三人的译法做了无出其右的、十分精彩的对比赏析④,此处从略。

这里用傅雷的初译本(1937)而不用他的重译本(1952)来和敬译(1926)做比较,是因为傅雷的初译本和敬译在时间上较为接近,因而更具有合理性。对比敬译和傅译是想强调这样两点:(1)从事文学翻译,仅有文学修养和艺术修养,而没有对于艺术的执着精神和始终追求的姿态,往往会半途而废,从而很难确保最后的成功。(2)诚如傅雷所说,"翻译重在

---

① 敬隐渔. 蕾芒湖畔. 小说月报,1926,17(1):60-63.

② 傅敏. 傅雷主要译著年表//金圣华. 傅雷与他的世界. 北京:生活·读书·新知三联书店,1996:312-313.

③ 法朗士. 李俐特的女儿. 敬隐渔,译. 小说月报,1925,16(1):224-233.

④ 参见:许钧. 作者、译者和读者的共鸣与视界融合. 中国翻译,2002(3):23-27.

实践"①。一流的翻译水平,是在文学翻译活动中,经过实践再实践,才可能达到的。所以,只有经过不懈的努力和长期的磨炼,才可能让文学翻译活动产生翻译文学的结果。

二、永远回响的"江声浩荡"

柳鸣九在《永恒的〈约翰·克利斯朵夫〉》中说,傅雷"以卷帙浩繁、技艺精湛的译品而在中国堪称一两个世纪也难得出现一两位的翻译巨匠,他译的《约翰·克利斯朵夫》是他译述劳绩中的力作之一"②。1951 年 10 月 9 日,傅雷在致宋淇的信中说:"我回头看看过去的译文,自问最能传神的是罗曼·罗兰,第一是同时代,第二是个人气质相近。"他在 1953 年 2 月 7 日致宋淇的信中说:"我最后一本《克利斯朵夫》前天重译完……此书共花了一年多功夫。"③1951 年 9 月,傅雷写了《〈高老头〉重译本序》,之前,他"以三阅月的功夫重译了一遍"《高老头》。所以,重译《约翰·克利斯朵夫》的工作,估计最早也是从 9 月底 10 月初开始的。由此我们又可以这样断定,傅雷"最能传神"的自评,是针对初译本而言的,还不是针对重译本说的。尽管如此,傅雷还是重新修改了这部长河小说。

对于一部 120 万言的鸿篇巨制,翻译中出现错误或不妥之处,也实在难免。更何况傅雷的修改重译,有的确属他自己说的"文法错误",有的则属于高标准严要求下的"行文欠妥"。傅雷对艺术的追求是热情的,正如罗新璋所说:"傅雷可说是以虔诚的心情来译这本书的,'一边译一边感情冲动的很',融进了自己的朝气与生命激情,自己的顽强与精神力量。"④傅雷对艺术的追求也是严肃的,他曾这样说:"由于我热爱文艺,视文艺工作为崇高神圣的事业,不但把损害艺术品看作像歪曲真理一样严重,并且介

---

① 傅雷. 翻译经验点滴//罗新璋. 翻译论集. 北京:商务印书馆,1984:625.
② 柳鸣九. 永恒的《约翰·克利斯朵夫》//罗曼·罗兰. 约翰·克利斯朵夫. 傅雷,译. 北京:中国友谊出版公司,2000:25.
③ 参见:傅敏. 傅雷文集·书信卷. 合肥:安徽文艺出版社,1998:155,159.
④ 罗新璋. 傅译罗曼·罗兰之我见//傅敏. 傅雷译罗曼·罗兰名作集. 郑州:河南人民出版社,1998:代总序 2.

绍一件艺术品不能还它一件艺术品,就觉得不能容忍。"①傅雷一生对艺术的追求还是执着的,他在给傅聪的信中说:"越是对原作体会深刻,越是欣赏原文的美妙,越觉得心长力绌,越觉得译文远远的传达不出原作的神韵,……自然,我并不因此灰心,照样'知其不可为而为之'。"②

重译《约翰·克利斯朵夫》,反映了傅雷"严肃认真的治学态度"③。更重要的是,我们可以从他的修改变化之处,从他前后两个译本的对比中,具体地考察和进一步理解他的翻译思想观和文艺美学观。我们在这里只选出了 4 例原文,4 例中均有 le grondement du fleuve 或 le fleuve gronde,因而彼此关联。但更主要的原因是,这里的 fleuve 指的是莱茵河,它在整个作品中有着特殊的、重要的和丰富的蕴意:在作者眼里,主人公的生命就像这条大河;在译者眼里,这条巨流正是全书的象征。因而可以说,这 4 例原文隐含了这部长河小说的主要精神和韵味,选择这 4 例来对比、探讨傅雷前后两种译文,将一定很有意义。我们也希望这样的研究探讨,能够展示一代翻译巨匠实践过程的冰山一角。

【例 1】原文:Le grondement du fleuve monte derrière la maison.④

初译:江声浩荡,在屋后奔腾。⑤

重译:江声浩荡,自屋后上升。⑥

这是作品开篇的第一句话。两种翻译只是后半句出现差异,主要是"上升"代替了"奔腾"。如果不考虑原文,"奔腾"与"浩荡"的搭配是很协调的,两词都表示一种向前的运动或扩展。那么为何傅雷要舍弃"奔腾"呢?我们先看前半句中"浩荡"一词的选用。以 *Larousse dictionnaire du français contemporain* 为参考,虽然 grondement 被释为:bruit sourd et

① 傅雷. 翻译经验点滴//罗新璋. 翻译论集. 北京:商务印书馆,1984:625.

② 参见:傅敏. 傅雷文集·书信卷. 合肥:安徽文艺出版社,1998:607-608.

③ 金梅. 傅雷传. 长沙:湖南文艺出版社,1997:227.

④ Romain Rolland. *Jean-Christophe*. Paris:Albin Michel,1931:19.

⑤ 罗曼·罗兰. 约翰·克利斯朵夫(第 1 册). 傅雷,译. 上海:骆驼书店,1945:1.

⑥ 参见:傅敏. 傅雷译罗曼·罗兰名作集. 郑州:河南人民出版社,1998:23.

prolongé (沉重连续的声音),但从词典仅举的 4 个例子即:le grondement du canon (隆隆的炮声)、le grondement d'un torrent (洪流滔滔之声)、un grondement de tonnerre (轰隆隆的雷声)和 les grondements menaçants du chien de garde(看门狗凶恶的叫声)①,可以看出,le grondement 一词表达出的声音不只是"沉重连续",还带有一种威慑的力量和逼人的气势。在这样的领悟下,鉴于莱茵河还具有着象征一个勇猛奋斗的英雄主人公的生命这一层蕴意,正如罗曼·罗兰自己说,"我觉得约翰·克利斯朵夫的生命像一条河"②,那么,为了突出作者想要表达的英雄出世惊天动地的效果,傅雷用"浩荡"来译 le grondement,堪称绝妙。但同时,我们也应注意,"浩荡"对译 le grondement,已是原文信息的"足量"传达,如果"浩荡"之后又再"奔腾"起来,一方面,是对 le grondement 的过"度"渲染、过"度"阐释;另一方面,又丢失了原文中 monter(上升,升起)的意思。傅雷在重译中改用 monter 的本义"上升",在笔者看来,这是因为 monter 不仅仅表示莱茵河的声音澎湃而上,还象征着一个英雄人物的横空出世。这么一来,莱茵河发出的生命奏歌,在视觉效果中,就成了既向前方又向上空的运动:"向前方"意味着主人公的生命将随着莱茵河向前奔流而起航;"向上空"意味着世间诞生了一个英雄,升起了一个天才。因此,开篇的场面较之使用"奔腾"更显得壮观磅礴。这也是笔者从原文感受到的艺术效果。傅雷说过:"即使是最优秀的译文,其韵味较之原文仍不免过或不及。翻译时只能尽量缩短这个距离,过则求其勿太过,不及则求其勿过于不及。"③舍弃"奔腾",就是"过则求其勿太过";改用"上升",则是为了贴近原文,缩短译文与原文的距离。

【例 2】原文:Le grondement du fleuve montait plus fort dans le silence,comme un mugissement de bête. ④

---

① Jean Dubois. *Larousse dictionnaire du français contemporain*. Paris:Librairie Larousse,1971:582.

② 参见:傅敏. 傅雷译罗曼·罗兰名作集. 郑州:河南人民出版社,1998:854.

③ 傅雷.《高老头》重译本序//罗新璋. 翻译论集. 北京:商务印书馆,1984:559.

④ Romain Rolland. *Jean-Christophe*. Paris:Albin Michel,1931:26.

初译：浩荡的江声在静寂中益发宏大，有如野兽的叫吼。①

重译：浩荡的江声在静寂中越发宏大，有如野兽的怒吼。②

对比看出两处不同。第一处是"益发"与"越发"，二者本是同义词，区别在于前者偏于文言，后者属于现代白话文。读一读初译句就会发觉，整个句子除"益发"一词外，均用现代白话翻译而成，但因插入了一个似嫌文乎的词，译文的风格显得不统一。白话之中如果没有现成的词语，当然可以在文言中寻找替用，这也是傅雷的主张。傅雷曾经说过，"我们的语言还在成长阶段，没有定型，没有准则"③，所以，"旧小说不可不多读，充实辞汇"④，"为了翻译，仍需熟读旧小说，尤其《红楼梦》"⑤。但是，如果现成的白话中有同样意义的表达，则理当选用，以求译文风格的和谐。《现代汉语词典》里就用"越发"来解释"益发"，而没有反过来作解释，说明"越发"是常用词，更大众化，是地地道道的白话。傅雷在《翻译经验点滴》里说："我们有时需要用文言，但文言在译文中是否水乳交融便是问题；我重译《约翰·克利斯朵夫》的动机，除了改正错误，主要是因为初译本运用文言的方式，使译文的风格驳杂不纯。"⑥显而易见，这段话也解释了傅雷把"益发"改成"越发"的动机。

第二处不同在于"叫吼"与"怒吼"。从原文看，mugissement 只应涉及"吼叫，咆哮"之意，而无"怒"意，"怒"是傅雷自己加进去的。这是译者近水楼台做出的添枝加叶吗？读过《约翰·克利斯朵夫》的人都知道，克利斯朵夫的一生基本是在逆境中英勇奋斗的一生。他和虚伪的社会战斗，和无耻的政治战斗，和腐化的环境战斗，和病态的艺术战斗，和德法民族的恶习战斗，和人类固有的种种劣根性战斗。这些战斗尤其表现在《反

① 罗曼·罗兰. 约翰·克利斯朵夫（第 1 册）. 傅雷，译. 上海：骆驼书店，1945：13-14.

② 傅敏. 傅雷译罗曼·罗兰名作集. 郑州：河南人民出版社，1998：29.

③ 傅雷. 翻译经验点滴//罗新璋. 翻译论集. 北京：商务印书馆，1984：627.

④ 傅雷. 论文学翻译书//罗新璋. 翻译论集. 北京：商务印书馆，1984：695.

⑤ 参见：傅敏. 傅雷文集·书信卷. 合肥：安徽文艺出版社，1998：160.

⑥ 傅雷. 翻译经验点滴//罗新璋. 翻译论集. 北京：商务印书馆，1984：627.

抗》和《节场》两卷中。由于克利斯朵夫具有脱俗的秉性和正直的人格,所以他愤世嫉俗、疾恶如仇,他才会去奋力搏杀一切虚伪、丑陋、邪恶和不道德的东西;由于他有着理想的人类新文明的目标追求和追求这新文明的炽热的激情,他才会怒于法兰西的萎靡不振,怒于那些自甘堕落、自欺欺人的俗民。罗曼・罗兰说,"在我开始想到英雄的时候,贝多芬的形象自然出现在我面前……克利斯朵夫并不是贝多芬",但他是"一个贝多芬式的英雄,……我在本书开始时把他们写得相似,是要说明我的英雄属于贝多芬的家族"。① 也就是说,刚刚诞生的克利斯朵夫是以愤怒的狮子贝多芬为蓝本的。那么,这条象征着主人公生命的莱茵河发出的"怒吼",不正预示着这个未来的天才,将要在这个令人感到窒息的世界里担负起反抗不健全的文明的重任吗? 不正预示着这个未来的英雄,正如罗兰所说,将"横冲直撞的去征讨当时的社会的与艺术的谎言,挥舞着唐・吉诃德式的长矛……去攻击……德法两国的节场"②吗? 傅雷说:"想译一部喜欢的作品要读到四遍五遍,才能把情节、故事记得烂熟,分析彻底,人物历历如在目前,隐藏在字里行间的微言大义也能慢慢琢磨出来。"③"怒"字正是译者经过一遍一遍的阅读,看清了主人公一生战斗的命运,认清了主人公愤世嫉俗的批判意识后,从字里行间琢磨出来的微言大义!

【例 3】原文:Le fleuve gronde. Dans le silence, sa voix monte toute-puissante; elle règne sur les êtres.④

初译:江水汹汹作响。万籁俱寂,它的声音愈益宏大了;它威临着万物。⑤

重译:江声浩荡。万籁俱寂,水声更宏大了;它统驭万物。⑥

初译与重译有三处不同。第一处是"江水汹汹作响"与"江声浩荡"的

---

① 参见:许渊冲. 罗曼・罗兰精选集. 北京:北京燕山出版社,2004:1299.

② 参见:傅敏. 傅雷译罗曼・罗兰名作集. 郑州:河南人民出版社,1998:14.

③ 傅雷. 翻译经验点滴//罗新璋. 翻译论集. 北京:商务印书馆,1984:626.

④ Romain Rolland. *Jean-Christophe*. Paris:Albin Michel,1931:27.

⑤ 罗曼・罗兰. 约翰・克利斯朵夫(第1册). 傅雷,译. 上海:骆驼书店,1945:16.

⑥ 傅敏. 傅雷译罗曼・罗兰名作集. 郑州:河南人民出版社,1998:31.

不同。傅雷译文,向以"行文流畅,用字丰富,色彩变化"为预定目标①。所谓"用字丰富,色彩变化",就是在意义相同、色彩有别的词汇中,灵活地寻求与原文的对应,避免用词的单调、刻板与僵化。全圣华曾举巴尔扎克的《高老头》中前后 9 次出现的 monstre,被傅雷根据上下文灵活地译成"魔王老子、魔王、野兽、人妖、魔鬼哥哥、魔鬼、野兽、恶魔、禽兽"等多种形式为例来说明傅译的"变化多端、姿采纷呈"②。傅雷当初译为"江水汹汹作响",是否出于求"变"的考虑呢? 下面一种解释恐不无一定道理:从词法上看,le fleuve gronde 与上两句中的 le grondement du fleuve 显然不同,前者是名词与动词组成的主谓结构,后者则是名词与名词结合的偏正结构,具体说是定中结构。很可能鉴于原文上的变化,傅译也以变应变,译成了"江水汹汹作响"。不管怎样,它仍然表达了原文的意义。那么,傅雷重译时为何又改为"江声浩荡"呢? 我们在上文已经说过,莱茵河的一个重要蕴意,就在于它是克利斯朵夫生命的象征,它的"浩荡"不仅含有那冲击欧洲社会里的虚伪丑恶、荡涤西方社会的污泥浊水的势不可当,也含有那吸收两岸思想精华、融合西方优秀文化的恢宏博大。此外,恐怕也没有一个读者会否认,《约翰·克利斯朵夫》是一部令人回肠荡气的音乐史诗,一部贝多芬式的交响乐章。罗曼·罗兰按交响乐的四个乐章划分作品,说明这确是一部正如柳鸣九所说的,"以语言文字的艺术传达出音乐天地中的艺术"③的旷世巨著。在作品中,罗曼·罗兰用莱茵河的浩荡之声,宣告了一个天才式的英雄或一个英雄式的天才的出世。而从音乐结构上去看,这个绝非寻常的生命的诞生,自然要随莱茵河的奔流之声再三奏响,一次次地撞击如听众般的读者的感官,来烘托一个隆重盛大的场面。所以,le fleuve gronde 与前两次出现的 le grondement du fleuve 具有同样的蕴意和同样的艺术韵味,它是生命诞生的奏歌又一次的回旋。

---

① 傅雷. 论文学翻译书//罗新璋. 翻译论集. 北京:商务印书馆,1984:694.
② 金圣华. 译注《傅雷家书》的一点体会//傅敏. 傅雷文集·书信卷. 合肥:安徽文艺出版社,1998:660.
③ 柳鸣九. 永恒的《约翰·克利斯朵夫》//罗曼·罗兰. 约翰·克利斯朵夫. 傅雷,译. 北京:中国友谊出版公司,2000:27.

　　既然如此，那为何傅雷后来才改成"江声浩荡"呢？我们说，任何一部有价值的文学作品，都不可能轻而易举地被领悟彻底，更何况对这部规模巨大、气势恢宏、文化蕴意丰富、艺术气息浓郁、激昂着生命活力和奋斗精神的经典名著了。说不尽的《哈姆莱特》，道不完的《红楼梦》，就是这个道理。斯坦纳（George Steiner）曾这样表达过，对于一部文学作品，"要想'解读彻底'，按理也是无止境的"①；而傅雷曾经所说，"年岁经验愈增，对原作体会愈增"②，可以作为最朴实的解释。《约翰·克利斯朵夫》第一册出版于1937年，重译本出版于1952年，间隔15年，怎能没有更深刻的领悟、更准确的把握呢！罗曼·罗兰在1931年写的《新版序》中，谈到作品风格的时候说："如果要使你的思想深入扎根，重复同样的话也是有用的，那就重复吧，深入吧，用不着找别的话了！"③"江声浩荡"就是需要"重复"的非常"有用"、非常"深入"的"同样的话"。④ 值得注意的是，傅雷并不曾读过罗曼·罗兰的这篇新版的序，但他后来还是领悟了作者的用意。

　　第二处不同的第一点在"愈益（宏大）"与"更（宏大）"之间。《现代汉语词典》第7版第1606页中解释"愈益"时用了"愈加"，而解释"愈加"时则用了"越发"，说明"愈益"在三者中与现代白话距离最远，已基本脱离大众语言。它比第二个例子中的初译"益发"更显得文言化，当然也是译者针对"益发"做出的选择。1952年，傅雷重译《约翰·克利斯朵夫》期间，曾致信黄宾虹说："以前旧译细检之下，均嫌文字生硬，风格未尽浑成。目前正从事校勘重译之法国文学巨著共有百余万字。"⑤所谓"风格未尽浑成"就是前面引用他在《翻译经验点滴》中所说的初译本"风格驳杂不纯"，就

----

① George Steiner. *Après Babel*：*Une poétique du dire et de la traduction*. Paris：Editions Albin Michel，1998：38.
② 傅雷. 论文学翻译书//罗新璋. 翻译论集. 北京：北京商务印书馆，1984：694.
③ 参见：许渊冲. 罗曼·罗兰精选集. 北京：北京燕山出版社，2004：1300.
④ 罗曼·罗兰的《新版序》写于1931年复活节，傅雷使用的原本是Paris, Librairie Ollendorff，1926年的版本。参见：傅敏. 傅雷译罗曼·罗兰名作集. 郑州：河南人民出版社，1998：2；Romain Rolland. *Jean-Christophe*. Paris：Albin Michel，1931：Introduction 15.
⑤ 参见：傅敏. 傅雷文集·书信卷. 合肥：安徽文艺出版社，1998：133.

是文言的运用与译文整体没有"水乳交融"。想必鉴于这种考虑,傅雷在重译时便把"愈益"换作了"更",使整个句式更符合现代白话的表述。第二处不同的第二点是,初译中"它的声音(愈益宏大了)"在重译中变成了"水声(更宏大了)"。这一改动看似平平淡淡,似乎改与不改差别不大,这实在不是有一点翻译实践经验的人都能意识到的。只有对西语和汉语各自的书写方式有过比较研究的人才能看出二者的差别;只有在翻译实践中下过功夫的人才能做出这种修改。这种差别就在于,"它的声音"是外文式的中文,因为它受西语语法的影响。法语作品中表示所属的主有形容词的常见性,就像英语作品中表示所有格的代词常见一样。而"水声(更宏大了)"则是"纯粹之中文"的表达方式。汉语行文中,尤其在所有者为物之时,很少使用表示所属的代词,有时宁愿重复名词也要避免代词的出现。从这个小地方,我们也能看出傅雷确是以"纯粹之中文"要求自己的译作的。

第三处不同表现在"威临"与"统驭"两词上面。我们辨别一下二者的区别:"威临"表示一种强于对方的气势和力量,双方是强与弱的关系;"统驭"是对对方的统治驾驭,双方是统治与被统治的关系。也就是说,强与弱的关系不一定就是统治与被统治的关系。按 2001 年出版的 *Le Petit Robert* 词典解:régner 的主语为"物"时,一般强调主语的强势地位和影响力;主语为"人"时,可指大到一国之"统治",小到一家之"主宰"。这么看来,初步分析,"威临"比"统驭"更符合词典上的解释,因为它的主语是 voix(声音),不指"人"。然而,我们已经知道,滚滚流动的莱茵河具有象征主人公生命的特殊意义,所以,对动词 régner 的翻译,就不能机械地按照词典上的划分。傅雷改用"统驭",想来因为,刚刚诞生的主人公将是一位气吞山河的英雄,一位敢于单枪匹马地挑战神明、挑战社会,勇猛顽强地迎战世上一切虚伪丑恶的英雄。英雄不仅要用浩然正气"威临"丑恶,还应该用正义之"力"来"制服"丑恶,彻底打败丑恶。也许有人会说,罗兰对"英雄"的定义不是这样的,他曾说:"我称为英雄的,并非以思想或强力称雄的人;而只是靠心灵而伟大的人。"是的,没错。罗曼·罗兰在这里指认贝多芬为英雄,主要强调贝多芬的两个方面:一是他的心善,就像贝多芬自己所说:"除了仁慈以外,我不承认还有什么优越底标记。"①只有心地善良的人,才能把一生遭受的精神与肉体的种种苦难,化作一首首激发生命活力的感人乐章。二是他基于对人类的泛爱才拥有的像蓝天大海一样阔大的心胸,尤其晚年的贝多芬,以云水襟怀奏出了融合爱与恨、天下为一家的《欢乐颂》。然而也很显然,贝多芬后来的"隐忍"(傅雷语)不是没有经过与命运的肉搏的,贝多芬后来的超脱不是没有经过劫难中的奋斗的。说他是"靠心灵而伟大"的英雄,并不排除他曾经掊击世俗、权贵与黑暗时的英勇无畏。克利斯朵夫在这一点上,可以说就是贝多芬的化身。而且随着年龄的增长,他也像贝多芬一样,心情渐渐趋于平静,敞开了博大的胸怀,进入了澄明高远的境界。罗兰说,他也由衷地希望通过对约翰·克利斯朵夫这个英雄人物的描写,"使大家心中都有一股生与爱的欢乐,使大家能不顾一切地去生活、去爱!"但是试想一下,少年时期的克利斯朵夫难道不是一个无所畏惧,甚至不免过激地"反抗"一切没有被他认定为真理之物的壮士?不是一个如傅雷所说的毫不妥协地"反抗虚伪的社会,排斥病态的艺术"②的勇猛的斗士?不是一个敢于摧枯拉朽,把一切不道德非文明的东西征服在脚下的英雄?所以,傅雷改选"统驭",完全符合罗曼·罗兰塑造的英雄人物早期个性的成长。罗兰在小说开卷《黎明》中,描写的那个刚刚开始满地跑的小克利斯朵夫,正是一个小小的"统驭者"的形象:"随时随地有的是材料。单凭一块木头或是在篱笆上断下来的树枝,就能玩出多少花样!那真是根神仙棒。要是又直又长的话,它便是一根矛或一把剑;随手一挥就能变出一队人马。克利斯朵夫是将军,他以身作则,跑在前面……要是那根棒很小,克利斯朵夫就做乐队指挥……"③傅雷说过,译文"要求传神达意,铢两悉称,自非死抓字典,按照原文句法拼凑堆砌所能济事"④。"统驭"代替了"威临",十分符合小克利斯朵夫的形象,惟妙惟肖地传达出了小英雄的"神气",的确不是"死抓字典"所能获得

① 参见:傅雷. 傅译传记五种. 北京:生活·读书·新知三联书店,1996:122.
② 参见:傅敏. 傅雷译罗曼·罗兰名作集. 郑州:河南人民出版社,1998:15;1457.
③ 参见:傅敏. 傅雷译罗曼·罗兰名作集. 郑州:河南人民出版社,1998:35.
④ 傅雷.《高老头》重译本序//罗新璋. 翻译论集. 北京:商务印书馆,1984:558.

的"神韵"。

【例 4】原文：Le grondement du fleuve monte derrière la maison... Christophe se retrouve accoudé, à la fenêtre de l'escalier. Toute sa vie coulait sous ses yeux, comme le Rhin.①

初译：江声浩荡，在屋后奔腾……克利斯朵夫看见自己肘子靠在楼梯底窗槛上。他整个的生涯在他眼前流着，有如莱茵。②

重译：江声浩荡，自屋后上升……克利斯朵夫看到自己肘子靠在楼梯旁边的窗槛上。他整个的生涯像莱茵河一般在眼前流着。③

前面 3 例的原文均出自第一卷《黎明》，此处原文出自最后一卷《复旦》，接近作品尾声。原文分三句，第一句的初译与重译已在前面做了分析，且看第二句初译与重译的不同。第一处是"看见"与"看到"的不同。两词的意义完全相同，区别似乎仅在于"看到"比"看见"更口语化，当然，我国幅员辽阔，各地口语对两词的使用可能有不同的偏向。但傅雷改用"看到"，想必在他眼里，"看到"是更符合他的整个行文风格的，尤其朗读起来更易上口。如果这里的差别还是非常细微的话，那么，第二处，"楼梯底窗槛"和"楼梯旁边的窗槛"两种译法，风格就明显地区分开来了。"底"是早期作品中一般用来表示所有格的结构助词，用于定语和中心词之间的领属关系，在后来的文学作品中，已销声匿迹。正如上文已经说明，傅雷重译《约翰·克利斯朵夫》的一个主要原因，就是因为初译按罗新璋先生所说"文白驳杂"④。与今日之"的"相比，"底"字就是文言了。所以，去掉"底"字是为了更好地统一译文的风格。而为了便于读者领会，傅雷还在前面加了"旁边"二字，译成了"楼梯旁边的窗槛"。不过，"槛"字多用于门，如"门槛"，对于窗子，似更应使用"窗沿"。这一情况的出现，恐怕就

① Romain Rolland. *Jean-Christophe*. Paris：Albin Michel，1931：483.
② 罗曼·罗兰. 约翰·克利斯朵夫（第 4 册）. 傅雷，译. 上海：骆驼书店，1946：2345.
③ 傅敏. 傅雷译罗曼·罗兰名作集. 郑州：河南人民出版社，1998：1453.
④ 参见：傅敏. 傅雷译罗曼·罗兰名作集. 郑州：河南人民出版社，1998：6.

是傅雷所说的当时的白话语言还在成长阶段没有定型的缘故吧。

第3句的初译"他整个的生涯在他眼前流着,有如莱茵",从汉语语法分析,应为病句。因为一个人是不可能看到自己的生涯在自己的眼前流动的。一个人的生涯可以被他人所察看,可以被自己回想,但不可能被他自己亲眼看见。也就是说,人作为一个实体,按书中的情形,不是处于观察者之位,就是处于被观察之位,但不可能身兼两位(这里强调书中的情形,是要排除某些可能的反驳,如借镜自我观照,或当代先锋小说的某些描写手法)。尽管病句后面很快补了一句"有如莱茵",但感觉如同马后炮,为时已晚,先造成一个病句,而后再来修补一番。分析原因,恐怕是不经意地受了原文句法的影响。大凡搞过翻译实践的人,都会出现这样的情况,自己觉得自己的译文已经表达出了那个意思,其实有的时候,他是用对原文的理解来看待自己的译文的,他是通过已经理解的原文判定自己的译文可以明白的。然而,傅雷还是意识到了这样的问题,意识到了两国文字之间的"句法构造的不同,文法与习惯的不同,修辞格律的不同……表现方法的不同"①等差异。他在1951年致宋淇的信中说道:"《克利斯朵夫》原译,已发觉有几处文法错误。至于行文欠妥之处,比《高老头》有过之无不及。"②其实,一部120万言的翻译小说,说其中的"文法错误"也好,说其中的"行文欠妥"也好,就傅雷的译文质量来说,必是瑕不掩瑜的。至于"行文欠妥之处,比《高老头》有过之无不及",即便果真如此,也无可惊讶,因为《高老头》不过20万字,相当于《约翰·克利斯朵夫》的六分之一。而从这句话中,笔者更想说明的是,傅雷是个非常求"真"的人,最讲"认真"的人,对自己的要求一向很高,所以,他才能看到自己的不足,他才要精益求精。只有"把损害艺术品看作像歪曲真理一样严重"的人,才有着永不满足、追求完美的进取精神。于是,修改后的译文"他整个的生涯像莱茵河一般在眼前流着",便具有了"纯粹之中文"的表达方式。稍微留神的读者,也能同时发现,初译中"他眼前"的"他"字,正像上面例3

---

① 傅雷.《高老头》重译本序//罗新璋.翻译论集.北京:商务印书馆,1984:558.
② 参见:傅敏.傅雷文集·书信卷.合肥:安徽文艺出版社,1998:157.

中"它的声音"的"它"一样,被"纯粹之中文"的叙述方式荡涤。

　　我们在上文对《约翰·克利斯朵夫》中 4 例原文的初译和重译进行了对比。通过对比,我们不仅明白了傅雷重译《约翰·克利斯朵夫》的主要原因,而且更重要的是,我们也具体地领会了傅雷的翻译思想观。我们只是从傅雷的初译与重译不同的地方加以考察和阐释的。诚然,傅雷修改之后与初译不同的地方反映了他的翻译观,而修改之后仍然保持不变的地方同样可以揭示他的翻译观。我们已经注意到了,初译中的"江声浩荡"在重译中被保留下来,甚至第 3 例中的"江水汹汹作响"也改译成了"江声浩荡"。这究竟可以揭示出傅雷什么样的翻译观呢? 在正面回答这个问题之前,我们还是换个角度,先来回答另一个问题:为什么"江声浩荡"依旧不变?

　　我们已经知道,奔涌向前的莱茵河象征着主人公克利斯朵夫的生命。罗曼·罗兰说,他"创造了一个人。一个人的生命绝不能受一种文学形式的限制",因此,说他的作品是"一部小说"也好,"一首诗"也好,都不适宜。当作者"把克利斯朵夫的全部行程认清楚了",他"觉得约翰·克利斯朵夫的生命像一条河",它流动不息,即使"表面上的静止"也藏着"湍急的激流"和"猛烈的气势"。① 这个象征意义是作者借莱茵河明显要表达的主要的蕴意,但这一主要的蕴意并不是莱茵河唯一的蕴意。罗曼·罗兰在《卷十初版序》中说,他写下了他们那一代过去的历史,这段历史包含了他们"为了重新缔造一个世界、一种道德、一种美学、一种信仰、一个新的人类"而做出的"英勇的努力"。② 如何重新缔造这个理想的新文明呢? 那就是要借这条长江大河,在"向汪洋大海进发"的行程中,"吸收两岸思想"③,串联、融合法德两国的优秀文化。罗曼·罗兰用克利斯朵夫和奥里维分别作为德、法两国的化身,正说明了作者的这个创作意图,希望由此再生西

---

① 参见:傅敏. 傅雷译罗曼·罗兰名作集. 郑州:河南人民出版社,1998:854.

② 参见:傅敏. 傅雷译罗曼·罗兰名作集. 郑州:河南人民出版社,1998:1299.

③ "吸收两岸思想"根据罗曼·罗兰写的《卷七初版序》中的 absorbant les pensées de l'une et de l'autre rives,按这里的上下文翻译,故不同于后文中的傅译。

方新的文化和理想的文明。这应当是莱茵河具有的第二层蕴意。罗曼·罗兰在 1887 年曾就自己艺术上的困惑给托尔斯泰写信,很快得到了托尔斯泰长达 38 页的回信。托尔斯泰"热爱人类"的思想对罗兰的一生产生了重要的影响,自然地对他在 3 年后开始的《约翰·克利斯朵夫》的酝酿和构思有更多理念上的引导,完全可以说,"热爱人类"已经成为罗曼·罗兰的一种自觉的意识和坚定的追求。罗曼·罗兰在 1931 年写的《新版序》中,就吟出了贝多芬《第九交响曲》中《欢乐颂》里借用的席勒的诗句:"拥抱吧,千万的生灵! 把爱吻洒向全世界!"①我们认为,以莱茵河为纽带,来团结和包容共饮一江水的两岸各国人民,实现"人类之间的和谐共处"②,符合罗曼·罗兰一贯的思想主张。所以说,这应当是莱茵河具有的第三层蕴意。罗曼·罗兰在 1912 年写的《卷十初版序》中还说:"……你们这些生在今日的人,你们这些青年,现在要轮到你们了! 踏在我们的身体上面向前罢。……生命是连续不断的死亡和复活。克利斯朵夫,咱们一齐死去预备再生吧!"③显然,作者是在告诉我们,要缔造一个新的理想的文明世界,靠一个克利斯朵夫是不行的,靠一代克利斯朵夫式的英雄也是不行的,而是要靠一代又一代像克利斯朵夫这样英雄的、自由的儿女。这就是所谓的"连续不断"。罗曼·罗兰在 1931 年的《新版序》里又写道,"《约翰·克利斯朵夫》的结尾并不是结束,而是一个阶段。《约翰·克利斯朵夫》是不会结束的。甚至他的死亡也不过是节奏中的一个片刻,永恒的生命气息中的一个休止符而已"④。的确,个人生命的终结充其量不过是人类"连续不断"的生命长河中的一个休止符。人类的生命是一个又一个的个体生命或一代又一代的群体生命的接续。从这一点看,奔流不息的莱茵河不正象征着那生生不息的人类的生命长河吗? 不正象征着一代又一代的优秀儿女后浪推前浪似地英勇奋斗,如罗兰所说,"向我们大家

① Romain Rolland. *Jean-Christophe*. Paris：Albin Michel，1931：Introduction 15.
② 原文为 l'unité des hommes entre eux，出自：Romain Rolland. *Jean-Christophe*. Paris：Albin Michel，1931：Introduction 15.
③ 参见：傅敏. 傅雷译罗曼·罗兰名作集. 郑州：河南人民出版社,1998；1299.
④ 参见：许渊冲. 罗曼·罗兰精选集. 北京：北京燕山出版社,2004；1302.

的归宿的地方进发"①吗？这样的考虑应当是莱茵河所具有的第四层蕴意。

　　既然莱茵河在作品中具有上述四层蕴意，那么莱茵河发出的声音就不是无足轻重、可以听而不闻的了，而是一种特殊的、重要的、意味深长的声音了。对此，罗曼·罗兰本人是有着清醒的创作意识的。为了突出这绝非平常、绝非平淡的江声，他在小说开篇写下的第一句，便是这具有震撼力的大江之声，继而不久两次加以重复。也正因为莱茵河具有这丰富的蕴意，莱茵之声的重复才有必要。这种重复一方面是建立在罗兰文学创作的美学原则上的，如在上文所引述的，"如果要使你的思想深入扎根，重复同样的话也是有用的，那就重复吧，深入吧，用不着找别的话了"。另一方面，也是建立在交响音乐的审美结构上的，罗曼·罗兰从小就受音乐浸淫，在音乐方面天赋很高，也有过深入研究，曾一度以教授音乐史为职业。早在 1890 年 8 月 10 日致梅森葆(Malwida von Maysenburg)女士的信中，他就说出自己正在"筹划""一种音乐性的小说"，其结构"正如一阕交响乐"。② 莱茵河的四层蕴意构成了作品的主要精神，因而莱茵之声便是作品主要精神的奏鸣，便是作品的音乐主旋律。(其中既有主部主题的蕴意，也有副部主题的蕴意。克利斯朵夫作为作品的主人公，他的命运就是作品的主部主题，其他三层蕴意构成了副部主题。)为了烘染一个英雄的诞生，为了突显莱茵河的特殊蕴意，小说开门见山，奏响了作品的音乐主题，经过"呈示"和"发展"，最后又"再现"了莱茵之声。作者如此精心安排，按交响乐的结构布局莱茵之声，恰恰说明了莱茵之声确实蕴意丰富而又重要，确实构成了这部音乐作品的主旋律。

　　现在，我们再来看一看，傅雷翻译的"江声浩荡"是否传达了莱茵河那四层蕴意呢？正如罗曼·罗兰所说，克利斯朵夫既然是一个"知道英勇的

① 　参见：傅敏. 傅雷译罗曼·罗兰名作集. 郑州：河南人民出版社，1998：855.
② 　罗曼·罗兰. 罗曼·罗兰文钞. 孙梁，辑译. 上海：上海译文出版社，1985：298-299. 梅森葆即 1958 年版《罗曼·罗兰文钞(续编)》中的梅琛葆。

受难和战斗便是他的命运"①的人,"一个要由'毕生超人的奋斗和努力去征服他底苦痛,完成他底工作'的人"②,唯有像浩浩荡荡的莱茵河,在奔向大海的航程中百折不回、势不可当,才能踏碎面临的种种困苦,征服遇到的重重艰险,超越向前,任生命的波涛怎样起伏颠簸,依然扬起远航的风帆,意气浩荡,"在敌意汹涌澎湃的海洋中……坚定地冲向万顷波涛"③。可以说,"江声浩荡"传达出了莱茵河的第一层蕴意。

罗曼·罗兰在1909年写的《卷七初版序》中说:"那时……我要呼吸,我要反抗一种不健全的文明,反抗被一般僭称的优秀阶级毒害的思想,我想对那个优秀阶级说:'你撒谎,你并不代表法兰西……。等到这条河……把两岸的思想吸收了以后,它将继续它的行程。'"④他在1931年写的《新版序》中又说:"我认为在《约翰·克利斯朵夫》中该做的事,是在法国精神和社会瓦解的时代,唤醒在灰烬下沉睡的心灵之火……我需要这个观象台——两只不受拘束的眼睛——来观察,来判断今天的欧洲。"⑤抽出上述的关键词,可以看出,作者有着这样的创作动机:吸收莱茵河两岸优秀的思想,重振法国精神,重建不仅代表法兰西而且代表欧洲的一种新的健全的文明。傅雷对作者的这个"伟大的方案"有着深刻的领会:"以德意志的力救济法兰西的萎靡,以法兰西的自由救济德意志的柔顺服从,……拉丁文化太衰老,日耳曼文化太粗犷,但是两者汇合融和之下,倒能产生一个理想的新文明。"⑥百川所汇,方有长江大河之浩荡,同样,西方优秀文化思想的汇集聚合,方能形成一支浩浩荡荡的精神巨流,从中发轫欧洲理想的新文明。从这样的分析看,"江声浩荡"也传达出了莱茵河的第二层蕴意。

罗曼·罗兰在1893年就曾写道:"永远描绘人类的和谐共处,不管其

---

① 参见:傅敏. 傅雷译罗曼·罗兰名作集. 郑州:河南人民出版社,1998:14.
② 参见:梁宗岱. 梁宗岱文集(第 II 册). 北京:中央编译出版社,2003:371.
③ 参见:许渊冲. 罗曼·罗兰精选集. 北京:北京燕山出版社,2004:1295-1296.
④ 参见:傅敏. 傅雷译罗曼·罗兰名作集. 郑州:河南人民出版社,1998:854-855.
⑤ 参见:许渊冲. 罗曼·罗兰精选集. 北京:北京燕山出版社,2004:1298.
⑥ 参见:傅敏. 傅雷译罗曼·罗兰名作集. 郑州:河南人民出版社,1998:9.

表现形式有多种。这应是艺术和科学的首要目的,也正是《约翰·克利斯朵夫》的写作目的。"①"人类的和谐共处"是罗兰的信仰,而且是他确认为真理的信仰。② 关于"这本不是不朽的书",他也曾发出这样的呼声:"兄弟们,相互亲近吧,……我们惟一持久的幸福是互相了解,以便达到互爱的目的:智慧和爱,这是在我们生前和死后的两个无底深渊之间,能淹没黑夜的惟一光明。"③罗曼·罗兰以贝多芬为蓝本来塑造克利斯朵夫,不仅因为他"具有创造的天才",还因为他"具有泛爱人类的心胸"。④ 长江大河正因为它的宽宏,才有大量的包容,因而才显出浩荡的气势,而唯有胸襟像长江大河那样宽宏的人,方能有浩荡的情怀,方能在心中培育出泛爱人类的情感。这一点尤其表现在作品的尾部,闯荡了一世的老约翰·克利斯朵夫,心境像晚年的贝多芬一样,变得超然,仿佛莱茵河已流经千里,就要归入大海怀抱的时候,"在自然的平静中,熔化了热情和仇恨"⑤。傅雷说:"以广博浩瀚的境界,兼收并蓄的内容而论,它(《约翰·克利斯朵夫》)的确像长江大河。"⑥那么,有"广博浩瀚的境界",怎能无"浩荡"之气魄?"广博浩瀚的境界"与"浩荡"也是互为因果的。所以我们完全有理由认为,"江声浩荡"也涵盖了莱茵河的第三层蕴意。

克利斯朵夫临终前说:"有一天,我将为了新的战斗而再生。"⑦罗曼·罗兰在 1931 年的《新版序》中说:《约翰·克利斯朵夫》永远是新生一代的战友。他死了一百次还会复活,他永远战斗,一直是'全世界英勇斗争,受苦受难取得胜利的自由男女'的兄弟。"⑧这不仅表明克利斯朵夫的精神永远活在新一代青年中,换句话说,在新一代青年中永远有克利斯朵夫式的英雄,也表明了只有一代又一代这样英雄的、自由的儿女,像克利斯朵

①　Romain Rolland. *Jean-Christophe*. Paris:Albin Michel,1931:Introduction 12.
②　参见:许渊冲. 罗曼·罗兰精选集. 北京:北京燕山出版社,2004:1298-1299.
③　参见:许渊冲. 罗曼·罗兰精选集. 北京:北京燕山出版社,2004:1296.
④　参见:许渊冲. 罗曼·罗兰精选集. 北京:北京燕山出版社,2004:1299.
⑤　Romain Rolland. *Jean-Christophe*. Paris:Albin Michel,1931:Introduction 15.
⑥　参见:傅敏. 傅雷译罗曼·罗兰名作集. 郑州:河南人民出版社,1998:1457.
⑦　参见:傅敏. 傅雷译罗曼·罗兰名作集. 郑州:河南人民出版社,1998:1454.
⑧　参见:许渊冲. 罗曼·罗兰精选集. 北京:北京燕山出版社,2004:1302.

夫的灵魂复活肉体再生那样去努力、去奋斗,才能实现人类的和谐共处。这也就等于说,如果希望"重新缔造"一个理想的文明世界,那就要靠一代又一代像克利斯朵夫这样不畏艰苦的勇士组成的继往开来的浩浩荡荡的大军!如此看来,"江声浩荡"怎能传达不出莱茵河的第四层蕴意呢?

从上面的分析可以看出,"江声浩荡"涵盖了莱茵河的四层蕴意,因而也传达出了这部恢宏巨著的主要精神。"江声浩荡"译句的重复,就是这部音乐作品的主旋律在重复、回旋、再现。尤其是傅雷把第 3 句初译"江水汹汹作响"改成"江声浩荡"后,作品的音乐效果更显浑成。勒代雷(Marianne Lederer)说:"意义是纸面呈现的语言表达和阅读活动所调动的知识在大脑中的相会。"①可以说,罗曼·罗兰的原句 le grondement du fleuve / le fleuve gronde 是纸面呈现的语言表达;傅雷翻译的"江声浩荡",是他用调动起来的自己的认知与源语语言表达的配对,而从效果看,译者的再现与作者之意乃至其"所欲之言(vouloir dire)"完全对应、吻合。傅雷早在 1937 年《约翰·克利斯朵夫》第一册出版时写的《译者献辞》中,就说这部作品"是贝多芬式的一阕大交响乐"。从交响乐的角度看,似乎可以说,"江声浩荡"传达出了那波澜起伏、令人心潮澎湃的乐思,传达出了那融合欧洲文明的美妙的和声。"江声浩荡"一句的翻译,是傅雷深厚的文学功力和高超的艺术修养在其火热的激情下的绝妙融合。

或许有人指出,这里的"浩荡"主要指的不是"江"而是"声"。从语法上看,确实是的。不过,我们要知道,一条小河或溪流只能发出涓涓之声、汩汩之声、淙淙之声或潺潺之声等,绝不可能发出"浩荡"之声,只有那具有浩荡气势的长江大河方能发出"浩荡"之声,因此,在说"江声浩荡"的时候,读者自然会联想到水势浩大、一泻千里的长江大河的意象。这也是因为,"浩荡"一词通常就给人以视觉上的想象。我们可以从《现代汉语词典》所举之例来证明这一看法:除"江水浩荡"外,《词典》还举出了"烟波浩荡"和"春风浩荡",就给人"千里烟波"和"春风十里"的视觉想象。那么说

---

① Danica Seleskovitch, Marianne Lederer. *Interpréter pour traduire*. Paris: Didier Erudition, 1984: 22.

来,是否又要认为译者用词不当呢?恰恰相反,因为正是这种不"死抓字典"的选词用字,才能传达这部作品独一无二的艺术特色:音乐性。这是一部"音乐小说",译者当然要考虑到它的音乐性。"江声浩荡",听来不但音节铿锵,而且音律和谐。傅雷借表达视觉感受的辞藻,来表达听觉上的感受,不但没有造成读者感觉上的别扭,而且,在没有减少视觉想象的同时,最大限度地彰显了它的音乐效果,最终给读者带来了融视觉与听觉浑然于一体的、完全符合这部作品创作特色的艺术享受。傅雷所说的,"文艺翻译与创作恐皆难以'标准语法'相绳"①,"规范化是文艺的大敌"②,皆可作为翻译"江声浩荡"的美学指导原则。

　　现在可以看出,"江声浩荡"确是神来之笔!所谓"神来",是翻译主体对翻译客体的出神入化。它需要翻译主体"以艺术修养为根本",并对翻译客体有"深入的理解"。傅雷说过,译事"要以艺术修养为根本,无敏感之心灵,无热烈之同情,无适当之鉴赏能力,……势难彻底理解原作"③。对于《约翰·克利斯朵夫》这部"发散出艺术圣殿气息"④的作品,艺术修养尤为重要。傅雷还说过:"译者不深刻的理解、体会和感受原作,决不可能叫读者理解、体会和感受。"⑤当他在《译者弁言》中写下"第一卷第一页第一句便是极富于音乐意味的、包藏无限生机的'江声浩荡'"时,这两个定语绝不是他随随便便放上去的,而一定是他深刻的理解和领悟后得来的体会。"极富于音乐意味",是因为"江声浩荡"恰似交响乐中的主旋律;"包藏无限生机"则涵盖了莱茵河那四层蕴意,又不只那四层蕴意!正因为傅雷有着高超的艺术修养和深切的理解领悟,他才能在还原作品的创作过程中与作者神通共鸣,"亦步亦趋地跟在伟大的作家后面,把他的心

①　参见:傅敏.傅雷文集·书信卷.合肥:安徽文艺出版社,1998:222.
②　傅雷.翻译经验点滴//罗新璋.翻译论集.北京:商务印书馆,1984:627.
③　傅雷.论文学翻译书//罗新璋.翻译论集.北京:商务印书馆,1984:695.
④　柳鸣九.永恒的《约翰·克利斯朵夫》//罗曼·罗兰.约翰·克利斯朵夫.傅雷,译.北京:中国友谊出版公司,2000:27.
⑤　傅雷.翻译经验点滴//罗新璋.翻译论集.北京:商务印书馆,1984:626.

曲诉说给读者听"①,译出了这句让读者感受深刻的传神之笔。

神来之笔和传神之笔,二者都是对傅雷译笔的赞美。所不同的是,前者更突出译者的主体意识,后者更强调译笔本身的精彩。从上文分析可以看出,对"江声浩荡"做出这样的评价是恰如其分的。而对我们来说更为重要的是,从"神来之笔"和"传神之笔"这样的评价出发,我们又有了新的视线。

傅雷曾两次明确提出"神似"的翻译主张,一次在《〈高老头〉重译本序》中:"以效果而论,翻译应当像临画一样,所求的不在形似而在神似。"②另一次是在致罗新璋的信中:"愚对译事看法实甚简单:重神似不重形似……"③值得注意的是,《〈高老头〉重译本序》写于1951年9月,而在同年10月致宋淇的信中就说:"我回头看看过去的译文,自问最能传神的是罗曼·罗兰。"我们可以这样理解,傅雷的1951年9月之说反映了他对翻译实践活动的认识程度,是他对翻译经验的提升,把"神似"当作了翻译活动理想的标准;而他的1951年10月之说是谈自己对翻译实践活动的满意程度,是用这样的标准来检验自己过去的翻译实践。虽然傅雷没有举一个具体的例子让我们后人欣赏,但我们可以顺其言说,在《约翰·克利斯朵夫》中来寻找。于是自然而然地,我们便想到了"江声浩荡"这一精彩的翻译。基于上文所做的分析,我们发现,"江声浩荡"正是傅雷"神似观"的绝好体现,这就是我们的新视线。因为"江声浩荡"传达出了莱茵河的四层蕴意,就等于传达出了作品的主要精神!傅雷曾在《译者弁言》中这样理解,"莱茵这条横贯欧洲的巨流是全书的象征";在重译本介绍中又说,"《约翰·克利斯朵夫》……的确像长江大河,而且在象征近代西方文化的意味上,尤其像那条横贯欧洲的莱茵"④。他的两次解说让我们看出,他并没有把莱茵河仅仅看作主人公生命的象征,而想必是领悟到了莱茵河的多重蕴意和它所代表的作品的主要精神。以上是说"江声浩荡"的

---

① 傅雷.翻译经验点滴//罗新璋.翻译论集.北京:商务印书馆,1984:628.
② 傅雷.《高老头》重译本序//罗新璋.翻译论集.北京:商务印书馆,1984:558.
③ 傅雷.论文学翻译书//罗新璋.翻译论集.北京:商务印书馆,1984:694.
④ 参见:傅敏.傅雷译罗曼·罗兰名作集.郑州:河南人民出版社,1998:10:1457.

"在神似"或"重神似"的方面。至于"江声浩荡"的"不在形似"或"不重形似"方面,我们也可以做如下分析。比如原文 Le grondement du fleuve monte derrière la maison 仅一句话,而译文则用逗号间隔成两个小句。别小看这个逗号,倘若删去,译文合成了一个整句,那么,体现着原作精神的主旋律"江声浩荡"就淡然不显了,给读者的音乐感受就会变得微弱,达不到强烈冲击感官的效果了。因为没有了停顿,读者几乎就没有充分的时间想象长江大河那"浩浩荡荡"的意象,因而,作品恢宏的气势在这一整句里也会变得萎缩:不但这个句子的神韵没有点明,整个作品的神韵也得不到张扬。所以,傅雷这一逗号点得必要!点得绝妙!傅雷说过:"对原作下过苦功之后……只问效果,不拘形式。原文风格之保持,决非句法结构之抄袭。"①此之谓矣!

不过,有人可能认为,傅雷的"重神似不重形似",主要是针对原文的复杂语言形式而言的,旨在告诫实践者不要受原文语言的羁绊,要突破原文特有的句法构造,达其意,传其神。这是正确的理解。然而,若用这种理解看待傅雷的"神似观",虽也正确,但不免有失片面了。因为 le grondement du fleuve 或 le fleuve gronde 虽是简单的句型,却已无可争辩地蕴含着、凝练着、张扬着作品的主要精神,呈示着、发展着、再现着作品的音乐主题。我们不可能否认这个简单句所"包藏的无限生机",而且,传达这个简单句所"包藏的无限生机"肯定是非常必要的。那么,如何理解傅雷的"神似观"呢?

傅雷在 1951 年 4 月 15 日致宋淇的信中说道:"谈到翻译,我觉得最难应付的倒是原文中最简单最明白而最短的句子。例如 Elle est charmante = She is charming,读一二个月英法文的人都懂,可是译成中文,要传达原文的语气,使中文里也有同样的情调、气氛,在我简直办不到。而往往这一类的句子,对原文上下文极有关系,传达不出这一点,上下文的神气全走掉了,明明是一杯新龙井,清新隽永,译出来变了一杯淡而无味的清

---

① 参见:傅敏. 傅雷文集·书信卷. 合肥:安徽文艺出版社,1998:156.

水。甚至要显出 She is charming 那种简单活泼的情调都不行。"①放到 le grondement du fleuve 或 le fleuve gronde 上面看,用"江声浩荡"来对译,既传达出了原作的"神气",即莱茵河那四层蕴意构成的作品的主要精神;也传达出了原作的"情调",即统率整个这部交响曲的音乐主题。这就清楚地表明,在傅雷看来,复杂句要传神,简单句也要注意传神,因为简单句里也有"神气"。复杂的句型,抓住了它的精神灵魂,即可称为"神似";简单的句型,若抓住了它的精神灵魂,亦谓之"神似"。这应是较为全面的傅雷的"神似观"。从这样的认识来看,"江声浩荡"应当是傅雷"神似观"的精彩体现。

"江声浩荡"不仅体现了傅雷的"神似观",也符合傅雷对译事的其他要求。傅雷在致罗新璋的信函中说了他对译事的四点看法:"重神似不重形似;译文必须为纯粹之中文,无生硬拗口之病;又须能朗朗上口,求音节和谐;至节奏与 tempo,当然以原作为依归。"②关于第一点要求,已不用再赘言分析。对于第二点要求,我们说,"江声浩荡"就是"纯粹之中文",因为它用的是传统汉语的四字结构。而重要的是,从效果看,这一句是汉译中四字结构运用得精彩而又传神的一个范例!关于第三点"朗朗上口"和"音节和谐",只要我们念一念,就会感到"江声浩荡"清晰响亮,确实表达了这部作品洪亮的音乐主题;平平仄仄的音律自然而又匀称。关于第四点,傅雷曾在审阅罗曼·罗兰的短篇散文《鼠笼》的译文时说,译者"原来文字修养很好,但译的经验太少,根本体会不到原作的风格、节奏。原文中的短句子,和一个一个的形容词,都译成长句,拼在一起,那就走了样,失了原文的神韵"③。引这段文字是要说明,傅雷是注意到罗兰作品的节奏的,他译的"江声浩荡,自屋后上升",不但符合该句原文的节奏,因为原文在读到 fleuve 时,和随后的 monter 之间虽无逗号,但有一个自然的语调起伏的变化引起的间隙,而且也符合整个作品"朴质流动"④的 tempo

---

① 参见:傅敏. 傅雷文集·书信卷. 合肥:安徽文艺出版社,1998:145-146.
② 傅雷. 论文学翻译书//罗新璋. 翻译论集. 北京:商务印书馆,1984:694.
③ 参见:傅敏. 傅雷文集·书信卷. 合肥:安徽文艺出版社,1998:360.
④ 罗新璋. 读傅雷译品随感//罗新璋. 翻译论集. 北京:商务印书馆,1984:992.

（音乐节奏、发展速度）。因而可以说，这句"理想的译文仿佛是原作者的中文写作"。

写到这里，我们已经明晰，为何傅雷在重译《约翰·克利斯朵夫》时，依然保留"江声浩荡"而不变，因为它已经抓住了原文的精神、原文的韵味。它不仅精彩地反映了傅雷的"神似观"，也是傅雷"神似观"的一个有力的和经典的体现。"江声浩荡"反映出译者的视界在解读原作的过程中与作者视界的融合，它是在译作的视界内重新构建原作视界的典范。它反映出译者"对原作者意图和本文意图的辩证关系与内在联系的领悟，达成了他与原作者视野与思想的沟通与融合"①。多少年来，它之所以撞击读者的心灵，给读者留下深刻难忘的感受，就在于它着实太传神了！借用傅雷自己的话说，它确乎"含有丰满无比的生命力"②。它给读者描绘出的是一幅意象深远、蕴意丰富、"包藏无限生机"的宏图；它那略含陌生化的搭配，使得读者不由得稍作停留，来感受语言的张力；它自身的音乐感，又洞开了一个音响的天地，给这部作品的主要精神，赋予了一个回荡在读者心海的经久不息的强音。

罗新璋说："名著复译……能译得比'江声浩荡'更加浩荡，后来而确乎居其上，读者自会佩服，潇洒地扔弃傅雷的译品。"③罗新璋之语想必是经过他认真的审美鉴赏后发出的慎重的感慨。对于一部 120 万言的翻译文学经典，我们当然也能找到一些可商榷的地方，但这并不妨碍它成为翻译文学经典，成为翻译文学里的一座丰碑，如同高耸的山峰不会因为它的阴影而减损它的高度。如今，我们可以在某个具体的问题上，拿出十倍二十倍于傅雷所花费的时间，去苦思冥想，去斟酌推敲。然而，对于"江声浩荡"，恐怕再也找不到赛过它的译法了。这似乎不符合历史唯物主义的发展观，但我们要提醒的是，这是有着高超的文学和艺术修养的傅雷，在 28 岁到 32 岁的年龄上，用自己燃烧的青春和火热的激情，对作品和作品中

---

① 许钧. 作者、译者和读者的共鸣与视界融合. 中国翻译,2002(3):27.

② 参见：傅敏. 傅雷译罗曼·罗兰名作集. 郑州：河南人民出版社,1998:7.

③ 罗新璋. 傅译罗曼·罗兰之我见//傅敏. 傅雷译罗曼·罗兰名作集. 郑州：河南人民出版社,1998:代总序 6.

的英雄深刻理解领悟后翻译出来的,不仅仅是翻译经验的多少能决定的。
罗兰是 24 岁开始酝酿,37 岁开始动笔的。在他"开始决定写这部书之前,
大量的情节和主要人物的轮廓已经呈现"①。这就是说,傅雷与罗兰之间,
除了傅雷所说的"同时代"和"气质相近"外,他翻译时的年龄处在罗兰酝
酿构思时的年龄中间。所以,译者和作者才会有更多的心领神会,更多的
神通共鸣,才能碰撞出灿烂的火花——"江声浩荡"。读罢作品,细细品味
后感觉,一部激昂着"英雄"的精神和生命的活力、荡漾着不同文明的和声
的《约翰·克利斯朵夫》,洋洋百万余言,似乎全都浓缩到了"江声浩
荡"中。

第二节　翻译文学的思考与探索

一、从傅雷译论谈翻译文学

傅雷给我们留下的译论委实不多,然而,其译论都是剀切中理的经验
点滴,也因为不多而显得弥足珍贵。考察傅雷留下的译论,我们只发现一
次他使用了"翻译文学"这个词,且就从这里开始来说傅雷的翻译文学
观吧。

1951 年 9 月,傅雷写下了《〈高老头〉重译本序》,其中说道:"各国的翻
译文学,虽优劣不一,但从无法文式的英国译本,也没有英文式的法国译
本。"傅雷在这里使用的"翻译文学",不是指文学的类型,而是指文学作
品。从他的上下文看,谈的是"中西文字的扞格"远远大于英法、英德那样
接近的语言。言外之意,是存在着法文式或英文式的中文译本的。为什
么会存在法文式或英文式的中文译本呢? 傅雷给我们指出了译本与原作
之间的不同:"译本与原作,文字既不侔,规则又大异。各种文字各有特
色,各有无可模仿的优点,各有无法补救的缺陷,同时又各有不能侵犯的
戒律。"傅雷接下去具体论到了"两国文字词类的不同,句法构造的不同,

---

① 参见:许渊冲. 罗曼·罗兰精选集. 北京:北京燕山出版社,2004:1296.

文法与习惯的不同,修辞格律的不同,俗语的不同",进而又从语言文字的层面,上升到文化的层面,论及中西语言的不同"反映民族思想方式的不同,感觉深浅的不同,观点角度的不同,风俗传统信仰的不同,社会背景的不同,表现方法的不同"①等。

傅雷指出了造成这种种差异与不同的两个因素:其一,是中西语言各自遵循的美学原则的不同使然,如他所说,"两个不同的美学原则使双方的词汇不容易凑合",使中西"两种文字语汇相差太远"。② 中文美学原则的表现,就是汉语的"诗"性及表达时的"暗示"和"含蓄",不同于西文的"散文"化及表达时的明朗、直露。其二,是东、西民族的思想方式的不同使然,这是傅雷反复说明的,在他主要谈论翻译的书信和序文中,都有提及,如在《翻译经验点滴》中说:"中国人的思想方式和西方人的距离多么远。"两种不同的思想方式,表现出来的就是中文表达时的"综合""归纳"和"具体",与西文表达时的"分析""演绎"和"抽象"。

正是鉴于中西语言运用及思维方式的不同,傅雷清醒地意识到,"即使是最优秀的译文,其韵味较之原文仍不免过或不及"③,所以,"真正要和原作铢两悉称,可以说是无法兑现的理想。我只能做到尽量的近似"④。如何使得译文尽量地与原文"近似",在以原文为中心的"过"与"不及"摆动的幅度里,尽量不离原文中心?傅雷提出了"神似"的翻译主张。

什么叫作品的"神"?傅雷谈到它的时候,曾用过下面这些说法,"神韵、神味、神气、神似、传神、精神、精、神、灵魂"。其实,就"神"而言,即指精神。但文学作品中的精神,不同于一篇政治讲话中的精神;文学作品中的精神含有文学性和艺术味,不但指涉作品的主旨大意,也蕴藏着愉悦读者、陶醉读者和感染读者的美;越是优秀的文学作品,其"神"所蕴藏的美

---

① 傅雷.《高老头》重译本序//罗新璋. 翻译论集. 北京:商务印书馆,1984:558-559.
② 参见:傅敏. 傅雷文集·书信卷. 合肥:安徽文艺出版社,1998:156.
③ 傅雷.《高老头》重译本序//罗新璋. 翻译论集. 北京:商务印书馆,1984:558-559.
④ 参见:傅敏. 傅雷文集·书信卷. 合肥:安徽文艺出版社,1998:158.

越丰厚。关于傅雷的"神似"或"传神"观,下面几点似应稍作强调:(1) 为什么要求"神似"? 上文从文学翻译的目标方面做了些解释,而从翻译的动机看,一方面是为了化解中西文字之间不相侔的"扞格",摆脱源语特有结构的羁绊,"避免""迁就原文字面,原文句法"①。从这个角度看,"神似"与法国释意派理论提出的"脱离源语语言外壳"(déverbalisation)有共通之处,因为这一理论认为,"翻译文本,就是从脱离了源语形式束缚的意图出发,……用目的语表达原作者想要表达的微妙色彩"②。另一方面,因为中国人与西方人的思维方式相距甚远,"要不在精神上彻底融化,光是硬生生的照字面搬过来,不但原文完全丧失了美感,连意义都晦涩难解,叫读者莫名其妙"③。(2) 怎样"传神"? 归纳傅雷相关论点可以看出:一方面,不要"死抓字典,按照原文句法拼凑堆砌"④,"有些形容词决不能信赖字典,一定要自己抓住意义之后另找"⑤;此外,不要"破坏本国文字的结构与特性",那样并不能"传达异国文字的特性而获致原作的精神"。⑥ 另一方面,"要精读熟读原文",这样才能"把原文的意义,神韵全部抓握住"⑦,"想译一部喜欢的作品要读到四遍五遍",才能把"隐藏在字里行间的微言大义""慢慢琢磨出来"。⑧ 此外,"以甲国文字传达乙国文字所包含的那些特点,必须像伯乐相马,要'得其精而忘其粗,在其内而忘其外'"⑨。(3) "神"在哪里? 这个问题看似多余、无谓,其实是傅雷特别注重的,它是理解傅雷"神似"观的一个不可或缺的环节。傅雷在《〈高老头〉重译本序》的注释中,举过一个中国人"以中国诗人李、杜等小传译成俄文"的例子,

---

① 参见:傅敏. 傅雷文集·书信卷. 合肥:安徽文艺出版社,1998:147.
② Marianne Lederer. *La Traduction aujourd'hui*:*Le modèle interprétatif*. Paris:Hachette,1994:115.
③ 傅雷. 翻译经验点滴//罗新璋. 翻译论集. 北京:商务印书馆,1984:627.
④ 傅雷.《高老头》重译本序//罗新璋. 翻译论集. 北京:商务印书馆,1984:558.
⑤ 参见:怒安. 傅雷谈翻译. 沈阳:辽宁教育出版社,2005:38.
⑥ 傅雷.《高老头》重译本序//罗新璋. 翻译论集. 北京:商务印书馆,1984:558.
⑦ 参见:傅敏. 傅雷文集·书信卷. 合肥:安徽文艺出版社,1998:156;148.
⑧ 傅雷. 翻译经验点滴//罗新璋. 翻译论集. 北京:商务印书馆,1984:626.
⑨ 傅雷.《高老头》重译本序//罗新璋. 翻译论集. 北京:商务印书馆,1984:559.

其中傅雷借俄人口说:"文句既非俄文,尚何原作情调可言?"用到法译汉中,等于说,翻译过来的文句既然不是汉语,既然破坏了汉语文字本身的结构和特性,怎能把原作的"神韵"传达出来呢? 傅雷认为,这样做是"两败俱伤",一败汉语文字本身的结构与特性,二败原作的"神韵"。联系傅雷同时之言,"假如破坏本国文字的结构与特性,就能传达异国文字的特性而获致原作的精神,那么翻译真是太容易了",可以得出下面的分步理解:①作品的精神与原来使用的"文字的结构与特性"有密切的关系;②原作的精神与源语国"文字的结构与特性"有关;③要想在译作中表现原作的"神韵",一定要遵从译入语自身的"文字结构与特性"。总之,任何语言文字自身的结构与特性,决定了其"传神"规则的特殊性。再具体说,汉译外国文学,就要用符合中文特有结构的语言,用地道的中文。(4)怎样才算达到了"传神"?"传神"是从译文来考察的。上面已说,译文不是地道的中文,文字结构与特性遭到破坏,就谈不上"传神";译文是地道的中文,还要是原作"神韵"之载体。"神韵"是可以理解和领悟出来的,但"传神"要求用地道的译文,其难度不亚于前者,正所谓"领悟为一事,用中文表达为又一事"①。所以傅雷才说,"理想的译文仿佛是原作者的中文写作"②,"处处假定你是原作者,用中文写作"③。既然是"原作者"在写,当然能抓握住原作的"精神",既然是"中文写作",语言当然是地道的。所以,傅雷最后才会强调指出,"那么原文的意义与精神,译文的流畅与完整,都可以兼筹并顾"④。也就是说,用"流畅与完整"的译文传达出了原文的"意义与精神",这就是"传神",这就是理想的译文,也自然是理想的翻译文学。傅译《约翰·克利斯朵夫》就属于这样理想的翻译文学。

傅雷曾在致罗新璋的信中谈到自己对"译事"的几点"看法",他提出"重神似"之后,紧接着提出了"纯粹之中文"⑤,说明传达原作的"神韵"与

① 傅雷. 论文学翻译书//罗新璋. 翻译论集. 北京:商务印书馆,1984:694.
② 傅雷.《高老头》重译本序//罗新璋. 翻译论集. 北京:商务印书馆,1984:559.
③ 参见:傅敏. 傅雷文集·书信卷. 合肥:安徽文艺出版社,1998:156.
④ 傅雷.《高老头》重译本序//罗新璋. 翻译论集. 北京:商务印书馆,1984:559.
⑤ 傅雷. 论文学翻译书//罗新璋. 翻译论集. 北京:商务印书馆,1984:694.

"纯粹之中文"有密切关联。其实,傅雷强调"译文的流畅与完整",强调译入语"文字的结构与特性"不能破坏,都是在强调"纯粹之中文",也就等于说,只有"纯粹之中文"才能传达原作的"神韵"。当傅雷建议"处处假定你是原作者,用中文写作"时,不就是在表达这样的观点:在外译汉中,传达原作的"神韵"要用"纯粹之中文"吗?回到本部分开头傅雷唯一提到"翻译文学"的那段话上,可以看出,傅雷提出"纯粹之中文",正是为了要取代其言外之意下的"法文式的中文译本","纯粹之中文"实质也是他对翻译文学提出的要求。

然而,"纯粹之中文"在浅显的层面,很容易被理解为绝对的中文,而汉译外国文学使用的语言,从客观讲,是不可能完全地相同于中国作家之作品里的语言的,这应不用多加说明。所以,傅雷"仿佛是原作者的中文写作"的观点曾经被质疑。那么,怎样理解傅雷的"纯粹之中文"呢?我们可从下面几点出发视之:(1) 提出"纯粹之中文"是为了避免"法文式的中文译本"的出现,而后者在傅雷看来,不可能传达原作中的"神韵"。罗新璋强调"外译中,非外译'外'",并解释说:"外译中,是将外语译成中文——纯粹之中文,而非外译'外'——译成外国中文。"①译过来的"中文"不像中文,不是中文,当然只能抹杀原作的神韵和丰采。(2) 应该把"纯粹之中文"与后半句"无生硬拗口之病"联系起来理解,后半句只是要求语言文字"清顺"而已;还应当同时理解傅雷下面之言:原文的句法在最大限度内要保持,但"要叫人觉得尽管句法新奇而仍不失为中文"②,也就是说,把"纯粹之中文"与"不失为中文"也联系起来看。这样或许能使我们不至于往极端上去理解了。(3) 傅雷说过,"创造中国语言,多加句法变化等等,必要在这一方面(指翻译方面)去试验。我一向认为这个工作尤其是翻译的人的工作"③;他还说过,"我国语体文历史尚浅,句法词汇远不如有二三

① 罗新璋.译书识语//许钧.文字·文学·文化——《红与黑》汉译研究.南京:南京大学出版社,1996:292.
② 参见:傅敏.傅雷文集·书信卷.合肥:安徽文艺出版社,1998:148.
③ 参见:傅敏.傅雷文集·书信卷.合肥:安徽文艺出版社,1998:148.

千年传统之文言;一切皆待文艺工作者长期摸索"①。这就是说,翻译工作还兼有创造语言,如创造词汇、句法及文体等的任务。而傅雷提出的"规范化是文艺的大敌"②和"文艺翻译与创作恐皆难以'标准语法'相绳"③是与"纯粹之中文"并存的观点主张,应视为解决"纯粹之中文"与"创造中国语言"之间可能出现的"紧张"的指导原则。(4)"纯粹之中文"似应理解为"地道之中文"。比如,说一个外国人中国话说得地道,不是强调他中国话说得多么标准,而是指他中国话说得自如,能够在遇到障碍的时候,灵活变通地表达思想。翻译的实质,也就是在源语和译语之间寻求变通的艺术。翻译过来的文字即使不是标准的中文,也要像中文,"不失为中文",傅雷要说的也有这一层意思。(5)翻译文学当然是为译语读者服务的,在中文国度,当然要用"地道之中文",以尽量让中文读者看懂。从读者出发,为读者考虑,这是傅雷一贯的工作作风。所以,"纯粹之中文"的提出,反映出傅雷作为一个译者对译语读者的重视,反映出他严肃认真的治学态度和一颗追求完美的"赤子之心"。上述几点或许可以纠正我们对"纯粹之中文"的理解偏差。

二、译者与作者的共铸

翻译文学,宽泛地说,是指任何翻译过来的外国文学作品,但在一般意义上,通常默认为理想的或优秀的文学译作。翻译文学也可指一种文学类型,区别于本土文学,与外国文学密切关联。翻译文学还可指一门学科,如同比较文学和世界文学,不过目前作为一个学科概念尚嫌薄弱,但它会随着翻译院系越来越多地出现而引起学界的重视。这里谈论的翻译文学,主要是指文学翻译动态过程之后的静态结果——文学译作,兼论其文学类型。

翻译文学,简而言之,是翻译成另一种语言的外国文学,它是外国文

① 傅雷. 论文学翻译书//罗新璋. 翻译论集. 北京:商务印书馆,1984:694.
② 傅雷. 翻译经验点滴//罗新璋. 翻译论集. 北京:商务印书馆,1984:627.
③ 参见:傅敏. 傅雷文集·书信卷. 合肥:安徽文艺出版社,1998:222.

学的新的生命形式。文学翻译是再创作活动,翻译文学是再创作的结果。所谓再创作,就是指译者凭借自己的文艺才华用新的语言形式再创作出原作中所表达的意义、韵味、情致和风采,如同金岳霖所说:"所谓重新创作是就原来的意味,不拘于原来的形式,而创造出新的表现形式。"①在再创作的过程中,译者将自己的个性与作者的个性调整到和谐的状态,使二者的艺术风格统一协调。关于再创作,曾经有幸拜见过罗曼·罗兰的诗人及翻译家梁宗岱这么说过,"翻译是再创作,作品首先必须在译者心中引起深沉隽永的共鸣,译者和作者的心灵达到融洽无间,然后方能谈得上用精湛的语言技巧去再现作品的风采";对于原作,译者应能够"体会个中奥义,领略个中韵味"。②而傅雷在谈到傅聪演奏莫扎特作品的时候,对傅聪说过:"你的确和莫扎特起了共鸣,……你活在他的身上,他也活在你身上。"③由此,我们又想到了傅雷这样的翻译观点,"理想的译文仿佛是原作者的中文写作。那么原文的意义与精神,译文的流畅与完整,都可以兼筹并顾"④。看来"只要真正下过苦功的人,眼光都差不多"⑤。因为梁宗岱与傅雷两人对理想的译文即理想的翻译文学的认识是一致的:前者认为译者和作者的心灵要达到"融洽无间",要有共鸣,后者认为译者是作者的"代言人"⑥,仿佛作者的化身;前者要用"精湛的语言"再现"作品的风采",再现作品的"奥义"和"韵味",后者要用"译文的流畅与完整"兼顾"原文的意义与精神"。

翻译文学最直接地给了我们两个思考的层面,一是翻译的层面,二是文学的层面。在翻译的层面,傅雷追求的是"译文的流畅与完整"(傅雷还用过"中文的流畅漂亮"和"纯粹之中文");在文学的层面,他要求我们抓住"原文的意义与精神"。我们可以这样分析:"意义与精神"是作者拿出

---

① 金岳霖. 知识论. 北京:商务印书馆,1983:813.

② 梁宗岱. 宗岱的世界·诗文. 广州:广东人民出版社,2003:395.

③ 参见:傅敏. 傅雷文集·书信卷. 合肥:安徽文艺出版社,1998:420.

④ 傅雷.《高老头》重译本序//罗新璋. 翻译论集. 北京:商务印书馆,1984:559.

⑤ 傅雷. 致林以亮论翻译书//罗新璋. 翻译论集. 北京:商务印书馆,1984:547.

⑥ 傅雷. 翻译经验点滴//罗新璋. 翻译论集. 北京:商务印书馆,1984:628.

来的,"流畅与完整"(或"纯粹之中文")是译者拿出来的;作者拿出"意义与精神"基本是得心应手,译者拿出"流畅与完整"不能随心所欲;作者创作有开拓之功,译者移译有整合(原文的"意义与精神"和译文的"流畅与完整")之苦;虽然作者的创作在先,译者的整合在后,但不可否认,翻译文学是在作者与译者的合作之中诞生的。刘靖之曾从《翻译——文化的多维交融》角度,指明了这种合作关系:"译文实际是原文 + 原文文化背景 + 译文 + 译文文化背景 + 原文作者的气质和风格 + 译者的气质和风格的混合体,要令这些元素有机地结合起而形成一个综合体,实非易事,但有人做到了这种综合性的工作,如:傅雷的中译《约翰·克利斯朵夫》,如霍克思的英译《红楼梦》。"他还更具体地把译者的"诠释过程归纳为原作者 + 译者的混合的过程,所以应是二元化的"。① 显然,没有作者的创作,是不可能有文学翻译的实践活动的,而没有译者的移译整合,是不可能有翻译文学这个结果的。也可以说,翻译家是"在别人的作品中融入自己的创作才华,铸造一种既有原作者的劳动,又有自己的劳动的新的作品。……以别人的作品为基础而发挥自己的才能"②。笔者在与许钧合作的《简论杜拉斯作品在中国的译介、研究与接受》一文中就指出,"杜拉斯与王道乾'合铸'的《情人》","杜拉斯的文章好,但王先生译笔也好"(王小波语),最后说明,"王道乾译的《情人》可以说是中西合璧的一种艺术结晶,它既包含了杜拉斯天才小说家的艺术造诣,也融合了王道乾精湛绝妙的译笔。因此《情人》作品在中国的影响,自然也包含了王道乾对现代汉语及汉语韵味无人可比的把握和感觉,给阅读者和写作者所带来的影响"。③

所以,从创作的层面看,翻译文学最大的特征就在于,它是译者与作者"共铸"的作品,它凝结着译者的劳动和心血。尽管这种"共铸"不是同

---

① 刘靖之. 翻译——文化的多维交融(代序)//刘宓庆. 文化翻译论纲. 武汉:湖北教育出版社,1999:5,9.

② 叶永烈. 别具一格的家书//金圣华. 傅雷与他的世界. 北京:生活·读书·新知三联书店,1996:143.

③ 宋学智,许钧. 简论杜拉斯作品在中国的译介、研究与接受. 当代外国文学,2003(4):158-159.

时进行的,但翻译文学的诞生,是译者与作者跨越时空的沟通、交流和对话后共同打造出来的作品。以《约翰·克利斯朵夫》为例,它就是傅雷和罗曼·罗兰"共铸"的作品、合作的结晶,因为二者不但有着可以比肩的文学修养和艺术造诣,有着高尚的人格力量和独立不羁的精神追求,还有着两颗神通共鸣、契合无间的心灵。罗兰说过,"我接触过的东方民族不可谓少了;没有一个像中国人那么和我们底头脑接近的","唯独中国人,头脑底清晰,观察底深刻,和应对底条理,简直和一个智识阶级的法国人一样"。① 傅雷在致罗兰的信中说过:"先生于英雄主义所作之界说,与鄙意十分契合,足证不肖虽无缘拜识尊颜,实未误解尊意。"②而且,傅雷在做罗兰的"代言人"的过程中,也的确做到了"像宗教家一般的虔诚,像科学家一般的精密,像革命志士一般的刻苦顽强"③。完全可以说,翻译文学是在作者与译者的"共铸"中产生的,而像傅译《约翰·克利斯朵夫》这样的翻译文学,更是东、西方两位艺术大家联袂"共铸"出来的翻译文学精品。

三、源语与译语的双边发展、作者与译者的历史奇遇

翻译文学给源语文学(或外国文学)和译语文学(或中国文学)都会带来好处。从源语文学来说,翻译文学不仅在时间上延续了原作的艺术生命,也在空间上拓展了原作的生存疆域,它是原作跨越时空的生命绵延或再生。翻译文学传播了源语文学的艺术韵味和原作者的艺术思想,展示了源语文学里清新隽永的艺术世界和原作者新奇独特的艺术风格,扩大了源语文学和其作者的影响范围,为源语文学在世界文学的殿堂、为源语文学作者在世界作家之林,都赢得了一席地位。同时,源语文学带着异域风情在走向世界、走向译语民族的过程中,或大张旗鼓地宣扬了,或潜移默化地传播了源语民族的人文思想和文化观念。如果再反过来看,在源语文学通过译者的"参与"和"共铸"变成翻译文学的过程中,译者又用带

① 参见:梁宗岱. 诗与真·诗与真二集. 北京:外国文学出版社,1984:216.
② 参见:傅敏. 傅雷文集·书信卷. 合肥:安徽文艺出版社,1998:6.
③ 傅雷. 翻译经验点滴//罗新璋. 翻译论集. 北京:商务印书馆,1984:628.

有个性生命体验和审美经验的诠释,丰富了原作的艺术蕴意、丰满了原作的生命风姿。谢天振认为,翻译文学有时还能帮助源语国的读者重新发现某部从前被忽视了的作品的价值①,也说明翻译文学给源语文学带来好处。傅雷对此也说过:"作者不可能把心中的感受写尽,他给人的启示往往有些还出乎他自己的意想之外。"②也就是说,作者通过翻译文学有时也能更清楚地看到了自己作品中隐藏着的或多重或深层的艺术价值和艺术魅力。同样,站在文化层面上看,翻译文学也为源语民族提供了反映译语民族的一面镜子,译语国的译者带有译语民族文化色彩的诠释,也让作者和源语民族的有识之士对自己的文化精神和文化传统加以反思,或光大或扬弃或调整,从而为自身民族在世界文化交流中,找到更适宜和更有利的定位。

从译语文学或具体说从作为接受方的中国文学来看,翻译文学带来的好处,可以很轻松地从下面三点得以印证:其一表现在"佛教的翻译文学""对于那最缺乏想象力的中国古文学却有很大的解放作用","给中国文学史上开了无穷新意境,创了不少新文体,添了无数新材料",③使得"我国近代之文学""想象力不期而增进,诠写法不期而革新"。④ 王克非对此也作过论述。⑤ 其二表现在翻译文学对中国现代文学的生成、发展和繁荣的积极推助。"正由于鲁迅、郭沫若、巴金等一代文学泰斗在外国文学的百花园里采撷了无数的鲜花珍果","从中汲取营养,消化成为自己的血肉","中国现代文学才显得光彩夺目"。⑥ 鲁迅还这样说过,"新文学是在外国文学潮流的推动下发生的"⑦。其三表现在翻译文学丰富了当代中国文学的创作手法。如西方现代派和后现代派的翻译文学作品给中国当代

---

① 参见:王向远. 翻译文学导论. 北京:北京师范大学出版社,2004:69.
② 参见:傅敏. 傅雷文集・书信卷. 合肥:安徽文艺出版社,1998:623.
③ 胡适. 佛教的翻译文学//罗新璋. 翻译论集. 北京:商务印书馆,1984:68.
④ 梁启超. 翻译文学与佛典//罗新璋. 翻译论集. 北京:商务印书馆,1984:67.
⑤ 参见:王克非. 翻译文化史论. 上海:上海外语教育出版社,1997:15.
⑥ 宋学智,许钧. 从文化观看文学翻译的指导原则. 江苏社会科学,2003(6):177.
⑦ 鲁迅. 集外集拾遗补编・《中国杰作小说》小引//曾小逸. 走向世界文学——中国现代作家与外国文学. 长沙:湖南人民出版社,1985:49.

先锋实验小说提供的种种艺术形式;杜拉斯"高度敏感的艺术语言与全新无比的叙述方式",为中国当代女作家确立的写作模式,并"成为王小波所师承的一条不可忽视的文学脉络"。①

文学是文化的一部分,翻译文学当然也给中国文化注入了养分和新的血液。"为什么中华文化竟能延续不断地一直存在到今天呢?"季羡林先生的答复是:"倘若拿河流来作比,中华文化这一条长河,有水满的时候,也有水少的时候,但却从未枯竭。原因就是有新水注入。注入的次数大大小小是颇多的。最大的有两次,一次是从印度来的水,一次是从西方来的水。而这两次的大注入依靠的都是翻译。中华文化之所以能长葆青春,万应灵药就是翻译。"②而对于读者来说,这种文化意义更直接地表现在,读者可以通过翻译文学,一方面领略那异国情调、外域风土,进而了解外域民族(源语民族)的思想和历史、心理和精神;另一方面,帮助他们以外族为镜,在两个民族生存方式的同与异的比较中,有所发现,并从新奇的视角和方法来感知世界,思考生命,去领略人类生存的本质意义。所以概而论之,翻译文学是源语文学(外国文学)与译语文学(中国文学)双边的发展。

另外,翻译文学对译入语语言的丰富和革新起到了无法否认的积极作用。瞿秋白说过:"翻译,的确可以帮助我们造出许多新的字眼,新的句法,丰富的字汇和细腻的精密的正确的表现。"③鲁迅在回其信中说,翻译"不但在输入新的内容,也在输入新的表现法"④。而傅雷"一向认为","创造中国语言""尤其是翻译的人的工作"。⑤

以上是从一般的情况泛论,通过翻译文学,外国文学与中国文学双边得到了发展,在中国一方论述的是,翻译文学在语言、文学和文化三个层

---

① 宋学智,许钧. 简论杜拉斯作品在中国的译介、研究与接受. 当代外国文学,2003 (4):158.

② 参见:林煌天. 中国翻译词典·序. 武汉:湖北教育出版社,1997:1-2.

③ 瞿秋白. 瞿秋白的来信//罗新璋. 翻译论集. 北京:商务印书馆,1984:266.

④ 鲁迅. 鲁迅的回信//罗新璋. 翻译论集. 北京:商务印书馆,1984:276.

⑤ 傅雷. 致林以亮论翻译书//罗新璋. 翻译论集. 北京:商务印书馆,1984:548.

面给我们带来的好处。下面将从具体的《约翰·克利斯朵夫》这部作品来看，翻译文学作为作者和译者新创作出来的艺术生命，为二者赢得了千千万万的中国读者，确立了二者在中国读者心中的名家地位。

歌德在谈"翻译语言"的时候说，翻译家们"铸造了一种完全适合于交流两国思想的语言"。朱光潜注释说："用甲国语言介绍乙国思想，往往不能完全按照甲国语言习惯，而须迁就乙国思想和语言的习惯，仿佛要形成一种新语言。这说明翻译对一国语文的发展有一定的影响。"①其实，"翻译语言"是确实存在的，翻译文学之所以能革新译入语语言，就在于翻译语言不同于纯译入语语言，我们可以从译者笔下的语言和译入语国作者笔下的语言的比较中看出二者的不同。译入语国作者是在自己习用的语言内进行的创作，译者则是处在译入语和源语之间进行的再创作，他的选词炼句必然要对传统译入语形成的思维定式有所突破，要兼顾两种语言的句法和文法，因而就容易形成一种特殊的语言：翻译语言。无论归化翻译还是异化翻译，使用的译入语最终都属于翻译语言，因为彻底的异化是不可能的，彻底的归化也是不可能的。而正是这种兼顾双方、融会贯通的翻译语言，为交流两国思想建立了通道，为翻译文学的双赢铺平了道路。因为正是通过这样的翻译语言，外国文学带着缤纷璀璨的艺术色彩，才能走入另一个国度，才能在另一个国度展示自己；也正是通过这样的翻译语言，译入语读者才能品尝到洋滋洋味的外域文学艺术，欣赏外域文学奇异瑰丽的艺术特色，并了解到异域的文明和文化。

文学是语言的艺术，翻译文学是翻译语言的艺术。"以传神为特色，成就较高，传布较广，自成一种译派"②的"傅译"，就是一种优美精彩的翻译语言，它把原作者所创造的艺术世界，用十分"传神"的译入语语言再现于翻译文学中。具体一点看，傅雷用自己的"翻译语言"斟酌推敲、千锤百炼出来的"江声浩荡"四个字，之所以能给读者留下拂之不去的印象，是因

---

① 朱光潜. 朱光潜全集(第 17 卷). 合肥：安徽教育出版社，1997：424.
② 罗新璋. 读傅雷译品随感//金圣华. 傅雷与他的世界. 北京：生活·读书·新知三联书店，1996：168.

为傅雷使用了精彩"传神"的文字,浓缩了这部长河小说的精神主旨。因而,"江声浩荡"成为经典名句,对读者那么具有震撼力,那么感人,那么留人,应归功于罗兰笔下的艺术意味与傅雷笔下的艺术言语二者的绝妙融合;那"节奏韵味""照顾周到"①的"江声浩荡"四个字略含陌生化的搭配组合所达到的文字意境,使读者既不会忘记《约翰·克利斯朵夫》的作者罗曼·罗兰,也不会忘记它的译者傅雷。正因为《约翰·克利斯朵夫》凝结着东、西两位大手笔的艺术匠心,它才能在中国产生其他翻译文学作品望尘莫及的巨大、深远的影响,才能始终陶醉读者、感染读者、振奋读者、鼓舞读者。所以,《约翰·克利斯朵夫》在中国赢得的成功,既应归功于罗曼·罗兰的艺术创造力,也应归功于傅雷的艺术整合力。它把两位作者的名字写在了读者的心里。这座由傅雷用传神的语言建构的翻译文学的丰碑,既确认了原作 Jean-Christophe 的"名著"地位,也确立了其自身"名译"的地位,它让作者与译者双双赢得了广大的读者,它证明了罗曼·罗兰与傅雷确实是"一两个世纪也难得出现"的"历史的奇遇"②。

四、赤子之心的呈献

傅雷从事文学翻译活动,一直追求尽善尽美的目标,从他多次对自己译作表示的不满,可以看出他对 perfection(完美)的追求:译文"几经改削,仍未满意"③;"我自己常常发觉译的东西过了几个月就不满意;往往当时感到得意的段落,隔一些时候就觉得平淡得很";"处处对译文不满","改来改去还是不满意";"古人每惭少作,晚于翻译亦具同感"。傅雷重译《约翰·克利斯朵夫》,是因为"风格未尽浑成",④重译后认为,"风格较初

---

① 傅雷.《高老头》重译本序//罗新璋. 翻译论集. 北京:商务印书馆,1984:559.

② 这里说的"历史的奇遇",若译成法语,应是 rencontre historique,想要表达译者与作者创造了历史奇迹的"相遇";不同于梅肖尼克在《翻译诗学》中所说的"历史性的奇遇",后者的法语为 aventure historique,指的是"某个主题"的"奇遇"。参见:许钧,袁筱一. 当代法国翻译理论. 南京:南京大学出版社,1998:138.

③ 傅雷.《高老头》重译本序//罗新璋. 翻译论集. 北京:商务印书馆,1984:559.

④ 参见:傅敏. 傅雷文集·书信卷. 合肥:安徽文艺出版社,1998:524,589,598,133.

译尤为浑成"①,可见,他把"浑成"作为追求的目标,而艺术的"浑成",也正是一种 perfection。傅雷于 1951 年重译《高老头》,也是因为作品没有达到"浑成"的审美标准。1963 年,他对《高老头》"第三次大修改"时说,"翻译工作要做得好,必须一改再改三四改"。这也说明他在追求 perfection,尽管他很清楚,"艺术没有止境,没有 perfect 的一天,人生也没有 perfect 的一天",我们一辈子追求的 perfection,"永远是追求不到的,因为人的理想、幻想,永无止境",但这并不阻碍他"日以继夜,终生的追求、苦练",即便仅仅为了"能在某一阶段求得总体的'完整'或是比较的'完整'"。②

有了这样的目标,尽管"艺术的境界无穷,个人的才能有限"③,尽管"时时刻刻看到自己的 limit(局限)"④,傅雷仍以坚强的秉性和一丝不苟的精神,孜孜以求、呕心沥血地追求文学翻译尽可能的完美,明知不能完全达到,也始终不渝,绝不放弃"追求"和"苦练",争取最大可能地接近艺术的浑成。王国维在《人间词话》中,把柳永《凤栖梧》里的词句"衣带渐宽终不悔,为伊消得人憔悴"称为古今之成大事业、大学问者必经过之一种境界。⑤ 傅雷十分推崇《人间词话》,称它"是最好的文学批评"⑥。他在翻译和重译《约翰·克利斯朵夫》的过程中所表现出来的敬业精神、对文学艺术的热爱钟情和对 perfection 的执着追求,以致"把自己的文稿修改得体无完肤"⑦,正反映出他已经达到了这样的学业境界。

傅雷的翻译活动让我们看到:有了"一改再改三四改",翻译工作才能做好,文学翻译才能成为真正的翻译文学;有了对 perfection 的追求,对艺术"浑成"的追求,译作才能"从头至尾都好"⑧,译文的风格才能浑然一

① 参见:傅敏. 傅雷译罗曼·罗兰名作集. 郑州:河南人民出版社,1998:1457.
② 参见:傅敏. 傅雷文集·书信卷. 合肥:安徽文艺出版社,1998:603;372;375.
③ 傅雷.《高老头》重译本序//罗新璋. 翻译论集. 北京:商务印书馆,1984:559.
④ 参见:傅敏. 傅雷文集·书信卷. 合肥:安徽文艺出版社,1998:608.
⑤ 王国维. 人间词话. 上海:上海古籍出版社,2005:28.
⑥ 参见:傅敏. 傅雷文集·书信卷. 合肥:安徽文艺出版社,1998:367.
⑦ 金圣华. 译注《傅雷家书》的一些体会//傅敏. 傅雷文集·书信卷. 合肥:安徽文艺出版社,1998:655.
⑧ 参见:傅敏. 傅雷文集·书信卷. 合肥:安徽文艺出版社,1998:375.

体,才能做到与原文的风格相侔相合。正是在坚定不移地追求 perfection 的过程中,傅雷给我们创造出了《约翰·克利斯朵夫》这部翻译文学的杰作,为我们的翻译文学殿堂增添了一颗璀璨夺目的明珠。

由此,我们看到了傅雷的"赤子之心"。所谓"赤子之心",就是指这种不但追求纯真完美而且坚定执着的精神姿态。傅雷在论及"赤子之心"的时候,还做过一些相关联的解说:"赤子之心这句话,我也一直记住的。赤子便是不知道孤独的。赤子孤独了,会创造一个世界,创造许多心灵的朋友!永远保持赤子之心,到老也不会落伍,永远能够与普天下的赤子之心相接相契相抱!……艺术表现的动人,一定是从心灵的纯洁来的!不是纯洁到像明镜一般,怎么体会到前人的心灵?怎能打动听众的心灵?"①傅雷的上述言语中,所谓"赤子便是不知道孤独的",正是当年他"为国家与环境所挤逼……惟求隐遁于精神境域中"②,翻译罗曼·罗兰著作的写照;傅雷的心灵是纯洁的,像明镜一般,所以,他才能与另一颗纯洁的心灵——罗曼·罗兰的心灵交流、神通,才能用自己高尚、伟大的心灵感受罗曼·罗兰的崇高和伟大,才能最终译出打动读者心灵的经典力作。傅雷还说:"艺术家最需要的,除了理智以外,还有一个'爱'字!所谓赤子之心,不但指纯洁无邪,指清新,而且还指爱!法文里有句话叫做'伟大的心',意思就是'爱',……这个爱……是热烈的、真诚的、洁白的、高尚的、如火如荼的、忘我的爱。"③我们可以认识到,"赤子之心"不仅包含了傅雷对艺术的热爱,也包含了一个知识分子的社会良心,即傅雷要用文学翻译活动来实现自己的社会价值的责任心。所以,傅雷对文学翻译工作才会有那种"热烈的"、"忘我的"、真心诚心和全心的爱,才会在翻译《约翰·克利斯朵夫》时,投入那般激情,以至于"一边译一边感情冲动得很"④。赤子之心,既反映了傅雷对文学翻译"爱"的热烈,也反映了他对文学翻译求"真"的严肃。正因为有一颗"赤子之心",他才能以严谨认真为作风,以精

---

① 参见:傅敏. 傅雷文集·书信卷. 合肥:安徽文艺出版社,1998:371.
② 傅雷. 傅译传记五种. 北京:生活·读书·新知三联书店,1996:719.
③ 参见:傅敏. 傅雷文集·书信卷. 合肥:安徽文艺出版社,1998:421.
④ 参见:傅敏. 傅雷文集·书信卷. 合肥:安徽文艺出版社,1998:360.

益求精相要求,以字斟句酌为步骤,以燃烧的激情为动力,来翻译《约翰·克利斯朵夫》。正因为有一颗"赤子之心",他才能充分调动自己高超的才华、火热的激情和持久的毅力,忘我地投入翻译,把自己融化在了译著中,把自己全部的艺术心血连同自己的精神力量,化成了洋洋百万言的感人诗句。所以,他的译著才赢得了"许多心灵的朋友",才"永远能够与普天下的赤子之心相接相契相抱",而那"许多心灵的朋友"、那"普天下的赤子",就是至今还能被他的译著打动心灵的无数读者。斯达埃夫人(Madame de Staël)曾在论"翻译的精神"时说:"人所能为文学做出的最大贡献就是把人类精神的杰作从一种语言传到另一种语言。"①这话用到傅雷身上,一点也不为过。傅雷在传递西方进步的人文精神上,确实做出了巨大的贡献,尽了最大的心,出了最大的力。完全可以说,傅译《约翰·克利斯朵夫》,无论初译还是重译,作为翻译文学,都是译者"赤子之心"的呈献。

五、翻译文学的审美胜境

翻译文学的最大特征,从审美的层面看,就在于它凝结着译者的才华和情感,它是译者的艺术风格与作者的艺术风格的融和,而优秀的翻译文学,更是译者的风格与作者的风格由融和走向融合。

傅雷曾经说过:"译文本身既无风格,当然谈不到传达原作的风格。"此语含两层意思:其一,本身没有风格的译文是存在的。结合傅雷说话时的语境看,"一般的译文""有一个最大的缺点",就是"上一句跟下一句气息不贯",而且,"句句断、节节断"。② 如此"支离破碎",当然谈不上形成自己的风格了。这样"一般的"译文,"连形象都不完整,如何叫人欣赏原作?"③所以,这种译文不是优秀的译文,因而不能指涉理想的翻译文学。其二,应该是这样一种隐含的逻辑:译文本身的风格是传达原作风格的前

---

① 参见:陈永国. 翻译与后现代性. 北京:中国人民大学出版社,2005:276.
② 参见:傅敏. 傅雷文集·书信卷. 合肥:安徽文艺出版社,1998:158-159.
③ 参见:怒安. 傅雷谈翻译. 沈阳:辽宁教育出版社,2005:40.

提,要传达原作的风格,译文必须先有自己的风格。每一种语言文字都有
其传神的特殊方式,原作传神依靠的是源语语言文字的结构与特性,译作
要传神需要用译入语语言文字的结构与特性,不可能用破坏了文字的结
构与特性的译入语传达原作的神韵。同样,原作的风格是源语语言才能
传达出的,把原作的风格移入译作中,必须用译入语语言自身的风格,破
坏了译入语语言自身的风格,不可能传达原作的风格。所以当傅雷说"原
文风格之保持,决非句法结构之抄袭"和"风格的传达,除了句法以外,就
没有别的方法可以传达"这两句看似矛盾的话,只要我们加上适当的定
语,就可以清楚地看出傅雷的翻译观:原文风格之保持,决非(原文)句法
结构之抄袭;(原文)风格的传达,除了(译文)句法以外,就没有别的方法
可以传达。而傅雷又言"不在原文的风格上体会,译文一定是像淡水一
样"①也隐含着这样的意思:原文的风格一定要体会,但要用译文的风格来
传达。当然,这里译文的风格主要是指译入语语言作为一种符码所具有
的使用特性及其民族性和文化性的风格,但这种风格也是通过翻译主体
的个人风格表现出来的,因为译文是否"气息不贯",是否"支离破碎",完
全取决于翻译主体个人的能力和水平。所以完全可以说,傅雷实质上是
给我们指出了译文自身风格的重要性,同时暗示,译者的风格是形成译文
风格的关键,译者只有"形成和谐完整的风格"②,才能谈得上传达原作的
风格。

罗新璋在谈傅雷译品的时候说过,傅雷"在译文上也力求能传达作家
的艺术个性。但服尔德的机警尖刻,巴尔扎克的健拔雄快,梅里美的俊爽
简括,罗曼·罗兰的朴质流动,在原文上色彩鲜明,各具面貌,译文固然对
各家的特色和韵味有相当体现,拿《老实人》的译文和《约翰·克利斯朵
夫》一比,就能看出文风上的差异,但贯穿于这些译作的,不免有一种傅雷
风格"。尽管傅雷本人对"傅译"之称"愧不敢当",但"傅译以传神为特色,

---

① 参见:傅敏. 傅雷文集·书信卷. 合肥:安徽文艺出版社,1998:156,148.
② 傅雷. 翻译经验点滴//罗新璋. 翻译论集. 北京:商务印书馆,1984:627.

成就较高,传布较广,自成一种译派",①,也就是说自成一种风格,已经得到译界和文学界的公认。

傅雷还说道:"时下译作……欲求有风格(不管与原文的风格合不合)可说是千万不得一;至于与原文风格肖似到合乎艺术条件的根本没有。"② 我们又可以得出这样的理解:首先,傅雷对翻译文学作品有着极高的艺术眼光和鉴赏标准,借王国维之语,达到了"独上高楼"的审美境界,所以在傅雷看来,有风格的译文才寥若晨星,能"与原文风格肖似到合乎艺术条件的",才竟告阙如。其次,傅雷对"时下译作"的两句叹息,正反映出他内心对翻译文学抱有的价值取向和审美追求:有风格的译作"千万不得一",反映出他内心对有风格的译作的看重,只有有风格的译作才真正具有文学价值;译文风格"与原文风格肖似到合乎艺术条件的根本没有",也反映出译文风格与原文风格的"肖似"与相"合",正是他在翻译文学上面的审美追求。翻译文学不仅仅是带有译者的艺术风格或带有译文自身的风格,还应当是译者的风格或译文自身风格的前后一致、上下完整,更应当是译者风格与作者风格或译文风格与原文风格的浑然一致、和谐统一。歌德说,"风格,这是艺术所能企及的最高境界,艺术可以向人类最崇高的努力相抗衡的境界","照我们看来,唯一重要的是给予风格这个词以最高的地位"。③ 风格对于作者来说,就是怎样说的问题,对译者来说,就是怎样译的问题。当译者怎样再表达与作者怎样表达相通相合,翻译文学作品才最好看。罗新璋评傅雷的翻译观时说,"神似形似,浑然一致,是为胜境"④,说的是文学翻译的胜境。而傅雷追求的译文风格与原文风格的"肖似"与相"合",换言之,即译者风格与作者风格或译文风格与原文风格的浑然一致、和谐统一,正是翻译文学的审美胜境。当然,在两种语言有冲

---

① 罗新璋. 读傅雷译品随感//金圣华. 傅雷与他的世界. 北京:生活·读书·新知三联书店,1996:168.
② 参见:傅敏. 傅雷文集·书信卷. 合肥:安徽文艺出版社,1998:159.
③ 歌德,等. 文学风格论. 王元化,译. 上海:上海译文出版社,1982:3-6.
④ 罗新璋. 我国自成体系的翻译理论//罗新璋. 翻译论集. 北京:商务印书馆,1984:11.

突或冲突明显的地方,这种审美胜境应是译者致力的一种追求。

所以,翻译文学要达到这样的审美胜境,并不是译者抱有主观上的愿望就能实现的。译者风格与作者风格侔与不侔,是文学翻译变成真正的翻译文学的一个重要条件。对此,我们一方面要认识到,译者与作者所处的地域不同、时代(或时间)不同、民族不同、社会不同和文化熏陶不同,加之二者的文学修养不同、个性发展不同、审美情趣不同以及语文习惯不同等,会导致二者的风格有所不同,所以傅雷才说,译者"不可能和原作者的理解与感受完全一样,了解的多少、深浅、广狭,还是大有出入;而我们的个性也在中间发生不小的作用"①。另一方面,我们又要站在地球村的高度意识到,"人类各民族在微观上思维的差异性、逻辑的特有性、精神的多样性和意识的独立性,并不能否认人类各民族在宏观上思维的相似性、逻辑的普遍性、精神的相通性和意识的共同性"②;意识到东方人与西方人虽相距遥远,但也因"有着都是人这一共同点以及这一共同点所包含的生理和心理的类似性"③而彼此可以沟通。译者寻找适合于自己风格的作者,这是最重要的,译者如果找到了一个知己,真的有"他乡遇故知"的感受,那文学翻译成为真正的翻译文学,译作具有原作的文学的魅力和艺术的感染力,便多了一个前在的保证。也正因为如此,傅雷十分注重对原作的选择,而"显然,整个翻译过程都是在进行选择"④。傅雷说:"有的人始终与我格格不入,那就不必勉强;有的人与我一见如故,甚至相见恨晚。"所以,翻译外国文学最好去找那些"一见如故""相见恨晚"的作者。当然还有第三种可能:"两个性格相反的人成为知己的例子并不少,古语所谓刚柔相济,相反相成;……但要表达这样的作品等于要脱胎换骨,变做与我

① 参见:傅敏. 傅雷文集·书信卷. 合肥:安徽文艺出版社,1998:421.
② 宋学智,许钧. 从文化观看文学翻译的指导原则——"取长补短"浅论. 江苏社会科学,2003(6):176.
③ 法国语言学家马丁纳语. 转引自:许钧,袁筱一. 当代法国翻译观论. 南京:南京大学出版社,1998:47.
④ Jean-Michel Déprats. *Antoine Vitez, le devoir de traduire*. Marseille:Maison Antoine Vitez, 1996:44.

性格脾气差别很大,或竟相反的另一个人。"①这不是一般译者都能胜任驾驭得了的,只有像傅雷这样的大译家才有不只一颗印章②,处理不好就会变成上面所说的"格格不入"。因此傅雷做了补充:"倘若明知原作者的气质与我的各走极端,那倒好办,不译就是了。"③

可是,要找到一个真正的"朋友"并非易事,因为"即使对一见如故的朋友,也非一朝一夕所能真切了解",况且,"大多数的情形是双方的精神距离并不很明确,我的风格能否适应原作的风格,一时也摸不清。了解对方固然难,了解自己也不容易"。面对能否真的"适应"原作的迷惘,傅雷凭着他的翻译经验,又给我们做了指点:"测验'适应'与否的第一个尺度是对原作是否热爱,因为感情与了解是互为因果的;第二个尺度是我们的艺术眼光,没有相当的识见,很可能自以为适应,而实际只是一厢情愿。"④检验译者的风格与作者的风格是否相投的第一个尺度是以译者是否"热爱"原作为根据,因为译者的"热爱"表明原作的风格是译者所认同的,不但认同而且欣赏,不但欣赏甚至陶醉。这种情形下,原作的风格不是能直接迎合译者的审美期待,就是能激活译者身上所蛰伏的审美快感。于是,译者在阅读原作的过程中,就能更多地获得作者创作时的感觉,与作者的心灵对话,碰出灿烂的火花,化作可与原作的风格相媲美的美妙文采。傅雷在致罗新璋的信函中建议,"最好选个人最喜欢"的原作,就是经验之谈。"一则气质相投,容易有驾轻就熟之感",也就是说,译者选择了与自己的个性相投的作者,就可以用自己的风格更好地彰显作者的风格,达到成功传达原作风格的效果;"二则既深爱好,领悟自可深入一层",而领悟越深,译者越能与原作者心心相印,越能走进作者的艺术世界,体味其独特的风格个性,触及其作品的艺术真谛。⑤ 第二个尺度是"我们的艺术眼

---

① 傅雷. 翻译经验点滴//罗新璋. 翻译论集. 北京:商务印书馆,1984:626.
② 据布封的"一个大作家绝不能只有一颗印章"改写。参见:顾祖钊. 文学原理新释. 北京:人民文学出版社,2002:188.
③ 傅雷. 翻译经验点滴//罗新璋. 翻译论集. 北京:商务印书馆,1984:626.
④ 傅雷. 翻译经验点滴//罗新璋. 翻译论集. 北京:商务印书馆,1984:626-627.
⑤ 傅雷. 论文学翻译书//罗新璋. 翻译论集. 北京:商务印书馆,1984:695.

光"。也就是说,译者对原作不仅要有一般感觉上的享受,更要有心灵深处的共鸣、精神深处的交流。说到底,就是"要以艺术修养为根本",要有"敏感之心灵""热烈之同情""适当之鉴赏能力";此外,还要有"相当的识见",就是说,要有"相当之社会经验""充分之常识"。① 这当然也包括对外国的社会和文化的了解和认识,正如马尔戈在他的《翻译而不叛逆》一书开篇不久所说:"若想翻译一个文本,首先要做的显然是,去很好地理解文本。而这不仅意味着要有很高的外语水平,还意味着要掌握源语文化形形色色的面貌(如历史的、地理的、知识的等),因为这个文本就深深地扎根在它的文化中。"②而上述这些都是需要译者长期接受熏陶或长期积累的问题。由此可见,翻译文学欲求译文风格与原文风格的浑然统一,不是说到就能做到的。也正因为此,它才是翻译文学的审美胜境。

说到这里,我们自然会想到傅雷翻译的《约翰·克利斯朵夫》。首先,我们来把傅雷与罗曼·罗兰做个比较:(1) 罗曼·罗兰创作了"20 世纪第一部巨著",证明他有着高超的文学艺术修养;而傅雷的文学艺术修养,是所有读过《傅雷家书》的人绝不怀疑的,而且在傅雷的文艺修养中,还包含着他对西方文化艺术的兼收并蓄。(2) 罗曼·罗兰十分精通音乐,造诣极高;傅雷尽管"受罗曼·罗兰的影响","笃嗜音乐"③,但从他撰写的《贝多芬的作品及其精神》和《独一无二的艺术家莫扎特》等作品中可以发现,他的音乐修养很快就达到了不亚于罗曼·罗兰的水平。(3) 罗曼·罗兰与傅雷还有着同样高尚的人格力量和独立不羁的精神追求。罗曼·罗兰在两次大战期间,坚持自己的"精神独立宣言",受尽误解和诋毁,但始终保持着自己的精神和人格;傅雷在 20 世纪 40 年代,也敢于发出罗曼·罗兰那样的声音,"真正的人道,应该是彻底消除战争"④,在"反右派斗争"中被

---

① 傅雷. 论文学翻译书//罗新璋. 翻译论集. 北京:商务印书馆,1984:695.

② Jean-Claude Margot. *Traduire sans trahir*:*La théorie de la traduction et son application aux textes bibliques*. Lausanne:Editions l'Age d'Homme,1979:29.

③ 参见:傅敏. 傅雷文集·文学卷. 合肥:安徽文艺出版社,1998:7.

④ 参见:傅敏. 傅雷文集·文学卷. 合肥:安徽文艺出版社,1998:339.

无辜打成右派,但绝不低下知识分子光明磊落的头。(4)诚如傅雷自己所说,两人的"个人气质相近"。这一点其实很重要。傅聪曾经也说过,自己的父亲在性情气质上,应该跟罗曼·罗兰比较接近。①

其次,把傅雷的译作与罗曼·罗兰的原作做个比较:(1)罗兰的原作就是一部波澜壮阔的交响曲,艺术韵味浓郁,激荡读者的心灵;而傅雷的译作既传达出了原作宏丽的音乐性,也因译者投入饱满火热的激情而具有强大的感染力。(2)在语言风格上,罗曼·罗兰的"朴质流动"在傅雷笔下也得到了恰当和精彩的转换,语言质朴却蕴藏激情,表现出了"木体实而花萼振"②的艺术效果。所以,虽然傅雷与罗兰无缘相见,但他们的心灵已经相会、契合。傅译《约翰·克利斯朵夫》在中国获得的其他翻译文学作品所望尘莫及的影响,一方面,证明了傅雷与罗兰是中外文学对话中一次历史的奇遇,是东西文化交流史上的一对绝配;另一方面,也足以证明,"傅雷的译文……传达出一种东方人消化了西方文化后而生的精神气韵"③,傅雷的译文与罗兰的原文在风格上达到了浑然一致、和谐统一,傅译《约翰·克利斯朵夫》确实已臻翻译文学的审美胜境。所以,傅雷在谈到风格时说,"回头看看过去的译文,自问最能传神的是罗曼·罗兰"④。

第三节 《约翰·克利斯朵夫》在当前译界的"巡礼"

一、对当前翻译实践中的突出问题的回应

优秀的外国文学作品如何才能变成优秀的翻译文学作品? 傅雷的翻译活动实践让我们尤其注意到如下几个环节:首先,傅雷对一部外国作品的选择是慎重的,不惟作者之大名是瞻。他说:"译书要认清自己的所短

---

① 参见:金圣华. 思灵谈傅雷与巴尔扎克//郭著章,等. 翻译名家研究. 武汉:湖北教育出版社,1999:329.
② 刘勰. 文心雕龙. 北京:中国社会科学出版社,2004:208.
③ 陈思和. 序//金梅. 傅雷传. 长沙:湖南文艺出版社,1993:1.
④ 参见:傅敏. 傅雷文集·书信卷. 合肥:安徽文艺出版社,1998:155.

所长，……得弄清楚自己最适宜于哪一派；……每一派中又是哪几个作家？同一作家又是哪几部作品？"①他既是这么认为的，也是这么去做的。比如，《红与黑》在我国也是深受读者欢迎的法国作品，但傅雷并没有以其畅销作为自己的选择标准，"史当达，我还是二十年前念过几本，似乎没有多大缘分。人民文学出版社也提议要我译《红与黑》，一时不想接受"；而对于中国读者普遍比较喜爱的另一位作家莫泊桑，傅雷虽觉得自己"还能胜任"，也仅仅准备挑选他的一些短篇，因为"最近看了莫泊桑两个长篇，觉得不对劲，而且也不合时代需要。布尔乔亚那套谈情说爱的玩艺儿看来不但怪腻儿，简直有些讨厌"②。其次，傅雷下笔之前必经过认真准备，绝不率尔操觚。他强调指出，"事先熟读原著，不厌求详，尤为要著"③，对喜欢的作品不精读四遍五遍，对原作意义没有百分之百的把握，绝不动笔。④ 因为只有"将原作(连同思想，感情，气氛，情调等等)化为我有，方能谈到移译"⑤。傅雷说："假如认为翻译可以无须准备酝酿，那是把翻译劳动的实质看得太简单了。"⑥再次，在具体动笔的过程中，至少有三点值得我们注意：(1) 傅雷对文字总是从艺术的高度再三推敲、百般锤炼，因为文学是语言的艺术，文学翻译也是语言的艺术，"文字问题基本也是个艺术眼光的问题"⑦。文学翻译能否传达原作的"神韵"，最终还是要落实到字句上，而要做到字字精当，句句传神，绝不是信手可以拈来的，而是"煞费苦心"的结果，所以，傅雷才会说，"琢磨文字的那部分工作尤其使我长年感到苦闷"⑧，"无奈一本书上了手，简直寝食不安，有时连打中觉也在梦中推敲字句"⑨。(2) 傅雷作为一位成就突出的翻译家，其翻译速度并不是

① 傅雷. 翻译经验点滴//罗新璋. 翻译论集. 北京:商务印书馆,1984:626.
② 参见:傅敏. 傅雷文集·书信卷. 合肥:安徽文艺出版社,1998:162;165.
③ 傅雷. 论文学翻译书//罗新璋. 翻译论集. 北京:商务印书馆,1984:695.
④ 傅雷. 翻译经验点滴//罗新璋. 翻译论集. 北京:商务印书馆,1984:626.
⑤ 傅雷. 论文学翻译书//罗新璋. 翻译论集. 北京:商务印书馆,1984:695.
⑥ 参见:傅敏. 傅雷文集·书信卷. 合肥:安徽文艺出版社,1998:209.
⑦ 傅雷. 翻译经验点滴//罗新璋. 翻译论集. 北京:商务印书馆,1984:628.
⑧ 傅雷. 翻译经验点滴//罗新璋. 翻译论集. 北京:商务印书馆,627.
⑨ 傅雷. 致林以亮论翻译书//罗新璋. 翻译论集. 北京:商务印书馆,1984:545.

我们想象中的那种驾轻就熟。傅雷在《致林以亮论翻译书》中谈到翻译 30 万字的《贝姨》花了七个半月,前后总要八个半月。林按:"以傅雷的经验和修养,每日平均也只不过译一千二百到一千五百字,可见翻译是快不来的。"①(3) 翻译文学精品是一遍一遍地修改出来的,而不是一蹴而就的。正像傅雷所说,"《高老头》正在重改,改得体无完肤,……重译之后早已誊好,而在重读一遍时又要大改特改"②;《贝姨》虽"改好誊好"了,但"文字也得作一次最后的润色"③;"《老实人》的译文前后改过八道"④。可见,"翻译工作要做好,必须一改再改三四改"⑤。最后,傅雷将定稿交付出版社,才算完成了翻译中的所有环节。而"定稿"不时也会引起"风波",出版社的不少编审都领教过傅雷的"脾气"。金圣华这样描述过,傅雷"当年翻译法国文豪的名著如《高老头》《约翰·克利斯朵夫》时,宁愿精益求精,一译再译,把自己的文稿修改得体无完肤,可是一经定稿,就不许编者妄自改动一字一句了"⑥。这从侧面也说明,傅雷译文中的每一字每一句,都已经过他的仔细斟酌、再三推敲,已是他认为最贴切、最适宜的选择,那些编者不会比他考虑得更深刻、更全面,也更周到。

　　上述对傅雷在翻译活动中几个环节的简要梳理,完全可以反映傅雷"过于认真与做一事就负起责任来的脾气"⑦。傅雷在 1954 年曾指出过:"时下的译者十分之九点九是十弃行,学书不成,学剑不成,无路可走才走上了翻译的路。本身原没有文艺的素质、素养;对内容只懂些皮毛,对文字只懂得表面,between lines(字里行间)的全摸不到。这不但国内为然,世界各国都是如此。单以克利斯朵夫与巴尔扎克,与服尔德几种英译本

---

① 参见:傅雷. 致林以亮论翻译书//罗新璋. 翻译论集. 北京:商务印书馆,1984:545.
② 参见:傅敏. 傅雷文集·书信卷. 合肥:安徽文艺出版社,1998:150-151.
③ 傅雷. 致林以亮论翻译书//罗新璋. 翻译论集. 北京:商务印书馆,1984:545.
④ 傅雷. 翻译经验点滴//罗新璋. 翻译论集. 北京:商务印书馆,1984:626.
⑤ 参见:傅敏. 傅雷文集·书信卷. 合肥:安徽文艺出版社,1998:603.
⑥ 参见:傅敏. 傅雷文集·书信卷. 合肥:安徽文艺出版社,1998:655.
⑦ 参见:傅敏. 傅雷文集·书信卷. 合肥:安徽文艺出版社,1998:253.

而论,差的地方简直令人出惊,态度之马虎亦是出人意外。"①国外的情况且不说,这段话反映了两个问题:一是译者的文学艺术修养不够,是能力或水平的问题;二是态度的问题,出人意料的马虎。因为这两点,便导致了"对内容只懂些皮毛,对文字只懂得表面,between lines 的全摸不到"的现象。这种现象,我们可以用一个字来概括:"浮"。傅雷在 1962 年谈到"慢就是快"的治学之路时说:"根基打不好,一切都筑在沙上,永久爬不上去。我觉得这一点特别值得我们深思。倘若一开始就猛冲,只求速成,临了非但一无结果,还造成不踏实的坏风气。德国人要不在整个十九世纪的前半期埋头苦干,在每一项学问中用死功夫,哪会在十九世纪末一直到今天,能在科学、考据、文学各方面放异彩?"②在这里,傅雷又给我们指出了治学中的另一现象,即急于求成乃至急功近利的危险现象,如果再用一个字来概括,就是"躁"。联系到翻译上来说,他是要告诫我们,搞文学翻译要"甘心情愿地多做几年学徒"③,"创作、绘画、弹琴,可能有一鸣惊人的天才,翻译则不大可能"④,"功夫用得不够,没吃足苦头决不能有好成绩"⑤!值得我们重视的是,傅雷在四五十年前就已指出的"浮""躁"的译风和学风,在今天却变成了一个突出的问题。

而傅雷是怎样评价他自己翻译的《约翰·克利斯朵夫》的呢?他认为,自己的译作"在品质上、在劳动强度与所费的时间上,在艺术成就上",是完全可以也经得住与英译、德译、俄译等大多数译作进行比较的。其中所谓"劳动强度",就是指傅雷在翻译《约翰·克利斯朵夫》过程中所下的功夫、所花的力气、对字里行间的深入;而"所费的时间",无疑是要说明,他在译作上所投入的时间、所花费的心血是"一般的译作"无法比的,那不是一部急于求成出来的译作。也可以说,傅译《约翰·克利斯朵夫》之所以在"品质上"、在"艺术上"有很高的成就和价值,是因为傅雷付出了相当

---

① 参见:傅敏. 傅雷文集·书信卷. 合肥:安徽文艺出版社,1998:167.
② 参见:傅敏. 傅雷文集·书信卷. 合肥:安徽文艺出版社,1998:579.
③ 傅雷. 翻译经验点滴//罗新璋. 翻译论集. 北京:商务印书馆,1984:629.
④ 参见:傅敏. 傅雷文集·书信卷. 合肥:安徽文艺出版社,1998:159.
⑤ 参见:傅敏. 傅雷文集·书信卷. 合肥:安徽文艺出版社,1998:360.

的"劳动强度"和相当的时间,所以,他的译作赢得了"读者的需要"①,也是理所当然的。傅雷在翻译《约翰·克利斯朵夫》和一系列法国文学作品中所表现出来的认真踏实的工作作风,与当今越来越突出的浮躁译风形成了鲜明的对比。

除了"认真"外,傅雷对艺术、对文学翻译还表现出极大的热情,"近乎狂热"。傅雷从不否认自己性格中有"热烈"的一面,认为自己是"有热情"的人,而且是"热情强"的人。② 在傅聪眼里,父亲"充满了热情";罗新璋也说,傅雷对文学翻译工作"极端热诚"③。傅雷曾在纪念莫扎特诞辰二百周年的文章中写道,莫扎特"以不断的创造征服不断的苦难,以永远乐观的心情应付残酷的现实,……他的永远乐观,始终积极的精神,对我们是个极大的鼓励"④。这些话也是对傅雷自己于 20 世纪三四十年代在黑暗的岁月里翻译《约翰·克利斯朵夫》的最好写照,不但是他以乐观的心情应付残酷的现实,也是他"以光明消灭黑暗的具体实践"。正因为傅雷用火热的感情深入作品,用燃烧的激情熔化了作品,他才能译出对中国读者具有如此感染力和穿透力的《约翰·克利斯朵夫》,才能把一部外国文学作品原有的艺术魅力充分、得当、精彩地表现出来。

我们在前面曾从翻译的角度把敬隐渔与傅雷做了比较,分析了傅译《约翰·克利斯朵夫》这部翻译文学经典在中国诞生的几个因素,指出了除去译者通常具有的基本条件外,艺术修养、激情气质与持久毅力构成了傅雷成功翻译《约翰·克利斯朵夫》的另外三个不可或缺的硬性条件,同时也指出,激情与严肃,构成了傅雷形象的主要表征。"激情"与我们现在说的"热情"基本一致;"严肃"也就是我们现在所说的"认真";"毅力"则是严肃的态度的一种表现。而在此,我们还要说到傅雷在求真的艺术活动中的另一种严肃姿态:执着、进取。

---

① 参见:傅敏. 傅雷文集·书信卷. 合肥:安徽文艺出版社,1998:208-209.
② 参见:傅敏. 傅雷文集·书信卷. 合肥:安徽文艺出版社,1998:575.
③ 罗新璋. 读傅雷译品随感//金圣华. 傅雷与他的世界. 北京:生活·读书·新知三联书店,1996:166.
④ 参见:傅敏. 傅雷文集·艺术卷. 合肥:安徽文艺出版社,1998:298-299.

《傅雷传》的作者金梅说过,傅雷的一流译品,与他在法语、文学及整个学识上的高深造诣,与他严肃认真的治学态度和从不满足的进取精神有关。① 的确,在傅雷眼里,艺术的境界是无穷的,而他对于艺术又是那么狂热,所以,尽管他有着极高的文艺修养和丰富的翻译经验,在我们眼里,已是当之无愧的翻译巨匠,但他仍然苛求自己,认为自己的译文"成绩只能说'清顺'"②,"句子的转弯抹角太生硬,色彩单调,说理强而描绘弱"③。他"对自己的译文从未满意",总是给自己提出更高的要求。因为总是不断地注意到自己可能有的不足和局限,所以,他也使自己总是处在不断的进取和追求之中,在文学翻译的动态活动里,追求"行文流畅、用字丰富、色彩变化"的"预定目标";④在翻译文学的生成上,追求"神似"的效果和风格的"浑成"。"永远不完全所以才是真完全"⑤,这是傅聪对傅雷的艺术追求活动的最好的表述和最好的领悟。

这种不断进取的姿态也体现出傅雷对于艺术的执着。热情与执着在傅雷身上是结合在一起的,所以傅聪才会说,父亲"文章的每一字每一句都充满了热情,很执着";傅雷也自认为"狂热"与"执着"是他性格的一个方面,而且,"执着的时候非常执着"。⑥ 正因为傅雷"执着真理"⑦,他才能在文学翻译实践那绝非一帆风顺的"求真"的过程中,明知"艺术的境界无穷,个人的才能有限"⑧,明知绝对的忠实达不到,也始终保持"知其不可为而为之的精神","对自己的工作还是一个劲儿死干"⑨,以求自己的艺术水平再上一层楼,以求自己的译品与原作最大可能地达到浑然一致、和谐

---

① 金梅. 傅雷传. 长沙:湖南文艺出版社,1997:227.
② 傅雷. 致林以亮论翻译书//罗新璋. 翻译论集. 北京:商务印书馆,1984:545.
③ 参见:傅敏. 傅雷文集·书信卷. 合肥:安徽文艺出版社,1998:608.
④ 傅雷. 论文学翻译书//罗新璋. 翻译论集. 北京:商务印书馆,1984:694.
⑤ 傅聪. 傅聪写给父母亲的一封家书//傅敏. 傅雷文集·书信卷. 合肥:安徽文艺出版社,1998:649.
⑥ 参见:傅敏. 傅雷文集·书信卷. 合肥:安徽文艺出版社,1998:575, 619.
⑦ 参见:傅敏. 傅雷文集·书信卷. 合肥:安徽文艺出版社,1998:576.
⑧ 傅雷.《高老头》重译本序//罗新璋. 翻译论集. 北京:商务印书馆,1984:559.
⑨ 参见:傅敏. 傅雷文集·书信卷. 合肥:安徽文艺出版社,1998:598;597.

统一。

　　热情(激情)、严肃认真、执着进取,构成了傅雷精神的主要内涵。如果我们仅仅看到傅雷高超的文学艺术修养,显然是不够的,因为文艺修养只是一个译者应该具有的文学翻译的基本功,它最终属于一种客观的条件;而精神的东西则是一种主观姿态,若没有这种主观姿态,客观条件再好,也很难保证事业有成。傅雷之所以能成为当代伟大的翻译家,不仅仅是因为他卓越的文艺才华,还因为他具有这样的主观姿态,这样的精神品格:热情(激情)、严肃认真、执着进取。然而,今天的翻译界,"译风的普遍浮躁","译书质量的普遍粗糙",已经成为译事昌盛的背后潜藏着的一大危机;不但"译者水平太差",工作态度也差,"没有明白就翻译"。① 所以,对于我们今天的翻译界乃至整个学界来说,傅雷精神正是治疗浮躁毛病的一剂对症良药。

　　为什么傅雷对文学艺术那么热情(充满激情),那么严肃认真,又那么执着进取?如果我们深挖下去,追问下去,会发现在傅雷这些精神品格后面,有一幅"赤子之心"的宏大背景,在这幅背景上,我们看到了傅雷对艺术的"热烈的""如火如荼的"爱,对艺术的理想境界的"高尚的""忘我的"追求,以及对文学翻译的情有独钟。傅雷说,他"热爱文艺",并"自信对艺术的热爱与执着,在整个中国也不是很多人有的"。② 而正因为"感情与了解互为因果",所以,对文学作品爱之愈切,领悟愈深;而领悟愈深,译者与作者愈能发生思想的接合和心灵深处的共鸣,译者也就愈能传达出作品的"神韵"。而且,傅雷对文艺的热爱还是那么"真诚""洁白",他说,一个艺术家要"始终抱着崇高的理想。忠于自己的艺术";"大多数从事艺术的人,缺少真诚",然而,"真诚是第一把艺术的钥匙"。③

　　如果我们再深挖下去,再追问下去,为什么傅雷对于艺术那般热爱,并带着这样的追问,继续凝视那幅"赤子之心"的宏大背景,我们会渐渐发

---

① 许钧. 翻译的危机与批评的缺席. 新华文摘,2005(22):129-130.
② 参见:傅敏. 傅雷文集·书信卷. 合肥:安徽文艺出版社,1998:421;581.
③ 参见:傅敏. 傅雷文集·书信卷. 合肥:安徽文艺出版社,1998:263;421.

现一个冰清玉洁的人生境界,那么崇高,越看越让当代之吾人自惭形秽,"不敢随便瞻仰"①。这一境界与罗曼·罗兰的启示不无关系。

1934 年 3 月,傅雷致函罗曼·罗兰,其中向罗兰讨教了"英雄主义"。罗兰在 6 月的复函中答解说:"夫吾人所处之时代乃一切民众遭受磨炼与战斗之时代也;为骄傲为荣誉而成为伟大,未足也;必当为公众服务而成为伟大。最伟大之领袖必为一民族乃至全人类之忠仆,……吾人在艺术与行动上所应唤醒者,盖亦此崇高之社会意义与深刻之人道观念耳。"②罗曼·罗兰的话对傅雷日后人生观的形成无疑有着推助作用,因为傅雷后来也正像罗曼·罗兰所劝告的那样,"洁身自好之士惟有隐遁于深邃之思想境域中",以从事文学翻译来推动社会进步,来为人民大众服务,用文学翻译把人生的境界和艺术的境界叠合在"赤子之心"的宏大背景上。20 世纪 50 年代末 60 年代初,傅雷说过,"国内情形还得艰苦几年,只有耐性埋头尽我的本分,在我的岗位上干些小小的工作,也许一时对国计民生毫无补益,可能将来还能给人一点儿帮助";"人的伟大是在于帮助别人,受教育的目的是培养和积累更大的力量去帮助别人,而绝不是盲目的自我扩张"。③ 从中,我们既可以看出罗曼·罗兰给傅雷的启示,也可以看出东、西两位大家的人生观息息相通。"为人类共同的事业——文明,出一分力,尽一分责任"④,这虽是傅雷所说,但也和罗曼·罗兰的人生信仰相通。

用文学翻译来为社会服务,来振兴民族,给予别人精神上的慰藉和帮助,以大德无名、大勇无功的姿态为社会的文明默默奉献一生,恪尽职守,这就是傅雷的人生理想和生命追求,这就是罗曼·罗兰说的"为公众服务"而成为的"伟大"。当我们景仰这种崇高的人生境界、这种"秉德无私"的道德高峰,正如景仰"在我之上的星空和居我心中的道德法则"⑤,我们

---

① 参见:傅敏. 傅雷文集·书信卷. 合肥:安徽文艺出版社,1998:340.

② 罗曼·罗兰. 罗曼·罗兰致译者书. 罗新璋,译//傅雷. 傅译传记五种. 北京:生活·读书·新知三联书店,1996:397-399.

③ 参见:傅敏. 傅雷文集·书信卷. 合肥:安徽文艺出版社,1998:266;538.

④ 参见:傅敏. 傅雷文集·书信卷. 合肥:安徽文艺出版社,1998:263.

⑤ 康德. 实践理性批判. 韩水法,译. 北京:商务印书馆,2003:177.

那久已尘封的心田,想必不由得会产生久违的精神触动和强烈震撼!

翻译的新世纪在呼唤傅雷精神。现在,我们还可以看出,傅雷的精神品格中,还有"理想"二字。正因为傅雷的理想是对其人生理想和艺术理想的融合,他对文学艺术才有那般的热情(乃至激情),那般的严肃认真和执着进取,他才会拥有一颗超凡脱俗的"赤子之心",同时也是一颗"伟大的心",①它充满了对艺术的"近乎狂热"的爱和对民众的"大慈大悲"的情感②,披肝沥胆地给我们捧出了它的纯真:"忠于自己的艺术",为读者大众之忠仆;呕心沥血地为我们奉献出了不朽的译著——《约翰·克利斯朵夫》。

二、对当前翻译理论中的重要问题的回应

翻译文学经典是从文学翻译角度检验了它的忠实程度,从翻译文学角度检验了它的艺术魅力后得出的。而翻译文学经典的艺术魅力主要取决于原作的艺术魅力,而不是译者的生花妙笔,因此,翻译文学是否具有原作的艺术魅力,最终还是取决于对原作的忠实程度。所以,"忠实"无论对于文学翻译还是对于翻译文学,都是一个重要的标准,它既是文学翻译理论也是翻译文学理论中的一个重要基石。

创作是作家通过自己独特的内心生命体验,来描绘理想中的艺术世界,翻译是译者通过自己的内心审美感受来描绘作者笔下的艺术世界;创作是表达作者的思想,翻译不是表达译者的思想,而是作者的思想。尽管译者在再创作的过程中,不可避免地会融进自己的才华,但译者的才华无论从质还是从量讲,都构不成也不应构成对原作的挑战,而通常提倡译者要选择与自己风格相同或相近的作者,就是要用译者的风格更好地彰显作者的风格;创作是开辟新路,翻译不是另辟蹊径;创作是作者在自己的心灵炼炉打造自己想要的产品,翻译是译者在自己的心灵炼炉打造带有

---

① 参见:傅敏. 傅雷文集·书信卷. 合肥:安徽文艺出版社,1998:421.
② 傅聪语。参见:艾雨. 与傅聪谈音乐. 北京:生活·读书·新知三联书店,1999:84.

自己风格特色的原作者的产品;单靠模仿创造不出有血有肉的充满活力的艺术生命,翻译离开模仿便不是翻译而是创作,翻译活动的再创造性不能独立于模仿性之外,否则就不是翻译活动。原作既然是文学翻译模仿的对象,文学翻译活动最后的静态结果——译作,当然要以原作的艺术生命作为自己的艺术生命,以原作的艺术价值和审美情趣作为自己的艺术价值和审美情趣。要做到这些,使译作中的艺术生命、艺术价值和审美情趣与原作中的相同,使译作中具有原作中同样的艺术形象,那就必须以"忠实"作为翻译标准。这就使得"忠实"标准应运而生。

然而,文学翻译不可能达到绝对忠实或百分之百忠实的结果,这是不可否认的客观事实。就像钱锺书所说:"彻底和全部的'化'是不可实现的理想。"①朱光潜也说:"绝对的信只是一个理想,事实上很不易做到。"②既然是客观事实,我们就应该正视它,对它进行分析,这种分析至少可以建立在以下两个层面上:其一,文学具有感情、美和想象三个特质③。感情、美和想象三者缠绵融合,使得文学作品的语言具有诗性,意义变得隽永,意象变得富丽,言外有意,意外有韵,象外有致。文学就用自己这样的艺术世界给人情的感动、美的净化和精神的升华。从作者来说,文学是心灵的倾诉和呼喊;从读者来说,文学是心灵的聆听和回应。一个读者读到了优秀的作品会感动不已,他会与书中的人物共命运。可是,当无数的读者都对某部杰作产生了感动,都随书中的人物的命运大喜大悲时,实际体现在每一个读者心中的这种感动或大喜大悲还是很有差异的。这就是文学。文学作品中的情感、美感和想象在每一个读者心里即使发生同样的艺术效力,但让读者各自表达,必是春花秋月,各有风姿。因为情感、美感和想象本身是有弹性的,它们都能使语言充满张力,创造出可以撞击无数读者的心灵深处、可以包容无数读者的内心世界的广阔的艺术空间。这就是文学作品本质特征的表现,也是文学作品不同于科学作品的地方。

---

① 钱锺书. 林纾的翻译//罗新璋. 翻译论集. 北京:商务印书馆,1984:698.
② 参见:陈福康. 中国译学理论史稿. 上海:上海外语教育出版社,1992:350.
③ 老舍. 文学概论讲义. 上海:复旦大学出版社,2004:48.

因情因美因想象,文学语言不可能等同于科学语言。科学翻译可以做到绝对忠实、百分之百忠实,文学翻译不可能做到,因为文学具有科学作品不会有或绝少有的令人心潮澎湃的情感、能够净化心灵的美感和令人心旷神怡的想象。其二,翻译是语言转换的活动,但两种语言因两个民族大到文化背景小到生活方式的不同而存在差异。前文说过,傅雷由于毕生从事文学翻译实践,对中西语言的实质差异有着深刻的认识,他已经给我们指出了中西语言文字之间的种种不同(见《〈高老头〉重译本序》),并让我们注意到造成这种种差异的根本原因——中西两种不同的"美学原则"①和不同的"思想方式"②。所以,"任何译文总是在'过与不及'两个极端中荡来荡去,而在中文为尤甚"③。这就是说,"过与不及"是翻译作品最终达到的一个客观结果,它与原作最终达成这种关系既不可否认,又不可避免。当然,翻译时应"尽量缩短这个距离,过则求其勿太过,不及则求其勿过于不及"④。

既然文学翻译不可能达到绝对或百分之百的忠实,是否还有必要继续标举"忠实"的翻译观呢?这就需要我们对文学和文学翻译活动做进一步的探讨。

文学作品的另一显著特征是具有形象性,但这个形象并不是对现实世界的逼真反映,它是经过作家理想的炼炉锻造出来的形象,因而它不但具有情感性和审美性,还具有已经理想化的想象性。完全可以说,文学作品中的形象是建立在理想基础上的想象。理想性是文学的恒定因素之一,也是重要因素之一。为什么称写作为创作呢?就是因为作家是按自己的理想去打造文学作品的,文学的创造性就表现在理想性上,没有理想就谈不上创作。诺贝尔在遗言中,要求把诺贝尔文学奖"授予在文学领域

① 参见:傅敏. 傅雷文集·书信卷. 合肥:安徽文艺出版社,1998:147.
② 参见:傅雷.《高老头》重译本序//罗新璋. 翻译论集. 北京:商务印书馆,1984:558;傅雷. 翻译经验点滴//罗新璋. 翻译论集. 北京:商务印书馆,1984:627;傅雷. 论文学翻译书//罗新璋. 翻译论集. 北京:商务印书馆,1984:694.
③ 参见:傅敏. 傅雷文集·书信卷. 合肥:安徽文艺出版社,1998:147.
④ 傅雷.《高老头》重译本序//罗新璋. 翻译论集. 北京:商务印书馆,1984:559.

里写出富于理想主义倾向的最杰出作品的人",也说明理想对于文学创作之重要。黑格尔说:"只有通过心灵而且由心灵的创造活动产生出来,艺术作品才成其为艺术作品。"①这就是说,作品是作者在自己的心灵世界中按自己的审美理想创造出来的文本。所以,文学作品中表现的艺术世界,是现实中不存在的理想世界;文学作品的意境,总是处于现实之外。文学作品的魅力就在这里,它离不开理想,如果文学只剩下现实,将不再成为文学。

　　而文学的理想来源于人的理想,因为文学说到底还是人学。人类对现实世界的不满足导致了人类理想的诞生,人类对现实世界的永不满足导致人类对理想的追求永无止境。即使最现实的人也有自己的理想世界,而他的非常现实的理想一旦实现,他仍会有新的理想追求,这是因为人有精神活动。人的精神活动使得人既是现实中的人,也是理想中的人,现实是不尽如人意的,而理想是可以尽善尽美的,所以现实中的人不可能不向往理想中的完美,不可能不憧憬那超越现实生活的理想家园。这种理想家园虽具有乌托邦的性质,但可以使我们的生命趋向完美。生命的价值并不在于一定要百分之百地实现理想,而在于追求理想和真理的活动和过程,在这活动中,积极调整自己的姿态,追求,进取,去逼近理想和真理;在这过程中,因发挥了自己最大的潜能,实现了自我的最高价值,而享受到每前进一步的喜悦,感受到超越不完美的现实的生命升华。如此说,我们当然可以把我们精神世界中的完美境地和圆满理想,作为我们生活努力的一个方向。这是一种积极的生命姿态。

　　上述从文学到人学的简要说明,基本可以揭示文学的特质和真谛以及生命活动的实质和价值。再从文学翻译层面看,忠实的必要性表现在以下几个方面。首先,没有原作,就没有翻译活动,翻译活动以原作的存在为前提。其次,翻译活动的本质属性并没有改变。翻译活动是对原作的再创造,以原作展现的艺术世界作为自己的疆域,所以这个二度创作当

---

① 黑格尔. 美学//朱光潜. 朱光潜全集(第 13 卷). 合肥:安徽教育出版社,1996: 47.

然要忠实于一度创作。翻译活动的目的是沟通,沟通当然需要译者的忠实的传导。翻译家江枫曾对笔者说,文学翻译活动是以原作为中心的向心运动。这句话也说中了翻译活动的实质。再次,在忠实的问题上,作者最有决定权;读者最有发言权,他们对译作的期待是"忠实"。这两点应比任何高深玄奥的理论更管用。所以,译者应正确认识自己的主体作用,他在语言转换上有机动权,但这个机动权是为了铺好路搭好桥,更相宜地变通语言。再从另一个角度看作者、译者和读者的关系:一个读者可以按自己的意愿任意解构作品,但一个译者不能先把原作解构了;作者把意义放在十字路口,译者也应把意义放在十字路口,而不能自作主张把意义四处"播散"。这是因为读者的阅读是终端阅读,而译者的阅读是中介性的阅读,不是到此为止,不是终端阅读。就像谢天振把"译介学"译为 medio-translatology 一样,强调"翻译"的"medio"作用,也就是钱锺书所说的翻译的"居间"作用或译者的"居间者"的作用。①

通过上面对文学和文学翻译的两次探讨,现在,我们可以来看忠实的"应然"与"实然"的关系。文学翻译在客观上绝对忠实的达不到,不等于主观上确立忠实标准的不可行。译作达不到百分之百的忠实是"实然",以忠实作为指导原则和翻译标准是"应然";"实然"与"应然"之间出现张力与不协调,并不意味着二者就是势不两立的关系,相反,二者仍是相辅相成的关系,因为很显然,取消了忠实观这个"应然",自由度将无限扩张,最终就谈不上相对忠实的"实然";而确立忠实为"应然",则可以使译作尽可能地接近原作,达到可信度尽可能高的"实然"。所以,有了忠实之"应然",才会有相对忠实之"实然"。换言之,二者的关系也是哲学之"是"与"应该"的关系,相对忠实之"是",不是对忠实之"应该"的扬弃,而是对后者的非其不可的呼唤,因为忠实之"应该"是达到相对忠实之"是"的一个保证。而且,以忠实作为"应然""应该"的价值取向,是译作最大可能地忠实于原作的根本性的内在动力。

文学翻译的忠实问题,"始终是一个困扰着译者的基本问题,它总是

---

① 钱锺书. 林纾的翻译//罗新璋. 翻译论集. 北京:商务印书馆,1984:698.

尖锐地摆在我们面前……在漫长的翻译史上,忠实一直是作为翻译思考中的关键概念而出现的"①。因此,忠实问题值得我们在此稍作停留,来对西方后现代理论做如下两点分析。

　　第一,怎样理解西方后现代中的一些理论。罗兰·巴特(Roland Barthes)在1968年发表了一篇观点鲜明的文章《作者的死亡》,强调指出,"古典主义批评从未关注过读者;按古典主义批评观,文学中没有他者,只有写作者",而"赋予文本一位作者,就等于给文本硬套上一个箍,等于赋予文本一个最终的所指,这是在关闭写作",所以,"为使写作能有未来,就应该把写作的神话这样颠倒过来:只有作者的死亡才能换来读者的诞生"。很显然,巴特提出"作者的死亡",是为了强调"文本的整体性并不存在于其源头之中,而是存在于其终点之中";②文学批评不能忽视读者,不能排斥读者,没有读者的最终参与,文本是不完整的。但如果一个译者认为作者死了,译者的主体性可以不受约束了,可以自由无拘地翻译作品给读者看了,这其实正是对读者的忽视,正是巴特所竭力反对的,因为这样做,文本的整体性便被译者截断,便不可能"存在于其终点之中"。这正好与巴特提出的"作者的死亡"的初衷相悖,因而不可能真正地关注读者。巴特的名句"只有作者的死亡才能换来读者的诞生",用在翻译中,应诠释为"只有译者的死亡才能换来读者的诞生"。这样的诠释虽然偏激,但它才是巴特所要表达的意思,而绝不是用作者的死亡换来译者的主体性的扩张。巴特在三年后又指出,"作者要想回到自己的文本里,也只能作为一个客人"③,意图所指,还是试图提高读者的地位。巴特给作者一个"客人"的身份,是为了把"主人"的身份让位给读者,而不是译者,或者至少说,是把一个平等的身份交给读者,巴特绝不是希望译者来抢占作者原先

---

① Amparo Hurtado Albir. *La Notion de fidélité en traduction*. Paris：Didier Erudition，1990：10.

② Roland Barthes. La mort de l'auteur，1968. In Eric Marty. *Roland Barthes œuvres complètes Tome II 1966—1973*. Paris：Editions du Seuil，1994：494-495.

③ Roland Barthes. De l'oeuvre au texte，1971. In Eric Marty. *Roland Barthes œuvres complètes Tome II 1966—1973*. Paris：Editions du Seuil，1994：1215.

的位置的。所以,译者如果真想"关注"读者,重视读者,就应当时时记住自己的"中介"角色,尽量做到原汁原味地传译原作,也就是尽量忠实地传译原作。

第二,怎样辩证地看待后现代理论中的"忠实"问题。本雅明(Walter Benjamin)从不主张关注读者,他反对以读者为中心,这与罗兰·巴特相反。本雅明"不单轻看读者,连原作者的意图也不屑一顾";而"与本雅明相比,德里达(Jacques Derrida)的不可译论来得更彻底"。① 我们就拿这两人的言论来做分析。德里达说:"任何翻译,无论是最好的还是最差的,其实均处于两极之间,处于绝对贴切、最恰当、适宜和简单透明与最离题和模糊不当之间。"这就说明,无论德里达承认不承认,"忠实"(即"绝对贴切")是作为一个不张扬的标准,存在于那一极的。或者说,德里达也不由自主地把忠实作为高标准的那一极。德里达又说,"忠于原作的誓言……是注定要遭背叛的誓言,或者说,注定是一个伪誓",②而"伪"誓或"假"誓都是以"真"的存在为判断的,具体说,是以"忠实"标准的不可否认的存在为判断的,只是忠实隐而不露而已。而本雅明在指出对一篇译作的最高赞誉并不是指它读起来仿佛原初就是用那种语言写出来的时候说,"忠实是由直译提供保证的"③,这也说明"忠实"是存在的,只是需要直译的手段。德里达与本雅明的话不但反证了"忠实"标准的客观存在和必然存在,无意中还证明了一个朴素的道理:"真"者不露相。

乔治·穆南(Georges Mounin)曾经论述过翻译的限度与可行,他的观点或许对我们认识文学翻译的"忠实"问题会有借鉴作用。他认为,"从科学的意义看,翻译是不可能的",但这"并不损害翻译活动实践上的可行

---

① 参见:陈德鸿,等. 西方翻译理论精选. 香港:香港城市大学出版社,2000:197-198,211.

② Jacques Derrida. What is a "relevant" translation?. Trans. Lawrence Venuti. *Critical Inquiry*,2001,27(2):179,183.

③ Walter Benjamin. The task of the translator. Trans. Harry Zohn. In Lawrence Venuti (ed.). *The Translation Studies Reader*. London & New York: Routledge,2000:21.

性","翻译的实践证明了翻译的可行"。① 这一观点应用到"忠实"的问题上应该等于说,从科学的意义上看,"忠实"是达不到的,或者说,"绝对忠实"是达不到的,但这并不妨碍"忠实"在实践层面的可行。而事实上,"忠实"几千年的实践理性已经证明了"忠实"的可行。翻译"是个古老行业,仍然需要以古老的态度与方法来对之:对原文要谨慎、忠实"②,刘靖之从事翻译工作 30 年得来的体认,值得我们静思。

然而,在后现代理论盛行的当今,取消传统中心,否定终极真理的主张大行其道,任何定于一尊之物都遭到了无情嘲弄。翻译理论也受到后现代这一"病毒""感染"③,出现了严重的"信仰危机",其突出表现就是传统的"忠实"观受到质疑乃至否定。有人就认为:"文学翻译中'忠实'是无法做到的,而文学翻译中的混乱和问题则都是由'忠实'二字引起的,因此,只要不谈或干脆取消'忠实'二字,文学翻译的一切问题便都不存在了。"④尽管上文我们从文学和文学翻译两个层面对"绝对忠实"的问题进行了一步又一步的分析,并指出了忠实的"实然"与"应然",但时下对忠实的质疑声和否定声,因自以为在西方后现代理论中找到了支持,还相当流行。重要的问题在于,翻译是实践性很强的艺术,翻译理论不是束之高阁的屠龙术,它对翻译实践有着直接的指导作用,所以,像"取消忠实""不应该忠实"这样的翻译主张,必然要让翻译实践陷入迷茫,给翻译实践带来失范和混乱。而实际上,这种负面影响也已经出现,因为时下的浮躁译风中所暴露出来的错译、乱译乃至胡译的现象,不能不说与这种观点主张的流行有关,不能不说与译者对原作的"忠实"或"求真"、求信的姿态缺失有关。这是尤为值得当前译界警醒和慎重对待的一个重要问题。上述观点归纳起来就是:忠实"只是一种理想","无法做到",因而"不应该忠实",

---

① Georges Mounin. *Les Problèmes théoriques de la traduction*. Paris:Editions Gallimard,1963:29,40,271.

② 刘靖之. 神似与形似——刘靖之论翻译. 台北:书林出版有限公司,1996:序 VIII.

③ 威尔什语。参见:吴元迈. 20 世纪法国文学史. 青岛:青岛出版社,2004:序 11.

④ 参见:王理行. 忠实是文学翻译的目标和标准. 外国文学,2003(2):99.

"或干脆取消忠实"。说得更清楚一点,也就是"绝对的、百分之百的忠实做不到,所以取消忠实"的问题。

然而,难道中外翻译史上占据了几千年主导地位的忠实观,只是一种错觉? 过去我们对忠实的长期追求完全是处于盲目的? 难道我们真的就要因为文学翻译达不到绝对的、百分之百的忠实,而从此抛弃忠实的价值观、取消忠实作为文学翻译的目标和标准? 翻译实践何去何从,翻译理论究竟给翻译实践一个什么方向,文学翻译到底要不要忠实? 这些问题是当前译界面临的迷惑。而在这迷惑中,我们想到了傅雷。傅雷的翻译主张已在自己大量的翻译实践中得到了印证,反过来说,他在翻译实践中取得的巨大成就,完全可以证明他的翻译主张的合理、适当和可行。理论的混乱需要匡正,实践的失范需要规范。傅雷作为一个公认的优秀、杰出的翻译家,他所走过的成功之路值得我们追寻,他在长期的翻译实践中获得的翻译经验和形成的翻译观念值得我们参考,他在面对绝对忠实达不到时所采取的姿态和所做出的选择值得我们重视,尤其是他翻译的《约翰·克利斯朵夫》成为翻译文学中的经典力作的内在因素更值得我们探索,应当会对我们大有启示,应当会让我们对"忠实"有清楚的再认识。

傅雷无疑是个忠实论者和忠实实践者,他说过:"翻译作品不仅仅在于了解与体会,还需要进一步把我所了解的,体会的,又忠实又动人地表达出来。"[①]他在《约翰·克利斯朵夫》的《译者弁言》中说:"译者谦卑地写这篇说明作为引子,希望为一般探宝山的人做一个即使不高明,至少还算忠实的向导。"这说明他是以忠实于原作为指导原则来翻译罗兰作品的。而且,傅雷对原作 *Jean-Christophe* 和作者罗兰忠实的诚信度还是很高的,他说过,译者应"亦步亦趋地跟在伟大的作家后面,把他的心曲诉说给读者听。……要做他的代言人,也得像宗教家一般的虔诚"[②],"虔诚"所追求的"信",还不是一般的"真"的问题,还带有"信仰"的"信"的意味。

由于长期从事文学翻译活动,傅雷充分认识到,"真正要和原作铢两

---

①　傅雷. 翻译经验点滴//罗新璋. 翻译论集. 北京:商务印书馆,1984:626.
②　傅雷. 翻译经验点滴//罗新璋. 翻译论集. 北京:商务印书馆,1984:628.

悉称,可以说是无法兑现的理想"①,"即使是最优秀的译文,其韵味较之原文仍不免过或不及"②,也就是说,他充分认识到了文学翻译不可能达到绝对的忠实。但是,他并没有因此放弃忠实的目标追求,还是努力争取"做到尽量的近似"③,"尽量缩短(过或不及)这个距离"④。傅雷说:"艺术的高峰是客观的存在,决不会原谅我的渺小而来迁就我的。取法乎上,得乎其中,一切学问都是如此。"⑤傅雷在面对绝对忠实达不到这个客观问题时坚持的主张和努力的方向,值得我们好好思考忠实之"应然"、之必要。傅雷说,"任何艺术最难的是'完整'……其实 perfection[完美,完整]根本不存在的,整个人生,世界……都谈不上 perfection";"艺术没有止境,没有perfect 的一天,人生也没有 perfect 的一天! 唯其如此,才需要我们日以继夜,终生的追求、苦练"。⑥ 这些话正反映了傅雷对于艺术和生命的正确体认,以及他对艺术工作和翻译事业所采取的积极姿态。傅雷在《约翰·克利斯朵夫》的《译者弁言》中指出:"所谓完全并非圆满无缺,而是颠扑不破的、再接再厉的向着比较圆满无缺的前途迈进的意思。"⑦这就等于说,所谓忠实,并非百分之百,而是颠扑不破地、再接再厉地向着较为忠实的目标迈进的意思。正因为傅雷领悟到了文学的特质和真谛,意识到了生命活动的实质和价值,他才能在文学翻译活动中,始终以忠实为追求目标,从不曾放弃,也不曾放松,尽力地逼近原真,尽力地趋向完美,即便不能达到百分之百忠实,也"不因此灰心,照样'知其不可为而为之'"⑧。正所谓"高山仰止,景行行止","虽不能至,心向往之"。艺术的真谛和生命的价值,都体现在这样的追求活动之中。傅雷在追求王国维指认的"学

---

① 参见:傅敏. 傅雷文集·书信卷. 合肥:安徽文艺出版社,1998:158.
② 傅雷.《高老头》重译本序//罗新璋. 翻译论集. 北京:商务印书馆,1984:559.
③ 参见:傅敏. 傅雷文集·书信卷. 合肥:安徽文艺出版社,1998:158.
④ 傅雷.《高老头》重译本序//罗新璋. 翻译论集. 北京:商务印书馆,1984:559.
⑤ 傅雷. 翻译经验点滴//罗新璋. 翻译论集. 北京:商务印书馆,1984:628.
⑥ 参见:傅敏. 傅雷文集·书信卷. 合肥:安徽文艺出版社,1998:375,372.
⑦ 傅雷. 译者弁言//傅敏. 傅雷译罗曼·罗兰名作集. 郑州:河南人民出版社,1998:7.
⑧ 参见:傅敏. 傅雷文集·书信卷. 合肥:安徽文艺出版社,1998:608.

问"境界的同时,也实现了对自我生命存在的有限性的超越,使自我也上升到一种"人生"的境界:"归去,也无风雨也无晴。"①

三、对当前翻译文学研究中的热点问题的回应

傅译《约翰·克利斯朵夫》作为翻译文学经典,与外国文学和中国文学是什么关系? 在回答这个问题之前,有必要跟随《约翰·克利斯朵夫》,在当前学界再做一番"巡礼",因为翻译文学与外国文学和与中国文学的关系,正是时下译界乃至比较文学界探讨的一个热点问题。

翻译文学能够渐渐引起学界的关注,离不开谢天振对翻译文学地位的大力张扬。早在 1989 年,谢天振就发表了《为"弃儿"找归宿——翻译在文学史中的地位》一文,指出"文学翻译中不可避免的创造性叛逆,决定了翻译文学不可能等同于外国文学",并提出"恢复翻译文学在中国现代文学史上的地位"的主张。② 不久后,他又发表了《翻译文学史:挑战与前景》和《翻译文学——争取承认的文学》两文,再次指出"翻译文学在国别(民族)文学中的重要地位,并且把它作为一个相对独立的文学事实予以叙述,这是值得肯定的"③,同时指出:"在 20 世纪这个人们公认的翻译的世纪行将结束的时机,也许该是到了我们对文学翻译和翻译文学作出正确的评价并从理论上给予承认的时候了。"④尽管在谢天振之前也有几篇关于翻译文学的文章发表⑤,但或许由于发表这些文章的刊物与翻译的关系不大,或许由于所谈的内容的侧重问题或其他客观原因,这些文章在译界的影响不很明显。而毫无疑问,正是谢天振的几篇力作,才渐渐引发了

① 苏轼. 定风波//苏轼全集. 上海:上海古籍出版社,2000:596.
② 谢天振. 为"弃儿"找归宿——翻译在文学史中的地位. 上海文论,1989(6):60,62.
③ 谢天振. 译介学. 上海:上海外语教育出版社,1999:227.(《翻译文学史:挑战与前景》一文最早发表于《中国比较文学》1990 年第 2 期。)
④ 谢天振. 翻译文学——争取承认的文学. 中国翻译,1992(1):22.
⑤ 如:陈玉刚. 论翻译文学的地位和作用. 社会科学辑刊,1985(2):125-134;李慈健. 论近代翻译文学. 河南大学学报,1987(2):16-20 + 27;李必录,钱荫愉. 外国文学·翻译文学·比较文学. 贵州大学学报,1988(3):40-45.

译界和比较文学界乃至文学界对翻译文学的研究和探讨的热情。

当然,谢天振旗帜鲜明的观点也引来其他学者的质疑。1995 年的《书城》杂志曾为两种不同的观点即认为"翻译文学是中国文学的组成部分"和认为"翻译文学属于外国文学",提供了探讨的平台,两种观点进行了两个回合的交锋。① 由此,翻译文学的归属成为翻译文学研究中的一个热点话题。而总的看来,主张"翻译文学是中国文学(或国别文学)的组成部分"的声音处于强势。有论者在 1990 年也明确提出,"翻译文学是民族文学的组成部分"②。进入 21 世纪,谢天振继续其一以贯之的主张,在《21世纪中国文学大系·2001 年中国最佳翻译文学》之《序》中,再次指出长期以来人们"把翻译文学等同于外国文学"的"模糊认识",认为"外国文学实际上只是存在于翻译文学之中的一个虚幻的概念,而翻译文学才是他们实实在在接触到的文学实体","文学翻译的创造性叛逆的性质决定了翻译文学不是外国文学"。③ 从 2001 年至 2003 年,谢天振在"三本翻译文学卷的序言里反复讨论、阐述和论证"了"翻译文学不等于外国文学,并且还是中国文学的一个组成部分"这一命题。④ 他"十余年来","为翻译文学'争取'学界应有的'承认'",最终"看到国内学术界有越来越多的学者开始认同、支持并与他一起呼吁承认翻译文学在中国文学中的地位"。⑤ 的确,2004 年是谢天振的观点最有人气的一年,如查明建就表示支持:"我们说翻译文学是译语文学的一个组成部分,并不仅仅是因为外国文学作品经过了翻译,在语言形态上有了改变,更主要的是,文学翻译受制于译语

① 参见:贾植芳.《中国现代文学总书目》序. 书城,1994(1):23-24;王树荣. 汉译外国作品是"中国文学"吗?——试与贾植芳、施蛰存先生商榷. 书城,1995(2):12-13;谢天振. 翻译文学当然是中国文学的组成部分——与王树荣先生商榷. 书城,1995(4):25-27;施志元. 汉译外国作品与中国文学——不敢苟同谢天振先生高见. 书城,1995(4):27-29;施蛰存. 我来"商榷". 书城,1995(4):23-24.
② 张铁夫. 翻译文学是民族文学的组成部分. 理论与创作,1990(5):43-47.
③ 参见:陈思和. 21 世纪中国文学大系·2001 年中国最佳翻译文学. 沈阳:春风文艺出版社,2002:序 10,序 11,序 15.
④ 参见:韩忠良,谢天振. 2004 年翻译文学. 沈阳:春风文艺出版社,2005:序 1.
⑤ 参见:韩忠良,谢天振. 2003 年翻译文学. 沈阳:春风文艺出版社,2004:序 1.

文化主体性的需求,无论是翻译选材、翻译过程还是译作的文学效应,都受到译语意识形态和诗学的操纵和影响。这样,译作已不是原来意义上的外国文学作品,而是融入进了译语文学系统中的具有独立文学品格的新的文学作品。"①张德明认为,"翻译文学对中国现代文学现代性的生成与发展起到了巨大的推动作用,应该给它以一定的文学史地位",并对"作为'弃儿'的翻译文学仍然继续着流浪生涯"表示不解。② 王向远则在《翻译文学导论》专著中,用专门的章节探讨了"翻译文学"与"外国文学"的关系以及"翻译文学"与"本土(中国)文学"的关系。关于前者的关系,他说:"总之,只要承认文学翻译是一个创造性的活动,承认与原作绝对不走样的忠实是不可能的,甚至是不必要的……那么,'翻译文学'不等于'外国文学',就不需多费烦词了。"关于后者的关系,他说:"有必要在'翻译文学是中国文学的组成部分'的基础上,进一步说明翻译文学是中国文学的'一个特殊的重要组成部分'的论断。"最后得出结论道:"翻译文学是中国文学的特殊组成部分。"③

当然,不赞成的声音也是有的。两种观点曾在《书城》杂志上的交锋,有一半原因就是《中国近代文学大系》里收入了三卷《翻译文学集》,而三卷主编施蛰存就表示,"汉译外国文学作品不是'中国文学'"④,这三卷主要是"探索了五四运动以前三十年间的外国文学输入的情况,其得失,及其影响",展示了"外国文学本体的影响"和"外国文学译本尽了它们作为一个文化转型期的历史任务"。⑤ 所以,谢天振发现,《翻译文学集》"并不把翻译文学视作中国近代文学的一个组成部分"⑥。郭延礼在探讨"近代

---

① 参见:陈思和,查明建. 2003 年翻译文学. 济南:山东画报出版社,2004:序 1-2.
② 张德明. 翻译文学与中国现代文学现代性. 中国现代、当代文学研究(人大复印资料),2004(5):28.
③ 王向远. 翻译文学导论. 北京:北京师范大学出版社,2004:13,15,22.
④ 施蛰存. 我来"商榷". 书城,1995(4):23.
⑤ 施蛰存. 中国近代文学大系·翻译文学集(第 1 卷)·导言. 上海:上海书店出版社,1990:26-27.
⑥ 参见:陈思和. 21 世纪中国文学大系·2001 年中国最佳翻译文学. 沈阳:春风文艺出版社,2002:序 10-11.

翻译文学与中国文学的近代化"的课题时,实质也是探讨"外国文学对中国近代文学究竟有哪些影响"。①

在翻译文学归属的问题上,有位学者的观点打破了二元对立的局面。他从多元系统论的观点出发认为,把翻译文学纳入本国文学的呼吁,是完全合理的,但按照作者的国籍来判定作品的国籍,未能摆脱二元对立的传统观念,而承认翻译文学的国籍的模糊性、双重性甚至游移性,才是出路所在。我们认为,在翻译文学归属上的二元对立现象还会持续。尽管从刊发的文章看,持翻译文学归属中国文学(或国别文学)观点的人较多,但持相反观点的人实际上恐怕还占多数,这是一些不可否认的客观事实和传统的认识模式决定的,因为其一,没有外国文学,哪有翻译文学;没有作者的创作,哪有译者的再创作;外国文学是翻译文学之源、之本,翻译文学与外国文学之间的差异非本质差异。其二,翻译文学研究成果一般只能发表在外国文学类或比较文学类期刊上,而不能或绝少能刊发于纯中国文学类的期刊上,也说明了一种普遍性的认识,即翻译文学应归于外国文学。此外,王向远认为:"好的'翻译','信达雅'的译作,对于读者是可靠的,对于研究者也应当是可靠的,……翻译家毕竟是翻译家! 他常常比我们自己的阅读更准确可靠!"②既然翻译文学那么可靠于外国文学,二者之间能有多大差异呢? 王向远还指出,"不认为译本是一种低于原作的替代品",是"阅读上的一种正确的心态"。③ 其实,就是谢天振本人也把翻译文学作为"翻译过来的外国文学"的"简称"。④ 翻译文学与外国文学二者之间可以加入一些定语,如说,翻译文学是融入了译者劳动的面向译语读者的外国文学,但我们不能否认翻译文学与外国文学的本质联系,即翻译文学还是外国文学。过去人们轻视翻译,就因为只看到翻译的模仿性而没有看见模仿性中包含着艰苦的创造性。那时没有把译者与作者齐名署于

① 参见:郭延礼. 近代翻译文学与中国文学的近代化. 山东大学学报,1997(3):41.
② 王向远. 从"外国文学史"到"中国翻译文学史". 中国比较文学,2005(2):78.
③ 王向远. 翻译文学导论. 北京:北京师范大学出版社,2004:45.
④ 谢天振. 翻译文学——争取承认的文学. 中国翻译,1992(1):19.

译作的封面,是对译者的一种轻视;而今因为翻译的创造性而把翻译文学归入中国文学,是否有夸大了译者的创造性而缩小了作者的创造性之嫌? 把翻译文学视为"中国文学的组成部分"或一个"特殊的组成部分",可能还会遇到一些实际的问题,如翻译系是否也是中文系里的一个(特殊)组成部分? 国与国之间的比较文学是否还存在? 等等。不可否认,翻译文学"含着翻译家自身独特的创造性"①,但译者的创造性是在语言转换的层面上的创造性,而不是创造新的内容、新的蕴意和新的艺术生命。翻译家的创造性可以作为翻译文学归入中国文学的理由,但不能作为否认翻译文学属于外国文学的理由,因为这样做,就等于抹杀了原作者的创造性。反过来说,翻译文学如果不含有翻译家自身独特的创造性,也就不是翻译文学了;同样,译作与原作如果真的达到了"绝对不走样的忠实",那就成了科学作品,而不是文学作品了。中国文学史收入翻译文学不代表翻译文学只属于中国文学;外国文学史没有收入翻译文学不代表翻译文学就不属于外国文学。但不管怎么说,过去人因翻译的模仿性而瞧不起译者和现代人因译者的创造性而忽视作者,都有失偏颇。

所以,在认识这个问题的第一个层面上,即在翻译文学与外国文学和与中国文学的关系上做二者必居其一的选择上面,视翻译文学属于外国文学的合理性应该大于属于译入语文学的合理性。我们从当今出版的汉译外国文学作品的封面作者的署名就可以看出,作者是第一作者,译者是第二作者。翻译文学既然是翻译过来的外国文学,必然与外国文学有千丝万缕的联系,关键是翻译文学与外国文学之间没有发生质变。当然,我们更应该认识到,翻译文学与外国文学主要是质的联系、内容的联系,翻译文学与中国文学(或国别文学)主要是文的联系、形式的联系;在质或内容上,它依赖于外国文学,在文或形式上,它依赖于中国文学(或国别文学)。然而文学作品是注重形式的,因此不能轻易否认"视翻译文学为中国文学(或国别文学)的一部分"的观点。而且,翻译文学与外国文学和与中国文学的关系,还并不是这么简单,因为从内容看,虽然它主要是外国

---

① 王向远. 翻译文学导论. 北京:北京师范大学出版社,2004:13.

文学,但译语语言本身的文化积淀必然使翻译文学或多或少地粘连上译语文化的某些蕴意;从形式看,翻译文学虽然使用的是译入语,但源语不同的词法、句法、文法和表达方式,必然使译入语也或多或少地带有源语的一种洋味。所以,翻译文学的归属问题至今并没有也不可能达成共识,二元对立还会继续下去。持相反观点的人很难说就是没道理的,各人看问题的着眼点和侧重点不同,导致了观点的不同。

国别文学史不单应该或者可以研究外国文学对本国文学的影响,而且也应该或者可以研究本国文学对外国文学的影响。假如我们认为,不研究前者,国别文学史就不完整,那么我们同样可以认为,完整的国别文学史还必须研究后者。也就是说,完整的国别文学史应当既包括研究外国文学对本国文学的影响,也包括研究本国文学对外国文学的影响。这应当是我们普遍能接受的认识。带着这样的认识,我们再来具体看中国文学与法国文学,那就意味着,完整的中国文学史既要研究法国文学对中国文学的影响,也要研究中国文学对法国文学的影响;而完整的法国文学史也同样既要研究中国文学对法国文学的影响,也要研究法国文学对中国文学的影响。于是,我们便有了一个重要发现:在中国文学和法国文学之间的相互影响和接受,是一块双方可以共同开发的领域,这种双方都拥有的开发权利,使得翻译文学具有了国籍的双重性。由此又可以说,翻译文学国籍双重性的理论依据,除多元系统理论外,还有一个是我们对文学翻译的最基本的认识,即文学翻译是文化交流的一部分。翻译文学是 A、B 两国文化交流活动的产物,所以它既属于 A,也属于 B;既与 A 有联系,也与 B 有联系。既然是交流出来的东西,视为双方共有、共享,具有双重国籍,当然也是合理的。

然而,翻译文学就只是供本国文学和外国文学两个"系统""互相交叉、部分重叠"的那一部分吗?翻译文学能否自成一个文学体系呢?对此,我们似应从这样的视角来看:翻译文学具有世界文学性。所谓"世界文学",在笔者看来,是指借用了另一种语言提供给源语国以外的他国读者阅读的文学,是指走出了民族文学的边界,超出了民族文学范围的文学。"世界文学不是各个民族文学的并列呈现,正如一座房屋不等于一堆用来建造的石头一样;换言之,各种元素之总和并不同于各种元素之综合。"①所以,巴尔扎克的原作 *Le Père Goriot* 只能称为法国文学,还不具有世界文学意义,而傅雷的译作《高老头》走出了法国疆域,面向中国读者,因而才具有了世界意义。同样,曹雪芹的《红楼梦》不经过翻译,也只能称为中国文学,只有翻译成外文,面向外国读者,才具有世界文学的意义。这种世界文学性是源语文学和译语文学通常都不具有的,而是翻译文学所独有的,因为翻译文学经受了文化交流的活动过程,具体说,经过了译者的文学翻译活动,因而与原作相比,翻译文学融入了译者的再创作的劳动,变成了原作者和译者共同打造的文学作品。所以,对源语文学(或外国文学)的研究和对翻译文学的研究也是有区别的:对前者的研究可以忽略译者或者根本不存在译者的问题;对后者的研究不可以忽略译者,或者说少了译者就很欠缺。翻译文学"脱离源语语言外壳"②,开始借用另一种语言作为旅行工具,就说明它已具有了独立于源语文学的活动能力,因而具有独立性和独特性。况且,"翻译是一种奇异的旅行,去了或许就不再回来"③。同样,翻译文学也不同于国别文学,因为国别文学在没有经受文化交流活动的过程之前,还是作家个人完成的作品。它没有经过译者的"参与"和"合作"的再创造的过程,没有被"灌输一部分新的血液进去"④,它还是一度创作,不具有二度创作后的任何特征。而不经过文学翻译活动不能成为真正意义上的世界文学,这一点对于外国文学和中国文学都一样。英国文学可以不经过翻译进入美国,但笔者认为这只能算作英语世界文学,它与经过汉译进入中国的英国文学不同。翻译文学自然是经过了文学翻译活动的再创作的过程,所以它具有世界文学的身份,

---

① Pierre Brunel,Claude Pichois,et André-Michel Rousseau. *Qu'est-ce que la littérature comparée?*. Paris:Armand Colin,1983:74.

② Marianne Lederer. *La Traduction aujourd'hui:Le modèle interprétatif*. Paris:Hachette,1994:115.

③ Dominique Grandmont. *Le Voyage de traduire*. Creil:Bernard Dumerchez,1997:9.

④ 参见:傅敏. 傅雷文集·书信卷. 合肥:安徽文艺出版社,1998:478.

这种身份就构成了它的独特性和独立性。歌德说："民族文学在现代算不了很大的一回事,世界文学的时代已快来临了。"①很显然,歌德所说的世界文学是指民族文学以外的文学,具体到我国,世界文学只能是翻译文学,民族文学只能是中国文学,这样看,翻译文学当然具有独特于和独立于中国文学的价值和地位。每个国家的文学都是一个独立而自足的很大的系统,把它们翻译成汉语,全部收入中国文学史,这样显得合适吗? 中国文化的恢宏博大和强劲的融合力,并不在于把这些翻译过来的外国文学作品收入中国文学,而在于对这些外国文学作品中所表现的积极健康的艺术、思想和人文精神的吸收、融化。再退一步看,文学翻译的"再创造性"乃至"创造性叛逆的性质",既然能决定翻译文学不是外国文学,也就能把翻译文学与中国文学区别开来。所以,世界文学性是源语文学和本土文学都不具有的,它为翻译文学获得独立于源语文学(外国文学)和译语文学(中国文学)的地位提供了理论支持。简单一点说,如果认为译者在两种语言、文学和文化的交流中还是起着桥梁的作用,那么,这个桥梁的实际所指已不是译者这个翻译主体,而是这个翻译主体用心血融化了外国作者之作品后的结果——翻译文学,由翻译文学构成的这座桥梁,在外国文学和中国文学之间,具有独特性和独立性。

其实,就是谢天振本人也是反复强调翻译文学的"相对独立地位""相对独立价值"②和"独特的文学面貌"③,始终把翻译文学看作"相对独立的一个文学实体"④,"一个相对独立的文学事实"⑤,力图说服学人认同"一个相对独立的翻译文学的存在"⑥。查明建也认识到了翻译文学的"独立

---

① 参见:朱光潜. 朱光潜全集(第 17 卷). 合肥:安徽教育出版社,1997:364.
② 谢天振. 翻译文学当然是中国文学的组成部分——与王树荣先生商榷. 书城, 1995(4):26.
③ 参见:陈思和. 21 世纪中国文学大系·2001 年中国最佳翻译文学·序. 沈阳:春风文艺出版社,2002:15.
④ 谢天振. 为"弃儿"找归宿——翻译在文学史中的地位. 上海文论,1989(6):61.
⑤ 谢天振. 译介学. 上海:上海外语教育出版社,1999:277.
⑥ 谢天振. 翻译文学——争取承认的文学. 中国翻译,1992(1):19.

文学品格"。王向远更是"确认'翻译文学'的独立的、本体的价值"①。然而,这些文字却在二元对立中做了选择。既然翻译文学对中国现代文学的生成发展起过举足轻重的作用,我们完全可以把翻译文学视为与中国文学旗鼓相当、并驾齐驱的一种文学,没必要把它束缚在中国文学里,这种做法并不代表真正给予了翻译文学应有的地位。

鉴于上文我们对翻译文学特有的世界文学性的分析,鉴于当代学术研究的发展促使学科越分越细的趋势,鉴于文学翻译活动的规模和影响越来越大,为什么我们不能给予翻译文学一个独立的地位,为什么非要把它继续束缚在传统的学科分类里? 再说,既然翻译文学是翻译过来的外国文学,外国文学本身的自足性自然使得翻译文学相对于中国文学而言,也具有它的自足性,而翻译文学具有的这种自足性,恰恰又进一步支持了翻译文学的独立存在。所以,翻译文学与外国文学和中国文学三者并列存在,才是真正的多元系统。

翻译文学是否具有独立的地位,傅雷笔下的翻译文学经典《约翰·克利斯朵夫》可以提供一份说明。当我们谈起这部经典译作时,我们当然会想到罗曼·罗兰,同时,也会想到技艺精湛的翻译家傅雷,因为傅雷与罗曼·罗兰两人所具有的同样深厚的文学和艺术修养以及同样崇高的人格和精神力量,不可否认地使二者构成了东西文学、文化交流史上的一对绝配。傅译《约翰·克利斯朵夫》虽与原作是直系亲属的关系,但它在中国一代又一代的读者中产生的巨大影响,是原作无法完成的,是通过翻译家傅雷燃烧了生命的激情才实现的,所以,傅译《约翰·克利斯朵夫》具有独立于原作的地位。同时,傅译《约翰·克利斯朵夫》借用汉语语言为传播工具,运载了罗兰用法语语言所表达的艺术生命和文化景色,让中国读者接受了一次外域文学的洗礼,领略了一次外域文化的景观,感受了一个贝多芬式的英雄人物的向上和向善的生命旅程。傅雷起到了一个外国文学使者的作用,而其译作《约翰·克利斯朵夫》作为翻译文学则具体表现了原作即外国文学的价值,这就是傅译《约翰·克利斯朵夫》独特于和独立

① 王向远. 翻译文学导论. 北京:北京师范大学出版社,2004:11.

于中国文学的地方。所以,笔者不反对把翻译文学收入中国文学史中,但认为,像傅雷这样"一两个世纪也难得出现一两位的翻译巨匠"①所创造出的翻译文学经典,以及像朱生豪等一批优秀翻译家所创造出来的翻译精品,更应当写入独立的中国翻译文学史,就像谢天振、查明建主编的 55 万字的《中国现代翻译文学史》一样,就像孟昭毅、李载道主编的 76 万字的《中国翻译文学史》一样。相信两部翻译文学史巨著和其他已经面世和将要面世的翻译文学史,会自成体系。

---

① 柳鸣九. 永恒的《约翰·克利斯朵夫》/罗曼·罗兰. 约翰·克利斯朵夫. 傅雷,译. 北京:中国友谊出版公司,2000:25.

结　语

　　不可否认,《约翰·克利斯朵夫》在中国影响了一代又一代的读者。然而,为什么读了这本书,克利斯朵夫的影子在我们心头就再也拂之不去?为什么它在中国知识分子中能产生超过其他西方名著的广泛、深刻和持久的影响?为什么克利斯朵夫能成为我国广大读者尤其青年读者人生道路上的良伴和益友,始终给我们灯塔般的照耀?归纳起来,至少有下列几个因素:(1)作品表现了一种积极健康的生命姿态,它激扬生命活力,激励灵魂向上,表现出向道德品格和情操的高峰英勇攀登的努力,因而具有浓厚馥郁的精神和道德的感染力。(2)作品洋溢着既浪漫天真又朴素憨实的理想主义情怀,不但追求自我完善,也坚信人能"臻于至善",并以善为鹄的,讴歌了阔大的人道主义思想。(3)作者运用音乐叙事的结构和语言,跟随了心灵的节奏,不但增强了作品的艺术感染力,还呈献给读者一个超凡脱俗、充满诗性的全新的艺术世界。(4)作品由真情实感出发,拒绝矫饰虚伪;那不重雕琢、略显粗糙的形式,更显出心灵的纯朴和感情的真切,因而更能叩开读者的心扉,更宜做青春创痛的"油膏"。上述几点正表达了人类生命中普遍性的价值追求:向上、向善、求真、求美、理想。当然还有其他未及的艺术魅力,包括作者个人的人格魅力。

　　毋庸置疑,上述因素已从作品的内在价值确立了《约翰·克利斯朵夫》在读者心中的经典地位。"经典的"和"古典的"在法文中都可是classique。法国19世纪文艺批评家圣伯夫(Sainte-Beuve)对它做过一个界说,成为后来一切讨论classique的文章的"必然根据":"一个真正的classique是这样的一个作家;他扩充了人类精神,他真正地增广了宝藏,他更前进了一步,他发现了一个很准确的人事上的真理,或是在众见周知的心腔中抓住一种永恒的情绪;他所用来表现他的思想、观察或创见的形式,无论它属于哪一种,在它自身总是宏大的、精妙的、有理性的、康健的、幽美的;他所用的风格一方面是他自己所特有的,一方面也是人人所共有的;一方面是新颖的,一方面又不是生疏的,它同时是新的又是古的,和任何时代都是同时的。这样一个 classique 在一时或许是革命的……他扫除一切,推翻一切阻碍他的东西,都完全为着要替秩序,替美再造出一种平衡来。"朱光潜最后说:"总之,Classic 是第一流的作家或作品,不分古今中外。"①不可否认,罗曼·罗兰的《约翰·克利斯朵夫》"扩充了人类精神",抓住了"一种永恒的情绪",确实是"替美再造出一种平衡",如从音乐领悟到的人类的统一和谐的平衡来。以上是把罗曼·罗兰的原作 Jean-Christophe 作为文学经典来说的。

再来看翻译文学经典。必须指出,《约翰·克利斯朵夫》那种种感染和震撼读者的因素,都是通过傅雷手中的译笔传达出来的。傅雷说:"译书的标准应当是这样:假设原作者是精通中国文字的,译本就是他使用中文完成的创作。"②这话似可概括他对翻译工作的全部主张。这就等于说,原作既是文学经典,译本是原作者的中文写作,当然也就是翻译文学经典。我们注意到,傅雷并没有停留在"技"的层面解释如何翻译的问题,而是从"道"的层面回答了什么是翻译的问题。但正因为傅雷在"技"的层面有着丰富而成功的翻译实践和经验,他才能对翻译活动做出本质性的概括,而这一概括,也恰好反映出傅雷在"道"的层面对什么是翻译文学经典的认知。可以说,傅译《约翰·克利斯朵夫》就是罗曼·罗兰使用中文完成的创作,因为译者不仅深入了作者的创作意境,还参透了作者的思想灵魂,因而不仅译出了作品的文字,还译出了作品的生命。毫无疑问,傅雷是一个非常彻底地融化了西方文化的才俊、气刚、学深、习雅的东方知识

---

① 参见:傅东华. 文学百题. 上海:生活书店,1935:261.

② 参见:柯灵. 怀傅雷//金圣华. 傅雷与他的世界. 北京:生活·读书·新知三联书店,1996:4.

分子,他与罗兰是东、西两位旗鼓相当、完全匹配的大家。他俩都具有深厚的文艺修养、超俗的秉性气质和崇高的精神人格;更为重要的是,他俩都有一颗纯洁的、赤诚的、伟大的心。这样的两颗心灵碰撞、交流,达到珠联璧合,便产生了这部长远征服中国读者心灵的翻译文学经典。

Classique 既然还含有"古典的"的意思,那么,从"典范的"角度,我们还可以选择 canonique 来指称那些可以用作翻译实践的典范的翻译文学作品,那些具有可以参考、可以学习的经典性的翻译文学作品。

近年来,翻译文学越来越引起学界的关注,对翻译文学研究探讨的热情有增无减,内容不仅涉及翻译文学的概念、特征和类型,还涉及其检验标准、审美范式、批评原则等方面。但从总体上对翻译文学进行全面的观照,不是本书的目标,我们只是从傅译《约翰·克利斯朵夫》出发,试对翻译文学做了一些具体的界说。也正因为此,我们的一些认识可能具有明显的针对性,如我们认为,傅译《约翰·克利斯朵夫》在中国获得的成功,把罗曼·罗兰和傅雷两人同时写在了读者心里;傅雷的译作之所以在中国赢得了"许多心灵的朋友",至今还能打动无数读者的心灵,就在于它是由傅雷的一颗包含着对文学翻译事业"爱"的热情、求"真"的严肃和追求"完美"的执着以及包括知识分子责任心在内的"赤子之心"所奉献出来的呕心之作。此外,傅译《约翰·克利斯朵夫》既然作为一部公认的翻译文学经典,我们对它的认识想必也具有一种普遍性和共性的成分,如翻译文学是译者与作者跨越时空的沟通、交流和对话后"共铸"出来的新的艺术生命;在优秀的翻译文学中,译者的风格与作者的风格由融和而走向融合;译文风格与原文风格的和谐一致是翻译文学的最高追求。

翻译文学与外国文学的不同在于,翻译文学融入了译者的劳动,但二者之间的差异是非本质性的;把翻译文学归入中国文学,就目前的研究看,主要还是出于情感上的认领,而非学理上的澄清。翻译文学的归属问题虽是热点,但翻译文学的独立地位和特有品格更值得探讨。如果认为译者在文化交流活动中起的是桥梁作用,那么确切地说,这座桥梁建成后,就是翻译文学作品,因为具体地起到沟通两个民族作用的,正是翻译文学作品。它使外国文学走出了源语民族的封闭圈，并以其独特的翻译语言或翻译文体，诱使译语读者去了解那一边的艺术世界和文化景观。它在源语文学和译语文学之间，既具有开放性，也具有独立性。它把两个民族连接起来，在语言、文学和文化的层面上所进行的交流，是源语文学和译入语文学都无法做到的。这就是它独有的价值，而这独有的价值也构成了它可以独立存在、自成体系的理由。

无论从文学翻译的活动来看，还是从翻译文学的结果来看，神似观都有着重要的艺术价值。对于前者，它是一种翻译主张；对于后者，它是一项审美标准。如果说，顾恺之、茅盾、曾虚白、陈西滢、林语堂等人关于"神似"的议论，还没有引起我们热情的关注，那么，像傅雷这样译著等身、译笔精妙的翻译巨匠标举出的神似观，却在译界产生了广泛的影响，并传播到译界以外。而当傅雷的《约翰·克利斯朵夫》和其他名译实践了傅雷自己的这一主张，并达到了理想的艺术效果，被公认为翻译文学经典的时候，我们当然不可能对神似观无动于衷。他的神似观不仅为我们在翻译实践活动中把住翻译质量、制定翻译策略提供了重要参照，为我们认识文学的本质、领悟艺术的价值带来了有益的启迪，也促使我们对"神似"自身产生思考：从翻译活动的角度看，文学作品中的"神"，不仅仅指涉作品的内容主旨，它还包含着艺术形式，而作品的艺术形式并不完全等同于语言形式。当我们把语言的工具性、符号性从艺术形式中剥离，当我们注意到作品中那活灵活现的"神气""神态"和"神情"等，只有通过形形色色的艺术形式来表现，而不是由一种机械的、生硬的、凝固的和呆滞的语言符号来表现的时候，我们就意识到了"神似"的内涵中必连牵到艺术形式。所以，外国文学的"神"不是译者轻而易举就能用另一种语言把握、获取的，翻译文学中的"神似"标准更不是每个译者心想就能达到的。原作的神韵和译文的地道漂亮二者的整合，既是文学翻译必须关注的要点，也是翻译文学绕不开的话题。文学翻译中的一大难点，从外译汉看，就在于原作的神韵与中文的地道漂亮的整合，而中国优秀的翻译文学，就在二者的有机整合中诞生。

　　在当今质疑既定秩序、否定终极真理、打破言语中心主义、排斥唯一正解等观念得到特别张目之时，翻译领域里的忠实观也受到了前所未有的冲击。而当前译界实践中暴露出来的混乱与失范现象，从某种意义上说，正是"忠实"价值观缺失的严重表征。曾经作为应用翻译理论之核心的忠实标准，因受到后现代理论的无情解构，几乎丧失了在翻译实践活动中的指导价值。所以，忠实问题现在已成为我们不得不面对的一个重要问题，现在已经到了应该把"忠实"问题化的时候。而在问题化的过程中，我们既应反思忠实的实践理性及价值所在，也应追问解构忠实的原始动机和最终目的。盲从忠实和盲从西方后现代理论，都是不可取的。也就是说，一方面，我们不能仅仅从惯性思维出发，仅仅因为忠实在传统观念中长期占主导地位，就不假思索地予以接受。我们应从文学艺术的特质出发、从翻译活动的本质出发来视之：文学语言不同于科学语言的一个地方，就在于能用含蓄的、朦胧的乃至模糊的语言来展示一个绚丽缤纷、美妙奇幻的艺术世界，这样的艺术世界描绘的是一种心灵的世界、理想的世界和精神的世界，因而不可能用精确的百分比来表明感情的激动、想象的张弛和审美的升华。所以，要求译作对原作达到百分之百忠实的标准，看似十分讲究治学的科学性，其实是把文学当科学了。这是对"忠实"理解上的一种绝对化。认识到这一点，我们就应该客观地看待忠实的"实然"，正确地理解"实然"与"应然"的关系，最终选择忠实的"应然"。另一方面，对于那锋芒直指忠实的解构主义，我们也应该做出冷静的分析。解构主义不是超验的存在，我们不妨用其方法对其自身也做个解构：解构主义既然否定意义的确定性，那么，如果它证明了意义的不确定性，它自身要表达的意义也是不确定的、糊里糊涂的、不知所云的，因而不能为我们的研究提供有力的支撑；如果它证明不了意义的不确定性，那它作为一种理论就难以成立，作为一种方法就软弱无力。所以，解构活动可以让我们变得更理性，但我们不能说，遭到解构的东西都是错的。在此，还须补充一点：我们研究某些不忠的译例在中外翻译文化史上产生的影响，即便是正面的影响，也不能作为我们消解忠实的理由。

文学翻译的实践活动和翻译文学的审美活动都离不开"忠实"。翻译的本质属性决定了忠实既是文学翻译理论也是翻译文学理论中最厚重的一块基石。傅雷用他大量的文学翻译实践和公认的翻译文学精品,给我们实证了"忠实"的可行和必要。本书的一个写作动机,也正是希望用傅雷的翻译实践精神和翻译理论主张,给目下译界的理论和实践带来朴实的和建设性的思考。

在此,我们也要表明,对于《约翰·克利斯朵夫》这部作品来说,是作者的力量和译者的力量以及读者的力量三者共同地、全方位地确立了它经久不变的翻译文学经典的地位。在这三者中,作者的力量是首要的,但译者的力量是至关重要的,因为正是译者"居间"的、沟通的作用,把原作的作者与译入语读者拉到了一起。如果没有译者对原作根本的把握、深刻的领悟和契合的表达,很难想象罗兰的原作会在中国产生如此巨大的影响,会这般赢得一代又一代读者的青睐。诚然,只有名译才能使得名著再现其辉煌,但这并不等于说,一个译者具备了翻译的基本功,如过硬的两种语言的功底和高深的文学艺术修养,就足可以再造名译了;在名译背后,还潜藏着译者严肃的态度、火样的热情和执着的精神,而且对于傅雷,我们还应看到他那始终怀着的要为人类的文明出一份力的"赤子之心"。

本书从总体上分为两大步骤,第一步主要是对傅译《约翰·克利斯朵夫》在中国的译介、研究与接受做了一番梳理和考察,在梳理和考察中,呈现出傅译《约翰·克利斯朵夫》东方之行的主要脉络;让我们看到了这部西方巨著,是怎样鼓舞和伴随中国知识分子去追求光明、攀登生命的高峰,怎样随着中国知识分子的受难而受难,怎样随着中国知识分子的解放而解放。第二步,我们以傅译《约翰·克利斯朵夫》作为一部公认的具有广泛、深刻和持久影响力的翻译文学经典,对文学翻译尤其翻译文学中的基本的和本体的问题,进行了既有针对性又有普遍性的一步又一步的探讨、思考和论证。简单地说,我们的研究工作第一步是观看脉络,第二步是进行思考。在此要提到,古希腊文 $\Theta\varepsilon\omega\rho\iota\alpha$ 也具有这两层意义:①观看,

②思考;而我们要进一步说明的是,英语 theory 和法语 théorie 正是从这个古希腊词相应的 thēōria 演化而来的。这就是说,theory / théorie 的本义中,应该具有"观看"和"思考"两层含义。由此,似可以这样认为,本书的探讨工作符合理论性的研究思路。再看中文的"理论"二字。首先,"理",治玉也,玉有理,"治玉者必顺其理",推而广之,就是要发现事物的内在规律、本质联系;其次是"论",正如"顺玉之文而剖析之"。先弄清事物之"理",而后对事物的规律、法则加以论析、论证、阐释、归纳,"自外可以知中";依"理"立"论",先"理"后"论",便成为理论。如此看来,东、西"理论"(theory / théorie)的本意基本一致:先看出或顺出事物的来龙去脉,再思考、阐释其自然道理、天然法则,揭示事物之本质。这样来说,本书的探索步骤是按理论的原初发展环节来进行的,其方法是合理的、规范的。而西语 theory / théorie 和中文"理论"给我们的启示也正在这里:科学的研究不但需要我们去观看、观察,还需要我们去思考、论析。顺便指出,描述翻译研究正是在"理论"的第一环节上发挥出重要的学术价值。

本书预设的任务到此已经完成。当然,本书还可以从其他层面和角度继续探索下去,如对傅雷的译文与许渊冲的译文以及韩沪麟的译文进行比较和分析;也可以对罗兰的《约翰·克利斯朵夫》在法国及法国以外的其他国家的影响进行考察,并与其在中国产生的影响进行对比研究。但这些可待发掘的工作已经超出了本书目前的研究范围,故留待以后条件成熟时,再做继续的探索。而在此需要说明的是,本书的所指目标的实现,并不意味着其能指意图也到此为止。本书主要在文学和翻译两个层面上展开来探讨翻译文学经典的。对于文学作品来说,其文学性当然非常重要。翻译一部外国文学作品,实质而言,就是要翻译原作中的文学性。翻译在"技"的层面的符号转换、创造性叛逆,以及在"道"的层面的哲学认识、形而上思考,都应把文学性放在重要和突出的位置。本书虽然涉及翻译的社会性和历史性等非文学层面的、属于大文化领域的诸多问题,但本书的建构力图围绕着文学性这个中心,以文学性为主要旨归。我们以傅译名句"江声浩荡"为个案,探讨了其文学思想性和文学艺术性,也旨在表明这样一层能指意义：一句"江声浩荡"就可以写出万言以上的论述，那么，对于一大部或一整部文学作品来说，其文学性远没有到达开采殆尽之时，它还依旧蕴蓄着丰富的文学性的宝藏，仍然大有开发之余地。所以，在文化研究、文化批评成为一种显学的时代，在文学作品的文学性谈得越来越少，与文学不相干的事情谈得越来越多，大有用文化"淡出"文学、悬置审美专注的后现代，如何处理好翻译研究中的文学性与文化性的关系，在令人眩晕迷茫的大文化中保持一分清醒的认识，是我们已经面临的又一个重要问题。我们认为，探讨文学的文化层面，是为了拓展文学的空间，而不是为了撇开文学、抛弃文学；是为了要从文化层面更好地认识文学本身、彰显文学特性，而不是为了改以文化为主、文学为辅。文学问题当然可以从其他学科如社会学、历史学和政治学等大文化学的视角来考察，但目的是使文学更显得文学化，而不是被其他学科同化。文学的生命主要在文学性而不在文化性，同样，文学作品之所以感染人，主要也在文学性而不在文化性。所以，对于文学翻译和翻译文学来说，文学性应该比文化性更重要；文学之审美、艺术之自律才是文学翻译和翻译文学更值得探讨的地方。

最后需要指出，真正的坚持翻译理论的发展观，是以继承为前提的，因此，翻译文学可以走出原先文学的封闭圈，但走出文学的封闭圈，是要在文学以外的天地发展原先的文学性，而不是让文学性被无边无际的大文化湮灭或取代。具有文化视野的目的，应当是使我们更明晰文学的本性和定位，更关注文学的向度和前途。只有在大文化的视野中始终立足于文学性并从文学性出发，翻译文学才会有真正属于自己的理论的远行。

主要参考文献

一、英、法文部分

Albir, Amparo Hurtado. *La Notion de fidélité en traduction*. Paris: Didier Erudition, 1990.

Angenot, Marc, Jean Bessière, Douwe Fokkema, et Eva Kushner. *Théorie littéraire: Problèmes et perspectives*. Paris: Presses Universitaires de France, 1989.

Barrère, Jean-Bertrand. *Romain Rolland*. Paris: Editions du Seuil, 1955.

Barthes, Roland. La mort de l'auteur, 1968. In Eric Marty. *Roland Barthes œuvres complètes Tome II 1966—1973*. Paris: Editions du Seuil, 1994: 491-495.

Barthes, Roland. De l'oeuvre au texte, 1971. In Eric Marty. *Roland Barthes œuvres complètes Tome II 1966—1973*. Paris: Editions du Seuil, 1994: 1211-1217.

Bassnett, Susan. *Comparative Literature: A Critical Introduction*. Oxford: Blackwell, 1993.

Bassnett, Susan, and André Lefevere. *Translation, History and Culture*. London: Pinter Publishers, 1990.

Benjamin, Walter. The task of the translator. Trans. Harry Zohn. In Lawrence Venuti (ed.). *The Translation Studies Reader*. London & New York: Routledge, 2000: 15-25.

Berman, Antoine. *L'épreuve de l'étranger, culture et traduction dans l'Allemagne romantique*. Paris: Gallimard, 1984.

Brunel, Pierre, Claude Pichois, et André-Michel Rousseau. *Qu'est-ce que la littérature comparée ?*. Paris: Armand Colin, 1983.

Déprats, Jean-Michel. *Antoine Vitez, le devoir de traduire*. Marseille: Maison Antoine Vitez, 1996.

Derrida, Jacques. What is a "relevant" translation?. Trans. Lawrence Venuti. *Critical Inquiry*, 2001, 27(2): 174-200.

Dubois, Jean. *Larousse dictionnaire du français contemporain*. Paris: Librairie Larousse, 1971.

Escarpit, Robert. *Sociologie de la littérature*. Paris: Presses Universitaires de France, 1978.

Even-Zohar, Itamar. *Polysystem Studies*. Tel Aviv: The Porter Institute for Poetics and Semiotics, *Poetics Today*, 1990, 11(1).

Grandmont, Dominique. *Le Voyage de traduire*. Creil: Bernard Dumerchez, 1997.

Holmes, James. The name and nature of translation studies. In *Translated ! Papers on Literary Translation and Translation Studies*. Amsterdam: Rodopi, 1988.

Jauss, Hans Robert. *Pour une esthétique de la réception*. Paris: Gallimard, 1978.

Lederer, Marianne. *La Traduction aujourd'hui : Le modèle interprétatif*. Paris: Hachette, 1994.

Margot, Jean-Claude. *Traduire sans trahir : La théorie de la traduction et son application aux textes bibliques*. Lausanne: Editions l'Age d'Homme, 1979.

Meschonnic, Henri. *Poétique du traduire*. Paris: Editions Verdier, 1999.

Mounin, Georges. *Les Problèmes théoriques de la traduction*. Paris: Editions Gallimard, 1963.

Oseki-Dépré, Inês. *Théories et pratiques de la traduction littéraire*. Paris:

Armand Colin, 1999.

Rolland, Romain. *Jean-Christophe*. Paris：Albin Michel, 1931.

Sartre, Jean-Paul *Qu'est-ce que la littérature?*. Paris：Gallimard, 1948.

Seleskovitch, Danica, Marianne Lederer. *Interpréter pour traduire*. Paris：
　　Didier Erudition, 1984.

Simon, Sherry. *Gender in Translation：Gultural Identity and the Politics of
　　Transmission*. London：Routledge, 1996.

Steiner, George. *Après Babel—Une poétique du dire et de la traduction*.
　　Paris：Editions Albin Michel, 1998.

Toury, Gideon. *Descriptive Translation Studies and Beyond*. Amsterdam：John
　　Benjamins, 1995.

Toury, Gideon. *Descriptive Translation Studies and Beyond*. Shanghai：Shanghai
　　Foreign Language Education Press, 2001.

Venuti, Lawrence. *The Translation Studies Reader*. London：Routledge,
　　2001.

二、中文部分

阿拉贡. 论约翰·克利斯朵夫. 陈占元,译. 上海：平明出版社,1953.

阿尼西莫夫. 罗曼·罗兰. 侯华甫,译. 上海：新文艺出版社,1956.

艾雨. 与傅聪谈音乐. 北京：生活·读书·新知三联书店,1999.

埃斯卡皮. 文学社会学. 王美华,于沛,译. 合肥：安徽文艺出版社,1987.

埃斯卡皮. 文学社会学. 符锦勇,译. 上海：上海译文出版社,1988.

巴比塞,等. 归来. 祝秀侠,等译. 上海：中流书店,1942.

巴比塞,等. 不能克服的人. 蓬子,等译. 上海：铁流书店,1946.

巴金. 探索集. 北京：人民文学出版社,1981.

巴金. 读写杂谈. 长沙：湖南人民出版社,1997.

巴金. 巴金全集(第1卷). 北京：人民文学出版社,2004.

北京大学,北京图书馆. 汉译法国社会科学与人文图书目录. 北京：世界
　　图书出版公司,1996.

北京图书馆. 民国时期总书目·外国文学. 北京：书目文献出版社,1987.

布吕奈尔,等. 什么是比较文学?. 葛雷,张连奎,译. 北京:北京大学出版社,1989.

布吕奈尔,等. 20 世纪法国文学史. 郑克鲁,等译. 成都:四川文艺出版社,1991.

陈德鸿,等. 西方翻译理论精选. 香港:香港城市大学出版社,2000.

陈福康. 中国译学理论史稿. 上海:上海外语教育出版社,1992.

陈思和. 21 世纪中国文学大系·2001 年中国最佳翻译文学. 沈阳:春风文艺出版社,2002.

陈思和. 中国当代文学关键词十讲. 上海:复旦大学出版社,2002.

陈思和,查明建. 2003 年翻译文学. 济南:山东画报出版社,2004.

陈思和,周立民. 解读巴金. 沈阳:春风文艺出版社,2002.

陈永国. 翻译与后现代性. 北京:中国人民大学出版社,2005.

陈周芳. 罗曼·罗兰. 沈阳:辽宁人民出版社,1985.

程涛. 中外名人书信. 上海:春明书店,1948.

刺外格. 罗曼·罗兰. 杨人楩,译. 上海:商务印书馆,1928.

茨威格. 罗曼·罗兰传. 云海,译. 北京:团结出版社,2003.

丁帆,朱晓进. 中国现当代文学. 南京:南京大学出版社,2000.

范伯群,朱栋霖. 1898—1949 中外文学比较史. 南京:江苏教育出版社,1993.

傅东华. 文学百题. 上海:生活书店,1935.

傅雷. 傅译传记五种. 北京:生活·读书·新知三联书店,1996.

傅敏. 傅雷文集·书信卷. 合肥:安徽文艺出版社,1998.

傅敏. 傅雷文集·文学卷. 合肥:安徽文艺出版社,1998.

傅敏. 傅雷文集·艺术卷. 合肥:安徽文艺出版社,1998.

傅敏. 傅雷译罗曼·罗兰名作集. 郑州:河南人民出版社,1998.

高尔基. 论文学(续集). 冰夷,等译. 北京:人民文学出版社,1979.

戈宝权. 《阿 Q 正传》在国外. 北京:人民文学出版社,1981.

歌德,等. 文学风格论. 王元化,译. 上海:上海译文出版社,1982.

顾祖钊. 文学原理新释. 北京:人民文学出版社,2002.

郭沫若. 郭沫若全集(第 15 卷). 北京:人民文学出版社,1990.

郭著章,等. 翻译名家研究. 武汉:湖北教育出版社,1999.

韩忠良,谢天振. 2004 年翻译文学. 沈阳:春风文艺出版社,2005.

洪子诚. 中国当代文学史. 北京:北京大学出版社,1999.

胡风. 罗曼·罗兰. 上海:新新出版社,1946.

胡风. 胡风评论集(下). 北京:人民文学出版社,1985.

胡风. 胡风全集(第 5 卷). 武汉:湖北人民出版社,1999.

胡风. 胡风全集(第 8 卷). 武汉:湖北人民出版社,1999.

胡风. 胡风全集(第 9 卷). 武汉:湖北人民出版社,1999.

黄建华,等. 宗岱的世界. 广州:广东人民出版社,2003

季羡林. 中外文学书目答问(上、下). 北京:中国青年出版社,1986.

贾植芳,陈思和. 中外文学关系史资料汇编(1898—1937). 桂林:广西师范大
    学出版社,2004.

贾植芳,俞元桂. 中国现代文学总书目. 福州:福建教育出版社,1993.

贾植芳,等. 巴金专集. 南京:江苏人民出版社,1981.

姜洪海. 古今中外文学经典. 大连:大连出版社,1994.

蒋启藩. 近代文学家. 上海:泰东图书局,1923.

金梅. 傅雷传. 长沙:湖南文艺出版社,1993.

金圣华. 傅雷与他的世界. 北京:生活·读书·新知三联书店,1996.

金岳霖. 知识论. 北京:商务印书馆,1983.

康德. 实践理性批判. 韩水法,译. 北京:商务印书馆,2003.

老舍. 文学概论讲义. 上海:复旦大学出版社,2004.

勒代雷. 释意学派口笔译理论. 刘和平,译. 北京:中国对外翻译出版公
    司,2001.

黎烈文. 法国短篇小说集. 上海:商务印书馆,1936.

李明滨. 20 世纪世界文学名著导读. 北京:北京大学出版社,2004.

梁宗岱. 梁宗岱文集. 北京:中央编译出版社,2003.

梁宗岱. 诗与真·诗与真二集. 北京:外国文学出版社,1984.

廖七一. 当代西方翻译理论探索. 南京:译林出版社.

林煌天. 中国翻译词典. 武汉:湖北教育出版社,1997.

林荫南. 模范小品文读本. 上海:光华书局,1933.

刘靖之. 神似与形似——刘靖之论翻译. 台北:书林出版有限公司,1996.

刘宓庆. 文化翻译论纲. 武汉:湖北教育出版社,1999.

刘蜀贝. 罗曼·罗兰传. 北京:中国广播电视出版社,2003.

刘勰. 文心雕龙. 北京:中国社会科学出版社,2004.

柳鸣九. 法国文学史(下). 北京:人民文学出版社,1991.

柳鸣九. 法兰西文学大师十论. 上海:复旦大学出版社,2004.

卢卡契. 卢卡契文学论文集. 北京:中国社会科学出版社,1981.

鲁迅. 华盖集续编. 北京:人民文学出版社,1973.

鲁迅. 鲁迅全集(第三卷). 北京:人民文学出版社,1982.

罗大冈. 论罗曼·罗兰. 上海:上海文艺出版社,1979.

罗大冈. 论罗曼·罗兰. 修订本. 上海:上海文艺出版社,1984.

罗大冈. 认识罗曼·罗兰——罗曼·罗兰谈自己. 北京:中国社会科学出版
    社,1988.

罗大冈. 罗大冈学术论著自选集. 北京:北京师范学院出版社,1991.

罗曼·罗兰. 约翰·克利斯朵夫(第1册). 傅雷,译. 上海:骆驼书店,1937.

罗曼·罗兰. 约翰·克利斯朵夫(第1册). 傅雷,译. 上海:骆驼书店,1945.

罗曼·罗兰. 约翰·克利斯朵夫(第4册). 傅雷,译. 上海:骆驼书店,1946.

罗曼·罗兰. 爱与死的搏斗. 李健吾,译. 上海:文化生活出版社,1946.

罗曼·罗兰. 理智之胜利. 贺之才,译. 上海:世界书局,1947.

罗曼·罗兰. 搏斗. 陈实,黄秋耘,译. 广州:广东人民出版社,1980.

罗曼·罗兰. 约翰·克利斯朵夫. 傅雷,译. 北京:人民文学出版社,1980.

罗曼·罗兰. 罗曼·罗兰文钞. 孙梁,辑译. 上海:上海译文出版社,1985.

罗曼·罗兰. 约翰·克利斯朵夫. 傅雷,译. 北京:中国友谊出版公司,2000.

罗新璋. 翻译论集. 北京:商务印书馆,1984.

茅盾. 茅盾全集(第18卷). 北京:人民文学出版社,1989.

茅盾. 茅盾全集(第22卷). 北京:人民文学出版社,1993.

茅盾. 茅盾全集(第25卷). 北京:人民文学出版社,1996.

茅盾. 茅盾全集(第31卷). 北京:人民文学出版社,2001.

茅盾. 茅盾全集(第33卷). 北京:人民文学出版社,2001.

明兴礼. 巴金的生活和著作. 王继文,译. 上海:文风出版社,1950.

莫蒂列娃. 罗曼·罗兰的创作. 卢龙,等译. 上海:上海译文出版社,1989.

怒安. 傅雷谈翻译. 沈阳:辽宁教育出版社,2005.

钱林森. 法国作家与中国. 福州:福建教育出版社,1995.

钱林森. 罗曼·罗兰自传. 南京:江苏文艺出版社,2001.

秋云. 罗曼·罗兰. 北京:生活·读书·新知三联书店,1950.

赛莱斯科维奇,勒德雷尔. 口笔译概论. 孙慧双,译. 北京:北京语言学院出版
　　　社,1992.

上海译文出版社. 作家谈译文. 上海:上海译文出版社,1997.

沈志明,艾珉. 萨特文集·文论卷. 北京:人民文学出版社,2000.

盛澄华. 阿拉贡文艺论文选集. 北京:人民文学出版社,1958.

施落英. 法国小说名. 上海:启明书局,1937.

施蛰存. 中国近代文学大系·翻译文学集(第 1 卷). 上海:上海书店出版
　　　社,1990.

司马文森,等. 寂寞. 周行,等译. 桂林:文献出版社,1941.

宋曰家. 巴金:永生在青春的原野. 济南:山东文艺出版社,1997.

苏轼. 苏轼全集. 上海:上海古籍出版社,2000.

苏浙生. 影响历史进程的 100 本书. 上海:文汇出版社,1992.

汪剑钊. 大师经典(一). 海口:南海出版公司,2001.

王国维. 人间词话. 上海:上海古籍出版社,2005.

王锦厚,等. 郭沫若佚文集(1906—1949)(下册). 成都:四川大学出版
　　　社,1988.

王克非. 翻译文化史论. 上海:上海外语教育出版社,1997.

王山. 王蒙学术文化随笔. 北京:中国青年出版社,1996.

王向远. 翻译文学导论. 北京:北京师范大学出版社,2004.

王余光,邓咏秋. 名著的选择. 昆明:云南人民出版社,1999.

王余光,徐雁. 中国读书大辞典. 南京:南京大学出版社,1993.

王元化. 向着真实. 上海:上海文艺出版社,1982.

吴元迈. 20 世纪法国文学史. 青岛:青岛出版社,2004.

谢天振. 译介学. 上海:上海外语教育出版社,1999.

许宝强,袁伟. 语言与翻译的政治. 北京:中央编译出版社,2000.

许钧. 文字·文学·文化——《红与黑》汉译研究. 南京:南京大学出版

社,1996.

许钧.翻译论.武汉:湖北教育出版社,2003.

许钧,袁筱一.当代法国翻译理论.南京:南京大学出版社,1998.

许渊冲.文学与翻译.北京:北京大学出版社,2003.

许渊冲.罗曼·罗兰精选集.北京:北京燕山出版社,2004.

杨晦.杨晦文学论集.北京:北京大学出版社,1985.

杨晓明.欣悦的灵魂:罗曼·罗兰.成都:四川人民出版社,1997.

杨义,张环.路翎研究资料.北京:十月文艺出版社,1993.

杨政.200部世界名著展评.重庆:重庆大学出版社,1994.

易漱泉,等.外国文学评论选(下册).长沙:湖南人民出版社,1982.

乐黛云,等.比较文学原理新编.北京:北京大学出版社,2003.

曾繁仁.20世纪欧美文学热点问题.北京:高等教育出版社,2002.

曾小逸.走向世界文学——中国现代作家与外国文学.长沙:湖南人民出版
社,1985.

张隆溪.比较文学译文集.北京:北京大学出版社,1982.

张隆溪.二十世纪西方文论述评.北京:生活·读书·新知三联书店,1986.

张业松.路翎批评文集.珠海:珠海出版社,1998.

张伊兴.十大文豪.上海:上海古籍出版社,2000.

郑克鲁.法国文学论集.南宁:漓江出版社,1982.

郑学稼,吴苇.欧美小说名著精华.重庆:中国文化服务社,1944.

支维格.马来亚的狂人.陈占元,译.桂林:明日社,1942.

朱光潜.朱光潜全集(第13卷).合肥:安徽教育出版社,1996.

朱光潜.朱光潜全集(第17卷).合肥:安徽教育出版社,1997.

邹振环.影响中国近代社会的一百种译作.北京:中国对外翻译出版公
司,1996.

作家出版社编辑部.怎样认识《约翰·克利斯朵夫》.北京:作家出版
社,1958.

再版说明

  《翻译文学经典的影响与接受——傅译〈约翰·克利斯朵夫〉研究》（修订本）在上海译文出版社 2006 年同名专著基础上，根据时代与学术的发展和作者自身的视野与认识的提高，做了一定的修改和少量的补充。这里需要说明的是，由于一些文献资料老旧，尤其是新中国成立之前和新中国成立初期的文献资料，在初期查找、抄录的过程中，只按当时规范保留了期刊的年代和卷、期信息，没有保留起止页码，致使个别文献页码信息缺失，若干引文也没有做到处处详细标注出处页码，在此深表遗憾。另外，本书最后的参考文献，并未收录脚注中的全部文献信息，而只收录笔者认为的主要参考文献，故曰"主要参考文献"。由于笔者水平有限，专著中的缺点与不足、自身观点与识见的不当在所难免，恳请业内专家和广大读者批评指正！

宋学智

2022 年 4 月

中华譯學館·中华翻译研究文库

许　钧◎总主编

第一辑

第二辑

第五辑